AF290708

Xin Publishing

Tian Di

Reisende

**Buch 2:
Im Reich der Drei Mächte**

Ein Roman aus
Isrogant

Erschienen im Januar 2011 im
Xin e.V., Overath bei Köln
in Kooperation mit
Xin Publishing
an imprint of Xin He Ltd.
Suite 404, 324 Regent Street
London, W1B 3HH
United Kingdom

Titelgestaltung:
Patrick Ehrmann

ISBN 978-3-942357-08-1

Die erste Macht: Dsita

Das Jahr 127 nach der Flut. 15 Jahre nach dem Skalorion-Feldzug.

Dsita war eine trutzige Stadt, an der schmalsten Stelle einer langen Schlucht gegründet, durch die einst eine der wichtigsten Handelsrouten der versunkenen Ius Adjagard geführt hatte.

Die Stadt sperrte sowohl die Handelsstraße als auch den durch das Tal fließenden Yregon-Fluss. Sie war an den Hängen des Tales nach oben gewachsen, dann in beide Richtungen entlang des Flusses, bis dorthin, wo aus der schmalen Schlucht ein weites, fruchtbares Tal wurde.

Stadtmauern in der Mitte des Häusermeeres zeugten davon, dass Dsita schrittweise in beide Richtungen gewachsen war. Ihre Höhe und Stärke betonte den kriegerischen Charakter der Metropole.

Entlang des Flusses gab es monumentale Deiche. Ash konnte sich sehr gut vorstellen, welche Verheerungen Hochwasser in einer Siedlung anrichten konnte, die genau in die schmalste Stelle eines Flusstales eingepasst war.

Sein Blick wanderte die Hänge empor zu den Kastellen auf den Gipfeln zu beiden Seiten der Stadt. Sie sahen fast noch älter aus als das Zentrum selbst. Vermutlich hatten die Gründer Dsitas sehr schnell bemerkt, dass sie diese Höhen sichern mussten, damit der Gegner nicht von oben herab in ihre Stadt schießen konnte.

Ash zügelte sein Pferd und glitt aus dem Sattel, um den Anblick noch ein wenig länger zu genießen.

»Es scheint, dass etwas dran ist an der Sturheit der Leute in Dsita«, sagte er zu dem Wallach, während er in den Satteltaschen nach einem

Apfel suchte, ihn mit einem geschickten Griff teilte und dem Tier die Hälfte hinhielt.

Ein Schnauben war die Antwort, von dem Ash vermutete, dass es sich eher auf den Apfel bezog als auf seine Aussage. Trotzdem sprach er weiter, in seine Hälfte der Frucht beißend.

»Ich meine... wer würde schon eine Stadt in ein Tal bauen und dann die Höhen mit Festungen bepflastern? Eine Burg an der Schmalstelle des Flusses, und die Siedlung ein bisschen weiter weg, wo sie leichter zu verteidigen ist... das klingt doch irgendwie sinnvoller, oder?«

Der Wallach kaute nur schmatzend vor sich hin. Ash hatte auch keine Antwort erwartet. Er lehnte sich an die Flanke des Pferdes, die Hand locker am Zügel, und beobachtete den regen Verkehr im Tal, auf Straße und Fluss.

Florierender Handel machte Dsita zu einer reichen Stadt. Berühmt war sie für ihre Schmieden, für herausragende Waffen aus Stahl. Falls dort auch Schmuckstücke und Gebrauchsgegenstände entstanden, die nicht kriegerischen Zwecken dienten, hatte er noch nie davon gehört.

Er steckte den letzten Rest Apfel in den Mund, und seine Hand wanderte vollkommen unbewusst zum Messer an seinem Gürtel: Bester Dsita-Stahl, teuer erworben in seiner Heimatstadt Ciena.

Er stieß an den Griff des Schwertes. Das stammte nicht aus Dsita, sondern aus Dan Dered, der berühmten Kriegerstadt im Reich der Elf Großen Stadtstaaten. Darin lag eine gewisse Ironie, denn die dort ausgebildeten Dandereden waren legendäre Kämpfer, und die Elitetruppen Dsitas standen in dauernder Konkurrenz zu ihnen. Deshalb war Ash heute hier, eingeladen als Ausbilder an den Hof des Fürsten Alexios von Dsita, eine Ehre, die nur ausgesuchten Kämpfern zuteil wurde.

Einen Dandereden würde der Fürst sicherlich niemals an seinem Hof dulden. Zwar war das Reich der Elf Großen Stadtstaaten weit genug entfernt von Dsita, dass die berühmten Krieger sich wohl nie auf einem Schlachtfeld begegnen würden. Aber von Alexios wurde gesagt, dass er unendlich ehrgeizig war und ununterbrochen im Wettbewerb mit anderen stand, ob sinnvoll oder nicht.

Davon zeugte schon der Name des noch jungen Landes, durch das Ash in den letzten beiden Wochen gereist war: »Reich der Drei Mächte« hatten die Herrscher dreier Stadtstaaten ihr Bündnis genannt, als sie es durch den mittlerweile legendär gewordenen Vertrag von Biodrem besiegelt hatten.

Seitdem hatte es viel Unruhe in der Region gegeben, denn die

Herrscher von Biodrem, Mywendra und Dsita beanspruchten die Ländereien zwischen ihren Städten als Staatsgebiet. Vom Antheras-Gebirge im Norden bis zum Fryyywan-Meer im Süden fanden sich plötzlich viele unabhängige kleine Städte, herrenlose Grafschaften und kleine Fürstentümer gegen ihren Willen eingemeindet.

Wie Ash aus sicherer Quelle wusste, fühlten sich auch die Nachbarn bedroht.

Inmitten des Binnenmeeres lag die Insel TschangFang, Freihandelszone des Inselreiches Droni. Direkt daneben erstreckte sich das für sein Salzmonopol berühmte Ga Ta Cien. Ash verband viele Erinnerungen mit diesem Wüstenimperium, gute wie schlechte, und eines wusste er genau: Fürst Macuu von Maiins, der Herrscher Ga Ta Ciens, ließ sich nicht die Butter vom Brot nehmen.

Es roch nach Krieg rund um Fryyywan.

Nun, für ihn war es eins. Er hatte in Ga Ta Cien Spezialtruppen des Fürsten ausgebildet. Nun würde er sein Wissen an die Dsitaren weitergeben. In beiden Fällen ging es ihm weniger um das Geld, das er hier verdienen würde, sondern vor allem um die Erfahrungen, die er sammeln konnte, und um die Kontakte, die sich dabei knüpfen ließen.

Ash war seit vielen Jahren ein Wanderer in Sachen Kriegskunst. Er unterrichtete, manchmal kämpfte er auch als elitärer Söldner, aber im Wesentlichen lernte er – und was er lernte, nutzte er als Material für die Weiterentwicklung seiner eigenen Lehre des Kämpfens.

Er klopfte dem Wallach die Flanke, dann streckte er sich ausgiebig. Alte Narben ziepten, seine linke Hand litt unter einer noch relativ frischen Verletzung, seine Hüfte hatte ihn in den letzten Wochen geplagt, aber im Grunde fühlte er sich kein bisschen schlechter als damals in Ga Ta Cien. Wie lang war das her?

Er zählte im Kopf die Jahre ab und hielt erschrocken inne, als ihm klar wurde, dass seine Zeit am Hof des Fürsten Macuu von Maiins schon fünfzehn Jahre zurücklag. Fünfzehn Jahre!

Sein Vater kam ihm in den Sinn, ein alter Mann mittlerweile, wie er beim letzten Besuch in Ciena seine Stimme mahnend erhoben hatte. Eine Tradition zwischen ihnen beiden, Vater und Sohn, allerdings eine, die nie zur Routine wurde, sondern stets an Drängen zunahm.

»Wann hörst du auf mit dem Vagabundieren?« hatte Rod Gooregan gefragt, Herrscher über eines der einflussreichsten Handelshäuser Cienas. »Wir brauchen dich hier, und ich werde nicht jünger.«

Ash hatte reagiert wie immer – mit abweisender Handbewegung und dem Satz: »Du weißt, ich bin kein Handelsherr und kein

Verwalter. Wir werden eine Lösung finden.«

In Momenten wie jetzt, auf einer Anhöhe am Yregon-Fluss, viele hundert Meilen von Ciena entfernt, eine Kriegerstadt zu seinen Füßen, von der andere nur in Legenden hörten – in solchen Augenblicken wurde ihm sein eigenes Alter bewusst. Auch wenn es ihm wie gestern vorkam, es war lange Zeit vergangen, seit er in Maiins gelehrt hatte.

»Ich bin Dreiundvierzig«, sagte er zu dem Wallach. »Dreiundvierzig. Viele Männer sterben in diesem stolzen Alter, und ich bin immer noch auf der Suche nach Abenteuern.« Er seufzte. »Vielleicht sollte ich auf meinen Vater hören.«

Mit diesen Worten schwang er sich zurück in den Sattel und machte sich an den letzten Teil seines Weges in die Stadt des Fürsten Alexios.

***

Das Klopfen an der Tür ihres Zimmers überraschte Alica. Sie erwartete niemanden, und wie sollte sie auch? Sie war gerade eben erst angekommen in der kleinen Fischerstadt am Fryyywan-Meer, nach einer abenteuerlichen Reise aus Ga Ta Cien in den Norden.

Das Reich der Drei Mächte schien ihr das richtige Ziel, auch wenn sie nicht gewusst hätte, warum.

Wer also besuchte sie hier, nachdem sie sich gerade zehn Minuten zuvor eingemietet hatte?

Sie öffnete die Tür vorsichtig, langsam.

Davor stand ein junger Mann, der sie auf befremdliche Art an Shield erinnerte. Erst bei zweitem Hinsehen bemerkte sie, dass es sich hier um einen echten Krieger handelte: Seine Gesichtszüge verrieten starken Willen, das Schwert an seiner Seite zeigte deutlich Gebrauchsspuren, seine Schultern waren breit, seine Haltung tadellos, aber ohne steif zu wirken.

Er machte ihr Angst. Sie trat einen Schritt zurück und sammelte sich, um einem möglichen Angriff zu begegnen.

Doch der Mann sprach ausgesucht höflich.

»Lady Alica dei Xemotearzx?« fragte er. »Fahrende Magierin?«

Sie atmete aus.

Beim Wasser des heiligen Geysirs, ja, das war sie wohl. Eine fahrende Magierin. Sie hatte sich noch nie so gesehen, und es hatte sie auch noch niemand so genannt.

Dann nickte sie.

»Ja, ich bin Alica dei Xemotearzx«, bestätigte sie.

Er nickte, als sei ihm das ohnehin klar gewesen.

»Ich habe eine Einladung für Euch, Lady«, sagte er. So höflich, dass sie annahm, sie könne diese Einladung auch ausschlagen. Dann reichte er ihr ein zusammengefaltetes Blatt Pergament, wertvoll und teuer.

Sie nahm es entgegen, noch immer ein wenig misstrauisch.

Ein aufwändiges Wappen, ein protziges Siegel. Sie hatte es schon einmal gesehen.

»Dsita, Lady«, erläuterte ihr der Krieger, der ihre Verwirrung bemerkt hatte. »Das Schreiben stammt von Ardewan Kaleiros, dem Kanzler von Dsita.«

»Aha.«

Alica brach das Siegel, öffnete das Pergament und überflog die wenigen Zeilen. Alexios, Fürst von Dsita, lud sie an seinen Hof, weil er ihren mystischen Rat einholen wollte. Sie blickte ungläubig auf.

»Woher weiß Kanzler Kaleiros, dass ich hier bin?«

Der Krieger zuckte die Achseln und lächelte freundlich. »Dsita weiß eine Menge von dem, was im Reich der Drei Mächte vor sich geht. Fürst Alexios ist auf dem Laufenden.«

Sie runzelte die Stirn. »Kann ich ablehnen?« fragte sie.

»Ihr wollt ablehnen?« lautete die Gegenfrage. Der Krieger war unverändert freundlich.

»Ich bin mir nicht sicher.«

»Nun, Lady Alica, was haltet Ihr davon, wenn Ihr in Ruhe überlegt und mich über Eure Entscheidung in Kenntnis setzt? Ich werde unten im Gastraum warten. Falls Ihr mich positiv bescheidet, steht vor der Tür eine Karosse für Euch bereit.«

Damit nickte er noch einmal, drehte sich auf dem Absatz um, was zackig wirkte, aber nicht im geringsten übertrieben, und verschwand in Richtung Treppe.

Sie blickte ihm nach, das Pergament noch immer in den Händen, nachdenklich.

***

Er war auf vielen Straßen gereist: Feldwege, ausgetretene Pfade, Handelsrouten. Kaiserstraßen des alten Adjagard, oft verfallen, manchmal in Schuss gehalten von den heutigen Herrschern. Die meisten neu angelegten Wege erreichten nicht annähernd die Qualität dieser traditionsreichen Strecken.

Die letzten Stunden dieser Reise verbrachte er auf einer breiten Prachtstraße, wie er sie nur in sehr reichen Gegenden Isrogants gesehen hatte. So stellte er sich die Kaiserstraße Nummer Eins vor, die schon lange in den Wassern der Großen Flut versunken war und einst am Geysirpalast begann, als wichtigster Weg nach Adjagard. Und tatsächlich fand er am Rand der Straße, direkt neben einem großen, einladenden Gasthaus, ein Schild mit der Aufschrift: »Reich der Drei Mächte. Reichsstraße Eins. Dsita – Biodrem – Mywendra.«

Ob die drei Fürsten des Reiches wirklich den Vergleich zum alten Imperium gesucht hatten? Oder war das eher Ausdruck eines anderen Selbstbewusstseins? Ein neues Reich, neue Straßen, neue Wege?

Ash ließ dieses Gasthaus und noch einige weitere hinter sich, auch diverse Abzweigungen von Reichsstraße Eins, an denen aufwändig gearbeitete Wegweiser standen, die auf Städte und Dörfer verwiesen, oft aber auch nur das Wort »Farmland« zeigten.

Näher an Dsita änderten sich die Bezeichnungen.

»Südtor« stand dort jetzt. »Nordkastell«. Die »Hafenkaserne« erinnerte ihn an seine Heimatstadt Ciena.

Die Straße füllte sich mit Menschen, Tieren und Fuhrwerken. Ihren Rand säumten Wachstationen mit Soldaten. Leichte Rüstung, blauer Umhang, ebenso blaues Barett, Rangabzeichen in silber-metallenen Farben, leichte Bewaffnung.

Ash fragte sich, ob er hier Angehörige der Elitetruppen sah, deren Ruf sich in Isrogant schon so weit verbreitet hatte. Seine Erfahrung andernorts sagte ihm, dass das unwahrscheinlich war – Elitesoldaten leisteten keinen Patrouillendienst, und schon gar nicht außerhalb der Stadtmauern – aber er hatte schon viel Widersprüchliches über Fürst Alexios von Dsita und seine Eigenarten gehört. Es schien ihm zuzutrauen, dass auch die bestausgebildeten Krieger in Dsita solche Standardaufgaben verrichteten.

Schon weit vor dem ersten Stadttor wurden die Häuser links und rechts der Straße zahlreicher. Ash sah einen kleinen Träumertempel, einen alten Platz, ohne die Flamme Avenicum Dalors, der alten adjagarischen Religion verpflichtet. Erstaunt registrierte er, wie gepflegt der Tempel wirkte. Hier gab es noch aktive Träumer!

Später in der Stadt entdeckte er das Flammensymbol der Kirche der Zweiten Offenbarung an Kirchen, Bibliotheken und sogar einer Universität. Und doch schien Avenicum Dalor hier noch weniger Fuß gefasst zu haben als andernorts.

Mit leichtem Unbehagen dachte Ash daran, dass auch in Ciena diese Sekte mehr und mehr Fuß fasste. Schlimm genug. Ihre rigiden

Glaubenslehren begannen, fanatische Züge zu tragen.

Das war wohl der Grund, warum Alexios von Dsita ihnen so wenig Raum gab: Seine ganz persönliche Eigensinnigkeit vertrug sich nicht mit dem Anspruch des Klerus auf Meinungshoheit in weltanschaulichen Fragen.

Am Stadttor wurde Ash aufgehalten. Ein breiter Strom von Menschen ergoss sich in die Stadt und hinaus, und auch auf dem Fluss herrschte reger Verkehr, mit Argusaugen überwacht von einer großen Zahl an Wachposten. Gleich zwei von ihnen winkten Ash aus der Menge der Reisenden, wachsame Augen musterten das ausgefallene Schwert an seinem Gürtel, den Bogen am Sattel, blieben an seinen langen, dunklen Haaren hängen, dem grauen Mantel über weiter, bequemer Reisekleidung. Kein Händler, kein Handwerker, zu viel Würde und viel zu entspannte Haltung für einen klassischen Söldner. Definitiv eine potenzielle Gefahr.

Ash blieb abwartend, während die beiden Wachen ihn zu einem Häuschen am Rand der Stadtmauer führten. Sie waren freundlich, aber vorsichtig. Auf den ersten Blick war kein Fehler in ihrem Verhalten zu entdecken. Höflich nahmen sie ihm sein Pferd ab, bevor sie ihn ins Wachhäuschen geleiteten. Dort saßen zwei weitere Soldaten, die auf Ashs Erscheinen mit der gleichen Aufmerksamkeit reagierten.

»Dürfen wir nach Eurem Namen fragen?«

Ash nickte. »Selbstverständlich. Mein Name ist Ash Gooregan aus der Seefahrerstadt Ciena. Ich bin reisender Krieger und hier auf Einladung des Fürsten Alexios von Dsita.«

Er vermutete, sie würden eine konkrete Antwort zu schätzen wissen – und so war es auch. Alle zeigten sich sofort entspannt.

»Meister Gooregan!« sagte einer der Männer. «»Wir haben Euch bereits erwartet. Schön, dass Ihr es geschafft habt. Könnt Ihr Euch ausweisen?«

Ash griff in einen Lederbeutel an seinem Gürtel, in dem er das Schreiben aus Dsita säuberlich zusammengefaltet bei sich trug, zusammen mit anderen Papieren, von denen er sich nur selten trennte. Einige von ihnen waren auf seinen Reisen schrecklichen Strapazen ausgesetzt gewesen: Durchnässt, beinahe verbrannt, mit Schweiß und sogar Blut getränkt. Das Schreiben des Fürsten von Dsita hatte nichts dergleichen ertragen müssen, es sah neu und frisch aus, das Siegel gut zu erkennen.

»Wir sollen Euch sofort zum Palast zu bringen.«

Kurzer Blickwechsel zwischen den vier Männern, dann ein Nicken.

Ohne Worte hatten sie sich darüber verständigt, wer Ash durch die Stadt geleiten würde. Er hatte ein gutes Gefühl, was die Ausbildung dieser Soldaten betraf. Ein sehr gutes.

***

Fürst Alexios von Dsita hörte gerne zu, wenn Experten sprachen, und er hatte wenig Probleme damit, ihre Meinung zu akzeptieren und in seine Überlegungen einzubeziehen.

Das unterschied ihn von vielen anderen Herrschern und sorgte dafür, dass er trotz eines höchst despotischen Regierungsstils nicht als Tyrann wahrgenommen wurde. Die Bewohner Dsitas fürchteten ihn nicht, er wurde respektiert. Das galt indes weniger für die Untertanen der beiden anderen Metropolen des Reiches der Drei Mächte: In Biodrem ebenso wie in Mywendra stand die Bevölkerung dem kriegerischen Fürsten kritisch gegenüber.

Ash fand ihn auf Anhieb sympathisch.

Er empfing ihn in einem großen, holzgetäfelten Kaminzimmer des Palastes, geschmückt mit Flaggen der Stadt und des Reiches der Drei Mächte an der einen Wand, mit Jagdtrophäen rund um den mächtigen Kamin an der anderen und mit riesigen Bücherregalen an der dritten. Die vierte Wand wurde von der pompösen Eichenholztür beherrscht, Fenster gab es im ganzen Raum keine. Dafür aber gemütliche Ledersessel, lose zu Sitzgruppen angeordnet.

In einem von ihnen saß Alexios, neben sich eine Tasse mit dampfendem Tee, dessen würziger Geruch den Raum erfüllte. Als er aufstand, legte er eine Zeitung aus der Hand, die Ash als das »Edöer Tageblatt« erkannte, die traditionsreiche Zeitung aus dem Fürstentum Edö, die einst das Informationsorgan der Mächtigen in Adjagard gewesen war und noch immer existierte, wenngleich ihre Reise in alle Teile des Kontinents in diesen unruhigen Zeiten Monate dauerte.

Alexios war ein hoch gewachsener Mann mit stolzem Habitus, jung genug, nicht steif oder verbohrt zu wirken.

»Meister Ash Gooregan«, sagte er zur Begrüßung, und reichte ihm die Hand, bevor Ash zur Verbeugung ansetzen konnte. An der Reaktion des Dsitaren, der ihn durch den Palast zum Kaminzimmer begleitet hatte, spürte Ash, dass das ungewöhnlich war.

»Euer Majestät«, erwiderte Ash.

»Nehmt Platz, Gooregan«, meinte Alexios mit einer Handbewegung. »Ich hoffe, Ihr seid gut angekommen in Dsita.«

Routiniert ließ Ash sein Gepäck zu Boden gleiten und das Schwert aus dem Gürtel, um es an einen der Sessel zu lehnen – in Griffweite, aber nicht im Weg. Er war überrascht, dass man es ihm nicht abgenommen hatte, als er zum Fürsten vorgelassen wurde.

Andererseits war es sowieso unüblich, dass ein Gast auf direktem Wege zu einer Audienz vorgelassen wurde, ohne Gelegenheit, die Kleidung zu wechseln oder das Gepäck zu verstauen.

Er nahm Platz, dann antwortete er: »Danke, Euer Majestät. Ich hatte eine gute Reise und einen hervorragenden ersten Eindruck von Dsita. Und jetzt auch noch die Ehre einer sofortigen Audienz.«

Alexios lachte. »Meine Leute haben bemerkt, dass mir Euer Besuch sehr wichtig ist. Möglicherweise haben sie Wichtigkeit mit Dringlichkeit verwechselt, so dass Ihr keine Gelegenheit erhalten habt, in Ruhe anzukommen.«

»Wie gesagt: Es erscheint mir als Ehre«, wehrte Ash ab. »Ich war nur überrascht, dass man mich mit einem Schwert zu Euch vorlässt.«

Wieder Anlass zur Heiterkeit. »Meister Gooregan, ganz sicher seid auch Ihr meiner Meinung, dass man mit Angst keine großen Taten vollbringt. Warum also einen Mann mit Eurem Renommee entehren, indem man ihn entwaffnet?«

Das imponierte Ash.

»Abgesehen davon, Meister – wart Ihr zufrieden mit dem ersten Eindruck, den meine Dsitaren hinterlassen?«

»Sehr. Der Empfang, die Wachsamkeit, die höfliche Bestimmtheit. Das zeugt von guter Ausbildung.«

»Das hattet Ihr nicht erwartet?«

Die Frage machte Ash vorsichtig. Von Alexios wurde gesagt, er sei stolz und eitel. »Man sieht es nicht oft«, sagte er. »Jedenfalls nicht schon bei den Wachen am Stadttor.«

Alexios zog die Augenbrauen nach oben. »In Dsita macht jeder Soldat überall Dienst. Wir kennen keine billigen Plätze und keine Elite.«

Das hörte Ash ungerne. Er hielt nicht viel davon, alle Angehörigen einer Armee gleichzustellen. Es musste Spezialisten geben, weil es auch unterschiedliche Begabungen und Interessen gab. Diesen Gedanken behielt er für sich, stattdessen fragte er: »Aber Dienstränge kennt die Dsitaren-Armee?«

»Selbstverständlich. Aber wir halten die Hierarchie flach. Ich brauche keine Schreibtisch-Generale, die sich bei Hofe großtun.«

Ash nickte. »Und welche Gruppe von Soldaten soll ich ausbilden? Sicherlich sind Eure Truppen viel zu groß, als dass ich wirklich allen etwas qualitativ sinnvolles beibringen kann.«

Alexios hob einen Zeigefinger. »Ihr kommt direkt zur Sache. Ganz hervorragend.« Er lehnte sich im Sessel zurück und fixierte seinen Besucher, ein selbstbewusster Mann mit wachem Verstand. »Von Euch, Meister Gooregan, möchte ich zwei Dinge. Analyse zum einen, ich möchte, dass Ihr mir Schwächen und Stärken meiner Dsitaren aufzeigt. Ein neuer Impuls, von außen, von jemandem, der nicht betriebsblind und kein Speichellecker ist.«

Ash lächelte. »Sehr gut«, sagte er. Das war eine Aufgabe nach seinem Geschmack. Hier würde er vieles sehen und sicher auch manches lernen können.

»Im zweiten Schritt möchte ich, dass Ihr ein Trainingsprogramm zusammenstellt, das später alle Dsitaren durchlaufen sollen, und dieses Trainingsprogramm mit einer kleinen Gruppe erarbeitet, die es dann an alle anderen vermitteln wird.«

Das wurde immer besser! Sicherlich würde er dabei auch noch einige Kämpfer kennenlernen, die vielleicht Interesse hatten, in mehr oder weniger ferner Zukunft She-Bashi-Schulen zu eröffnen, in Dsita oder anderswo.

Genau dieses Thema brachte Alexios selbst zur Sprache. »Ich habe die Hoffnung, dass wir eine langfristige Ausbildertruppe zusammenstellen können, die regelmäßig zu einer der Schulen Eures Ordens reisen, um sich fortzubilden. Wie nennt Ihr den noch gleich?«

»She-Bashi«, antwortete Ash. »Ein altes Wort in der Sprache Dan Dereds. Mein Freund Shivan Germont und ich haben uns dort kennengelernt. Shivan ist heute der Administrator der She-Bashi.«

»Dan Dered, richtig«, sagte Alexios nachdenklich. »Wie Ihr Euch sicher denken könnte, war Eure Ausbildung dort einer der Gründe, warum ich Euch hier sehen wollte.«

»Euer Majestät, über das, was wir damals dort gelernt haben, sind wir mit den She-Bashi ziemlich hinausgewachsen.«

»Es gehört ein gerüttet Maß an Selbstvertrauen dazu, das über diese berühmten Krieger zu sagen.«

»Ja, Euer Majestät. Wenn Euch Dandereden-Wissen interessiert, erzähle ich Euch oder Euren Kriegern gerne davon. Es wäre aber schön, wenn wir im Unterricht darüber hinaus arbeiten könnten.«

»Es ist Euch nicht nur so herausgerutscht«, meinte Alexios nachdenklich. »Ihr meint das Ernst, Gooregan. Ihr glaubt wirklich, dass es bei den She-Bashi mehr zu lernen gibt als bei den Dandereden.«

Ash erwiderte seinen Blick freimütig. »Ganz sicher ist das so. Die She-Bashi lernen flexibler und individueller. In offener Feldschlacht sind die Dandereden allerdings ein höchst furchterregender Gegner.«

Der Fürst wiegte den Kopf hin und her. »Ich habe den Eindruck, Meister Gooregan, dass wir beide eine interessante Zeit vor uns haben. Soweit ich weiß, hat mein Kanzler Euch einen Raum im Gästehaus des Palastes organisiert. Über die Bezahlung und alles andere habt Ihr Euch sicherlich auch mit ihm bereits geeinigt.«

Ash nickte. »Alles ist zum Besten bestellt, Euer Majestät.«

»Sehr gut.« Alexios klang zufrieden, als er sich jetzt erhob und damit auch Ash das Signal gab, aus dem Sessel aufzustehen. »Wir sehen uns morgen beim Appell der Dsitaren, damit Ihr Euch diejenigen aussuchen könnt, mit denen Ihr arbeiten wollt. Ich hoffe, das ist in Eurem Sinne.«

»Sehr, Euer Majestät. Ich freue mich schon.«

***

Ein schreiendes Baby weckte Ash aus tiefem, traumlosen Schlummer. Durchdringend, von starkem Willen geprägt.

Es ging ihm auf die Nerven, aber dann musste er grinsen, noch halb im Schlaf. *Ein Krieger,* dachte er. *Einer von den zornigen, kleinen, mit starkem Willen.* Es musste großartig sein, einen solchen Sohn in den Armen zu halten.

Der Gedanke hatte Stacheln. Kinder passten nicht in sein Leben. Er war zu viel unterwegs, zu unstet, zu oft in Gefahr. Auch wenn es in Ciena durchaus Anwärterinnen auf die Rolle der zukünftigen Hausherrin im Haus Gooregan gab, hatte doch bislang keine Frau ihn an einem Ort halten können.

Familie, Zusammenhalt, Liebe als Hort der Sicherheit – für ihn fühlte sich das nicht gut an. Eine Frau, die ihm Halt gab, war eine Frau, die ihn festband. Das ertrug er nicht. Heimat war für ihn ein Ort der Herkunft und ein Ort der zeitweiligen Rückkehr. Er brauchte keinen Ankerplatz.

Der kleine Krieger brüllte immer noch. Oder die kleine Kriegerin? Wer sagte denn, dass da ein Junge nach Aufmerksamkeit verlangte?

Ash wälzte sich im Bett herum. Gemütlich war es hier, die Laken sauber, nach den oft lausigen Gasthäusern unterwegs und mancher Nacht im Freien eine echte Wohltat.

Vorsichtig bewegte er sein linkes Bein unter der Bettdecke. Die Hüfte beschwerte sich nicht. Diese Schmerzen schienen ausgestanden. Fürs erste zumindest.

Das Schreien verstummte.

Vor seinem inneren Auge entstand das Bild eines glücklich nuckelnden

Säuglings. Vermutlich an der Brust einer bezaubernden jungen Mutter.

Er grinste über diese Fantasie, setzte sich auf, streckte seine Glieder und strich sich zerzauste Haare aus der Stirn.

»Auf, auf.«

Am steinernen Waschbecken drehte er den kupfernen Hahn auf. Fließendes Wasser im Zimmer war Luxus, und dieses war auch noch warm! Fürst Alexios hatte keine Kosten und keinen Aufwand gescheut, um es seinen Gästen bequem zu machen. Seife, weiche Handtücher – das alles wollte so gar nicht zum Ruf der harten Kriegerstadt passen. Was Ash nicht hinderte, es zu genießen.

Zwanzig Minuten später betrat er das geräumige Atrium des Gästehauses, das von einer überdachten Galerie umgeben war. Die Tische standen bei diesem Wetter in der sonnigen Mitte des Hofes, freundlich eingedeckt mit Obst, Brot, kaltem Fleisch auf Holzbrettern. In Kannen warteten Milch, Wasser und Kaffee.

Kein Wein, kein Bier, dafür waren Wasser und Milch gut gekühlt. Weitere Beispiele dafür, wie viel Aufwand hier betrieben wurde.

Das Gästehaus war alles andere als überfüllt.

Eine kleine Gruppe südländisch anmutender Männer kontrastierte auf interessante Weise mit zwei vierschrötigen Kriegern, die Ash automatisch dem hohen Norden Isrogants zuordnete.

Interessanter aber war ein alter Mann, der ganz alleine in einer Ecke saß, einen Teller mit verschiedenen Käsesorten vor sich, daneben ein Glas mit roter Flüssigkeit, die anders als auf den anderen Tischen mit Sicherheit Wein war.

Er kaute nachdrücklich auf einem Kanten Brot, die Beine eng übereinandergeschlagen, die Arme auf die Knie gestützt, mit nervösen Augen umherschauend. Mit ernster Miene sprach er eindringlich mit sich selbst.

Ash fragte sich, was wohl das Thema dieser Auseinandersetzung war. Er fühlte Mitleid mit diesem vollkommen friedlosen Menschen, der einsam seinen Konflikt nur mit sich selbst austragen konnte, weil ihm niemand zuhörte.

Auf seinen Reisen hatte er viele solche Schicksale kennengelernt. Wenn man sich die Zeit für sie nahm, waren sie oft nicht nur hoffnungslos und traurig, sondern auch interessant und mitreißend. Manchmal aber blieben sie unverständlich, verblasst selbst in den Köpfen derer, die sie erlebt hatten, verzerrt vom Schmerz des Erzählenden oder schlicht vom Suff vernebelt.

Während er selber kalte Milch trank, in die er trockenes Brot stippte, beobachtete er, wie sich der Mann in Rage redete, frustriert den Kopf schüttelte, weil sein Gegenüber ihn nicht verstehen wollte... und schließlich aus einer Tasche Tabakblätter zog, nur halb getrocknet und noch biegsam, sowie ein Säckchen mit trockenem Tabak, den er über den Tisch krümelte.

Angelegentlich, wenngleich ungeschickt, bastelte er eine klobige Zigarre. Ein aufmerksamer Dienstbote des Gästehauses eilte mit einer Kerze herbei, um ihm beim Anzünden behilflich zu sein.

Raucher und Diener tauschten freundliche Worte, bevor der Mann wieder alleine an seinem Tisch zurückblieb, an der vollkommen unhandlichen, auseinanderfallenden Zigarre zog und blauen Rauch verbreitete.

Das ist kein seltener Gast hier, dachte Ash bei sich. *Keine verlorene Seele, wie man sie zu Tausenden auf Isrogants Straßen sieht. Er muss irgend etwas Besonderes geleistet haben, dass er hier so versorgt wird.*

Müßig hing er diesem Gedanken ein wenig nach. Es schien ihm, dass Erfolg und Misserfolg sich ähnelten: Ihre Voraussetzung waren ungewöhnliche Gedanken, schräge Ideen, in vielen Fällen Waghalsigkeit oder Leidenschaft.

Musste angesichts solchen Risikos nicht auf jeden, der es geschafft hatte, ein ganzes Heer von Verlierern kommen? War nicht wahrscheinlich, dass all die umherstreunenden, verlorenen Menschen der selben Gruppe ideenreicher, mutiger Schöpfernaturen entstammten wie die, die ganz oben angekommen waren?

Natürlich fielen ihm Gegenbeispiele ein. Die vielen Menschen etwa, die ihre Position durch Gnade der Geburt gewonnen oder schlichtweg Glück gehabt hatten, zum richtigen Zeitpunkt am richtigen Ort zu sein. Wie er selbst.

Dennoch: Viele der heruntergekommenen Verlierer hatten sicherlich den gleichen Weg eingeschlagen wie die Erfolgreichen. Sie hatten nur an irgendeiner Stelle Pech gehabt, eine falsche Entscheidung zu viel getroffen, eine Chance verpasst.

Wer wusste, wem der alte Mann am Nebentisch einen Gefallen getan, welche Heldentat er vollbracht hatte, um sich Kost und Logis im Gästehaus des Fürsten von Dsita zu verdienen?

»Das ist Rabòn dei Adechán«, sagte eine Stimme direkt neben ihm, und Ash fuhr zusammen. Soviel Unachtsamkeit! Wenn er sich das zur Gewohnheit machte, würde es seinem Ruf nachhaltigen Schaden zufügen. Mit einem Blinzeln sah er auf zu dem jungen Mann, der gesprochen hatte.

Einer der Diener, die die Gäste mit Speisen und Getränken versorgten, freundliches Gesicht, offenes Lächeln. Ash war wohl nicht der erste Gast, der den alten Raucher fragend musterte.

»Verzeihung, ich wollte Euch nicht erschrecken, Meister Gooregan. Aber Herr dei Adechán wirkt auf viele unserer Gäste befremdlich. Wir haben uns schon an ihn gewöhnt.«

Ash nickte. »Es scheint, er gehört hier fest dazu.«

»Nur ein paar Wochen in jedem Jahr.« Der Diener schaute in die Kannen auf dem Tisch, ob von allem noch genug vorhanden war. »Er taucht stets unerwartet auf, und irgendwann zieht er auch wieder weiter. Meistens ohne Ankündigung, sein Zimmer ist einfach wieder leer.«

»Oh, er wandert noch?«

»Und anscheinend große Strecken. Oft bringt er seltsame Dinge in seinem Gepäck mit.«

Der Mann verstummte, wohl weil er mit diesem Satz verraten hatte, dass die Dienstboten einen Blick in die Taschen mancher Gäste warfen.

Ash dachte kurz nach, ob er dazu etwas sagen sollte – aber es hatte keinen Zweck. Es geschah überall. Erfahrene Reisende trugen das Wertvollste ohnehin stets bei sich. Und besaßen in den meisten Fällen auch nicht viel davon.

»Scheint ein interessanter Mensch zu sein. Erzählt er denn von seinen Erlebnissen?«

Kopfschüttelnd antwortete der Diener: »Nein, er redet eigentlich nur mit sich selbst. Aber es scheint ihn nicht glücklich zu machen. Ich frage mich, ob er irgendwo irgend jemanden hat...«

Der Satz blieb in der Luft hängen.

»Und er erhält freie Unterkunft?«

»Ja, schon seit vielen Jahren, lange, bevor ich hier angefangen habe.« Der Diener beugte sich ein wenig nach vorne und sprach etwas leiser weiter. »Und wisst Ihr, was das Unheimliche daran ist?«

Ash unterdrückte ein Schmunzeln. Dienstbotenklatsch. Ob der gestrenge Fürst Alexios ahnte, dass so etwas in seinem noblen Gästehaus üblich war?

»Erzählt es mir«, antwortete er. »Ich bin ganz neugierig.«

»Die alten Diener, die schon seit vielen Jahren hier arbeiten... sie alle berichten, er habe schon genau so ausgesehen wie heute und sich auch genau so verhalten, als sie noch jung waren.«

»Oh, das ist ja gruselig!«

Ash fand, dass ihm dieser Satz nicht besonders gut gelungen war, aber der Kellner nickte bestätigend: «Nicht wahr?«

Dann wurde ihm bewusst, dass er seine Verpflichtungen vernachlässigte, und er richtete sich schnell auf, um in geschäftlichem Ton zu fragen: »Kann ich Euch noch etwas bringen, Meister?«

»Nein Danke«, antwortete Ash. »Alles bestens, ganz hervorragend.«

Der Diener entfernte sich lächelnd über den Hof. Vielleicht, um den Kriegern am Nachbartisch die gleiche Geschichte zu erzählen.

Ash hatte Zweifel, dass die genau so interessiert zuhören würden wie er. Er nahm einen letzten Bissen und erhob sich. Im Hinausgehen nickte er Rabón dei Adechán freundlich zu – und dieser nickte zurück, die Beine noch immer eng übereinander geschlagen, zwischen den hageren Händen eine neue Zigarre zerbröselnd.

***

Die Dsitaren trainierten in großen Übungshallen mit hervorragender Ausstattung, wie Ash anerkennend feststellte. Es herrschte eine dynamische Stimmung, allerdings ohne jede Ausgelassenheit. Militärischer Drill bestimmte die Atmosphäre.

Bei ihrem Besuch befassten sich die Soldaten gerade mit der Arbeit in der Gruppe, alle Übungen befassten sich mit dem Schlachtfeld.

Ash interessierte sich mehr für den Einzelkampf, ein Bereich, in dem die Dsitaren einen ausgezeichneten Ruf genossen. Als er nach diesem Teil der Ausbildung fragte, begann Fürst Alexios zu strahlen.

»Wir haben einen sehr umfassenden Schulungsplan!« stellte er fest, und sein Tonfall verriet, dass es sich dabei um eine persönliche Leidenschaft handelte.

Belustigt registrierte Ash die Reaktion der Offiziere, von denen sie bei dieser Inspektion begleitet wurden. Es handelte sich um eine Entourage militärischer Würdenträgern, deren schierer Umfang Ash negativ aufgefallen war, nachdem Fürst Alexios noch am Abend vorher von »flachen Hierarchien« gesprochen hatte. Jeder Einzelne von ihnen hielt kurz den Atem an, als Ash nach der Einzelkampfausbildung fragte – sie hatten wohl alle schon diverse Ansprachen ihres Herrschers zum Thema gehört hatten.

Wider Erwarten folgte aber kein Redeschwall.

»Dazu kann niemand so kompetent Auskunft geben wie Hauptmann Gregorios Mandanof. Er leitet die Ausbildung, und wie der Zufall es will, wird er ohnehin Euer direkter Ansprechpartner sein.«

Alexios lächelte etwas gönnerhaft, die Hand auf einen seiner Begleiter gerichtet, der nun nach vorne trat. Er tat das ohne Hast oder Dienstbeflissenheit, seine Haltung drückte würdevollen Ernst aus.

»Ich habe keine Zeit für Speichelleckerei«, schien er zu sagen, »ich verbringe all meine Zeit mit Loyalität.«

Es erleichterte Ash, dass ein so aufrechter Soldat sein Kollege sein würde, kein ehrgeiziger Höfling mit großen Ambitionen, die ihm das Leben nur schwermachten.

Mandanof grüßte militärisch, nach Art der Dsitaren mit der offenen rechten Hand an der linken Schulter. Er tat das in Richtung des Fürsten, Ash dabei gerade soweit einbeziehend, dass es nicht unhöflich war. Er ließ keinen Zweifel, dass er den Neuankömmling nicht als Vorgesetzten betrachtete, sondern als höchstens Gleichrangigen, der sich erst noch beweisen musste.

Auch das war Ash sympathisch. Er grüßte zurück, allerdings mit der bei den She-Bashi üblichen Verbeugung, gerade so tief, dass er dem anderen dabei noch in die Augen sehen konnte.

»Es freut mich, Euch kennenzulernen, Hauptmann«, sagte er.

»Ganz meinerseits«, antwortete dieser förmlich. Dann fügte er hinzu: »Ich schlage vor, wir gehen den Einzelkampf-Trainingsplan in den nächsten Tagen komplett durch, sobald Ihr Eure Schüler ausgewählt habt, Meister Gooregan.«

»Das klingt hervorragend«, stimmte Ash zu.

Nach allem, was er bislang gesehen hatte, vermutete er, dass die Dsitaren ein steifes, wenn auch anspruchsvolles Pensum absolvierten. Das bestimmt hervorragende Ergebnisse erzielte bei denen, deren Bewegungstalent und körperliche Bedingungen den Anforderungen entsprachen.

Die meisten Heere entwickelten auf diese Weise viel zu wenig Flexibilität. Ihre Kampftaktiken und -strategien waren auf Standards beschränkt. Gute Krieger, die damit nicht klar kamen, gingen der Armee verloren oder blieben mittelmäßig.

Die Beobachtung der Übungen in der Halle bestätigte diese Einschätzung. Die meisten Dsitaren zeigten ähnliche Bewegungsmuster, waren sich körperlich ähnlich: Mittelgroße Statur dominierte, alle wirkten drahtig, aber nicht wirklich agil. Es fehlte komplett an Frauen, die in den wirklich hervorragenden Armeen Isrogants ihre spezifischen Fähigkeiten einbringen konnten und im Kampf von unschätzbarem Nutzen waren.

Die Dsitaren waren eine klassische Elite-Armee. Sie stellten eindimensionale Anforderungen und siebten nach und nach alle aus, die diesen nicht gewachsen waren.

Die Übungsstunde endete. Ash spürte den Blick des Fürsten auf sich, der auf eine Reaktion wartete. Er aber war noch lange nicht so weit, dass er irgendeine Form der Bewertung hätte abgeben wollen.

Auf ein Kommando hin begannen die Soldaten unten in der Halle, sich zu formieren. Ihre Blicke richteten sich zur Empore, auf der Fürst Alexios mit seinen Offizieren stand. Ash fand sich in reichlich exponierter Stellung etwas außerhalb der Gruppe, vor allem aber am weitesten vorne, so dass sämtliche Anwesenden ihn ansahen.

Das gefiel ihm überhaupt nicht. Mit so hervorragenden Kriegern wollte er sich herausgehobene Positionen lieber anders erarbeiten.

Während er innerlich fluchte – über die Art, wie er vorgeführt wurde, und über seine fehlende Voraussicht, eine solche Situation zu vermeiden – fing er den Blick eines der Soldaten auf. Er war seltsam provozierend und arrogant, erstaunlich von einem jungen Mann, der als Einer von Vielen im Trainingsraum stand. Das war irritierend. Hier hätte er eher Korpsgeist erwartet als individualistische Arroganz.

Den nicht, beschloss er sofort. *Keine Störenfriede in meiner Trainingsgruppe.*

Die überhebliche Attitüde, das Gebaren des Mannes stieß eine Erinnerung an, die er aber im Augenblick nicht greifen konnte.

Alexios trat neben ihn.

»Meister Gooregan, es würde mich freuen, wenn Ihr hier schon einige Eurer Schüler auswählen würdet. Es hinterlässt einen guten Eindruck, wenn ihr Euch nicht nur sehen lasst, sondern sofort aktiv werdet.«

Ash war sich nicht sicher, ob das wirklich so gut war und nicht eher etwas anmaßend wirkte. Dem Willen des Fürsten wollte er sich aber nicht verschließen, und so nickte er und lauschte Alexios, der ihn mit kurzen Worten vorstellte und betonte, dass es eine große Chance sein würde, mit ihm zu arbeiten.

Niemand in der Halle war überrascht. Die Nachricht, dass ein externer Lehrer nach Dsita kommen würde, war also im Vorfeld bekannt gewesen. Möglicherweise hatte auch sein Name schon die Runde gemacht. Das musste nicht von Nachteil sein, fand Ash.

Er ging durch die Reihen, begleitet von Fürst Alexios und seinem Gefolge, musterte die Gesichter, wählte einige aus, die ihm von der Stunde zuvor positiv in Erinnerung geblieben waren. Sein Händedruck, sein freundliches Lächeln sorgten für etwas Verwirrung. Die Ausbilder der Dsitaren arbeiteten anscheinend anders.

Der Mann, der ihm schon aufgefallen war, starrte noch immer, als sie sich ihm näherten. Spannung ging von ihm aus, die Ash wachsam machte.

Als der Angriff kam, fiel es deswegen leicht, ihm zu begegnen.

Ein Stoß von oben, mit der rechten Hand geführt, weit

geschwungen – selbst als Ash das Messer in der Hand blitzen sah, erschien ihm diese Attacke noch zu blöde, um wirklich von einem trainierten Dsitaren zu kommen. Die Bewegung war enorm schnell, der Mann war gut trainiert, aber ein im Bogen von oben gestoßener Messerangriff war so unsinnig, dass es unbedingt eine Finte sein musste.

Ash verstand nicht genau, worum es ging. Ein Attentat? Er erlaubte seinen Instinkten, die Kontrolle zu übernehmen.

Ohne zu denken stoppte er mit seiner Rechten den linken Arm des Gegners. Nicht den, mit dem er seine Finte führte, sondern den, mit mit dem er den eigentlichen Angriff einleitete. Eine Waffe flog davon.

Ash sah die überraschte Miene des Angreifers nur einen kurzen Augenblick. Dann wischte seine rechte Handkante jeden Ausdruck aus dem Gesicht. Sie war vom Arm direkt nach oben zum Kopf gezuckt, jetzt folgte der Ellbogen, schlug an der gleichen Stelle ein.

Mit hohem Tempo glitt Ashs Hand weiter und fing das Messer aus dem erschlaffenden Griff des Angreifers. Routiniert drehte Ash die Klinge und riss seine Hand auf dem gleichen Weg zurück, den sie eben gekommen war. Das Messer traf die Kehle, die Schneide glitt geschmeidig hindurch und hinterließ einen tiefen Schnitt.

Er ging kein Risiko ein. Die Attacke war keine Kleinigkeit gewesen, er konnte den Angreifer nicht schonen. Außerdem brauchte er eine schnelle Lösung, um Überblick über die Situation zu bekommen. Immerhin konnte das der Auftakt einer größeren Revolte sein, die möglicherweise auf Fürst Alexios zielte, der schräg hinter ihm stand.

Der Körper des sterbenden Gegners zog sich reflexartig zusammen. Ash drehte den Messerknauf und gab ihm einen Stoß in die andere Richtung, damit er nicht auf ihn sackte und ihm die Bewegungsfreiheit nahm. Der Kopf flog zurück, aus der Kehle spritzte ein Blutschwall, dem Ash souverän auswich, während er die Messerhand wechselte, damit er die Rechte frei bekam.

Ein Schritt zurück aus der Reichweite des noch zuckenden Toten, Ashs Schwert flog aus der Scheide.

Aber es kam nichts mehr. Das blutige Messer in der Linken, das Schwert in der Rechten, stand er vor dem Leichnam, um den herum sich eine Blutlache auszubreiten begann.

Niemand bewegte sich. Hunderte von Augenpaaren waren auf Ash gerichtet, der jetzt langsam ausatmete, die Alarmbereitschaft senkend, die fliegenden Nerven beruhigend.

Routiniert ließ er das Schwert zurück in die Scheide gleiten. Seine Augen wanderten zu den Männern direkt neben dem Angreifer, die erschrocken zurückgewichen waren.

»Weiß einer hier, was das sollte?« fragte er.

Betretenes Schweigen.

Dann schaltete sich Alexios ein.

»Wer ist der Mann?« donnerte er mit lauter Stimme.

Ash drehte sich leicht herum, so dass er den Fürsten sehen konnte, und neben ihm seine Offiziere.

Ein Soldat eilte herbei, der Haltung annahm und meldete: »Der Mann war Dsitare Aygon Santtalainen, Eure Majestät. Er gehörte zu meiner Einsatzgruppe.«

Eine steile Falte zeigte sich auf Alexios´ Stirn.

»Und?« fragte er. »Was wisst Ihr über diesen Angriff?«

»Nichts, Majestät. Dsitare Santtalainen war ein hervorragender Kämpfer und fiel stets durch gute Leistungen auf.«

Ash sah in die Gesichter der Umstehenden und las eine andere Botschaft.

»Was war er?« fragte er, das Gespräch zwischen Unteroffizier und Fürst unterbrechend. »Ein Angeber? War das eine Mutprobe? Oder wollte er einmal testen, was der neue Ausbilder so drauf hat?«

Die Reaktion der Männer zeigte ihm, dass er richtig lag.

Traurig blickte er hinunter auf den blutigen Leichnam.

»Mit scharfen Waffen wollte er mal testen, wie ich reagiere? Dumm wie ein Ork!«

Er warf das Messer vor sich auf den Boden, wo es mit einem lauten Klirren aufschlug.

Dann drehte er sich um, verneigte sich leicht vor Alexios und sagte: »Vielleicht überlassen wir die Auswahl der Trainingsgruppe doch Euren Unterführern. Ich würde mich jetzt gerne erst einmal waschen gehen, wenn Euer Majestät das gestatten.«

Alexios nickte langsam, dann wandte er sich zum Ausgang der Halle. Die anderen folgten ihm. Als sie draußen auf dem Flur waren, hörten sie hinter sich das Kommando: »Aaaachtung! Rührt Euch! Abtreten!« Und etwas leiser: »Für heute ist das Training beendet.«

Alexios drehte sich zu ihm um und legte ihm eine Hand auf die Schulter.

»Ihr habt gut reagiert, Meister Gooregan«, sagte er. »Schnell, präzise, effektiv. Anscheinend lasst Ihr Euch von jungen Heißspornen nicht auf der Nase herumtanzen. Das begrüße ich.«

Sie gingen einige Schritte weiter, die Hand des Fürsten immer noch auf seiner Schulter. Dann fügte Alexios hinzu: »Allerdings bringen wir sie normalerweise nicht um.«

Ein breites Grinsen stahl sich auf seine Züge, das zeigte, dass er den letzten Satz nicht als Kritik, sondern als Scherz gemeint hatte. Im Augenwinkel sah Ash, dass auch die Offiziere in ihrer Begleitung schmunzelten.

Er selber brachte nur ein saures Grinsen zustande.

Ihm fiel wieder ein, an wen ihn der junge Dsitare erinnert hatte.

Armand. Den Primus Inter Pares seiner Elitetruppe in Maiins in Ga Ta Cien, fünfzehn Jahre zuvor.

***

Die Stadt erwachte. Alexios, in einen weiten Morgenmantel aus wärmender Shomian-Seide gehüllt, schaute von einer Terrasse seines Palastes dem Schauspiel zu.

Seine Vorfahren hatten den Standort des Familiensitzes klug gewählt: Eine vorspringende Klippe, die den Herrscher seinen Untertanen in die Höhe entrückte. Hier war er unerreichbar für Angriffe, aber nahe am Zentrum der Stadt, in die der Fels hinein ragte. Die Korsade-Terrasse war nur von den Privatgemächern der Fürsten aus zugänglich, und sie bot einen imposanten Blick über die verschlungenen Straßen der Altstadt und die neu gebauten, weiträumigen Viertel des Agnion-Viertels, das Alexios selbst entworfen hatte... dabei riesige Areale der alten Stadt aus dem Wege räumend.

Bis zum Fluss hinunter erstreckten sich prachtvolle Gebäude, breite Prunkstraßen und weite Plätze, durchsetzt mit Brunnen und Parkanlagen. Die Kirche des Einen Gottes lag ein wenig abseits des Zentrums, Alexios hatte sie nicht im Mittelpunkt des städtischen Lebens sehen wollen.

Die Bürger Dsitas liebten dieses neue Gesicht ihrer Stadt. Jetzt, kurz nach Sonnenaufgang, zeigten sich die Grenzen der Moderne: Das Leben kehrte zuerst in die engen Gassen und urwüchsigen Häuserzeilen der Altstadt ein. Direkt unter Alexios´ Standort begannen die Händler, ihre Stände auf den Marktplätzen aufzubauen, Handwerker strebten ihrer Arbeit entgegen, eine kleine Patrouille von Dsitaren wanderte entspannt, aber in stolzer Haltung durch die erwachende Stadt. Die ersten Schiffe waren auf dem Fluss unterwegs.

Der Herrscher zog sich den Mantel enger um die Schultern. Die Luft war noch kalt, die Sonne schwach. Es war einer der Tage, an denen ihn der Schlaf früh verließ – meist nicht schlecht, denn er liebte es, mit Hoffnung in den frühen Morgen zu schauen. Die Gerüche, die Geräusche, das Licht, die Stimmung machten ihn wach, gaben ihm kühle Sicherheit im Inneren.

So wollte er als Fürst sein. Kühl, nicht kalt. Hell und klar, nicht grüblerisch und unsicher, wie so viele andere Führer, die er im Laufe seines Lebens kennen gelernt hatte.

Er hasste Versager und Schwächlinge. Ihre Sicht auf die Welt kam ihm klebrig vor, matschig. Sie waren gelähmt, langsam, immer zweifelnd. Noch weniger aber mochte er großspurige Angeber oder lautstarke Aktivisten. Nein, klar, kühl und hell, so sollte Führung sein.

Er schloss die Augen, sog die reine Luft tief in seine Lungen. Er wusste, dass auch Dsita, wie alle großen Metropolen, manchmal stank. Aber nie hier oben.

Ein reiner, klarer Klang drang an Alexios' Ohren. Melancholisch, ein bisschen magisch. Aufmerksam lauschte er. Eine Flöte, eine Panflöte vielleicht, gespielt von einem echten Könner. Oder einer Könnerin. Ja, vielleicht eine Frau. Wer solche Musik hervorbrachte, musste schön sein, und das passte gut zu einer Frau.

Mit leisem Lächeln malte Alexios sich aus, wie sie aussah. Es war ihm egal, dass die Musik vielleicht aus dem Instrument eines dicken, altersschwachen Flussschiffers kam. Das Bild der schönen Frau gefiel ihm besser.

Er schaute über die Schulter zu den Dsitaren, die am Rande der großen Schiebetür der Terrasse standen. Wachsam, bereit, auf sein Kommando hin zu tun, was immer er von ihnen verlangte.

Kurz spielte er mit dem Gedanken, sie loszuschicken und die Flötenspielerin zu suchen. Er verwarf die Idee, bevor sie wirklich Gestalt annahm. Besser, die Musik zu genießen, wie sie war, bis in kurzer Zeit der Lärm der Stadt sie ohnehin überlagerte.

Das plötzliche Bewusstsein seiner Macht ließ ihn erschauern. Seit elf Jahren herrschte er über Dsita, und sehr viel hatte sich verändert in dieser Zeit. Die Ereignisse waren wie ein galoppierendes Pferd an ihm vorbeigerast. Noch immer gab es Momente, in denen er innehielt und staunend erkannte, was aus ihm geworden war, aus dem kleinen, unsicheren Prinzen, der seinem Vater niemals genügen konnte. Der sich zum Krieger mauserte in den Kasernen der von seinem Vater beherrschten Stadt, um sich zu beweisen. Der auf Wanderschaft gegangen war, gegen den Willen des Fürsten, bis ihn dessen Häscher wieder eingefangen hatten. Ende der Freiheit.

Alexios dachte an den Krieger, den er gestern in Dsita begrüßt hatte. Ein beeindruckender Mann, wie er fand. Mit Sicherheit ein guter Ausbilder für die Dsitaren, der neue Impulse mitbrachte. Er besaß Ausstrahlung, selbstbewusst, lässig und entspannt, aber kein bisschen nachlässig, wie eine Raubkatze.

Eine Freude, ihn in der Stadt zu haben. Und auf der richtigen Seite. Besonders, da die von ihm mit begründeten She-Bashi in weiten Teilen Isrogants präsent waren und zu einer ernstzunehmenden Macht werden konnten. Alexios hatte Zweifel, dass er den Aussagen trauen konnte, die von den She-Bashi überall gemacht wurden: Dass sie keinerlei politischen Ambitionen hatten. Schon ihre pure Präsenz hatte eine politische Komponente. Und dass sie als Ausbilder, aber auch als handfeste Söldner beauftragt werden konnten, verstärkte diesen Effekt.

Es war erstaunlich, dass Ash Gooregan nach wie vor selbst herumreiste und solche Aufträge annahm. Aber vermutlich lag es in seinem Charakter, nicht sesshaft werden zu wollen.

Genau deswegen hatte Alexios das Gefühl, in Eile zu sein. Der Mann war nicht zu halten, jedenfalls nicht auf Dauer. Auch die schönste Frau, die großzügigste Bezahlung, die verlockendste Villa würden ihn nicht an Dsita binden. Wie viele echte Krieger wollte er wandern, Erfahrungen und Erlebnisse sammeln. Weder Söldner noch Soldat, keine Totschläger, sondern ein Reisender.

Die Musik verstummte. Lautes Krachen, noch übertönt von einem gotteslästerlichen Fluch, überlagerte alles andere. Alexios lächelte. Wie passend zum Wechsel seiner eigenen Stimmung.

Klar, hell, kühl war er gewesen. Jetzt spürte er gelben Neid auf den reisenden Meister Gooregan.

Zwar war Macht wunderbar, und Alexios war sich bewusst, wieviel er bewegt und geschaffen hatte. Sein Herz war angefüllt mit Visionen und Ideen für sein Dsita und das Reich der Drei Mächte, das er mit dem ebenfalls jungen Fürst Benfad von Biodrem vor neun kurzen Jahren ausgeheckt hatte. Das Jubiläumsjahr stand bevor, und es gab Grund zum Feiern.

Aber soviel Macht er über andere hatte, sowenig besaß über sich selbst. Keine Freiheit, keine Wanderungen für Fürst Alexios von Dsita. Er erkaufte seine Rolle mit Verpflichtungen, die ihn Tag und Nacht verfolgten.

Wie gerufen erschien ausgerechnet in diesem Moment der Kanzler Ardewan Kaleiros in der Tür zur Terrasse. Bepackt mit Papieren, penibel korrekt gekleidet, mit steinernem Gesicht. Er verneigte sich kurz, winkte mit nachlässiger Geste den Wachen zu, die sich sofort in Bewegung setzten, um einen Tisch und zwei Stühle zu bringen.

Ein fragender Blick traf Alexios, der den Soldaten mit einer weitaus freundlicheren Bewegung einen Platz direkt an der Brüstung der Terrasse anwies, so dass er auch beim Studium der Papiere über seine

Stadt sehen konnte.

»Bringt mir ein kleines Frühstück«, sagte er dann. »Trauben, Käse, Brot, Wein und Wasser. Vielleicht etwas kalten Braten.« Er dachte kurz nach. »Das ist genug. Danke.«

Die Wachen verschwanden, während Alexios sich Kaleiros zuwandte.

»Ich sehe, Ihr seid schwer beladen. Lasst uns einen Blick auf Eure Last werfen.«

Kaleiros verbeugte sich. Die Papiere auf seinem Arm glitten auf den Tisch.

»Es sind ein paar durchaus interessante Dinge dabei, Euer Hoheit«, sagte er. Alexios mochte seine Stimme, tief und überzeugend, stark genug, bei Versammlungen mit vielen Menschen auch den letzten der Anwesenden zu erreichen. Ob er auch den Kanzler selbst mochte, wusste er nicht genau zu sagen. Es war ein fähiger Mann, aber manchmal vermutete Alexios, dass es besser sein würde, ihn eines Tages zu köpfen. Er dachte zuviel, und manchmal in den falschen Bahnen.

Aber was soll ich mit einem Kanzler, der nicht denkt? Alexios schob die Unterlagen auf dem Tisch auseinander und verschaffte sich einen Überblick. *Das Leben als Herrscher ist oft kompliziert.*

Er runzelte die Stirn, zog die Augenbrauen nach oben.

»Habt Ihr das alles schon gelesen, Kanzler?« fragte er. Ein Nicken. »Selbstverständlich, Euer Hoheit. Es sind mehrere interessante Nachrichten dabei.«

»Das finde ich auch. Meeresatmer auf TschangFang, das ist überraschend.« Alexios blätterte weiter. »Und natürlich sind auch schwimmende Städte der Eversailors gesehen worden.«

»Ja, Hoheit. Alles Hörensagen, aber die Nainesher tauchen immer öfter in Küstennähe auf, und die Eversailors sind meist in der Nähe.«

»Naheliegende Verbindung. Stellt mehr Nachforschungen an, ich möchte mehr wissen. Das Fryyywan-Meer ist durchaus Interessengebiet des Reiches der Drei Mächte.«

Der Kanzler machte eine kleine Bewegung, die Missfallen ausdrücken konnte, aber nicht musste. Alexios registrierte sie sehr genau. War dieses Gefühl jetzt gesundes Misstrauen oder schon die Paranoia vieler Fürsten gegenüber ihren hohen Beamten? Unangenehm.

»Bislang haben wir das Meer als Interessensphäre von Biodrem betrachtet, Majestät«, stellte der Kanzler fest.

Alexios nickte. »Kann so bleiben. Aber zu den wasseratmenden Naineshern und den Eversailors möchte ich direkte Informationen. Kümmert Euch darum, Kanzler, ja?«

Ein Brief stach ihm ins Auge. Das herzogliche Wappen von Ga Ta Cien? Tatsächlich – ein Schreiben des Fürsten Macuu von Maiins, Herrscher des Wüstenreiches südlich des Fryyywan-Meeres. Es hatte lange keinen Kontakt mehr gegeben, jedenfalls keinen direkten, denn auch die Pflege der Verbindungen zu den südlichen Nachbarn hatte Benfad von Biodrem in den letzten Jahren übernommen.

»Was will Herzog Macuu?« fragte Alexios mit einem Seitenblick auf den Kanzler, der mit stoischer Gelassenheit neben seinem Herrscher stand. Bevor er antworten konnte, öffnete sich die Schiebetür erneut und eine junge Frau mit einem Tablett trat heraus.

Mit leisen Schritten eilte sie über die Terrasse und setzte das Tablett am Rande des Tisches ab, Speisen und Becher mit Getränken auf den Tisch stellend. Alexios lächelte sie freundlich an – eine Schönheit war sie, blond, zart, eine Palastdienerin, wie er sie sich wünschte. Eine Sekunde vergaß er den Brief aus Ga Ta Cien, während er ihre anmutigen Bewegungen beobachtete, ihre zarten Hände, die feinen Handgelenke, den einzelnen, bescheiden ihre sanfte Schönheit betonenden goldenen Armreifen.

Ein Lächeln flog über ihr Antlitz, als sie ihn anschaute, darauf wartend, ob alles für ihn in Ordnung sei. Ohne einen Blick auf das Essen nickte er ihr freundlich zu, sagte: »Danke«, entließ sie mit einer Handbewegung, sah ihr nach.

Dann nahm er ein Stück Brot und biss gedankenlos hinein, während die weit ausgreifende, aber dennoch zackige Handschrift des Herzogs Macuu ihm wieder ins Auge fiel. Sie weckte Erinnerungen. Er hatte sie das erste Mal auf dem riesigen Edelholz-Schreibtisch seines Vaters gesehen.

Der alte Fürst brachte dem Wüstenherrscher zu seinen Lebzeiten wenig Sympathie entgegen. Ga Ta Cien hatte das Gebiet, das heute Reich der Drei Mächte hieß, stets als sein Einflussgebiet betrachtet. Eine Pufferzone, mit einigen unbedeutenden Stadtstaaten, die nichts waren als Abstandhalter zu den nächstgrößeren Reichen.

Zum Tode seines Vaters hatte Alexios eine Einladung nach Ga Ta Cien erhalten, in genau dieser zackigen, ausladenden Handschrift. Freundliche Worte, die dennoch von der enormen Arroganz des Wüstenherrschers zeugten. Er hatte einen Vasallenstatus angeboten, der Alexios zum unwichtigen Fürsten einer kleinen Randstadt gemacht hätte – auf gleicher Stufe mit den höheren Adligen Ga Ta Ciens.

Seit der Gründung des Reiches der Drei Mächte war der Kontakt zur Wüste jenseits des Binnenmeeres Fryyywan immer dünner geworden. Benfad von Biodrem, Herrscher einer Handelsstadt, war diplomatischer und händelte solche Angelegenheiten viel geschickter.

Das heutige Schreiben war ausgesucht freundlich. Macuu von Maiins fragte an, ob der Besuch einer Botschafterin genehm sei. Er würde sich freuen, eine Gesandtschaft im Reich der Drei Mächte einrichten zu können, und als Standort erscheine ihm Dsita sehr positiv.

Alexios schmunzelte. Zu offensichtlich der Versuch, einen Keil zwischen die Drei Mächte zu treiben. Natürlich wusste auch Herzog Maiins, dass er sich an den Fürsten von Biodrem wenden musste, wollte er eine Gesandtschaft errichten.

»Was denkt Ihr, Kanzler?« fragte er, mit dem Brief wedelnd.

Kaleiros hob die Schultern in einer Geste des Unwissens.

»Simple Taktik auf den ersten Blick«, sagte er. »Aber vielleicht steckt auch mehr dahinter. Warum entsendet der Herzog jetzt einen Gesandten?«

Alexios nickte. »Und warum eine Frau? Die Wüstenstaaten sind nicht unbedingt bekannt für weibliche Führungspersonen.«

»Es handelt sich um eine enge Verwandte des Herzogs«, antwortete der Kanzler, offenbarend, dass er bereits weitere Erkundigungen eingeholt hatte. »Djamila dei Liulan. Sie ist sehr bekannt in Ga Ta Cien, und sie ist unverheiratet.«

Alexios zog wieder die Augenbrauen empor. »Ziemlich plump.«

»Ich weiß es nicht, Euer Majestät. Vielleicht ist es ganz interessant, die Dame kennenzulernen.«

Natürlich. Der Kanzler spielte an auf Alexios´ Ruf als ewiger Junggeselle, kriegerisch-stramm. Der daraus entstehende mönchische Ruf war nicht immer hilfreich, vor allem, weil er Nachfolgefragen unbeantwortet ließ.

Alexios schaute versonnen hinunter auf den Fluss. Ein Vogelschwarm flatterte durch die Luft und gab ihm Gelegenheit, Augen und Gedanken schweifen zu lassen.

»Ich möchte die junge Dame wirklich lieber nicht hier in Dsita haben«, entschied er. »Wir schicken sie nach Biodrem. Weil dort der richtige Ort für eine Gesandtschaft ist. Und weil sie dann ihre Reize an Fürst Benfad versuchen kann.«

Am Grinsen des Kanzlers sah er, dass auch dieser Gefallen an der kleinen Gemeinheit fand: Fürst Benfad von Biodrem hatte kein Interesse an Frauen.

Um der Boshaftigkeit noch eine Spitze zu geben, setzte er hinzu: »Wobei ich mich frage, ob wir die kleine Wüstenadlige nicht doch vorher noch hier begrüßen. Vielleicht lasse ich ihr ja die Chance, ihre Verführungskünste auszuprobieren.«

Das Grinsen des Kanzlers verschwand. Vermutlich sah er Verwicklungen voraus. Das gefiel Alexios gleich noch etwas besser. Es würde Schwung in den Alltag bringen. Wäre das nicht eine hervorragende Alternative? Eine echte Krise, dann eine Kriegserklärung von Ga Ta Cien an das Reich der Drei Mächte. Dsitaren, die im Sturm durch die Wüste bis nach Maiins fegten und der Arroganz ein Ende setzten.

Er bremste sich. Das war zu weit hergeholt. Militärische Spiele wie diese konnten gefährden, was er sich aufgebaut hatte. Es gab bessere Ziele für die Schlagkraft seiner Elitekrieger.

»Ist noch etwas in diesem Stapel?« fragte Alexios. Er verspürte den unbedingten Drang nach körperlicher Bewegung. Er wollte sein Schwert ziehen, die Klinge blitzen lassen, schwitzen. Sich danach in der Sauna innerlich reinigen und dann den Rest des Tages angehen. Der Papierkram machte ihn müde.

Doch Kaleiros nickte. »Allerdings, mein Fürst. Es gibt etwas, das Ihr unbedingt sehen solltet.« Mit flinken Fingern griff er zwischen die Papiere und reichte Alexios einen Bericht, der mit dem Siegel des dsitarischen Geheimdienstes versehen war. Eine offizielle Notiz, und streng geheim.

Alexios öffnete den Umschlag und las interessiert. Langsam wechselte sein Gesichtsausdruck von oberflächlicher Neugier zu heller Aufregung.

»Kaleiros, das ist großartig!« rief er. »Wir brauchen einen Magier. Und zwar schnell!«

Der Kanzler lächelte fein und spreizte die Finger in einer »Ach was – das war doch gar nichts«-Geste. »Würde Euer Majestät auch eine Magierin akzeptieren?« fragte er. »Der Zufall will, dass eine solche sich zur Zeit im Reich der Drei Mächte aufhält.«

Alexios dankte allen Träumen, dass er dem Drängen der Kirche des Einen Gottes nicht nachgegeben hatte, die fortwährend strengere Gesetze gegen Mystiker im Reich der Drei Mächte forderte.

»Wunderbar. Bringt sie her. Ich möchte diese weise Dame kennenlernen.«

***

Die weise Dame entsprach ganz und gar nicht den Vorstellungen, die Alexios von ihr gehabt hatte. Sie trug den nachtblauen Mantel, der das Markenzeichen vieler Mystiker war, sie hatte die geheimnisvolle Ausstrahlung, die man erwartete, sie trug einen magischen Edelstein an einer goldenen Halskette – aber sie war jung.

Er schätzte sie auf maximal Dreißig. Nachtdunkle Augen dominierten ein scharf gezeichnetes Gesicht mit schmaler Nase, umrahmt von dunklen, kaum gebändigten Haaren.

Sie wirkte unnahbar, aber nicht verschlossen, was Alexios enorm reizvoll fand. Er fragte sich, ob die kleine Wüstenadlige, die Herzog Macuu ihm hatte schicken wollen, auch nur annähernd so anziehend war wie diese junge Zauberin.

Sie trafen sich am Rande der großen Audienz, die die Wochentage im Palast beherrschte. Es hatte ihn viel Mühe gekostet, sich an dieses immer wiederkehrende Ritual zu gewöhnen, in dessen Verlauf unzählige Menschen ihn mit ihren Wünschen überfielen, seine Aufmerksamkeit forderten und auf bizarre Art an ihm zogen, damit er tat, was sie wollten.

Mittlerweile gelang es ihm, die manchmal bis zu zwei Stunden dauernden Veranstaltungen durchzustehen, ohne sich am Ende vollkommen gerädert zu fühlen. Aber immer noch war er froh, wenn er es hinter sich hatte.

So ging es ihm auch jetzt. Kanzler Kaleiros hatte die Magierin in einen Nebenraum des großen Thronsaals geführt. Hier war es still und kühl. Alexios schloss die Tür hinter sich, sperrte die vielen Stimmen aus, die seine Sinne überschwemmten wie die Große Flut die Stadt Adjagard. Dann atmete er auf und fühlte ein Gewicht von seinen Schultern genommen.

»Willkommen in Dsita, Lady dei Xemotearzx«, sagte er freundlich. Ihre Verbeugung quittierte er mit einem kurzen Nicken, bevor er sie zur Seite nahm, um ihr von dem Abenteuer zu erzählen, dem er sie aussetzen wollte.

Sie reagierte mit Erstaunen. »*Glanhíre*?« fragte sie ungläubig. »Eure Jäger haben tatsächlich eine Mine von *glanhíren* gefunden?«

Alexios hob beschwichtigend die Hände. »Das wäre wohl zu viel gesagt. Sie haben einige Steine gefunden, die vielleicht *glanhíre* sind, und einen Tunnel in die Tiefe der Berge, den sie aber nicht alleine folgen wollten.«

Die Mystikerin wurde nachdenklich. »Habt Ihr die Steine untersucht?«

Alexios nickte. »Natürlich. Ohne einen Magiekundigen haben wir aber kaum eine Chance, herauszufinden, ob sie wirklich das sind, was wir vermuten.«

»Und einen Magier habt Ihr nicht am Hofe.«

»Nein.« Der Fürst lächelte. »Das Reich der Drei Mächte hat keine eigenen Magierschulen wie etwa der König von Droni. Wir hätten

Boten nach Ga Ta Cien entsendet, wo es einige mystische Gemeinschaften gibt, wenn Ihr nicht in der Nähe gewesen wäret.«

Sie nickte langsam. »Kann ich die Edelsteine sehen?«

Alexios wechselte einen Blick mit seinem Kanzler, der einem Dienstboten einen Wink gab. Kurz darauf trat ein Dsitare in den Raum, in den Händen einen edlen hölzernen Kasten mit dem fürstlichen Siegel Dsitas, verschlossen mit einem eindrucksvollen Vorhängeschloss.

Er stellte ihn auf einen kleinen Tisch. Der Kanzler zog einen Schlüssel von einem Schlüsselring an seinem Gürtel und öffnete das Schloss. Alexios beobachtete es mit einem säuerlichen Gefühl: Der Kanzler hatte zu viele Schlüssel und zu viel Verantwortung. Wie immer schob er den Gedanken zur Seite. Das fiel ihm leicht, denn in diesem Moment wurde ihrer aller Aufmerksamkeit vom Inhalt des Kastens angezogen.

Es lagen Edelsteine darin: Vielfarbig glitzernd, eindrucksvoll, wie ein Kind sich einen Piratenschatz vorstellen mochte. Herrscher und Kanzler blickten auf die funkelnde Pracht, so dass ihnen das enttäuschte Gesicht der Zauberin erst nach einigen Augenblicken auffiel.

»Ihr scheint nicht begeistert, Lady«, stellte Alexios fest, sein Hochgefühl schwindend. »Sind es keine glanhíre?«

Alica dei Xemotearzx hob abwehrend die Hände. »Doch, doch, das sind durchaus magische Steine«, sagte sie. Sie streckte ihre Hand in Richtung des Kastens aus, schloss leicht die Augen und murmelte etwas in einer fremdartigen Sprache. Alexios spürte einen abergläubischen Schauer auf seinem Rücken. Die junge Frau sprach *korásh*, die uralte Sprache der Mystik. Die Worte waren alt - so alt, dass sie entstanden waren, bevor es die ersten Menschen in Isrogant gegeben hatte.

Die *glanhíre* im Kasten – jene magischen Steine, die jeder Magier brauchte, um die Kraft der Magischen Gezeiten zu sammeln und Zauber zu wirken – begannen zu strahlen. Alle Farben des Regenbogens tanzten über die Wände des Raumes, während die Edelsteine sich neu ausrichteten: Parallel zueinander, soweit ihre ungeschliffene Form es zuließ. Ihr Licht bündelte sich auf einer Wand, verformte sich. Umrisse entstanden, verwaschene Farben, die zu einem Abbild der Stadt wurden, wie sie von der Terrasse des Palastes aus zu sehen war.

Alexios war bass erstaunt. Was er sah, stimmte genau mit dem überein, wie die Welt vor der Tür tatsächlich aussah. Kein noch so realistisches Gemälde erreichte diese Perfektion. Ein Flattern ließ ihn aufmerken. Ein Vogel! Jetzt sah er, dass die Schiffe auf dem Fluss in Bewegung waren. In Bewegung!

Dies war ein Blick in die Glaskugel. Wie anders die alten Zeiten gewesen sein mussten, als die Menschen auf diese Weise durch Wände blicken konnten.

In diesem Augenblick sah er etwas Neues in der Magierin. Er dachte daran, dass König Struern Vale von Westenra in seinem Inselreich Droni die Magierschulen intensiv förderte.

War ihm hier etwas Wichtiges entgangen? War er zu sehr ein Kind des Zeitalters nach der Flut, um die Möglichkeiten zu erkennen?

Das Bild an der Wand flackerte und verblasste. Dann verschwand es ganz.

Lady Alica machte eine entschuldigende Bewegung mit den Schultern: »Diese Steine sind von minderer Qualität«, erklärte sie. »Mehr als ein solcher Jahrmarktstrick ist damit nicht machbar.«

Jahrmarktstrick, dachte Alexios. *Sie hält das für einen Jahrmarktstrick.*

Er kämpfte noch immer mit der Erkenntnis, dass er ein so traditionsreiches Thema der Isroganter Geschichte übersehen hatte. Was für ein absurder Fehler.

»Es ist wirklich nur Schau«, sagte sie. »Das Bild zeigt nicht wirklich, was dort draußen passiert, es entspringt nur meiner Erinnerung und dem *achí* des Ortes. Ich kann nur Orte zeigen, die ich schon kenne. Und es verbraucht eine Menge mystischer Energie. Im Normalfall würde ich meinen *glanhír* dafür nicht verschwenden.«

»Sie nutzen sich schnell ab, diese mystischen Steine, nicht wahr?« fragte Alexios.

»Nicht unbedingt schnell«, entgegnete sie. »Aber es gibt nur noch sehr wenige von ihnen, nur noch wenige Orte, an denen sie gefunden werden, und sie sind enorm teuer. Die meisten Zauberer müssen mit ihrem ein Leben lang auskommen.«

»Ich verstehe. Das war wohl früher anders?«

»Ganz sicher kennt Ihr die alten Legenden, Euer Majestät. Es soll Zeiten gegeben haben, in denen die Wunder von Isrogant stets neue *glanhíre* produzierten. Das waren die Zeiten, in denen das *achí* in Isrogant noch stabil war und deswegen ohnehin weniger von ihnen gebraucht wurden. Seit dem Verschwinden der Wunder löst sich die mystische Energie in Magiewinden auf, die mal stärker und mal schwächer wehen. Je schwächer, desto mehr Kraft muss der Magier dem *glanhír* entnehmen.«

Davon hatte Alexios tatsächlich gehört, aber nie zu beurteilen gewusst, was davon wahr war. »Es scheint, die großen Zeiten der

Magier sind vorbei«, stellte er fest, um sich unmittelbar auf die Zunge zu beißen angesichts dieser Unhöflichkeit ihr gegenüber.

Doch sie lachte freundlich. »Das scheint so, ja. An manchen Orten sind die Magiewinde so stark, dass Zaubern kaum jemals möglich ist. Schon vor vielen hundert Jahren, noch vor dem Zeitalter Adjagards, sind in den Magierkriegen der Dunklen Jahre die meisten *glanhíre* verbraucht worden.« Nach einer kurzen Pause fügte sie hinzu: »Ziemlich blödsinnig, um einander zu töten und ganze Landstriche zu verwüsten.«

»Das war lange, bevor es die Stadt Dsita überhaupt gab«, bemerkte Alexios. »Es ist erstaunlich, dass die verbliebenen Ressourcen an diesen Steinen die dann folgenden Jahrhunderte überdauert haben.«

»Ja, erstaunlich«, stimmte sie zu. »Aber manchmal werden sogar noch neue Vorkommen gefunden. Ein ziemlich wertvoller Schatz für eine junge Nation.«

Er hörte ihren Unterton. Ihr war klar, dass es ihm um Macht ging, und um die Möglichkeiten, die ihm dieser Fund bringen konnte. Sein Herz schlug schneller, obwohl er sich zur Ordnung rief. Noch war gar nichts sicher. Mit hoher Wahrscheinlichkeit hatten seine Jäger dort in den Bergen nur einen Haufen Abfall gefunden, minderwertige Kristalle, vor Urzeiten weggeworfen von einigen Elben oder einer Gruppe wandernder Mystiker. Vielleicht war es auch Kriegsbeute einer Magierarmee auf dem Rückzug?

Mit einem Räuspern schaltete sich Kanzler Kaleiros in das Gespräch ein. »Fürst Alexios wünscht, eine Expedition auszurichten zum Fundort der Steine. Alte Legenden sagen, dass es dort oben eine Elbensiedlung gegeben hat. Wir haben nie viel darauf gegeben, aber jetzt möchten wir Genaueres erfahren.«

»Das klingt interessant.« Alica dei Xemotearzx schaute erwartungsvoll auf den Fürsten, den Kanzler zum reinen Stichwortgeber degradierend – was Alexios ausnehmend gut gefiel.

Mit sanftem Lächeln sagte er: »Ich hätte gerne einen Magiekundigen dabei. Wer weiß, was wir vor Ort finden. Soweit ich unterrichtet bin, seid Ihr hervorragend ausgebildet, an berühmten Schulen und Universitäten der Mystik. Ihr könnt also nicht nur zaubern, sondern kennt Euch auch mit den Hintergründen der Magie bestens aus. Stimmt das?«

Ihre Augen wanderten in die Ferne, ein leicht wehmütiges Lächeln zog über ihr Gesicht wie eine Wolke, die kurz die Sonne verdunkelte.

»Ja, ich war an einer sehr berühmten Akademie, in Dardan.«

Während sie ihren Gedanken noch einen kurzen Augenblick

nachhing, wechselte Alexios einen Blick mit seinem Kanzler. »Würdet Ihr denn eine solche Expedition begleiten?«

Ihr Blick klärte sich. »Aber ja. Sehr gerne sogar.«

»Na wunderbar.« Alexios´ Lächeln wurde zu einem Grinsen. »Dann könnt Ihr die Details heute Abend mit Kanzler Kaleiros besprechen. Er wird Euch auch eine Unterkunft in unserem Gästehaus zuweisen. Ich fürchte, ich muss zurück zu meiner Audienz. Kein großes Vergnügen.«

Ihr leichtes Nicken war wieder so mysteriös, wie es sich für eine echte Zauberin geziemte.

***

Die Menge im Thronsaal hatte sich noch vergrößert. Alexios musste sich Mühe geben, nicht die Augen zu verdrehen. All diese kleinen Wünsche und Sorgen... Der Arbeitsalltag eines Herrschers war voller Verwaltungsakte, voller gesellschaftlicher Verpflichtungen. Dass er überhaupt noch visionär denken konnte, war ein Wunder.

Aber eine Magierschule in Dsita, ausgestattet mit *glanhíren* aus eigener Produktion, Einnahmen aus dem Verkauf der Steine – all das waren erfreuliche Gedanken, denen er sich weiter widmen würde, sobald er das hier hinter sich hatte.

Unter den Teilnehmern der Audienz gewahrte er zwei bekannte Gesichter: Hauptmann Gregorios Mandanof, und bei ihm den Kriegskünstler Ash Gooregan.

Leicht amüsiert über seine eigene kindische Denkweise stellte Alexios fest, dass seine Begeisterung für den Besuch des She-Bashi-Begründers seit dem Gespräch mit Lady Alica abrupt nachgelassen hatte.

Plötzlich erschien ihm die Möglichkeit, die Dsitaren mit Hilfe dieses Meisters aufzuwerten, nurmehr als schale Freude. Nach wie vor eine sinnvolle Maßnahme, die richtige Entscheidung. Aber dennoch... nicht mehr aufregend.

Seine Aufmerksamkeit wanderte durch den Raum, angefüllt mit Beamten, Städtern, Kriegern, und das brachte ihn auf die Idee, wie er die Faszination des Kämpfers Gooregan mit dem Reiz der neuen Chance verbinden konnte.

Schließlich war die Expedition eine gefährliche Aufgabe. Mandanof sollte sie leiten, und Ash Gooregan sie begleiten. Ein Abenteuer, das perfekt zu den Geschichten´ passte, die man sich von Gooregan erzählte. Und es gab keinen besseren Expeditionsleiter als den Hauptmann.

Der Ausbildungsbeginn konnte auf die Zeit nach der Rückkehr der Expedition vertagt werden. Meister Gooregan konnte sich ein Bild von den Dsitaren im Einsatz machen. Und die Teilnehmer der Expedition hatten Gelegenheit, unter realen Bedingungen zu lernen.

Das fühlte sich richtig an, für Alexios selbst und seinen Seelenfrieden. Eine mutige, zügige Entscheidung, getragen von flexiblem Denken ohne Scheuklappen. So, wie sie ein echter Führer treffen sollte.

Zufrieden wandte er sich wieder der Menge zu und winkte als erstes Hauptmann Mandanof und Ash Gooregan zu sich heran. Er hatte das sichere Gefühl, dass sie alle beide dieser großen Chance ebenfalls nicht widerstehen konnten.

***

Den alten Wanderer Rabòn dei Adechán sah Ash nicht mehr im Gästehaus, aber der Diener, der schon am ersten Morgen seine Dienste als Klatschbase empfohlen hatte, blieb sich auch an den folgenden Tagen treu. Ash lauschte stets interessiert seinen Geschichten, und so war es auch am Morgen nach der Audienz, bei der Alexios von Dsita ihm angeboten hatte, vor der Ausbildung der Dsitaren zunächst noch eine ganz andere Aufgabe anzunehmen.

Eine Expedition in die Berge an der Nordgrenze des vom Reich der Drei Mächte beanspruchten Gebietes – das enthielt Sprengstoff, denn was immer der Dsitarenherrscher dort zu finden hoffte, konnte Begehrlichkeiten wecken.

Ash hatte nachgedacht und festgestellt, dass es kaum ein Nachbarreich gab, das diesen Anspruch wirklich hätte durchsetzen können: Das Zweifelsenreich war in einem blutigen Bürgerkrieg gefangen und auch noch ein gutes Stück von der besagten Bergkette entfernt. Ansonsten gab es dort kleine Stadtstaaten in der Größe jeder einzelnen der Drei Mächte. Alleine waren sie kaum im Stande, eine Auseinandersetzung mit der neuen Nation aufzunehmen.

Besonders interessant fand er die Zusammensetzung der Expedition, die nicht nur aus Soldaten, sondern im Kern aus Wissenschaftlern bestehen sollte: Historiker der Universität von Biodrem, was Ash noch nachvollziehen konnte – und einer Magierin. Im deutlich männlich dominierten Dsita eine Frau, und dann auch noch eine Zauberin. Bemerkenswert.

Ash hatte in seinem Leben viele Mystiker kennen gelernt, die meisten von ihnen während seiner Zeit im Reich der Elf Großen

Stadtstaaten. In Dardan, der Bruderstadt von Dan Dered, herrschte ein Magierorden, der seine Tradition bis ins Zeitalter der Mystik zurückverfolgen konnte. Er unterhielt berühmte mystische Akademien, eine Seltenheit im heutigen Isrogant, in dem seit der Großen Flut die Kirche der Zweiten Offenbarung an Kraft gewann. Ihre Anführer, die Lektoren im Kloster Avenicum Dalor am Heiligen Vulkan, gaben den Mystikern die Schuld an der Katastrophe und dem Untergang des Imperiums Adjagard.

Soweit Ash es beurteilen konnte, war das eine Unwahrheit.

Es mochte etwas dran sein an den Legenden über Dunkle Zonen, die von Schwarzmagiern verwüstet und für alle Zeiten unbewohnbar gemacht worden waren.

Kaum vorstellbar aber, dass diese Magie tatsächlich die Ursache der Großen Flut war. Noch unwahrscheinlicher aber fand er die Idee eines strafenden Gottes, der mit einer Flutwelle dem unwürdigen Treiben seiner menschlichen Diener ein Ende setzte.

Natürlich bezeugten die feurigen Schriften im Heiligen Vulkan von Avenicum Dalor genau diese Geschichte. Diese Schriften aber hatte Ash noch nicht gesehen, und auch sonst niemand, abgesehen von den Lektoren der Kirche selbst.

Die meisten Magiere, die er traf, waren entsprechend zurückhaltend, pflegten einen Nimbus von geheimnisvoller Rätselhaftigkeit. Hinter dieser Fassade verbargen sich oft interessante Charaktere, doch eine junge Frau war nie darunter gewesen.

***

Alica wurde von Babygeschrei geweckt, was sie im Gästehaus des dsitarischen Fürsten nicht erwartet hatte.

So früh am Morgen, noch müde und empfindsam, machte es sie mürrisch. Sie war Achtundzwanzig, ein Alter, in dem die meisten ihrer Jugendfreundinnen schon mehrfache Mütter waren, während sie selbst sich für einen gänzlich anderen Weg entschieden hatte. In ihrem Leben war auf absehbare Zeit für Mann oder Kinder kein Platz. Seit ihrer Flucht aus dem Reich der Elf Großen Stadtstaaten und ihrem Besuch in Ga Ta Cien war sie stets in Bewegung.

Ein Zustand, den sie genoss. Das ziellose Herumstreifen tat ihr gut. Erstaunlicherweise gab es kaum einen Moment, in dem sie tatsächlich ohne eine Aufgabe war. Isrogant steckte voller mystischer Stätten, eine Parallelwelt, die von den modernen Menschen kaum noch wahrgenommen wurde... Wenn sie nicht an einer schrecklichen

Krankheit litten, für die die Mediziner der kirchlichen Universitäten keine Heilung boten, oder Fragen hatten, auf die sie sich Antworten von den uralten Lehren der Mystiker erhofften.

So wie Fürst Alexios von Dsita. Mit einem gewissen Amüsement hatte sie festgestellt, dass dieser machtbewusste Mann noch gar nicht bis zu Ende durchdacht hatte, womit er sie zu beauftragen gedachte.

Die Expedition, die er ausrichtete, würde ihm möglicherweise eine Quelle ungeahnten Reichtums bescheren: Eine neue Fundstätte echter *glanhíre* war eine Seltenheit.

Je mehr der Fürst nachdachte, um so mehr würde sein Ehrgeiz wachsen. Alica war sich nicht sicher, ob das zu viel Gutem führen würde.

Die Bezahlung der Expedition allerdings war verlockend. Und angenommen, sie fanden tatsächlich *glanhíre* in den Bergen... es würde ihrer Zauberei ganz neue Perspektiven eröffnen.

Doch das alles lag in der Zukunft. Erst musste sie das Gebirge erklimmen. In Begleitung einer ihr noch unbekannten Gruppe von Wissenschaftlern, die der Mystik in den meisten Fällen skeptisch gegenüberstanden – und Kriegern, von denen sie bislang nichts wusste. Ganz glücklich war sie nicht mit dieser Aussicht, aber dann wiederum: Sie liebte Abenteuer, und das war eines.

Als sie zum Frühstück in den Innenhof des Gästehauses hinunter ging, saß dort einer der Männer, die ihr am Abend vorher als Leiter des Expeditionsteams vorgestellt worden waren.

Er war in ein intensives Gespräch mit einem der Dienstboten vertieft. Ein vermutlich kluger Schachzug: Viele Menschen unterschätzten die Dienstboten, obwohl diese überall Zugang hatten und Geheimnisse kannten, die den Augen auch der aufmerksamsten Spione entgehen mochten.

Sie musterte ihn genauer: Ein schlanker, durchtrainierter Mann in mittleren Jahren, mit langen, dunklen Haaren, die erste graue Strähnen zeigten. Besonders eitel schien er nicht zu sein, ging man von seiner Kleidung aus, aber es war nicht zu übersehen, dass er auf Sauberkeit achtete.

Ein Schwert stand neben ihm an den Tisch gelehnt – nicht ganz so achtlos, wie es auf den ersten Blick wirkte, sondern in Griffweite. Die Form war ihr vertraut: Der lange Griff, die leicht geschwungene Klinge in der abgenutzten Scheide verrieten die traditionelle Waffe der Dandereden. Alica wusste, dass diese langen, aber leichten Schwerter einen guten Ruf genossen.

Mit ziemlicher Sicherheit kein plumper Söldner. Dennoch ging eine bedrohliche Aura von ihm aus. Es lag nicht viel Gnade in seinen blaugrauen Augen. Sie war sich recht sicher, dass er ein übergroßes Ego mit der Bereitschaft zur Brutalität verband, wie viele der reisenden Krieger, die sie kennengelernt hatte. Um so mehr, wenn er sich an die Philosophie der in Dan Dered gepflegten Kampfkunst hielt.

Dennoch... ihn jetzt kennenzulernen, war sicherlich besser, als später zwischen Tür und Angel. Und so packte sie den Stier bei den Hörnern.

»Guten Morgen«, sagte sie zu Krieger und Dienstbote. Die schuldbewusste Reaktion des Letzteren ließ sie vermuten, dass sie selbst Thema gewesen war. Unerwartet, aber nicht wirklich überraschend.

»Kann ich mich zu Euch setzen?« Sie gab keine Gelegenheit zu einer Ablehnung, sondern nahm selbstbewusst Platz.

Sein Blick war weniger kalt, als sie erwartet hatte, und auch seine Stimme war angenehm, als er antwortete: »Das ist eine schöne Idee.«

Lächeln verwandelte sein Gesicht und offenbarte tiefe Falten, die von Erfahrung, aber auch der Bereitschaft zur Fröhlichkeit zeugten. Wie alt mochte er wirklich sein?

Ihre Augen wanderten zu seinen Händen, in denen er ein Stück Brot hielt, das er gerade mit einem Messer zerteilt hatte. Sie waren nicht knubbelig und hart, keine Pranken, wie sie angesichts seines Berufs erwartet hätte. Stattdessen wirkten sie kräftig, aber feingliedrig, von vielen Adern durchzogen. Das gefiel ihr.

Das Messer hielt er professionell, etwas lässig.

Vermutlich hatte er vierhundert verschiedene Formen des Tötens mit diesem Instrument studiert, so wie sie die achtundzwanzig Formen der Verwandlung von Geminem Wondark geübt hatte... Egal wie empfindsam seine Hände sein mochten, sein Handwerk war doch das Töten.

Er missdeutete ihren Blick völlig und reichte ihr das Messer, den Griff voran.

»Ich bitte um Vergebung«, sagte er. »Ich habe nicht bedacht, dass es das einzige auf dem Tisch ist. Die letzten Tage habe ich hier immer alleine gesessen. Die anderen Gäste haben zu häufig gewechselt, um Bekanntschaft zu schließen.«

Sie nahm es schmunzelnd an.

»Danke.«

Sie wählte ein Stück Käse, etwas Schinken, ein Stück Brot. Die Butter sah appetitlich aus, den Honig würde sie auf jeden Fall auch probieren.

Er sah ihr zu, wie sie ihr Brot aufschnitt und mit Schinken belegte. Etwas ironisch dachte sie, dass er vermutlich Menschen danach beurteilte, wie gut sie mit einer Waffe umgehen konnten. Nun, auch sie wusste, wie man eine Klinge benutzte, schon seit sie als Kind in Droni beim Schlachten von Tieren geholfen hatte, wie es sich für eine Bauerstochter gehörte.

Als habe er ihre Gedanken gelesen, meinte er: »Ich habe gehört, Ihr stammt von der Insel.«

»Ich war lange nicht mehr dort«, antwortete sie.

»Ich auch nicht.«

Das ließ sie aufblicken. »Oh, Ihr habt Droni besucht?«

»Schon öfter. Es gibt She-Bashi-Schulen dort.«

»Davon habe ich gehört. Ihr habt etwas damit zu tun, ja?«

Er lächelte. »Es war die Idee eines engen Freundes. Ich arbeite ziemlich intensiv an der Entwicklung des Systems und unterrichte hier und dort.«

»Und jetzt in Dsita?«

»Hier geht es nicht so sehr um She-Bashi. Fürst Alexios sucht jemanden für seine Truppen.« Er nahm einen Schluck Milch aus seiner Tasse. »Aber es scheint, bevor ich mich der Ausbildung der Dsitaren widmen kann, muss ich mich erst noch beweisen.«

Das war genau die Art von Spruch, die sie von einem solchen Mann erwartet hatte. Er nahm die Expedition als Herausforderung für sich und seine Fähigkeiten und verpasste dabei die Tatsache, dass es kein bisschen um ihn ging. Schade. Sie hatte angefangen, ihn zu mögen.

»Beweisen...« sagte sie langsam. Sie ließ es nicht wie eine Frage klingen, aber er antwortete dennoch: »Ja, vor der Ausbildung anderer steht eine praktische Aufgabe. Es scheint, ich darf Euch begleiten in die Nordberge, um nach einer antiken Siedlung zu suchen.«

Das klang schon anders. Sie kaute ein bisschen auf ihrem Brot herum und dachte über Vorurteile nach. Ihre eigenen besonders. Wie viele Krieger hatte sie kennengelernt in ihrem Leben? Die meisten von ihnen waren Dandereden gewesen. Dieser fürchterlich arrogante Ritterorden war wohl kaum repräsentativ – und ebenso wenig die rüden Söldner, mit denen sie es auf der Reise nach Ga Ta Cien zu tun gehabt hatte.

In diesen Gedanken verfangen, verpasste sie, was er als nächstes sagte.

»Entschuldigung«, sagte sie. »Ich war unkonzentriert. Könnt Ihr den letzten Satz wiederholen?«

Er machte ein so verdutztes Gesicht, dass sie lachen musste.

»Nein«, sagte er dann. »Leider nicht. Ich weiß nicht mehr, was ich gesagt habe. Es muss wohl irgendein Unsinn gewesen sein. Was man halt so redet, wenn man sein Gegenüber kein bisschen kennt und nicht unangenehm auffallen will.«

Er starrte auf die Butter, überlegte, dann schüttelte er langsam den Kopf. »Nein, ich weiß es wirklich nicht mehr. Ein dummer Satz. Entschuldigung.«

Sie musste wieder lachen. »Das kann doch nicht sein. Bitte, nehmt es mir nicht übel, aber man vergisst doch nicht, was man noch vor Sekunden gesagt hat!«

Jetzt grinste auch er. »Vielleicht war es mir auch nur zu blöd, um es jetzt zu wiederholen.«

»Aha.« Das klang irgendwie schnippisch, was sie selbst von sich nicht kannte.

Eine kurze Zeit lang sahen sie beide sich an, dann sagte er: »Lady Alica, Ihr seid ganz und gar nicht so, wie ich Magier bislang kennen gelernt habe.« Schnell fügte er hinzu: »Soweit ich das nach diesen paar Minuten beurteilen kann.«

»Das beruht auf Gegenseitigkeit«, entgegnete sie. »Wann immer ich mit Soldaten zu tun hatte, haben sie einen anderen Eindruck bei mir hinterlassen.«

Er nahm wieder einen Schluck aus seiner Tasse.

»Ist das nicht toll?« fragte er.

»Was?«

»Dass wir einen ganz unvoreingenommenen Start machen können. Fernab von Herkunft und Profession.«

»Das ist toll«, bestätigte sie.

Er leerte seine Tasse und erhob sich. Mit einer Verbeugung reichte er ihr die Hand zum Abschied.

»Danke für das nette Kennenlernen«, sagte er.

Sie erwiderte seinen Händedruck und fand ihn fest, aber ohne jede Kraftmeierei.

»Danke für das Messer«, antwortete sie.

»Keine Ursache.« Er blieb noch kurz stehen und schaute wieder auf die Butter, als fände er dort Antworten auf nicht gestellte Fragen. Dann fügte er hinzu: »Ich glaube, das wird eine interessante Reise. Ich freue mich sehr, dass Ihr dabei seid.«

»Das tue ich auch«, sagte sie und zwinkerte ihm zu, was ihn wieder zum Lächeln brachte.

Ein neuer Ort, ein anderes Land, fremde Menschen. Alica tat, was sie immer tat, wenn sie etwas kennenlernen wollte: Sie ließ sich treiben. Lief durch die Straßen der Stadt, hörte zu, sammelte Eindrücke.

Dsita war eine schöne Stadt, wenn auch auf grimmige Weise. Das Primat des Militärs war überdeutlich. Kasernen, Verwaltungsgebäude, Denkmäler, Flaggen waren allgegenwärtig, vor allem in den neuen Teilen der Stadt. Hier war die Architektur nicht gewachsen, sondern geplant, mit dem Ziel, Macht und Ruhm zu demonstrieren.

Talentierten Baumeistern war es gelungen, diesen brachialen Stil weder pompös noch übermäßig sachlich wirken zu lassen. Alica hatte nicht viel Ahnung von den Feinheiten architektonischer Kunst, aber sie bewunderte diese Leistung.

Die Menschen auf den Straßen passten zu ihrer Heimat: Höflich waren sie, lächelten auch gerne, blieben aber viel distanzierter, als Alica es gewohnt war. Sie sah kaum Armut, aber auch wenige Reisende. Natürlich: Dsita war weder Handelsstadt noch Hafenmetropole. Handwerk und Militär hatten die Stadt groß gemacht.

Die Fürsten von Dsita hatten einen Ruf als konsequente, unnachgiebige Herrscher. Je nachdem, wen man fragte, gingen die Meinungen auseinander, ob sie als starke Führer oder brutale Diktatoren gesehen wurden.

Vor allem in den anderen beiden Hauptstädten des Reiches der Drei Mächte war Alexios' Ruf als rücksichtsloser Tyrann sehr ausgeprägt, wie Alica gehört hatte. Überraschend fand sie das nicht: Sicher war es für die Fürsten in Biodrem und Mywendra von Vorteil, wenn die eigene Bevölkerung misstrauisch oder gar furchtsam auf den mächtigen Dsitaren blickte.

Nichtsdestotrotz wirkte hier niemand geduckt oder ängstlich. Das musste nicht viel bedeuten, aber Alica war sicher, dass der zwanglose Umgang mit den uniformierten Dsitaren, die überall in der Stadt unterwegs waren, ein echtes Signal dafür war, dass Alexios eher respektiert als gefürchtet wurde.

Sie wanderte am Fluss entlang, wo Hafenanlagen sich mit großzügigen Promenaden abwechselten, die auch an einem normalen Wochentag zum Flanieren genutzt wurden. Drei gewaltige Brücken überspannten den Yregon.

An einer davon wandte sie sich nach rechts, wanderte eine der breiten Prachtstraßen hinauf in Richtung des Palastes, der sich auf einem Felsvorsprung in die Stadt hinein erstreckte. Die Straße erreichte den Fürstensitz allerdings nicht, sondern endete vor einem bewachten Tor und der alten Stadtmauer, so gut in Schuss, dass sie unzweifelhaft noch immer gepflegt wurde.

Alica erhaschte einen Blick auf die Gassen der Altstadt hinter dem Tor, ein buntes Gewimmel von Menschen zwischen Häusern und Marktständen, dessen Enge in scharfem Kontrast stand zu den Straßen, die sie eben durchwandert hatte.

Nachdenklich drehte sie sich um, sah zurück in Richtung Fluss. Dieser Teil der Stadt war nicht natürlich gewachsen. Er stammte vom Reißbrett. Nur hatte es hier vorher ganz sicher keine freie Fläche gegeben – sie hätte gewettet, dass es hier vor dem Altstadttor genau so ausgesehen hatte wie dahinter. Um diese modernen, großzügigen Gebäude zu errichten, die breiten Straßen und weiten Parkanlagen, hatte jemand die halbe Stadt abgerissen. Wann war das geschehen? Und wie konnte es sein, dass die Bürger das klaglos hinnahmen?

Beeindruckend. Sie war sich nicht sicher, ob sie es gut fand, aber in jedem Fall war es imposant.

Die alten Gassen zogen sie allerdings mehr an als die neuen Alleen. Begeistert stürzte sie sich ins Gewimmel.

***

Die Musik einer Flötenspielerin schlug sie in ihren Bann. Neugierig folgte sie den Tönen. Verspielt liefen sie auf und ab, errichteten ein Gebäude aus Klängen, ach was: Kein Gebäude, einen Palast. Rissen ihn wieder ab, bauten neu auf, so wie Alexios es mit seiner Stadt getan hatte.

Hier war eine Künstlerin am Werk. Niemand, der sich in seiner Freizeit ein wenig mit der Flöte die Zeit vertrieb, sondern jemand, der seine ganze Leidenschaft in die Musik investierte.

Sie erwartete eine Frau, angesichts der sanften Sensibilität, doch der Spieler war männlich. Mitte Zwanzig, auch wenn er sich redlich Mühe gab, sein Alter mit einem Vollbart zu kaschieren. Es gelang ihm nicht: Zu jugendlich seine Erscheinung, zu agil seine Bewegungen. Er wirkte wie ein Schuljunge – wäre da nicht die Musik gewesen.

Eine Traube von Zuhörern hatte sich um den Flötenspieler gebildet, der auf einem leicht erhobenen Sockel saß, auf dem früher vielleicht einmal ein Denkmal gestanden hatte. Alica bemerkte, dass einige von ihnen mit den Lippen leise Worte formten, ganz so, als sei die Musik eine Variation eines bekannteren Stückes, dessen Text ihnen geläufig war.

Wenn das stimmte, hatte die dsitarische Volksmusik einiges zu bieten. Das Stück wechselte zwischen traurig-melancholisch und heiter-fröhlich, machte Ausflüge in die Dramatik und wirkte nicht einen Moment militärisch.

Sie hätte gewettet, dass es sich um eine Liebesgeschichte handelte. Eine der gelungenen, die ohne Schmalz und Kitsch daherkamen.

Als der Spieler endete, wirkte die Stille wie ein Donnerschlag. Nur langsam drangen die Geräusche der betriebsamen Altstadt wieder in Alicas Geist. Der Ausflug hatte sich gelohnt, und wenn es nur wegen dieser Darbietung war.

»Ihr seid nicht von hier«, sagte eine Stimme neben ihr. Sie fuhr aus ihren Gedanken hoch.

»Nein, das bin ich nicht«, erwiderte sie lächelnd.

»Wir haben nicht oft Zauberer hier zu Gast«, fügte die Stimme hinzu. Alica erkannte jetzt, dass es sich um den Flötenspieler handelte. Er war womöglich noch jünger, als sie zuerst gedacht hatte.

»Vielleicht bin ich ja kein Zauberer«, meinte sie.

Er nickte zustimmend. »Nein, das seid Ihr sicher nicht. Ich sehe deutlich, dass Ihr eine Zauber*in* seid.«

Sie lachte. Dieser Jüngling flirtete mit ihr!

»Und falls Ihr mir die Anmerkung gestattet: Ihr seid noch sehr jung für Eure Profession.«

Die Ironie dieser Bemerkung ließ sie noch einmal auflachen. »Wie passend«, versetzte sie. »Ich hatte auch eine weibliche Musikerin erwartet, und zwar eine mit Reife und Erfahrung.«

»Ah«, machte er, während er die Flöte in ein Seidentuch wickelte und in einem Kasten verstaute. »Ich nehme das als Kompliment.«

Schweigend sah sie ihm zu, bis er die Verschlüsse des Kastens sorgfältig, fast penibel verschloss. Dann griff er nach dem Hut, den er vor sich auf den Boden gelegt hatte, und schüttete die Münzen darin in seine Hand.

»Ein guter Verdienst«, kommentierte er. »Ich bin reich genug, um eine schöne Frau zu einem Glas Wein einzuladen. Oder einem Becher Tee, falls mystische Gelehrte enthaltsam leben.« Strahlend weiße Zähne blitzten durch den gepflegten Bart, sein Lächeln schloss auch seine Augen ein.

»Nein«, sagte sie, und als sie die Enttäuschung in seinem Blick sah, verbesserte sie sich schnell: »Nicht enthaltsam. Wir Mystiker sind nicht enthaltsam. Meistens nicht.«

Sein Lächeln kehrte zurück. »Nicht enthaltsam«, wiederholte er. »Das ist gut.«

Unschlüssig standen sie herum, er jetzt mit seinem Hut auf dem

Kopf und seinem Flötenkasten in der Hand.

»Ein Glas Wein?« sagte sie schließlich.

Er strahlte. »Oh ja. Genau. Das wollten wir tun.«

»Ihr kennt Euch hier besser aus«, stellte sie fest. »Zeigt mir Eure Lieblingskneipe.«

***

Reniar – so der Name des jungen Musikers – hatte nicht eine, sondern viele Lieblingskneipen. Es gab erstaunlich viele davon in Dsita, eine interessante Subkultur von Künstlern und Musikern, die sie in dieser Militärstadt niemals erwartet hätte. Schon gar nicht so avantgardistisch.

Alica sah eine Bildhauerwerkstatt und das Atelier eines Malers, besuchte ein Kaffeehaus direkt am Yregon und hörte die Lyrikversion des Liedes, mit dem Reniar sie in der Altstadt so beeindruckt hatte.

Es war schmalzig, so grauenhaft, dass sie den Flötenspieler gleich noch mehr bewunderte. Aus dieser Trivialität so ergreifende Musik zu machen war eine Leistung.

Der Tag machte ihr Spaß, und gleiches galt für ihren Begleiter. Um so mehr freute sie sich, als er sie schließlich, als sie sich auf den Weg zurück ins Gästehaus machen wollte, zurückhielt.

Ihre Konversation war die ganze Zeit über zwanglos und unkompliziert gewesen, zu ihrer Überraschung hatte er nicht einmal nach ihrer Herkunft oder dem Grund ihres Aufenthaltes gefragt. Nur ihren Namen hatte sie ihm verraten, und sie waren zum zwangloseren »du« gewechselt.

Jetzt aber beendete er diese Unverbindlichkeit.

»Bevor du sang- und klanglos verschwindest« – sie fand es interessant, dass er ausgerechnet diese Formulierung wählte – »darf ich erfahren, wo du wohnst, während du hier in Dsita bist? Und wann du weiterreist?«

Das stellte sie vor eine Herausforderung. Sie hatte von keinem der Menschen in Reniars Umfeld auch nur ein negatives Wort über Alexios gehört, aber sie war sich ganz sicher, dass die Szene, in der der Flötenspieler sich bewegte, nicht die Art von Leben war, die der Fürst gut hieß. Würde sie die Leichtigkeit der letzten Stunden töten, wenn sie zugab, ein Gast des Hofes zu sein?

Seufzend entschied sie sich für die Wahrheit.

»Ich wohne im Gästehaus des Fürsten.«

Sie wartete auf eine Reaktion, aber es kam keine. Reniar wartete unbeeindruckt, ob sie auch seine zweite Frage beantwortete.

»Ich denke, ich werde in wenigen Tagen die Stadt wieder verlassen, aber der Zeitplan steht nicht fest.«

»Das klingt geheimnisvoll«, schmunzelte er. »Vielleicht sollte ich dich überreden, mich mitzunehmen in die weite Welt.«

»Willst du denn da hin?«

Er lachte leise. »Nein«, gab er zu. »Ich bin hier zu Hause und fühle mich ganz wohl. Du hast ja meine Kreise kennengelernt – da sind viele Reisende dabei, die heute hier und morgen dort sind. Ich bin bislang nur im Reich der Drei Mächte unterwegs gewesen, und das reicht mir auch.«

»Keine Lust, den Horizont zu erweitern?«

»Mache ich doch auf Reisen gar nicht. Da fange ich überall wieder von vorne an. Nur wenn man sich auf einen Ort wirklich einlässt, lernt man ihn wirklich kennen und hat Zeit, auch die eigenen Tiefen zu erforschen.«

»Du machst deine Reisen also nach innen?«

Das gefiel ihm. »So kann man das sagen, ja.«

Sie musterte sein schmales Gesicht, die hohen Wangenknochen, die großen Augen, den gepflegten Bart und den dichten Haarschopf. Ein sensibler Mensch, aber nicht schwächlich. Er hatte Ausstrahlung, und anders als viele andere Männer hatte er überhaupt keine Angst vor Alica, auch nicht vor dem, was sie repräsentierte. Seine Neugier war respektvoll, und sein Respekt machte ihn nicht unsicher.

Sie gab einem Impuls nach und strich ihm mit der Hand über die Wange. Unter dem Bart war die Haut weich.

Er nahm ihre Hand, küsste sie sanft und sagte: »Wir haben heute Abend ein *joíchían*.«

»Was?« Sie zog ihre Hand zurück, fast ein wenig ruppig, was ihr sofort Leid tat. Mit diesem Wort hatte sie nicht gerechnet. *Joíchían* war ein Elbenwort, das normalerweise für ein Treffen von Mystikern genutzt wurde, eine Zusammenkunft, bei der Zauberer Erfahrungen austauschten und manchmal auch experimentierten.

Unbeeindruckt fing er ihre Hand wieder, drückte sie noch einmal an seine Lippen. »Wir nennen es so, auch wenn keine echten Mystiker dabei sind«, sagte er. »Wir treffen uns in einem Gebäude im Norden der Altstadt, von dem die Legenden sagen, dass es einst eine mystische Akademie beherbergt hat. Aber wir zaubern nicht, wir machen Musik.«

Er gab ihre Hand frei.

»Aber ist nicht Musik reine Mystik?« fügte er hinzu.

Alica dachte einen Moment darüber nach. Bei jedem anderen hätte das wohl pathetisch geklungen, aber Reniar nahm sie es ab. »Die Kirche sagt, Musik sei die Sprache Gottes, um seine Schöpfung zu beschreiben.«

Reniar schnaubte. »Ja, klar«, sagte er. »Gott spricht in Träumen, Gott spricht mit feurigen Worten im Inneren von Vulkanen, und jetzt wollen sie die Musik auch noch mit Beschlag belegen.« Er winkte ab. »Eines Tages wird Gott Avenicum Dalor für diese Hybris mit einem Blitzschlag vernichten.«

Sie fragte sich, ob ihm bewusst war, wie nah er mit dieser Fantasie an der Behauptung der Kirche war, dass die Große Flut eine Strafe Gottes für die Sünden der Mystiker gewesen sei... aber sie wollte damit nicht die Stimmung verderben.

»Wird das eine Einladung?« fragte sie.

»Was?«

»Dein *joíchian*. Willst Du mich dazu einladen?«

»Ah ja!« Seine Stimmung hob sich. »Aber sicher! Es gibt Musik, es wird getanzt, und auch getrunken.«

»Klingt großartig«, meinte sie. »Wann geht es los?«

»Jetzt«, antwortete er, nahm ihre Hand und zog sie mit sich.

***

Gebannt las Alica die verblasste Inschrift auf dem Eingang des alten Gebäudes, verborgen im hintersten Winkel einer Seitenstraße, an den gleichen über der Stadt dräuenden Felsen geschmiegt, auf dessen Gipfel der Fürstenpalast thronte. Wer hier vor der Tür stand und nach oben blickte, sah einen Felsüberhang, mit einem Schritt zurück ließen sich auch die Palastmauern erkennen, und ein einzelner Wachturm, in dem Licht brannte.

»Das ist *korásh*«, erklärte sie.

Reniar sah interessiert auf die dünnen Zeichen, die nur noch zum Teil zu lesen waren.

»Und es ist alt«, fügte sie hinzu. »Wann haben die letzten Mystiker die Stadt verlassen?«

Er hob die Schultern. »Ich kann mich an keine erinnern, hier in Dsita. Nur Durchreisende und interessierte Laien, die auf der Suche nach altem Wissen waren.«

»Gab es denn welche während der Ius Adjagard?«

»Ich weiß es nicht. Ich denke mal, ja. War ja eine lange Zeit.«

Sie nickte. Er hatte Recht, das war keine wirklich intelligente Frage gewesen. Aber was sie hier las, musste noch älter sein. Ein alter

Schutzzauber in *korásh*, von der Sorte, die einen eigenen *glanhír* benötigte. Sie musste aufpassen, dass diese alte Inschrift sich nicht an ihrem eigenen magischen Stein bediente, wenn sie durch die Tür trat – obwohl sie bezweifelte, dass sie nach so langer Zeit noch Wirkung hatte.

»Was bedeutet es denn?« fragte Reniar.

»Es ist ein Fluch«, antwortete sie mit ernstem Gesicht. »Es raubt jedem, der die Tür durchschreitet, einige Monate seiner Lebenszeit. Jedesmal von neuem.«

Seine Augen weiteten sich, als sie hinzufügte: »Wie oft warst du schon da drinnen?«

Er brauchte eine weitere Sekunde um zu begreifen, dass sie ihn auf den Arm nahm. »Lustig«, sagte er mit einem schiefen Grinsen.

Sie konnte nicht widerstehen, hob seine Mütze hoch und strubbelte ihm mit der anderen Hand durch die Haare.

»Der Zauber hier hat seine Kraft wohl schon in den Dunklen Jahren verloren. Damals hat er ein lautes Krachen und einen Blitzschlag ausgelöst, wenn jemand durch die Tür trat. Nach allem, was ich weiß, war diese Art von Sicherung ziemlich üblich in Zeiten, wo *glanhíre* noch massenhaft verfügbar waren.«

»Beeindruckend.«

»Das finde ich auch. Es muss eine tolle Welt gewesen sein.«

Sein Gesichtsausdruck wurde skeptisch. »Nicht für die, die nicht zaubern konnten«, gab er zu bedenken.

Damit hatte er Recht. Mystiker verdrängten diesen Gedanken gerne, wenn sie von alten Zeiten schwärmten.

Er blinzelte ihr zu. »Sollen wir?«

»Oh ja!« Sie machte eine einladende Bewegung zu der Tür aus schwerem Holz, mit Eisen beschlagen. Auch sie war alt, wenn auch nicht so alt wie der steinerne Torbogen.

Als er sie öffnete, schlug ihnen der Rhythmus von Trommeln entgegen. Hinter der Tür führten Stufen in die Tiefe.

Er ging voran.

∗∗∗

Dunkler Keller, feuchte Wärme, tanzende Körper zu trommelnden Rhythmen, kahle Wände mit schlichten Malereien, Licht aus Fackeln und flackernden Laternen.

An einer Wand zog sich eine improvisierte Theke entlang, vor der Menschen in kleinen Gruppen standen und sich trotz des Lärmes unterhielten.

Niemand schien Alicas ungewöhnliche Kleidung auch nur im Geringsten zu beachten – allerdings waren viele der Anwesenden in ausgesprochen exotische Kleidungsstücke gehüllt. Sie sah eine kleine Gruppe in Beduinengewändern, Mädchen mit extrem knappen Kleidchen, einen jungen Mann mit abgeschnittenem Hemd, der mit nacktem Bauch ekstatisch tanzte, während direkt neben ihm ein beinah höfisch gewandeter älterer Herr an einem Tee nippte.

Alica traute ihren Augen nicht. Wo hatte der Mann die feine Tasse gefunden? Er musste sie mitgebracht haben: An der Theke gab es nur schlichte Humpen, von denen keine zwei wirklich zusammenpassten.

Auch ohne dass Reniar sie vorgestellt hatte, fand Alica sofort Anschluss. Eine junge Frau mit Mandelaugen, die wohl aus den Ebenen von Goma stammte oder sogar aus dem Reich der Elf, gesellte sich zu ihr und drückte ihr ein Getränk in die Hand.

»Ich bin Kia-Djo«, sagte sie, »und das ist Wanbo.«

Sie zeigte auf einen rundlichen, älteren Mann mit grauem Schnauzer, der Alica freundlich zunickte. Er sah sympathisch aus, väterlich, aber die Art, wie er seinen Arm um Kia-Djo legte, wirkte unangenehm besitzergreifend.

Wo kamen all diese Leute her? Alica hatte in der Stadt keine solche bunte Mischung bemerkt, weder an Charakteren, noch an Nationalitäten.

Sie fand es großartig.

Ein kalter Windhauch hier und da zeigte an, dass der Raum noch andere Zugänge haben musste. Sie sah keine, beschloss aber, dass es ihr egal war. Sie konnte sich nicht vorstellen, dass hier Gefahren lauerten, und sie wollte sich von solchen Sorgen nicht bremsen lassen.

Stattdessen hob sie den Humpen, prostete Kia-Djo und Wanbo zu und nahm einen großzügigen Schluck.

Die Flüssigkeit rann wie Feuer durch ihre Kehle, schlug wie Feuerwerk in ihren Magen und trieb ihr Tränen in die Augen.

»Flut und Verderben«, stieß sie hervor. »Das Zeug lässt ja den Geysir versiegen.«

Kia-Djo lachte laut auf, so hell, dass es sich problemlos gegen die Trommeln durchsetzte.

»Nein«, rief sie. »Das Zeug hat den Geysir erst zum Sprudeln gebracht!«

Alica nahm einen weiteren Schluck.

Reniar stieß zu ihnen. »Oh, ich sehe, du bist schon versorgt.«

»Oh ja. Ob ich ein zweites Glas von dem Zeug schaffe, daran habe ich meine Zweifel.«

»Ach, wart nur. Das wird von Becher zu Becher einfacher.«

Er grinste freundlich.

»Ich gehe jetzt tanzen«, sagte Kia-Djo.

Alica leerte ihren Becher, griff nach Reniars Hand und zog ihn mit in die wogende Menge.

***

Ihr ganz persönlicher Morgen graute erst gegen Mittag. Vorsichtig öffnete sie die Augen, versuchte, die Welt daran zu hindern, sich um sie herum zu drehen.

Es funktionierte nicht.

Sie schloss die Augen wieder, doch das brachte keine Verbesserung. Das Bett kreiste unter ihr, und sie mit ihm, was Übelkeit verursachte.

Welches Bett?

Ihre Hände tasteten über die Laken. Das war gut, denn es gab ihr Stabilität. Das Drehen ließ etwas nach.

Im fürstlichen Gästehaus war sie nicht, dafür waren die Decken zu grobes Leinen, die Matratze zu abgenutzt.

Ihre Hand stieß an einen warmen Körper. Verschlafenes Grunzen antwortete ihr.

Ein weibliches Grunzen.

Sie riss die Augen auf. Ein Keil scharfen Schmerzes fuhr durch ihren Kopf. Was für ein Kater! Was für eine Nacht!

Die Sonne blendete durch ein gardinenloses Fenster, beleuchtete einen rustikalen, aber gemütlichen Raum, der gleichzeitig Wohn- und Schlafzimmer war. Zerwühltes Bett. Die nur halb zugedeckte Silhouette von Kia-Djos Körper.

Richtig.

Der freundliche Wanbo hatte sich zuerst als fröhliche Stimmungskanone entpuppt, und dann als entnervender Grabscher. Nach einem kurzen, heftigen Streit war er verschwunden.

Alica fand das sehr beeindruckend: Die kleine Gomerin war viel durchsetzungsfähiger, als sie auf den ersten Blick vermuten ließ.

In jeder Hinsicht.

Mit leisem Poltern und einem geflüsterten »Flut und Verderben« stolperte Reniar in den Raum. Amüsiert bemerkte Alica, dass er nach wie vor nackt war – aber wer war sie, darüber zu urteilen? Ihre eigene Kleidung lag quer über den Raum verstreut, sogar die Kette mit dem *glanhír* hatte sie abgestreift. Leichtsinnig, aber was war an der letzten

Nacht nicht gedankenlos gewesen?

»Morgen«, murmelte Reniar. Sein Grinsen war schief, seine Augen noch klein und geschwollen, trotzdem sah er großartig aus.

»Morgen«, antwortete sie und richtete sich vorsichtig auf. Wieder ein unwilliges Grummeln von Kia-Djo.

»Ich mach Kaffee«, sagte Reniar, und diesmal richtete Kia-Djo sich auf.

»Mach was Du willst«, knurrte sie. »Aber halt die Schnauze.«

Damit fiel sie zurück in die Kissen.

Alica und Reniar wechselten einen belustigten Blick.

»In Ordnung«, sagte sie. »Wir lassen sie wohl besser schlafen. Wo kann ich mich hier frisch machen?«

Die zweite Macht: Biodrem

Die Atmosphäre in Biodrem war grundverschieden von der in Dsita, das sie vor wenigen Tagen auf der Reichsstraße Eins verlassen hatten. Zwar gab es auch hier Prunk und architektonische Protzerei, aber die Staatsmacht hielt sich zurück. Die wirklich prunkvollen Gebäude gehörten Privatleuten oder Handelsgesellschaften. Die Manufakturen, für deren Produkte Biodrem berühmt war, befanden sich durchgängig in großzügigen Altbauten, denen man jahrhundertealte Tradition ansah.

Theater und Kunsthäuser luden zum Verweilen ein, große Badeanstalten lockten Tag und Nacht Besucher, überall fanden sich Kaffeehäuser und gemütliche Gasthäuser. Die Stadt wirkte wohlhabend und gediegen, aber nicht fett und satt. Während Dsita militärische Stärke und noblen Stolz ausstrahlte, war Biodrem durch und durch zivil.

Ash überlegte, welchen Charakter wohl Mywendra, die dritte Stadt im Bunde, haben mochte. Biodrem und Dsita ergänzten sich fast perfekt, beide deckten Aspekte ab, die gemeinsam ein großes Reich ausmachen konnten. Das musste aber gleichzeitig zu Spannungen führen.

Jeder der Fürsten verfolgte andere Interessen. Während Alexios seine Armee aufbaute und förderte, plante Fürst Benfad von Biodrem eine eigene Hafenstadt, direkt am Fryyywan-Meer.

Ash gefiel die Wucht der Idee – eine geplante Kolonialstadt vom Reißbrett, ganz ausgerichtet auf das Reichsgebilde, das in den Köpfen der drei Herrscher geschaffen worden war. Wer mochte der Motor sein? Der umtriebige Benfad von Biodrem? Der machthungrige, stolze Alexios von Dsita? Oder der noch unbekannte Herrscher des bäuerlichen Mywendra?

In Biodrem gab es keinen Thronsaal, keine Audienzen, kaum höfisches Zeremoniell. Benfad empfing Besucher in einem imposanten, aber bürgerlichen Büro. Ein geschäftiges Sekretariat vergab Besuchstermine und sorgte für einen kleinen Imbiss und Getränke, während Benfad an einem runden Tisch mit seinen Gästen sprach, Konzepte entwickelte und jedes gesprochene Wort protokollieren ließ. Vor ihm lag stets ein kleiner Stapel Papier, der mit jedem neuen Besucher ausgewechselt wurde – Notizen, Mitschriften, Hintergrundinformationen.

Rund um den Tisch herrschte ein eherner Kodex von Verhaltensregeln, frei von übermäßigen Respektsbezeugungen oder militärischem Gehabe. Benfad regierte die Runde mit leiser Sprache, sparsamen Gesten, Kopfnicken oder Stirnrunzeln. Er stellte Fragen, hörte aufmerksam zu und fällte Entscheidungen sachlich und sehr schnell.

Niemand stellte seine Autorität in Frage; Ash hatte Schwierigkeiten, sich Intrigen vorzustellen, die an diesem hölzernen Arbeitstisch vor dem höchst bodenständigen Fürsten Bestand hatten.

Vermutlich gab es sie dennoch. Denn egal wie effektiv Fürst und Verwaltung arbeiteten: an jedem Hof sponnen Speichellecker und Intriganten ihre Netze, verfolgten ureigenste Interessen. Dazu kamen die einflußreichen Gilden der Handwerksmeister und Handelsleute.

Ash fühlte sich an seine Heimatstadt Ciena erinnert, nur lag Biodrem nicht am Meer, was der Stadt eine ganz andere Anmutung gab. Außerdem fehlten die Soldaten. Ciena hatte eine uralte militärische Tradition: Das demokratische System des Stadtstaates erlaubte nur denjenigen Zugang zu Ämtern und das Recht zu wählen, die Militärdienst absolviert hatten. Das färbte ab auf sämtliche staatlichen Organisationen.

Hier gab es nichts dergleichen. Die einzige Uniform in den Amtsräumen des Fürsten war die von Hauptmann Mandanof, der neben Ash in einem bequemen Ledersessel im Vorraum des fürstlichen Arbeitszimmers saß.

Ash schätzte die freundliche, wenn auch sehr distanzierte Art des Elitekriegers. Mandanof war der Typ Kommandant, dem seine Soldaten bedenkenlos vertrauten – hart, aber niemals unfair. Vertrauenswürdig und bereit zu vertrauen, allerdings ohne jede Naivität.

»Hervorragendes Offiziersmaterial«, hätte man in der Oberschicht von Ciena zu ihm gesagt, wo er dennoch deplatziert gewesen wäre. Die blassen Augen blickten zu klar kalkulierend in die Welt, die graumelierten Haare waren zu ungebärdig – dieser Mann war ein echter

Krieger, kein Salonlöwe mit militärischen Titeln.

Neben Ash und dem Kommandanten saß der Rittmeister des Expeditionskorps. Vordergründig ging es bei den Treffen mit Benfad von Biodrem um die Ausstattung und organisatorische Planung der Expedition, die in wenigen Tagen aufbrechen sollte. Natürlich wussten alle Gesprächspartner, dass es dem Fürsten auch wichtig war, alles Relevante zu erfahren, um Alleingänge seines dsitarischen Amtskollegen zu verhindern.

Alica traf als letzte ein. Sie betrat das Vorzimmer leise, mit festen Schritten, wie immer in einen seidenen Magiermantel gehüllt. Sein dunkles Blau schien zu glimmen, und Ash fragte sich, wie sie es machte, dass das kostbare Material nach all den Reisen im engen und vollgepackten Rucksack noch immer makellos aussah. Ein magischer Trick vermutlich, von der Art, die er niemals verstehen würde. Sicherlich wurde der Mantel seit Jahrhunderten von Schüler zu Lehrling vererbt und alterte generell nicht.

Noch eher war diese Idee allerdings eine romantische Fantasie von der Art, über die Magier sich beim gemeinsamen Abendessen lustig machten.

Alicas Blicke wanderten durch den Raum, mit einem freundlichen Kopfnicken begrüßte sie die Sekretäre – wichtige Männer am Hof von Biodrem, denn sie hatten jederzeit Zugang zum Fürsten und filterten seine Besucher. Dessen ungeachtet ließ Alicas Begrüßung die beiden aussehen wie Schuljungen, die sich gerade in ihre Lehrerin verliebt hatten.

Ash fragte sich, ob er wohl selber auch manchmal so wirkte. Vermutlich reagierten die meisten Männer so auf schöne, charismatische Frauen.

»Guten Morgen!« Alica glitt in einen der Sessel ihm gegenüber. »Ich hoffe, Eure Träume waren gut.«

Der Hauptmann nickte gutmütig zu dieser sehr traditionellen Grußformel. Sie stammte aus Zeiten, als die Kirche des Einen Gottes aus harmlosen Träumern bestand und nicht von einer Horde dogmatischer Idealisten von den Hängen eines weit entfernten Vulkans gesteuert wurde.

Ash erinnerte sich selten an seine Träume – manchmal wurde er so sehr von Alpträumen geplagt, dass er das als einen Segen empfand – aber auch er lächelte freundlich.

Amüsiert nahm er wahr, dass ihr edler Mantel auseinander geglitten war und einen kurzen Rock offenbarte, mit einer dunklen Strumpfhose, die die makellose Form ihrer schlanken Beine betonte.

In den bisherigen Tagen ihrer Reise hatte er sie nur in Kleidung gesehen, die ihre Profession betonte.

Sie bemerkte seinen Blick. Andere Frauen hätten schnell den Mantel über die vermeintliche Blöße geschlagen, doch Alica blieb selbstbewusst sitzen und zog lediglich die Augenbrauen leicht fragend nach oben.

«Das ist ein Rock«, sagte er leise. «Das habe ich bisher noch nicht an Euch gesehen.«

«Unterwegs trage ich so etwas meistens nicht. Zu unpraktisch«, schmunzelte sie.

»Klingt schlüssig«, räumte er ein.

Sie sah ihn eine Weile nachdenklich an.

»Gefällt mir, dass Ihr kein plumpes Kompliment daraus gemacht habt«, sagte sie dann.

Er grinste schief. »Ich habe drüber nachgedacht.«

»Na, um so besser!« Und mit einem Zwinkern: »Dann habt Ihr Euch richtig entschieden.«

***

Die kleine Szene zwischen dem berühmten Krieger und der geheimisvollen Magierin blieb im Vorzimmer des Fürsten nicht verborgen und sorgte in den kommenden Tagen für Gerede in der tratschsüchtigen Gesellschaft Biodrems.

Auch Hauptmann Mandanof hatte sie bemerkt. Ihm selbst waren derlei Spielereien fremd. Nicht, dass er nicht selbst das eine oder andere Mal romantische Gefühle für Frauen gehabt hätte, aber seine Familie war eine alteingesessene Größe am dsitarischen Fürstenhof, Extravaganzen waren nicht erwünscht.

Er hatte eine junge Adlige geheiratet, aus angesehenem Haus, und auch wenn sie nicht seinem Ideal von Schönheit und Anmut entsprach, so war sie doch eine fabelhafte Frau mit mütterlichen Qualitäten und konnte in der Gesellschaft der Kriegerstadt hervorragend bestehen. Sie sprach im richtigen Moment, wusste, wann sie zu schweigen hatte, und war eine exzellente Ratgeberin.

Alica dei Xemotearzx war eine andere Klasse. Kein Mann würde jemals imstande sein, sie zu beherrschen. Es war kein Verlass auf sie, sie ging ihre eigenen Wege. Ein völlig inakzeptabler Charakter, der gut zu ihrer Entscheidung für die Hexerei passte. Sie akzeptierte die Dinge nicht so, wie sie waren, fügte sich nicht in ihre Rolle in der Welt und die gottgegebenen Tatsachen, widmete sich nicht dem

Fortschritt der Menschheit, nicht den Realitäten. Stattdessen tanzte sie auf den Gräbern fremder, aussterbender Völker, hielt fest an einem unheimlichen Individualismus, nutzte dazu alte, mystische Weisheiten.

Trotzdem gestand er sich ein, dass er nicht gefeit war gegen ihre Ausstrahlung. Er ließ sich nichts anmerken, aber er beneidete den Schwertmeister Gooregan für das Abenteuer, auf das er unzweifelhaft zusteuerte.

Mehr würde das wohl kaum werden. Der Kampfkünstler hatte nicht genug zu bieten für eine Frau wie Lady dei Xemotearzx. Auf den ersten Blick verband die beiden Wanderer einiges, aber die Zauberin hatte in Abgründe geschaut, die einem Krieger immer verschlossen blieben.

Ihre Welt war für ihn unerreichbar.

Der Aberglaube seiner Gedanken war dem Hauptmann nicht bewusst. Für ihn waren Magiere unerklärlich, gefährlich und unberechenbar. Man gab ihnen zu Recht in Dsita keinen Raum.

Die Zauberin machte ihn nervös.

»Damen und Herren!« drang eine Stimme in seine Gedanken. Er schaute auf zur großen Tür des Audienzzimmers, in der jetzt ein Diener erschienen war. »Fürst Benfad lässt bitten.«

Gleichzeitig verließen einige geschäftige Personen das Zimmer: Die Teilnehmer der vorhergehenden Besprechung. Es ging zu wie in einem Bienenstock an diesem Hof. Das mochte effizient sein, aber Mandanof empfand es als würdelos. Herkunft, Tradition und Ehre traten zurück gegenüber der Arbeitsleistung, eine höchst bürgerliche Auffassung.

Neben ihm erhoben sich Ash, der Rittmeister und die Mystikerin. Er beeilte sich, ebenfalls auf die Füße zu kommen, damit er keinen zu lässigen Eindruck hinterließ.

Der Diener hielt ihnen die Tür auf, bis sie alle den Raum betreten hatten, dann tilgte er die Überreste des vorigen Besuchs: Notizen verschwanden in einem Papierkorb, Gläser und eine halbleere Wasserkaraffe wurden abgeräumt.

Benfad stand hinter einem großen Schreibtisch am anderen Ende des Raumes und blätterte in Papieren. Über die Ecke eines Dokumentes grinste er den Neuankömmlingen entgegen – ein fröhliches Grinsen voll lausbubenhaften Charmes.

Mandanof merkte, dass Ash dieses Auftreten mochte. Ihm selber war es suspekt. Benfad von Biodrem hatte nichts soldatisches, zuwenig Würde. Herrscher wie er gaben dem Volk das Gefühl, einen der ihren vor sich zu haben. Irgendwann wollte der Pöbel dann mitreden bei Entscheidungen, die dem Adel zustanden.

»Bitte nehmt Platz«, sagte der Fürst mit einer einladenden Handbewegung zum Besprechungstisch, und die nächsten fünf Minuten vergingen mit dem Einschenken von heißem Tee und Wasser. Letzteres war nicht gut gekühlt, und Mandanof nahm es als Beweis für die laxe Haushaltsführung am Hofe.

Benfad lehnte sich zurück und schaute in die Runde.

»Die gute Nachricht: Wir haben hier alle Vorbereitungen abgeschlossen. Eine kleine Delegation der historischen Fakultät der fürstlichen Universität wird die Expedition begleiten.«

Mandanof horchte auf. *Die fürstliche Universität.* Die meisten Universitäten in Isrogant waren kirchliche Einrichtungen, weil die Priester des Einen Gottes die Erforschung von Gottes Schöpfung förderten – als Alternative zu den mystischen Lehren, die sie für schädlich hielten. Er war sich ziemlich sicher, dass das auch für die Universität in Biodrem galt. Hatte es hier eine Änderung gegeben, von der Alexios nichts wusste?

»Doch bevor wir die Details besprechen, habe ich noch eine Frage an Meister Gooregan.«

Die zweite Überraschung des Gespräches. Ash Gooregan war ein Mitglied der Expedition, nicht ihr Leiter. Mandanof hätte der Ansprechpartner sein müssen. Worum konnte es also gehen?

Ash Gooregan wirkte gelassen wie meist. Falls hinter seiner Stirn manchmal Unordnung herrschte, falls er Zweifel oder Unsicherheiten kannte, versteckte er sie gut. Mandanof erinnerte sich, wie Gooregan von einem Moment auf den anderen vom freundlichen Gast zum eiskalten Mörder geworden war, als er vom Dsitaren Santtalainen angegriffen wurde. Der Wechsel in plötzliches Tempo, das kaltblütige Töten hatten seinen ausgeglichenen Auftritt nicht beeinflusst.

»Ich habe mich in den letzten Tagen genauer über die She-Bashi informiert«, sagte der Fürst. Mandanof atmete auf. Das hatte nichts mit der Expedition zu tun.

Ash nickte. »Sind Fragen offen geblieben?«

Benfad schüttelte den Kopf.

»Nein, nein. Nicht zu den She-Bashi. Ich habe verstanden, dass es sich um Kriegerschulen handelt, in denen jeder gegen Bezahlung das Kriegshandwerk lernen kann.«

»Nicht jeder.«

»Stimmt. Jeder, der sich dem Ehrenkodex der She-Bashi unterordnet.«

»Jeder, der sich anständig benimmt.«

»Gut, dann so.« Benfad blätterte in den Papieren, die vor ihm auf den Tisch lagen. »Und es scheint, wer kein Geld hat, kann in Form eines einjährigen Pflichtdienstes seine Ausbildung erarbeiten.«

»Das stimmt.«

»Und auch länger dabei bleiben. Als fest angestellter Krieger.«

»Das kommt eher selten vor.«

»Aber das gibt es. Und die She-Bashi übernehmen auch alle möglichen kämpferischen Aufträge.«

»Richtig.«

Der Hauptmann entnahm den Worten des Fürsten ein gehöriges Misstrauen. Ein Gefühl, das er teilte. Was Ash Gooregan und seine Mitstreiter unterhielten, war eine Art Privatarmee, deren Stützpunkte sie in ganz Isrogant verteilten.

Benfad nickte, sagte aber nichts mehr. Er schien auf etwas zu warten, und schließlich sprach Ash weiter: »Wir sind kein Riinja-Orden. Wir übernehmen keine Mordaufträge.«

Benfads Lächeln verschwand.

»Glaubt Ihr, dass ich einen solchen erteilen will?«

In seiner Stimme lag eine sanfte Schärfe, die Mandanof das Gefühl gab, dass er den Fürsten möglicherweise unterschätzte.

Ash focht das nicht an.

»Nein, ich habe aber das Gefühl, dass Ihr Sorge habt, die She-Bashi könnten zu einer Gefahr werden.«

»Könnten sie das?«

»Natürlich. Deshalb unterwerfen wir uns einem Ehrenkodex. Schon deshalb, weil wir uns weiter über Isrogant verbreiten wollen. Wenn wir uns in regionale Belange einmischen, wären viele Regierungen nicht mehr glücklich über unsere Anwesenheit, denke ich.«

»Eine gute Antwort«, stellte Benfad fest. »Ich will aber etwas anderes.«

»Was können wir für Euch tun?«

»Habt ihr vor, eine She-Bashi-Schule im Reich der Drei Mächte zu gründen?«

Mandanof runzelte die Stirn. Ihm war nicht ganz klar, wohin dieses Gespräch führte, aber er war sich ziemlich sicher, dass Fürst Alexios eine She-Bashi-Schule in Dsita nicht begrüßen würde.

Ash machte eine vage Handbewegung.

»Das weiß ich nicht genau. Wenn ich talentierte Krieger finde, die Interesse daran haben, dann vielleicht. Und natürlich, wenn es gewünscht ist. In Dsita beispielsweise hätte das nicht viel Zweck. Alle guten Krieger sind dort bereits in Diensten des Staates.«

Er schickte ein breites Grinsen zu Mandanof, der das mit einem Kopfnicken quittierte. Der Satz war für seinen Geschmack zu anbiedernd. Er klang nach Politiker.

Anscheinend richtig für Benfad, denn dieser lächelte wieder.

»Ich möchte gerne eine She-Bashi-Schule in Biodrem.«

Flut und Feuer - was soll das denn jetzt? dachte Mandanof. Das klang nach dem Versuch, das militärische Gleichgewicht innerhalb des Reiches zu verschieben.

Benfad bestätigte diesen Gedanken prompt.

»Es würde Biodrem gut tun, etwas mehr kämpferische Einflüsse zu gewinnen. Wir haben keine militärische Tradition wie zum Beispiel Dsita.«

»Euer Wunsch ist mir eine Ehre, Euer Majestät«, antwortete Ash bedächtig. »Was haltet Ihr davon, wenn ich nach Erfüllung meiner Arbeit in Dsita einen Besuch an Eurem Hofe mache und wir herausfinden, ob jemand eine solche Schule eröffnen möchte?«

»Oder vielleicht habt Ihr einen Schüler anderswo, der sich in Biodrem niederlassen möchte?«

Ash neigte bestätigend den Kopf. »Ich werde mich erkundigen.«

»Sehr gut.« Benfad zeigte wieder sein jungenhaftes Grinsen, etwas schief, mit großen Zähnen – und wandte sich den anderen am Tisch zu. »Dann lasst uns zu den logistischen Themen kommen. So wie ich es sehe, kann die Expedition noch in dieser Woche aufbrechen.«

***

Während vor allem Hauptmann Mandanof und sein Rittmeister das weitere Gespräch bestritten, dachte Ash nach. Fürst Benfad hatte erstaunlich plump die Schwäche des Reiches der Drei Mächte aufgezeigt: Der unterschwellige Machtkampf, in den Ash die She-Bashi auf keinen Fall verstrickt sehen wollte.

Er würde nach einem vertrauenswürdigen Lehrer für Biodrem suchen müssen, der sich von diesen Intrigen souverän fern hielt.

Über diesen Grübeleien ging die Besprechung an ihm vorbei.

Bis zur Verabschiedung trank er zwei Gläser Wasser und machte einen Schlachtplan. Als sie aufstanden, um sich zu verabschieden, hatte er ein Schreiben an Shivan Germont in Seda, der die She-Bashi-Organisation offiziell leitete, im Kopf bereits fertig geschrieben.

So abgelenkt, geriet er durcheinander, als Alica ihm vor der Tür die ihre Hand auf den Arm legte. Seine eben noch konzentrierten Gedanken fielen wie Steine in einen Brunnen.

Sie spürte sein leichtes Zusammenzucken.

»Entschuldigt, ich wollte Euch nicht erschrecken.«

»Ich bin nicht erschreckbar«, entgegnete er. »Immer wachsam.«

Sie grinsten gemeinsam über diese unsinnige Behauptung.

»Immer wachsam«, wiederholte sie. »Das klingt anstrengend.«

»Ganz bestimmt. Schön, dass Ihr auch darüber lachen könnt. Es ist ein alter Witz unter Kriegern. Viele Kampflehrer verkünden den Leitsatz als erstes.«

»Ihr auch?«

»Natürlich! Ich mache es doch meinen Schülern nicht leichter als ich es hatte!«

Ihr Grinsen wurde etwas wehmütig. »Ich glaube, diesen Gedanken... den haben sie alle, die alten Lehrer, egal was sie unterrichten.«

»Stimmt. Kommt oft genug vor. Ich habe es aber nicht ernst gemeint.« Nach kurzem Zögern fügte er hinzu: »Glaube ich jedenfalls.«

Er wartete ein bisschen, bis sie aus ihren Erinnerungen auftauchte und aufblickte.

»Ich mag deine Ehrlichkeit«, sagte sie. Er registrierte den Wechsel von der förmlichen zur persönlichen Ansprache erst später, weil er in diesem Moment vage mit der Frage beschäftigt war, an welcher Stelle er denn jetzt ehrlich gewesen war; es spielte aber keine echte Rolle.

Sie bemerkte, dass ihre Hand noch auf seinem Arm lag, und nahm sie herunter. Für einen Moment dachte er, sie werde sich entschuldigen, doch stattdessen sagte sie: »Ich gehe heute Abend ins Theater. Sie spielen ein Stück von Marijan Gilad, hier im Stadttheater.«

»Das sagt mir etwas... Marijan Gilad.« Er kam nicht darauf.

»Ein berühmter Dramatiker.« Die Worte hatten einen Unterton, der etwas von der Nähe raubte, die sie gerade eben noch gehabt hatten. »Er hat einen Zyklus von Stücken geschrieben, nach den Reiseberichten des Sheman´O.«

Dieser Hinweis brachte den Geysir zum Sprudeln. Ash hatte ein Stück von Marijan Gilad in Ciena gelesen, als Schüler, unter den gestrengen Augen seines Privatlehrers, im von Leder und Holz dominierten Bibliothekszimmer des ehrwürdigen Familiensitzes der Familie Gooregan an der Patriarch-Erasmus-Allee.

Es hatte ihm gefallen. Es wimmelte von fernen Orten, abenteuerlichen Persönlichkeiten und politischen Anspielungen, die ihm sein Lehrer hatte erklären müssen. Sheman´O und seine Reiseberichte galten als eine der bekanntesten Quellen von Wissen über die Gestade Isrogants, auch wenn sie nach der Großen Flut hoffnungslos veraltet waren, denn der Schriftsteller hatte in der Blütezeit Adjagards gelebt.

Die Dramatisierungen Marijan Gilads waren Klassiker des Theaters, doch auch sie waren vor der Flut entstanden und wurden nicht mehr oft gespielt im modernen Isrogant.

»Ash, falls du noch nichts anders vor hast.... ich würde mich freuen, wenn du mich begleiten würdest. Theater ist schöner zu zweit.«

Theater. In Biodrem. Mit Alica dei Xemotearzx. Das klang mehr als verlockend.

»Wann soll ich da sein?« fragte er, und zu seiner Überraschung zauberten diese Worte ein Lächeln auf ihr Gesicht. Sein Herz machte einen Sprung.

Erst im Hinausgehen bemerkte er, dass sie nicht alleine im Raum waren. Die Sekretäre hinter dem Tisch blätterten eifrig in Papieren. Hauptmann Mandanof öffnete ihnen die Tür. Er schien seinen eigenen Teil zu denken.

Ash war es egal.

***

»Ich hatte kaum erwartet, dass dir ein solches Stück gefallen würde.« In Alicas Stimme lag Belustigung, die Ash ein wenig verletzte. Ihre Überheblichkeit ihm gegenüber kam jedes Mal überraschend, sie wollte so gar nicht zu ihrem sonstigen Auftreten passen.

Sie ist jung, dachte er. *Eine weitere junge Frau in meinem Leben. Und sind sie nicht alle ein bisschen so, diese Jünglinge, egal ob Männer oder Frauen? Vor allem dann, wenn sie eine besondere Begabung besitzen und sich schon deswegen überlegen fühlen?*

Als Lehrer konnte er damit umgehen. Selbst dann, wenn seine Schüler von Zeit zu Zeit Überlegenheit bewiesen – er kannte den eigenen Wert, die eigenen Fähigkeiten, und er fühlte sich souverän.

Alica berührte eine andere Saite. Er wollte respektiert werden, nicht gefordert, und er hasste, dass sie ihn noch immer als tumben Schlächter zu betrachten schien, weil er kein Gelehrter war, kein Mystiker.

»Ich stamme aus reichem Elternhaus«, entgegnete er, freundlich bleibend. »Meine Familie sind Patrizier in einer der traditionsreichsten Städte Isrogants. Ich hatte keine Wahl, als eine gewisse Bildung hinzunehmen. Mein Vater ist noch immer sehr unglücklich mit meiner Entscheidung, nach Abenteuern zu suchen, statt mich anständig zu benehmen.«

Es lag ein Tadel in seinen Worten, und sie sah ihn überrascht an.

Natürlich hatte sie gewusst, dass er aus Ciena stammte, und auch, dass seine Familie zu den angesehenen Handelshäusern der Stadt gehörte. Als Sohn reicher Eltern konnte er unbeschwert reisen und Wagnisse auf sich nehmen, die für andere Menschen bittere Notwendigkeit waren.

Alica war nicht mit einem solchen goldenen Löffel im Mund geboren worden. Sie hatte jeden Schritt ihres Lebens erarbeiten, jeden Erfolg erkämpfen müssen. Nichts war ihr zugefallen, außer ihrem ungewöhnlichen Talent zum Umgang mit *achí*.

Erst viel später erkannte sie, wie sehr sie einander ähnelten: Genau wie sie lebte er ein außergewöhnliches Talent, und ebenso konsequent.

Ash war eine Herausforderung. Ihren Vorurteilen nach hätte er oberflächlich sein sollen, ein schlichter Geist, besessen vom Tötungshandwerk und ohne Niveau. Es hätte den Umgang mit ihm erleichtert. Stattdessen war er gebildet, intelligent und sensibel bis zur Überempfindlichkeit, ein mitdenkender und vorausschauender Mann, der zuhören und ebenso gut erzählen konnte. Statt Primitivität war nur eine gewisse Härte spürbar.

Die richtete sich nicht nur auf Gegner. Überdeutlich gingen ihm gehemmte, langsame, untalentierte Menschen auf die Nerven. Ihm schien das Verständnis dafür zu fehlen, dass mancher weniger gesegnet war als er, weniger fähig, weniger erfolgreich.

Möglicherweise mangelte es ihm auch nur an Geduld.

Sie fragte sich, wie er wohl als Lehrer agieren mochte. Vermutlich arbeitete er vor allem mit guten Schülern, schnellen Lernern. Angesichts seines Rufes und seines Bekanntheitsgrades konnte er sich wohl aussuchen, wen er unterrichtete.

Schweigend schlenderten sie nebeneinander her, durch die von Laternen beleuchteten Straßen der Handelsstadt, die noch immer belebt waren von fröhlichem Nachtleben.

»Es ist friedlich hier«, sagte er dann. »In vielen großen Metropolen ist diese Uhrzeit ein Grund, nur noch bewacht das Haus zu verlassen, weil die Straßen unsicher sind und die Dunkelheit die Gauner schützt.«

Sie nickte, den Blick auf den Boden gerichtet, in Gedanken versunken.

»Ich mag das«, sagte sie. »Es erinnert mich an Dardan, die Magierstadt, in der ich lange studiert habe.«

Sie grinste ein bisschen. »Natürlich war dort alles ein bisschen mystischer, in einer Stadt, in der Hunderte von Magieschülern studieren und die Regierung noch immer aus Zauberern besteht.«

»Du hast in Dardan studiert?«

Sein Tonfall ließ sie aufhorchen. »Ja, habe ich. Zwei Jahre.«

»Das ist aber eine große Ehre.« Eine Frage hing im Raum. »Aber du bist frei, gehörst zu keinem Orden?«

»Ah. Ein Kenner.« Ihre Stimme klang bitter. »Stimmt, ich wollte dem Dardan-Orden nicht beitreten. Deswegen musste ich die Stadt sehr schnell verlassen.«

Sie dachte kurz nach, dann trotzig: »Aber es hat mir nicht geschadet. Ganz im Gegenteil.«

Zu ihrer Überraschung lachte er leise auf. »Ja, das kenne ich. Ich bin auch kein Danderede geworden.«

Kurz schaute sie verständnislos, dann ging ihr auf, was er meinte. »Du warst in Dan Dered?« fragte sie.

Er nickte. »Auch ich musste zügig aus dem Reich der Elf Großen Stadtstaaten verschwinden, nachdem ich mich gegen den Danderden-Orden entschieden hatte.«

»Warst du jemals wieder da?« fragte sie.

»Im Reich der Elf ja, aber niemals mehr in Dan Dered.«

Sie wiegte den Kopf hin und her. »Ich habe die Myanmu-Berge hinter mir gelassen und nie wieder einen Fuß ins Reich gesetzt.«

Die Myanmu-Berge... Blut im frischen Schnee, panische Angst, schlaflos durchzitterte Nächte, die Hand am Griff des Schwertes. Shivan Germont, der berühmte Kämpfer Shivan Germont, Mitgründer der She-Bashi, direkt neben ihm, sie beide wie gejagte Tiere.

Es waren keine glorreichen Tage gewesen, an denen die Mörder ihres Riinja-Lehrers sie durch die Myanmu-Berge gehetzt hatten. Für sie beide war diese Flucht eine Läuterung gewesen, eine neue Erfahrung, nachdem sie bisher als talentierte und erfolgreiche Kampfschüler alle Strapazen größtenteils unbeeindruckt überstanden hatten, im festen Glauben an ihr Heldentum und ihre Bestimmung.

»Nicht alles Sonnenschein damals«, sagte er, mit einem entschuldigenden Lächeln. Sie nickte, zog ihn ein wenig heran und legte ihren Kopf an seine Schulter. Die tröstliche Geste gefiel ihm, er legte seine Arme um sie und hielt sie ein ganz klein bisschen fest, bevor sie sich voneinander lösten.

»Finden wir ein Glas Wein, irgendwo in einem schönen Gasthaus? Bringst du mich hin?«

»Aber natürlich!«

Sie ging leichtfüßig voran.

Zauberhaft.

***

Wirklich jedes Gasthaus in Biodrem bot mindestens eine Spezialität oder ein ausgefallenes Ambiente. Ash hätte Tage damit verbringen können, von einem Ort zum anderen zu wandern und einfach nur da zu sitzen, die Menschen rundum beobachtend.

Genau deswegen mochte er Handelsstädte. Hier gab es nicht nur viele Menschen, sondern auch Beweglichkeit und Vielfalt, Gesichter wechselten und Impulse aus sehr verschiedenen Regionen und Kulturen kamen zusammen.

Das Reich der Elf Großen Stadtstaaten hatte es verstanden, auch jenseits des Handels solche Vielfalt zu sammeln. In den großen Akademiestädten des Reiches lebten und arbeiteten nicht nur Menschen aus ganz Isrogant, auch Angehörige anderer Völker waren dort willkommen. Wer nach Wissen und Erfahrungen suchte, konnte sich dieser faszinierenden Umgebung kaum entziehen.

Dass die elitären Schulen des Reiches auch einen hohen Preis verlangten, wurde vielen erst spät klar, eine Erfahrung, die Ash und Alica verband. Bei Wein und gutem Essen wirkte das als Türöffner.

Obwohl keiner von ihnen Geheimnisse preisgab, fühlte Ash sich verstanden wie seit langem nicht mehr.

Eine kleine Gruppe aus ihrem Expeditionsteam war ebenfalls anwesend – Dsitaren, die die Zeit in Biodrem genossen, indem sie es leicht und ungezwungen angehen ließen. Würfel rollten, die Gruppe war ausgelassen, anscheinend wurde um Geld gespielt, was Ash im friedlichen Biodrem nicht als Gefahrensignal wertete.

Als er bemerkte, dass etwas schiefgegangen war, hatte die Auseinandersetzung bereits körperliche Ausmaße angenommen. Mit lautem Krachen fiel ein Stuhl zu Boden.

Ash und Alica blickten in Richtung des Geschehens. Der Lärm und die Aufregung entsprach nicht dem, was sie beide von Dsitaren erwarteten, deren Ideal edle Zurückhaltung und stiller Stolz hätten sein sollen.

Ganz davon entfernt hatten die drei beteiligten Elitesoldaten sich nicht: Sie saßen in eher defensiver Haltung noch immer am Tisch, während die einheimischen Spieler aufgesprungen waren, wild gestikulierten und lautstark Beschimpfungen ausstießen.

Ash seufzte. Auch im friedlichen Biodrem gab es also Betrüger. Warum auch nicht? Dass sie sich ausgerechnet die kleine Gruppe dsitarischer Soldaten ausgesucht hatten, würde ihnen vermutlich nicht gut bekommen.

Er wandte seine Aufmerksamkeit wieder dem dampfenden Teller zu, der vor ihm auf dem Tisch stand. Das Essen war gut, er wollte sich die Stimmung nicht verderben lassen.

»Die werden das schon alleine geregelt bekommen.«

Sie runzelte unwillig die Stirn. »Trotzdem traurig. Der Abend war friedlich.«

»Wohl wahr.« Ash schaute noch einmal in Richtung der Streiterei.

Einer der aufgesprungenen Spieler hatte sich den ihm am nächsten sitzenden Dsitaren gegriffen, zog ihn vom Stuhl hoch. Der gab der ziehenden Hand nach, richtete sich auf, die Hände locker vor den Körper bringend, ohne jede Aggressivität. Das verwirrte den Angreifer, der in Wirtshausschlägereien wohl bislang selten ausgebildeten Kriegern begegnet war. Er zog kräftiger, holte mit der Hand zum Schlag aus, fand sich nur Sekunden später auf dem Boden wieder.

Noch immer saßen die beiden anderen Dsitaren entspannt am Tisch, die Auseinandersetzung verfolgend. Das war ein Fehler.

Einer anderer Spieler flankte über den Tisch, und Ash ließ seine Gabel fallen. Er sah, was den Dsitaren verborgen blieb: Die Rinjapur-Handmesser an den Händen des Angreifers. Schwarz gefärbter Stahl, der sich durch kein Glänzen verriet. Dunkle, lederne Handschuhe verbargen das Messer noch wirkungsvoller und schützten Handgelenke und Unterarme eines Kämpfers vor den eigenen Klingen.

Die vor allem an den warmen Meeren des südlichen Isrogants gebräuchlichen Klingen waren keine Stichwaffen. Wie Schlagringe streifte man sie über die Fingerglieder, der scharf geschliffene Stahl lief über die Knöchel und an den Außenseiten der Hand noch einige Zentimeter weiter. Er war auch an der Innenseite geschärft, so dass das Messer nicht nur beim Zustoßen Schnittwunden hinterließ, sondern auch im Zurückziehen noch verheerende Schäden anrichtete. Ash hatte gesehen, wie geübte Kämpfer die Klingen an Gliedmaßen oder am Hals des Gegners einhängten.

Das eigentliche Übel aber war, dass im Eifer des Gefechtes jeder Angriff aussah wie ein normaler Faustschlag.

Genau so nahmen die beiden noch sitzenden Dsitaren die Attacke auf: Sie wichen leicht aus, führten die Wucht gelassen weiter. Der Angreifer ging zwischen ihnen zu Boden, verlor kurz sein Gleichgewicht, kam wieder hoch.

Im Fallen ließ der Angreifer die Klingen über die Oberschenkel und Leisten seiner Gegner gleiten. Die Schneiden waren so scharf, dass die Schnitte erst nach Sekunden zu spüren waren.

Der fassungslose Blick eines der beiden Dsitaren auf seine Beine zeigte Ash, dass er jetzt die Gefahr erkannt hatte. Beim Versuch, von seinem Stuhl aufzustehen, knickte er auf einem Bein weg.

Ash sah rotes Blut an seinem Oberschenkel – so viel, dass die Klinge vermutlich eine Schlagader getroffen hatte.

»Was ist...?« fragte Alica, die angestrengt versuchte, genaueres zu erkennen, ähnlich wie die anderen Gäste um sie herum.

»Handmesser«, antwortete Ash, bereits im Aufstehen begriffen. Dann rief er es lauter, um die Dsitaren zu warnen: »Handmesser! Achtet auf die Hände!«

Das sicherte ihm die Aufmerksamkeit der Angreifer. Ash sah die Ledermanschetten an ihren Handgelenken, die Griffe an die Gürtel es war also mit noch mehr Rinjapur-Klingen zu rechnen.

Ash zählte sieben, den bereits am Boden liegenden ebenso mit eingerechnet wie den, der zwischen den beiden sitzenden Dsitaren hindurchgesprungen war und jetzt hinter ihnen wieder hochkam.

Sie waren alle ähnlich gekleidet, enge Hosen, weite Hemden mit etwas pludrigen Ärmeln, zwei von ihnen trugen schärpenähnliche Gürtel, die den Hosenbund verdeckten, einer eine Jacke, vermutlich aus Leder.

Ash wünschte sich sein Schwert oder noch lieber etwas, mit dem er werfen konnte. Shuriken, wie er sie in der Riinja-Schule im Reich der Elf kennengelernt hatte, wären jetzt eine traumhafte Waffe gewesen, um nicht geschnitten zu werden: Kleine, gezackte Metallsterne, die sich gezielt werfen ließen, wenn man nur etwas Übung hatte.

Leider hatte er nur einen kleinen Dolch, weil er sich mit dem Schwert nicht hatte plagen wollen an einem angenehmen Abend; schon gar nicht, wenn er mit Alica unterwegs war, die seine kriegerische Seite so skeptisch sah.

Geschmeidig bewegte Ash sich in Richtung der wilder werdenden Auseinandersetzung. Zwei der Randalierer kamen auf ihn zu, in einer Klammerbewegung durch die Tischreihen, vorbei an Gästen, die entweder wie versteinert saßen oder unter den Tischen in Deckung gingen.

Ash ging langsam, entspannte seine Muskeln, verschaffte sich einen Überblick, versuchte, nicht zwischen die Klingenkämpfer zu geraten. Mit ziemlicher Sicherheit war er schneller und weit erfahrener als alle beide, aber Schnittwunden waren heimtückisch und lästig, und er wollte so wenig wie möglich davontragen.

Er wechselte eine Tischreihe nach links, so dass die beiden Angreifer sich neu ausrichten mussten und er selbst näher an den eigentlichen Kampf herankam. Noch zehn Schritte, zählte er leise im Kopf, noch neun, acht...

Mit einer beiläufigen Bewegung nahm er eine halbvolle Weinflasche von einem Tisch, zerschlug sie am Tischrand, sah in erschrokkene Gesichter, als er auch nach einer Gabel griff.

Der erste seiner Gegner war jetzt nahe genug, der andere bewegte sich schneller, um in seinen Rücken zu gelangen.

Drohend hob Ash die Flasche, schleuderte aber stattdessen die Gabel auf den weiter entfernt stehenden Gegner. Ob das eine Wirkung erzielte, konnte er nicht beurteilen, denn er drehte sich ansatzlos weiter und warf die Flasche, die gezackte Bruchkante voran, dem Zweiten entgegen.

Wein spritzte, dann schlug die Flasche mit einem dumpfen Schlag auf die hochgerissenen Arme des Mannes. Ash hatte Glück. Die Weinreste gerieten dem Gegner in die Augen, das Glas schnitt in seinen Unterarm, und beides kam unerwartet genug, dass Ash die Entfernung zwischen ihnen mit einem langen Schritt überbrücken konnte.

Sein rechter Fuß zuckte in die ungedeckten Weichteile des Mannes. Er griff den sich zusammenkrümmenden Körper und zog ihn an sich vorbei über einen Tisch, wo er mit dem Ellenbogen sein Gesicht zweimal hart auf das Holz der Tischplatte schlug, so dass er bewusstlos zusammensackte.

Ein kurzer Blick zu den anderen Streitenden. Die Dsitaren beschäftigten die fünf Männer, so dass er keine Störung von hinten befürchten musste. Ash drehte sich herum. Sein zweiter Gegner starrte auf der anderen Seite des Tisches ungläubig auf die Gabel in seiner Hand. Er hatte sie augensceheinlich aus seiner Wange gezogen, denn dort klaffte ein blutiges Loch.

Ash nahm einen leeren Stuhl, wich zwei flüchtenden Gästen aus. Der Boden verwandelte sich langsam in eine glitschige Masse aus Brühe und heruntergefallenen Speisen. Die Trittsicherheit schwand, der Stuhl war schwerer als erwartet, beides war ärgerlich. Ash wollte den Gegner dennoch nicht nahe an sich heranlassen, und vor allem wollte er den Überraschungsmoment noch ausnutzen.

Er hob den Stuhl, bewegte sich seitwärts vorbei an dem Tisch zwischen ihnen. Jäh aufgerissene Augen zeigten ihm, dass der Gegner erkannte, was er vorhatte. Mit lautem Krachen ließ er den Stuhl auf hochgerissene Arme krachen. Erkennend, dass der Stuhl zu schwer war und zuviel Bewegungsenergie hatte, um ihn noch einmal hochzureißen, lehnte Ash den Oberkörper dagegen und schob. Stuhl und Gegner gingen zu Boden, Ash trat noch einmal nach, sorgfältig darauf achtend, sich nicht selbst ein Stuhlbein in die Leiste zu rammen.

Ein leises Ächzen sagte ihm, dass nicht so schnell ein neuer Angriff zu erwarten war, trotzdem sicherte er sorgfältig, kontrollierte auch im Vorbeigehen noch einmal den anderen Mann, der auf dem Tisch zusammengebrochen war.

Zu einem anderen Gast, der weit zurückgelehnt mit aufgerissenen Augen zu ihm aufsah, sagte er: »Werter Herr, Ihr könntet Euch darum kümmern, den beiden zu helfen. Ich denke, sie brauchen medizinische Behandlung.«

Eine abwehrende Handbewegung war die Antwort.

»Dann seid so gut, hebt Euer Gesäß und lauft auf die Straße, um die Stadtwache zu rufen. So etwas gibt es doch in Biodrem, oder?«

Ash ging auf, dass er bisher in der Stadt keine Unformierten wahrgenommen hatte. Doch der Mann nickte, erhob sich langsam und schweigend, um dann immer beim Hinauslaufen immer schneller zu werden.

»Wache! Wache!« rief er schon vor dem Erreichen der Tür, und das brachte Bewegung in die anderen Gäste, die jetzt aufsprangen und ebenfalls nach draußen drängten.

Für die Dsitaren sah es unterdessen nicht gut aus. Einer von ihnen lag am Boden, und Ash stellte mit Erschrecken fest, dass er sich kaum bewegte. Nur seine rechte Hand wischte etwas ziellos über den Boden, dabei das Blut verteilend, das in einer Lache um ihn herum den Boden bedeckte. Die Auseinandersetzung hatte sich bereits von ihm weg verlagert, und unglücklicherweise standen alle fünf Angreifer wieder, auch der, der direkt am Anfang zu Boden gegangen war.

Der Eindruck täuschte. Der Mann stand aufrecht, wurde aber von einem anderen gestützt, der selbst eine heftig blutende Kopfwunde hatte. Die beiden hatten sich aus dem Geschehen verabschiedet, so dass nur noch drei auf die Dsitaren eindroschen, von denen einer an der Wand lehnte, während der andere vor ihm stehend etwas als Schutzschild benutzte, das Ash für den Deckel eines Kochtopfes hielt.

Wo auch immer er den Deckel gefunden hatte, gab es auch Messer, denn mit einem solchen machte er seinen Angreifern das Leben schwer.

Ash lächelte ein klein wenig über das Waffenarsenal von Köchen. Die immer unterschätzten Krieger des Kochtopfes – nicht nur, dass sie sich in der Handhabung ihrer diversen Mordwerkzeuge oft großartig auskannten, sie verfügten auch über fundierte Kenntnisse, wie sich Gliedmaßen am besten abtrennen ließen.

Seine Belustigung währte nur kurz, dann erreichte er die Kämpfenden. Er fällte zunächst die beiden schon angeschlagenen Angreifer mit kurzen, präzisen Schlägen. Griff von hinten ins Gesicht des nächsten. Den rechten Arm blockierte er mit dem Körper, den anderen mit der eigenen linken Hand.

Schon fanden Ashs Finger Nase und Augenhöhlen, sein Handballen setzte auf der weichen Stelle zwischen Nase und Oberlippe auf. Drehung aus der Hüfte, wuchtige Bewegung. Gleichzeitig schob er mit der linken Hand den Unterkörper des Gegners nach vorne.

Als der Mann an ihm vorbei zu Boden ging, stieß Ash seine Fingerkuppen tief in seine Augenhöhlen. Der Körper unter seinen Fingern krümmte sich zusammen.

Krachend öffnete sich die Tür der Taverne.

Gut, dachte Ash. *Die Stadtgarde ist da. Das macht der Sache ein Ende.*

Er entspannte sich, hob defensiv die Hände, damit die Gardisten keinen falschen Eindruck bekamen.

Dann sah er die Kleidung der Neuankömmlinge, die Lederarmbänder, die aggressiven Blicke. Das war nicht die Stadtgarde. Es war Unterstützung für ihre Gegner.

»Flut und Asche!«

Hinter ihm erklang ein ächzendes Stöhnen, ein Blick über die Schulter zeigte ihm, dass die Dsitaren jetzt jede Vorsicht fallengelassen hatten. Die beiden letzten Angreifer sanken blutend zu Boden.

Vier, zählte Ash. *Fünf, sechs, sieben, acht.* Die Tür öffnete sich erneut. *Neun, zehn, elf. Scheiße.*

Er wechselte einen kurzen Blick mit Alica, die aufgestanden war und in abwartender Haltung an der Wand neben ihrem Sitzplatz lehnte. Er konnte ihren Gesichtsausdruck nicht deuten, machte eine entschuldigende Handbewegung und sah sich suchend um. Er brauchte Waffen, im Idealfall solche, die auf Entfernung wirkten.

Die große Gruppe der Neuankömmlinge bewegte sich zügig, tauschte laute Rufe aus, und Ash stellte fest, dass er die Sprache nicht kannte. Ein weiterer Nachteil, die Gegner konnten sich abstimmen, ohne dass er ihnen folgen konnte. Er hoffte inständig auf das Erscheinen offizieller Stadtgardisten, während er einen Messerkasten auf einer Anrichte erspähte. Als er danach griff, sah er einen der Kellner hinter dem Tisch kauern, mit verzweifeltem Ausdruck in panischen Augen.

»Immer mit der Ruhe«, lächelte Ash. »Ich hatte schon schlimmere Tage.«

Der Kellner schüttelte verkrampft den Kopf.

»Ich nicht«, flüsterte er. Er lehnte sich vornüber, und während Ash Messer sortierte, erbrach er sich auf den Fußboden. Es stank erbärmlich.

Routiniert machte Ash einen Schritt um die glitschige Masse herum. Fließend hob sich seine Hand, das erste Messer flog durch den Raum, traf einen der Gegner am Oberarm. Das zweite Messer fuhr in den Hals. Während der Mann gurgelnd zusammenbrach, griffen seine Kameraden nach Stühlen, um sie als Schild zu benutzen.

Es wurde wirklich Zeit für die Ankunft der Ordnungshüter.

Mit einem Seufzer änderte Ash seine Strategie. Er konnte vor der Übermacht nicht weglaufen, und wenn er ihnen Zeit gab, sich strategisch zu positionieren, wurde seine Situation lediglich schlechter.

Er warf zwei weitere Messer – mit geringem Erfolg – und wurde schneller. Katzenhaft geschmeidig glitt er durch die Reihen, sprang auf einen Tisch und über einen zweiten hinweg, fällte den ersten Gegner mit einem Tritt, der den zur Abwehr erhobenen Stuhl splittern ließ. In das überraschte Gesicht, das dahinter zum Vorschein kam, stieß er ein Messer, das mit hässlichem Knirschen auf Knochen traf und nach unten in den Kiefer abrutschte.

In diesem Moment nahm ihm ein leuchtender Blitz die Sicht.

Krachendes Donnern folgte dem grellen Licht, und ehe Ash sich neu orientieren konnte, rollte ein flammender Ball an ihm vorbei. Instinktiv ließ er sich zur Seite fallen, aber der Feuerball wich ihm ohnehin aus und traf zielsicher einen der Gegner, sich sofort weiterbewegend. Er fällte einen zweiten der Männer, und während die anderen entsetzt auf die hell brennende Kugel starrten, hob sie sich in die Luft und explodierte in einem Farbenregen, blaue Blitze in mehrere Richtungen abschießend, die Löcher in Tischtücher brannten und einen Stuhl in Flammen aufgehen ließen.

Aus sicherer Deckung beobachtete Ash, wie ein weiterer Feuerball an die Decke schoss.

»Alle hinlegen«, ertönte eine laute Stimme, die er überrascht als Alicas erkannte. »Runter auf den Boden!«

Er fragte sich kurz, ob diese Ansage auch für ihn gelten mochte und blieb vorsichtshalber bewegungslos liegen, bis Alica rief: »Ash! Zu mir!«

Mühsam rappelte er sich hoch. Gewohnheitsmäßig machte er Bestandsaufnahme: Keine ernsthaften Verletzungen, obwohl er in den nächsten

Tagen Freude mit einigen Prellungen haben würde. Seine Kleidung war verdreckt, die Hose gerissen. Es hätte schlimmer kommen können.

Alica stand immer noch neben dem Tisch, an dem sie Minuten zuvor miteinander gegessen hatten, doch es war eine unheimliche Veränderung mit ihr vorgegangen. Um sie herum kreiste eine schimmernde Aura, wechselte ihre Farbe von hellem Lila zu bläulichem Grün und zurück.

Zwischen ihren erhobenen Händen konzentrierten sich die Farben zu einer wild rotierenden Spirale und schossen von dort nach oben zu dem Feuerball, der noch immer bedrohlich wuchs.

Das alles wurde überstrahlt von einer kleinen Sonne auf ihrer Brust: Der *glanhír*, den sie sonst unter ihrer Kleidung trug.

Brandgeruch erfüllte den Raum.

Ash wagte nicht, sich Alica weiter zu nähern.

Sie warf ihm ein schräges Grinsen zu. »Alles in Ordnung?«

Er nickte, fasziniert von ihrem Anblick.

Kurz klatschte sie in die Hände, ein weiterer Donnerschlag ließ den Raum erzittern.

Ash duckte sich unwillkürlich.

Ein Pfeifen war in seinen Ohren, so dass er Mühe hatte, Alicas nächste Worte zu verstehen: »Lass uns nach den Verletzten schauen, was denkst du?«

In diesem Moment stürmte die Stadtgarde den Raum.

***

Einer der Sekretäre Fürst Benfads löste sie an der großen Wache am Westtor aus. Die Stadtgarde hatte nicht gefackelt und alle Anwesenden mitgenommen, um sie zu verhören. Einige benötigten ärztliche Behandlung, und es hatte auch Tote gegeben.

Die Gardisten benahmen sich höflich und professionell, aber sie wurden erst freundlicher, als sie erfuhren, dass Ash und seine Begleiter persönliche Gäste des Fürsten waren.

Der Sekretär hörte sich die Geschichte von allen Beteiligten an, bevor er sie zu ihrer Unterkunft zurück brachte. Ash hatte keine Zweifel, dass er Fürst Benfad Bericht erstatten würde.

Hauptmann Mandanof, aus tiefstem Schlaf geweckt, büßte dadurch kein Jota seiner militärischen Haltung ein.

»Indiskutabel«, sagte er, wie zu sich selbst. Seine drei Dsitaren waren zu schwer verletzt, um an eine Weiterreise zu denken. Ash und Alica waren alleine mit dem Sekretär zurückgekommen.

»Und ist es wahr, was ich höre – dass Ihr den Kampf mit einem magischen Spektakel beendet habt, Lady Alica?«

Es klang etwas Empörtes in Mandanofs Stimme, das Ash nicht gefiel, aber Alica nahm es gelassen auf.

»Es mag sein, dass ich etwas überreagiert habe«, sagte sie. »Ich bin solche Situationen nicht gewohnt.«

Mandanof wirkte mürrisch. »Und wenn Ihr angmessener reagiert hättet – wäre das zu Lasten Eures magischen Steines gegangen? Wolltet Ihr seine Energie sparen, auch wenn es bedeutete, dass die halbe Stadt das Feuerwerk mitbekommt?«

Ash war erstaunt, dass Mandanof die Situation so sah. »Mir war nicht bewusst, dass wir besondere Geheimhaltung benötigen«, bemerkte er.

»Ich frage mich, wie es passieren kann, dass Dsitaren mitten im Reich der Drei Mächte in eine solche Auseinandersetzung geraten.«

Der Hauptmann rieb sich mit beiden Händen über die Augen. «Was sind denn das für Leute, mit denen es da Krach gab? Wieso traten sie in so großer Zahl auf?«

Das war tatsächlich eine gute Frage.

»Rinjapur-Klingen«, sagte Ash. »Auch die Kleidung sah südländisch aus. Ihr vermutet, dass es sich nicht um einen Zufall handelte?«

»Wer weiß?« Mandanof machte eine wegwerfende Handbewegung. »Ich werde mich morgen darum bemühen, einen Verhörtermin zu bekommen mit den gefangenen Angreifern. Und meine Jungs im Hospital besuchen. Und einen Bericht zu Fürst Alexios schicken. Das wird ein langer Tag.« Dann schien ihm etwas einzufallen. »Ach, wo wir von langen Tagen sprechen... der morgige wird sowieso etwas später zu Ende sein. Wir haben eine Einladung bekommen.«

Das muss doch nicht sein, dachte Ash. Er hoffte inständig, dass es sich nicht um einen hoch offiziellen und vermutlich entsetzlich langweiligen Empfang handelte.

»Die neue Botschafterin aus Ga Ta Cien ist eingetroffen«, erklärte Mandanof. »Es gibt einen großen Empfang. Alles anwesend, was Rang und Namen hat, auch die Delegation aus Dsita.«

Alica und Ash hoben gleichzeitig abwehrend die Hände, bemerkten es und fingen an zu lachen. Mandanof teilte ihre Heiterkeit nicht.

»Wir sind alle eingeladen. Lady Alica, Meister Gooregan - ich bin zuversichtlich, dass Ihr Euch Euren Pflichten nicht entziehen werdet.«

Dann schmunzelte er doch. »Ich brauche jede Unterstützung, die ich bekommen kann.«

Damit verschwand er.

Ash und Alica sahen sich an.

»Gehen wir zusammen?« fragte er.

Sie nickte. »Sehr gerne. Wenn du dich nicht wieder in eine Schlägerei verwickeln lässt.«

»Gut. Wenn du dann bitte auch ausnahmsweise keine Funken sprühst.«

Wieder mussten sie lachen.

Dann standen sie schweigend, sahen einander an.

»Gute Nacht«, sagte Ash.

»Gute Nacht«, antwortete sie.

***

Der Empfang fand nicht im Palast statt, wie es anderswo der Fall gewesen wäre. »Im Saal des Großen Stadthauses« stand auf dem teuren Papier der Einladung. Gedruckt in edlen Lettern, nicht handgeschrieben, versehen mit dem Siegel der Stadt – nicht das Reich der Drei Mächte lud ein, nicht Fürst Benfad, sondern die Stadt Biodrem. Ash hatte auf seinen vielen Reisen gelernt, derartige Feinheiten wahrzunehmen.

Das Fest selber war dennoch fürstlich. In den Straßen rund um das Stadthaus patrouillierten Gardisten in feierlichen Uniformen, die jeden Passanten kontrollierten und die geladenen Gäste zum Eingang des Stadthauses geleiteten – was Alicas und Ashs Verabredung zur gemeinsamen Ankunft bei der Gala vereitelte. Ihr Treffpunkt am anderen Ende des Großen Marktplatzes war abgesperrt und unerreichbar.

Ein Meer von Fackeln auf silberglänzenden Ständern tauchten den Platz in gespenstische Helligkeit. Vor dem Eingang zum Stadthaus eilten livrierte Diener über den Platz, die Getränke auf schmalen Silbertabletts servierten.

Es hatten sich kleine Gruppen von Menschen gebildet, alle ungemein fein gekleidet, nur zu offensichtlich darauf bedacht, einen guten Eindruck zu machen. Hier mischte sich die hohe Gesellschaft des Hofes mit den reichen Bürgerlichen.

»Ash!« Er drehte sich um und sah zu seiner großen Freude Alica, die ebenfalls in Begleitung eines Gardisten den Platz betrat. Ihr Erscheinen erlöste ihn von der Notwendigkeit, alleine mit anderen Gästen Konversation zu machen.

»Alica!«

Sie umarmte ihn, und das fühlte sich so natürlich an, dass er die neugierigen Blicke gar nicht bemerkte, von denen ihre zwanglose Begrüßung begleitet wurde. Er lächelte.

Trotz ihrer Herzlichkeit schaffte sie es, mystisch-geheimnisvoll zu wirken. Mit ungebrochener Ausstrahlung glitten ihre Augen über den Platz.

Er beobachtete, wie sie sich ein eigenes Bild von der Abendgesellschaft machte, bis sie ihn schließlich fröhlich anblinzelte. »Warst du schon drinnen?«

»Nein, nein«, schüttelte er den Kopf. «Das hat sich nicht gut angefühlt, alleine in den Schlund des Vulkans.«

Sie lachte. »Erwartest du leuchtende Feuerschrift an der Wand?«

Er wiegte den Kopf. »Ein Empfang für die Botschafterin von Ga Ta Cien. Ich habe eine Zeit lang dort gelebt. Heißes Land mit vielen feurigen Erkenntnissen.«

»Du hast in Ga Ta Cien gelebt? Ich erfahre immer wieder Neues. Was hast du dort gemacht?«

»Was ich überall mache. Krieger ausgebildet, und selber hier und da etwas dazu gelernt. Ich war mit einem guten Freund dort, am Hof von Herzog Macuu von Maiins. Interessanter Kerl, der Herzog, aber auch ein rücksichtsloser Kotzbrocken.«

»Davon habe ich gehört«, meinte sie. Es lag etwas Seltsames in ihrem Ton. Er überlegte, ob er fragen sollte, da sprach sie schon weiter: »Ich bin aus Ga Ta Cien nach Dsita gekommen. Eigentlich erstaunlich, dass wir darüber bislang noch nicht gesprochen haben. Wir haben uns schon so viel erzählt.«

»Es war wohl nicht wichtig.«

»Wirklich nur eine Zwischenstation.«

»Warst du am Hof in Maiins?«

»Nein, ich habe einige andere Dinge kennengelernt in der Stadt.«

Das klang spannend. Ash hatte in seiner Zeit in Maiins eine Menge über halb-geheime, magische Orte im Wüstenreich gehört – nicht wirklich erwünscht von der politischen Führung, aber zum Teil Jahrhunderte alt und deswegen geduldet. Er hatte nie das Glück gehabt, jemanden zu treffen, der ihm hätte Zugang verschaffen können.

Seit das Zeitalter der Mystik in den Magierkriegen der Dunklen Jahre vergangen war, hatte die Bedeutung der Magiekundigen stetig abgenommen. Das war über viele Jahrhunderte fast unbemerkt vonstatten gegangen war, während die Träumer die Ius Adjagard aufgebaut hatten.

Seit der Flut war die Stimmung umgeschlagen. Die Prediger Avenicum Dalors gaben unverblümt den Mystikern die Schuld an der Katastrophe, und ihre Kirche des Einen Gottes gewann an Einfluss überall in Isrogant.

Er betrachtete Alica nachdenklich. Sie hatte Dinge gesehen, die ihm verschlossen blieben. Und sie gehörte zu einer aussterbenden Art, deren enorme Fähigkeiten der Menschheit verloren zu gehen drohten. So, wie auch die Urväter der Mystik aus Isrogant verschwanden. Nur selten war er auf seinen Wanderungen durch Isrogant echten Elben begegnet.

Er spürte plötzlich die Größe des Verlustes.

»Was siehst du?« fragte sie.

»Dich«, antwortete er, und es hätte lahm klingen können, tat es aber nicht.

»Aber das ist nicht alles.«

Es war keine Frage, so dass er auch nicht hätte antworten müssen. Er tat es trotzdem: »Nein, du bist wie ein Fenster in eine andere Welt.«

»Das wäre bei einem anderen Mann zu dick aufgetragen.«

Er zog überrascht die Augenbrauen hoch. »Und bei mir nicht?«

»Nein, bei dir nicht. Ich hoffe, du siehst nicht nur die Welt hinter dem Fenster, sondern auch ein bisschen mich. Ich schaue dich nämlich ganz gerne an.«

Er wusste nicht, was er darauf antworten sollte, also lächelte er nur. Sie hängte sich bei ihm ein, zog ihn mit sich.

»Wir zwei mögen ja hübsch sein«, plauderte sie, »aber ich habe gehört, die Gesandte aus Ga Ta Cien ist eine umwerfende Schönheit. Ich bin ganz sicher, sie werden wir noch viel lieber anschauen.«

***

»Die mystische Gelehrte Alica dei Xemotearzx, Magiekundige von der Insel Droni.« Die Stimme des Portiers hallte laut durch den bereits gut gefüllten Großen Saal. Köpfe drehten sich in Richtung des Eingangs und musterten die hoch aufgerichtete Gestalt Alicas, die über die breite Marmortreppe in den Saal hinunterschritt, an ihrer Seite Ash Gooregan, den der Portier jetzt als nächstes ankündigte: »Meister Ash Gooregan, Begründer des She Bashi-Kriegerordens.«

Ash zuckte ein wenig zusammen bei dieser Bezeichnung. Die She-Bashi waren kein Kriegerorden, sondern Kampfschulen, und er war nicht der alleinige Begründer.

Seine Reaktion blieb den Gästen im Saal verborgen, nicht jedoch die Tatsache, was für ein ausgesprochen beeindruckendes Paar die Magierin und der Krieger abgaben.

In Biodrem waren Reisende nichts Ungewöhnliches, und seit der Gründung des Reich der Drei Mächte waren andauernd neue Gesichter in der Stadt. Anders als viele Bürger in Dsita fanden die alt eingesessenen Biodremer das nicht schlimm. Ganz im Gegenteil: Die dominierenden Händler- und Handwerkergilden sahen die Chancen, die sich durch Öffnung und Wachstum für sie boten.

An Abenden wie diesem gierten sie nach Neuigkeiten aus der großen Welt, und noch mehr nach Geschichten und Geschichtchen.

Was das betraf, hatten die meisten Anwesenden hohe Erwartungen. Die Bediensteten im Palast, die die neue Gesandte begrüßt und ihr bei der Einrichtung des Botschaftsgebäudes geholfen hatten, wussten von ihrer Schönheit zu berichten. Das passte gut zu dem pikanten Gerücht, dass die junge Adlige aus dem Wüstenreich eigentlich am Hof von Dsita hatte vorstellig werden wollen, Fürst Alexios das aber mit fadenscheiniger Begründung abgelehnt hatte. Dabei wussten alle, dass die junge Dame für den kriegerischen Herrscher wohl keine Unbekannte war.

Die interessante Frage war, wo der als rechter Wüstling bekannte Alexios sie kennengelernt hatte – und so spekulierte die Abendgesellschaft schon vor Beginn der eigentlichen Veranstaltung eifrig über die Frage, ob es wohl geheime Reisen zwischen Dsita und Maiins gegeben hatte, von denen am Hof von Biodrem niemand wusste.

Ash und Alica wurden vor diesem Hintergrund nicht dauerhaft zum Gesprächsthema und konnten sich recht unauffällig unter die Gäste mischen. Eine halbe Stunde später standen sie nah am Buffet, mit einigen Hofbeamten plaudernd.

Auf seinen jahrelangen Reisen hatte Ash gelernt: Bei Empfängen, egal welcher Art, war es stets ein strategischer Vorteil, nahe beim Essen zu bleiben. Selbst wenn die Gesellschaft schlecht war, die Atmosphäre langweilig und Konversation unmöglich; am Essen konnte man sich festhalten und zumindest beschäftigt erscheinen.

Er hatte diese Einstellung nur ein einziges mal bereut. Am Hof von Nasregund, im hohen Norden, wo er die ihm angebotene Fischsuppe nicht vertragen und hinterher erfahren hatte, dass sie zu einem großen Teil aus dem Darminhalt von jungen Seehunden bestand, die noch in der letzten Saison Monate vorher gefangen worden waren.

Bei der Erinnerung daran zog sich sein Magen zusammen. Er war froh, dass der Portier mit seinem Zeremonienstab auf den Boden klopfte und mit lauter Stimme verkündete: »Ihre Exzellenz, die Botschafterin von Ga Ta Cien.«

Sämtliche Gespräche verstummten, die Augen richteten sich auf die Eingangstüre und die große Treppe, während der Portier fortfuhr: »Lady Djamila dei Liulan, Nichte des Herzogs Macuu von Maiins.«

Mitten hinein in die erwartungsvolle Stille fiel mit splitterndem Krachen Ashs Teller. Die Gesichter der Umstehenden wandten sich ihm zu, auch Alicas.

»Was hast du?« fragte sie leise. »Du siehst aus wie der Geysirthron nach der Flut. Kennst du die Dame?«

Ash musterte gedankenverloren das Essen vor seinen Füßen, seine Hand erhoben, als hielte sie noch immer den am Boden zersplitterten Teller. »Oh, ich habe für Unordnung gesorgt...«

»Was ist los?« Sie beugte sich nach vorne, legte ihm eine Hand auf den Arm. »Von Lady dei Liulan habe ich gehört, als ich in Maiins war.«

Ash ließ endlich die Hand sinken. »Oh, wirklich?«

»Ja, eine Kunstmäzenin, scheint es. Wichtige Person am Hofe, eng vertraut mit dem Herzog. Es scheint, er hat ihr große Ländereien in Skalorion vermacht, die früher Königin Haikia gehörten, vor der Eroberung. Jetzt ist sie ziemlich reich.«

»Kaum zu glauben.«

Alica war selbst erstaunt, dass sie sich noch daran erinnern konnte. Ihre Tage in Maiins waren eigentlich anderen Dingen gewidmet gewesen als höfischem Klatsch.

Ein schwaches Lächeln von Ash.

»Entschuldige mich einen Moment, ja? Tut mir leid, aber ich muss eine Sekunde tief ausatmen.«

Ein Diener eilte herbei, um die Scherben aufzuräumen, und Ash entfernte sich in den Hintergrund, in der entgegengesetzten Richtung des Eingangs, wo jetzt eine junge Frau einen Auftritt voller professioneller Grazie zelebrierte – begleitet von zwei älteren Herren, die wohl auch zur Gesandtschaft Ga ta Ciens gehörten und die Weisheit und Reife dokumentieren sollten, die der Botschafterin selbst fehlten.

So wie Alica den Fürsten Alexios erlebt hatte, war er für diese Art Frau ganz sicher empfänglich: Die junge Botschafterin entsprach durch und durch dem Schönheitsideal des höfischen Lebens des alten Adjagard, das noch immer an so vielen Orten Isrogants gepflegt wurde. Mädchenhaft-unschuldig und verrucht zugleich, große dunkle Augen, langes blondes Haar, das in einer kessen Locke in ihr Gesicht fiel. Aufwändige, stilsichere Kleidung unterstrich die wohlgeformte Figur.

Ihr einziger Makel: Sie war einen Hauch zu klein.

Alica seufzte. Rund um Mädchen wie dieses wurden Legenden gewoben. Kein Wunder, dass sie in Maiins wie auch hier schnell Stadtgespräch geworden war.

Was immer sie mit Ash verband (oder auch nicht), Alica empfand ein altbekanntes Gefühl der Verbitterung darüber, wie wenig im Angesicht einer so glatten Schönheit eine wirklich interessante Frau galt.

Sie wusste, dass dieses Gefühl aus ihrer fernen Vergangenheit stammte. Aus einer Kindheit, in der sie stets das ungeschickte Mädchen gewesen war, dem Chaos und Unordnung auf dem Fuße folgten, aus dem nie eine schöne Prinzessin werden würde.

Sie riss sich zusammen.

Das alles war unbedeutender Unfug, höfischer Mummenschanz, der in diesem künstlichen Umfeld zu großer Bedeutung aufgeblasen wurde.

»Entschuldige«, hörte sie Ashs Stimme neben sich. »Ich kenne Djamila von meinem Besuch in Ga Ta Cien. Aber das ist lange her, so lange, das es schon nicht mehr wahr ist.« Er lächelte. »Sie wird sich wohl gar nicht mehr an mich erinnern.«

Alica runzelte die Stirn. Sie konnte sich schwerlich vorstellen, dass die Lady solchen Eindruck auf Ash gemacht, ihn selbst aber schon vergessen hatte. Nun, sie kannte die Hintergründe nicht. Sein Verhalten befremdete sie.

Sie hielt inne. Wann war Ash in Maiins gewesen? Und wie alt war Lady dei Liulan?

Erleichtert stellte sie fest, dass es wohl kaum ein alte Liebesgeschichte sein konnte. Die neue Botschafterin musste damals noch ein Kind gewesen sein.

So wirkte sie nicht mehr. Sie reichte huldvoll den wichtigsten Hofbeamten ihre Hand zum Kuss und knickste ehrerbietig vor Benfads Mutter, die überraschend ebenfalls erschienen war. Ihr Auftritt war graziös und überaus korrekt. Einen Diener, der ihr ein Glas Wein reichte, behandelte sie hingegen hochnäsig und abweisend.

Wenig später gesellte sich Hauptmann Mandanof zu ihnen. Verspätet, weil er, wie er sagte, noch »Verpflichtungen in der Stadt« gehabt hatte. Alica hatte ein paar Fantasien darüber, welche Art Verpflichtungen das gewesen sein mochten.

Der Abend begann, ihr auf die Nerven zu gehen. Eine belanglose Schau, die weniger dazu diente, Dinge zu erkennen, als vielmehr, sie zu verschleiern.

Auch der Hauptmann fasste schnell eine Meinung über die Botschafterin.

»Wenn das eine Politikerin ist«, bemerkte er, »dann liegt ihre Stärke ganz sicher nicht am Verhandlungstisch.«

Andere Männer hätten diese Aussage vielleicht mit einem schmutzigen Grinsen garniert und damit zu einer Zote gemacht, doch der Hauptmann hielt sich gerade und verzog keine Miene.

»Oh, die Lady hat viele Stärken«, sagte Ash, seine Stimme etwas verträumt, als spreche er eher zu sich selbst. Dann bemerkte er den verdatterten Blick des Hauptmanns und fügte schnell hinzu: »Ich habe sie unterrichtet, als ich in Ga Ta Cien war. Das ist aber lange her.«

»«Unterrichtet? Die Botschafterin?« Mandanof machte ein Gesicht, das nur zu deutlich zeigte, dass er sich Lady dei Liulan nicht schwitzend in einer Trainingshalle vorstellen konnte. Alica konnte das verstehen. Ihr ging es genauso.

»Naja, nicht nur die Botschafterin. Ich war dort als Ausbilder einer Spezialeinheit des Militärs. Das gleiche, was ich schon an vielen Orten getan habe.« Er zuckte mit den Achseln, als wolle er sagen: »Gleicher Mist, anderer Ort.«

Alica fand sein Verhalten wirklich bemerkenswert.

»Und Lady dei Liulan gehörte zu den Spezialeinheiten?« fragte Mandanof belustigt.

»Ach was«, Ash machte eine wegwerfende Handbewegung. »Sie hat auf Wunsch des Herzogs Privatunterricht erhalten. Und auch nur manchmal bei mir, einer meiner Schüler dort hat das meistens übernommen. Sie war gut, wirklich. Viel Aggressivität, Bewegungstalent.«

Eine Menschentraube hatte sich um die Botschafterin gebildet, als sie ihre Runde durch den Raum weiter fortsetzte, an ihrer Seite Fürst Benfad, beide lächelnd und grüßend. Alica, durch jahrelanges Training sensibel für Änderungen in der Aura von Menschen, spürte Ashs Nervosität so deutlich, dass die Härchen an ihren eigenen Armen sich aufrichteten.

»Sollen wir gehen?« fragte sie ihn. »Ich glaube nicht, dass irgend jemand hier unser Fehlen bemerken würde.«

Er wirkte erleichtert. »Ja, ich glaube, das ist eine gute Idee. Ganz ehrlich: Ich komme mir vor, als hätte ich ein Gespenst gesehen, und ich muss das nicht länger haben.«

Das klang wieder mehr nach dem Ash, den sie kannte.

Aber sie schafften es nicht aus dem Saal.

Als Lady dei Liulan sie entdeckte, zeigte ihre lupenreine Fassade einen plötzlichen Riss.

»Ash?« rief sie von hinter ihnen. Nicht »Meister Gooregan« oder zumindest »Ash Gooregan«, sondern entgegen jeder Etikette seinen Vornamen, und als er sich mit einem müden Gesichtsausdruck zu ihr umdrehte, tat er dasselbe: »Djami.«

In dem gut gefüllten Saal standen einige Menschen zwischen ihnen, und einer davon war Fürst Benfad selber. Alle machten bereitwillig Platz, so dass die beiden sich treffem konnten. Umgeben von Hunderten von Augenpaaren und ebensovielen aufmerksamen Ohren.

»Es ist nicht zu fassen«, sagte Lady dei Liulan, als sie vor ihm stehenblieb, in einem Abstand, der die Zuschauer einen kurzen Augenblick vermuten ließ, sie würden sich an den Händen nehmen oder sogar um den Hals fallen.

Nichts von beidem geschah.

Stattdessen fragte die Botschafterin: »Was machst du denn hier?«

»Ich unterrichte Soldaten.«

»Genau wie damals.«

Mit einem strahlenden Lächeln drehte sie sich zur Menge um. Die Bewegung schien ihr angeboren: Hinwendung zu einer großen Gruppe von Zuhörern, die an ihren Lippen hingen.

»Wir sind alte Freunde«, erklärte sie. »Und Meister Gooregan hier ist ein wahrer Held. Als ich ihn das letzte Mal gesehen habe, hatte er gerade einen Drachen getötet.«

Die Anwesenden machten große Augen, es wurde gemurmelt, obwohl Ash sich zurücklehnte und ablehnend mit den Armen wedelte.

Sie insistierte: »Doch, doch. Es war eine Zeit lang Stadtgespräch in Maiins, und es ist auch noch einmal zum Thema geworden, als die She-Bashi-Schule in der Stadt eröffnet wurde.«

»Das ist ja interessant. In Maiins gibt es auch She-Bashi?« mischte sich Fürst Benfad in das Gespräch ein. Sein feines Lächeln verriet, dass er sich seinen eigenen Teil dachte.

»Soweit ich erfahren habe, gibt es in fast jedem Teil Isrogants mittlerweile She-Bashi-Schulen«, stellte Lady dei Liulan fest, was wieder zu der abwehrenden Handbewegung bei Ash führte. »Auch ich habe eine Zeit lang die She-Bashi-Kampfkunst geübt. Auch wenn sie damals noch gar nicht so hieß.«

»Alles lange her«, sagte Ash lahm. Ein Satz, den er den ganzen Abend immer wiederholt hatte, wie Alica auffiel. »Und ich war nicht stolz darauf, Rodger getötet zu haben.«

»Das war der Drache«, wandte Lady Djamila sich wieder an ihr Publikum, mit einem gewinnenden Lächeln. »Rodger. Und Meister Gooregan hat ihn erschlagen, um gleich mehreren seiner tapferen Soldaten das Leben zu retten.«

»Ich glaube, jetzt ist es genug.« Ash gewann ein bisschen von seiner üblichen Autorität zurück. »All diese alten Geschichten. Das interessiert hier doch niemanden.«

Alica konnte deutlich sehen, dass das nicht der Wahrheit entsprach. Alle Anwesenden hatten aufmerksam zugehört, und auch die Randbemerkung, dass Botschafterin dei Liulan selbst eine Ausbildung als Kämpferin hatte, war sicherlich auf fruchtbaren Boden gefallen.

Selbst wenn sie vielleicht einen Moment aus dem Tritt geraten war, als sie Ash erkannt hatte – die Lady war schnell wieder in den Sattel gestiegen und hatte die Gelegenheit erkannt, das eigene Prestige zu erhöhen und Legenden zu streuen. Sie tat das gekonnt, wie es nur echte Profis bei Hofe tun, und den Tabubruch des allzu intimen Wiedersehens inmitten einer offiziellen Gesellschaft nutzte sie gleich mit für ihre Zwecke.

»Du hast Recht, Ash«, bestätigte sie im Plauderton. »Wir wollen die Gäste nicht mit Anekdoten langweilen. Aber versprich mir, dass wir uns dieser Tage noch einmal sehen!«

Er nickte matt. »Das verspreche ich.«

Sie lächelte ein hinreißendes »Die Sonne geht auf«-Lächeln, das die Männer um sie herum vor Neid erblassen ließ, weil es nur für Ash gemeint zu sein schien. Alica war sich ganz sicher, dass sie diesen Trick mit jedem Mann spielen konnte.

Mit Interesse bemerkte sie, dass Fürst Benfad sich unbeeindruckt zeigte. Eine Augenbraue interessiert hoch gezogen, sah er nur zu.

Während die junge Botschafterin und ihre Entourage sich wieder entfernten, wechselte sie mit Ash noch einige Blicke, über die Schulter, unauffällig, fast verstohlen, aus großen braunen Augen.

»Lass uns gehen«, sagte Ash.

***

»Danke.«

Alica verstand nicht, wofür Ash sich bedankte, und genau so wenig, was da zwischen Djamila dei Liulan und ihm vorgegangen war.

Den Gedanken, dass Ash sich mit jugendlichen Hofdamen einließ, fand sie unangenehm, noch mehr aber fühlte sie sich in eine Rolle gedrängt, die sie auf keinen Fall haben wollte. Nach dem Getuschel bei ihrer Ankunft und der Szene bei ihrem Abgang musste der Eindruck entstanden sein, dass die Botschafterin die alte, Alica aber die neue Flamme des berühmten Kampfkunstlehrers war. Dieser Gedanke war klebrig. Sie war keine Figur in einem höfischen Schmierenstück.

»Bei diesen offiziellen Anlässen wünscht man sich manchmal auf ein Schlachtfeld«, sagte er. »Mit ehrlichen Menschen, die nichts wollen, als erbarmungslos zu töten. Da weiß man, wo man dran ist.«

Der Vergleich war auch nicht nach ihrem Geschmack, aber sie lächelte trotzdem, weil sie sich die fein gekleideten Herren und Damen vorstellte, wie sie schwitzend und blutend aufeinander einprügelten. Plötzlich war ihr egal, was die feine Gesellschaft Biodrems über sie dachte.

»Ein echtes Haifischbecken, solche offiziellen Anlässe«, stimmte sie zu.

Ihr fiel ein, dass er erlebt hatte, wie es im Schlachtgetümmel zuging. Sie musterte ihn, den geraden, kraftvollen Körper, die Hände, am Gürtel eingehängt, das freundliche Gesicht. Sie hatte Schwierigkeiten, sich vorzustellen, dass er blutbeschmiert, mit verzerrtem Gesicht, einem anderen den Schädel spaltete. Es schien ihr absurd, obwohl sie selbst noch am Abend zuvor gesehen hatte, wie rücksichtslos er in die Auseinandersetzung mit den Messerkämpfern eingestiegen war.

Das brachte sie durcheinander. Sie wurde ärgerlich.

Er bemerkte nichts davon, sondern redete sich in Rage: »Diese berechnenden Höflinge mit ihrem schleimigen Gehabe. Arrogante Politiker und zickig-herausgeputzte Weiber. Das zehrt an den Nerven.«

»Ja, die herausgeputzten Hofdamen«, sagte sie nachdenklich. Ihr war ziemlich klar, dass er sich nicht wirklich über die Abendgesellschaft aufregte, auch wenn sie das gut verstanden hätte.

Er unterbrach sich, blieb stehen, schaute sie an.

»Du meinst, es sei vor allem eine herausgeputzte Hofdame, die ich meine?« fragte er.

»Ich meine gar nichts. Du bist es, der brodelt wie der Geysir von Adjagard am ersten Tag.« Es klang schnippisch. Das würde ihm erst recht das Gefühl geben, dass sie auf seine Bekanntschaft mit Lady Djamila angespielt hatte.

»Eher wie der Geysir am letzten Tag«, korrigierte er. »Ich fühle mich, als würde gleich die Flut über mich hinwegfegen. Entsetzlich.«

»Sag mir Bescheid, wenn es losgeht«, meinte sie trocken.

»Damit du dich in Sicherheit bringen kannst?«

»Vielleicht will ich dich auch retten, du großer Krieger!«

»Schon wieder?«

»Wenn es sein muss. Es hat mir schon beim ersten Mal Spaß gemacht!« Sie klang gereizt, und so fühlte sie sich auch, aber dann fing sie sich. »Ich weiß gar nicht, ob ich dich in diesem speziellen Fall retten könnte. Sah etwas verfahren aus.«

Er seufzte. »Du hast Recht. Es war etwas verfahren. Aber es ist 15 Jahre her. Es kann mich nicht mehr wirklich treffen.«

»Ah ja.« Sie lachte. »Den Eindruck hatte ich auch.«

Er verzog das Gesicht, als hätte er Zahnschmerzen. »Jaja. Ich war etwas überrascht, sie ausgerechnet hier wieder zu sehen.«

»Hm«, machte sie. »Ihr hattet wohl eine recht intensive Zeit miteinander.«

Stirnrunzelnd sagte er: »Wenn es das ja gewesen wäre. Ich weiß es gar nicht so genau.«

»Wenn du erzählen möchtest, höre ich gerne zu«, sagte Alica, und ärgerte sich, dass das so klang, als sei sie neugierig. Dabei war diese Geschichte das Letzte, was sie hören wollte.

»Nein, lass mal. Es gibt gar nicht so viel zu erzählen, und ich glaube, ich komme im Rückblick nicht gut weg dabei. Das mache ich wohl besser mit mir selbst aus.« Er wirkte jetzt ruhiger. »Danke für das Angebot. Ich weiß es zu schätzen.«

»Gut gut.« Sie lächelte ihn an, und er lächelte zurück. Die Atmosphäre entspannte sich.

»Komm«, sagte sie, und hakte sich bei ihm unter, auf eine mädchenhafte Art, die nicht ganz zu dem passte, was er von ihr kannte. »Wir gehen ein Bier trinken, oder einen Wein, oder beides. Reden über etwas anderes, lästern über die Speichellecker und die bürgerlichen Würdenträger mit ihren dicken Wänsten. Und stellen ein paar Vermutungen an, wie Benfad seinen Thronfolger zeugen will, wo er doch stockschwul ist.«

»Ist er?« fragte Ash überrascht. »Da habe ich wieder was verpasst.«

»Hättest du sonst Interesse?«

»An Benfad?« Er sah sie entgeistert an. »Der Mann ist doch entsetzlich langweilig, mit all seiner nüchternen Sachlichkeit und Effizienz. Gefällt er dir?«

Sie schüttelte den Kopf. »Nein«, sagte sie. »Mir gefallen nur wenige Männer. Benfad finde ich nicht so spannend.«

Er hätte fragen können, welcher Mann sie denn interessieren würde. Sie hätten kokettieren und vielleicht ein bisschen flirten können, eines der kleinen Spiele, wie Erwachsene sie manchmal spielen… doch es war der falsche Zeitpunkt dafür.

So wechselten sie zu anderen Themen, und der Abend wurde wieder leichter. Das Morgengrauen fand sie in einer Taverne nahe des Flusshafens der Stadt, wo sie mit einigen Handwerkern aus dem Zweifelsenreich, einem Pferdehändler aus Mywendra und der Mannschaft eines Flussschiffes auf den Sonnenaufgang anstießen – sturzbetrunken und fröhlich.

***

Der Kater war fürchterlich. Ash wachte auf, nach einigen wenigen Stunden Schlaf, und kam genau zum Mittagessen in den Gastraum des Hotels, in dem sie in Biodrem Quartier genommen hatten.

Neben durchdringenden Essensgerüchen bedeutete das eine Menge Lärm. Viel zu viele Menschen drängten sich auf engem Raum, und alle schienen der Meinung, dass sie etwas Wichtiges zu sagen hatten. Sie sagten es laut, um den Krach zu übertönen, den sie selbst auf diese Weise erzeugten.

Ash suchte nach einem Platz möglichst nahe an einem der großen, zur Straße offenen Fenster, weil er auf frische Luft hoffte. Von draußen kam allerdings lediglich ein neuer Geruchs- und Lärmcocktail, der ihn schwindlig machte.

Das Grinsen des Gastwirts erschien ihm diabolisch. Vielleicht hatten sie ihn nachts gestört, als sie laut nach Hause kamen. Wahrscheinlich bildete Ash sich das Grinsen nur ein. Er bestellte einen starken Kaffee und eine Karaffe Wasser, fragte sich, wie es Alica wohl gehen mochte, und ließ den Kopf auf die Tischplatte sinken.

Wachsamkeit ist die wichtigste Tugend des Kriegers, dachte er. Die von ihm selbst meist-missachtete Regel. Es war schwierig, ein intensives und erlebnisreiches Leben zu führen, wenn man ununterbrochen in Hab-Acht-Stellung war.

Der Kaffee kam, und mit ihm Alica, in deutlich besserer Verfassung als Ash, was ihn spontan ärgerlich machte.

»Hast du deinen kostbaren *glanhír* angezapft, um die Folgen des Suffs wegzuzaubern?« knurrte er sie über die Kaffeetasse hinweg an, nachdem sie Platz genommen und ein reichhaltiges Essen bestellt hatte.

»Ach was«, antwortete sie fröhlich. »Ich bin nur ein paar Jahre jünger als du. Ich verkrafte das besser mit dem Alkohol.«

Sie beugte sich ein wenig über den Tisch und fügte in verschwörerischem Ton hinzu: »Aber ein Tipp von mir: Dieser

Gewürzwein aus den Jungen Königreichen, den du da gestern zum Abschluss gekippt hast...«

Er wich angewidert zurück, aber sie fuhr gnadenlos fort: »... den hat noch niemand unbeschadet überstanden.«

Mit gespielter Resignation verdrehte er die Augen zum Himmel, was er sofort bereute. Eine neue Welle Kopfschmerzen schlug über ihm zusammen, und auf undefinierbare Art und Weise wurde die Welt dunkler. Ash blinzelte überrascht. Etwas stimmte nicht... Dann sprang er auf.

»Groogian!« rief er.

Seine Kopfschmerzen waren verflogen. Ein hünenhafter Mann stand hinter ihm am Fenster, einen beeindruckenden Schatten auf ihren Tisch werfend, muskelbepackt, mit kahlrasiertem Schädel, auf dem nur in der Mitte ein Kamm bunt gefärbter Haare stehen geblieben war. Die martialische Erscheinung wurde unterstrichen von Tätowierungen auf Hals und Armen. Eine Doppelaxt hing an seinem Gürtel. Bei anderen wäre sie schon auf Grund ihrer Größe dominant gewesen, bei diesem Kerl wirkte sie eher unauffällig.

»Meister!« dröhnte der Hüne mit tiefem Bariton. »Viel zu lange nicht gesehen!«

Alica beobachtete fasziniert das nun folgende Begrüßungsritual. Es begann mit einem festen Handschlag mit der Rechten, die Linke am jeweiligen Unterarm des Anderen – Ashs gut trainierte Arme wirkten winzig in den Pranken des Hünen – ging weiter mit einer Umarmung, bei der sie das Knirschen von Ashs Brustkorb zu hören glaubte, und endete mit diversen gegenseitigen Knüffen, Musterung von oben bis unten und der gegenseitigen Versicherung, dass beide »schlapp« und »altersschwach« aussähen, natürlich kein Wunder angesichts der langen Zeit, in der man nicht aufeinander habe aufpassen können.

Auftritte wie dieser hatten Alica stets in ihrem Glauben bestärkt, dass Krieger eher schlichte Gemüter waren. Solche Erinnerungen verband sie mit ihrem ersten Leben, in dem sie eine junge Bäuerin gewesen war, umgeben von Kerlen, die sich gerne genau so verhielten.

Jedenfalls schien Ashs Kater wie weggewischt.

Mit strahlendem Lächeln wandte er sich ihr zu, um den Neuankömmling vorzustellen: »Alica, dies ist der Krieger Groogian Ardax, früher Angehöriger einer Spezialeinheit in Ga Ta Cien. Groogian, dies ist Lady Alica dei Xemotearzx, Meisterin der Mystik aus Droni.«

»Droni, hm?« brummte Groogian, einen leichten Hauch von Unwillen in der Stimme, wie man es von einem Soldaten des Herzogs

von Maiins erwarten konnte. Schließlich pflegten die beiden Nationen
ihre Erbfeindschaft nicht erst, seit die Insel TschangFang als Ergebnis
von Pech in einem Würfelspiel den Besitzer gewechselt hatte. »Habe
schon von Euch gehört, hohe Dame. Es scheint, Ihr wart zu Besuch
in Maiins, bevor es Euch hierher verschlagen hat.«

»Eine Stippvisite«, wehrte Alica ab und nahm die ihr von dem
Riesen angebotene Hand in Erwartung eines knochenzermalmenden
Händeschüttelns. Zu ihrer Überraschung verhielt sich Groogian sehr
vorsichtig und respektvoll. »Kaum möglich, dass Ihr in Ga Ta Cien
von mir gehört habt.«

»Nein, nein. Ich habe es von Lady Djamila gehört. Ich gehöre zu
ihrer persönlichen Leibgarde.«

Alica fragte sich, woher die Botschafterin davon wusste, dass sie in
Ga Ta Cien gewesen war. Vermutlich hatte die Dame Erkundigungen
über Ashs Begleiterin am Abend des Empfangs eingeholt.

»Ihre Leibgarde?« fragte Ash jetzt. »Wie lange bist Du schon
dabei?«

»Oh, seit Lady Djamila aus Skalorion zurückgekehrt ist.«

»Interessant.«

Groogian strich sich mit der Hand über die hochstehenden Haare
und grinste verlegen. »Ja, lange Geschichte. Lang, lang. Würde gerne
mehr davon erzählen, Meister... aber dann wieder... dein Leben ist
sicher viel aufregender als meines.«

»Wer weiß?« meinte Ash. »Setz dich zu uns, trink etwas, iss etwas,
lass uns reden.«

»Gerne!« Das Gesicht des Riesen strafte die Worte Lügen. »Ich
muss allerdings... habe noch viel... Verpflichtungen, Meister. Ich bin
hier, um dir eine Einladung zu bringen. Denke ich jedenfalls, es ist ein
Brief.«

Er reichte einen Umschlag herüber – strahlendweißes Papier, dick
und teuer, mit einem bläulich gedruckten Siegel.

»Er ist von Lady Djamila«, Groogian warf einen sehr kurzen Blick
auf Alica, mit einem fast entschuldigenden Lächeln, als vermute er,
dass sie nicht einverstanden sein würde. »Sie würde sich freuen, dich
morgen nachmittag zu einem Spaziergang begrüßen zu können. Ganz
privater Natur.« Wieder der Blick zu Alica.

Jetzt war er auch Ash aufgefallen. »Ich nehme stark an, Lady Alica
hat kein Problem damit, wenn ich eine alte Freundin besuche«, sagte
er. Es lag ein leicht tadelnder Ton in seiner Stimme, als spräche er mit
einem ungeschickten Jungen.

»Das freut mich«, sagte Groogian, und natürlich wanderten seine

Augen zu Alica und sofort wieder weg, als habe er ein schlechtes Gewissen. Das kam ihr jetzt so seltsam vor, dass sie zu lachen begann.

»Nun, werter Herr Ardax, ich bin ohnehin nicht Meister Ashs Lebensgefährtin. Ihr müsst Euch also keine Sorgen machen«, stellte sie fest, und das machte Groogian noch verlegener. Er wirkte so hinreißend hilflos bei all dem, dass sie ihm mit der Hand über den Arm strich. Lief er wirklich rot an? War das möglich?

Was für ein großes Kind, dachte sie, während Ash und Groogian sich verabschiedeten und der Riese sich noch einmal kurz vor ihr verbeugte, bevor er sie allein ließ.

»Ich glaube, er mag dich.«

»Was?« fragte sie erstaunt.

»Groogian. Er mag dich. Er war ja ganz verlegen, und er schien fest davon auszugehen, dass du und ich...« Er stockte.

»Vielleicht hat er nur Angst vor Zauberern«, half sie ihm aus der Bredouille.

»Das auch, ganz sicher.«

»Wirklich?«

»Groogian ist eine Seele von Mensch, und er ist alles andere als dumm, aber er ist oft ein ziemlich unsicherer Kerl.« Ash unterbrach sich wieder, dann fügte er hinzu: »War er zumindest, als ich ihn kannte. Ist ja schon ziemlich lange her.«

»Ich bin sicher, auf dem Schlachtfeld ist er zu Hause«, bemerkte sie.

»Furchtlos und unermüdlich.«

Sie nickte. »Morgen abend triffst du ihn? Auf ein Bier?«

»Oder zwei. Wenn die furchterregende, wunderschöne Zauberin nicht dabei ist.«

Wunderschön, dachte sie.

»Und vorher besuche ich Lady Djamila. Ich bin neugierig.« Er trank einen Schluck Wasser aus dem vor ihm stehenden Becher und sah unwillig hinein. Es war vermutlich zu warm. In Biodrem schien sich niemand darum zu bemühen, Getränke im Keller zu kühlen.

Mich auch, dachte sie. Nachdem sie es am Abend vorher nicht hatte hören wollen – jetzt wäre sie interessiert gewesen an Ashs Besuch in Maiins. Sie wechselte aber doch das Thema.

***

Er hatte diesem Mädchen unzählige Träume geschenkt, als sie noch eine junge Wüstenadlige gewesen war, er aber hätte weiser sein sollen.

Für Monate hatte er sich vom erwachsenen Mann in einen liebestollen Jüngling verwandelt. Dumm und kindisch fühlte er sich bei der Erinnerung an Ga Ta Cien.

Die Bilder von damals waren dennoch magisch geblieben für ihn.

Die gezackten Stadtmauern von Maiins, die Gerüche der exotischen Stadt, das Geräusch des Meeres an den Stränden, die Palmenalleen und das Salzaroma, das unter allem zu liegen schien...

Während er durch den Palast Biodrems zu den Gebäuden der Botschaft Ga Ta Ciens wanderte, erstanden vor seinem inneren Auge die alten Orte und Erlebnisse: Seine Wohnung im zweiten Stock, direkt an einem Innenhof, bevölkert mit ganz normalen Maiinser Bürgern. Er hatte es geliebt, im schattigen Wohnzimmer zu sitzen, hinausblickend auf den Innenhof des großen Mietshauses, auf dem es zu allen Tageszeiten lebhaft zuging.

Menie, seine schöne Nachbarin, fiel ihm ein, und Gedwar, ihr brummiger Mann. Händler war er gewesen, getrocknete Gewürze, Kräuter und Obst hatte es bei ihm in Hülle und Fülle gegeben. Ash hatte den Wein gebracht, und sie hatten manchen Abend auf der Veranda gesessen, die eigentlich nur ein hölzernes Treppenhaus war, sich angeregt unterhaltend, während Ash das stille Glück bewunderte, das die beiden verband.

Ein Glück, das ihm verwehrt blieb, und das er auch nicht gewollt hätte. Sein Liebesleben war angefüllt mit aufregenden, hitzigen, sinnlosen, kurzen Liebschaften.

Ob es wirklich eine gute Idee war, Djamila wiederzutreffen?

Seufzend stellte er fest, dass er bereits das Portal der Botschaft erreicht hatte.

Gut, dann eben, dachte er. *Vielleicht geht es mir hinterher besser. Es scheint ja, als hätte ich mit manchem noch nicht abgeschlossen.*

Er brauchte nicht zu klopfen. Die Tür öffnete sich. Jemand hatte Geld investiert, massives Eichenholz mit dem Wappen der Herzöge von Maiins, und gut geölte Scharniere, in denen die beiden Flügel der Tür lautlos schwangen.

Gardisten in den Uniformen der Leibgarde. Eine andere vertraute Erinnerung.

Dann kam Djamila selbst. Eine Erscheinung in hellen Gewändern, die ihre Schultern freiließen und die Linie ihrer schlanken Hüften betonte. Sein Blick fiel auf ihre Hände. Wenn Djamila mit einer zarten Hand das Haar aus der Stirn strich, war es eine Sensation.

»Ash«, sagte sie. Ihre Stimme war etwas tiefer geworden, aber sie schaffte es noch immer, seinen Namen mit einem so kessen Unterton auszusprechen, dass sein Herz zu klopfen begann.

»Djami«, sagte er.

Wie schon zwei Tage zuvor beim Empfang.

Sie hatten deutlich weniger Zuschauer. Die Wachen machten respektvoll Platz, die Tür schloß sich hinter ihm so lautlos wie sie sich zuvor geöffnet hatte.

Ihre Lippen waren voll, ihr Lächeln strahlendweiß. Eine blonde Locke fiel in ihre Stirn, und sie strich sie zurück, mit genau der Bewegung, an die er sich so gut erinnerte.

»Komm«, sagte sie. »Wir haben einen schönen Garten. Ich habe Tee bestellt. Wir haben eine Menge zu erzählen.«

Ihre Augen glänzten.

***

Sie war weit geschickter als früher, wenn es um Konversation ging. Es gab keine Lücke in ihrem Gespräch, keinen Augenblick, innezuhalten. Gefühle kamen nur zwischen den Zeilen zum Vorschein, als Andeutungen. Federleicht schwebten Möglichkeiten durch den Raum, nichts war greifbar.

Sie verstand es geschickt, das Gespräch zu unverfänglichen Themen zu leiten, und so fanden sie sich plötzlich in Skalorion wieder.

»Ich habe gehört, dass Herzog Macuu dir große Ländereien übertragen hat«, meinte Ash.

»Ich bin eine reiche Frau«, stellte sie fest. »Irgendwie gehört mir das halbe Land. Es ist eine fruchtbare Provinz, aber das hat viel Arbeit gekostet. General Fieldram hat furchtbar gewütet dort.«

Ash zuckte leicht zusammen. »Das hat Herzog Macuu nicht hören wollen, als wir es ihm gesagt haben.«

»Das stimmt.« Sie sann ein bisschen nach. »Mein Onkel hat fest an Fieldram geglaubt. Dabei war er ein Schlächter. Es war schrecklich.«

Das machte ihn bitter.

»Ich war dabei«, erinnerte er sie.

Sie sah ihn erschrocken an, als fiele ihr das erst jetzt wieder ein. »Das stimmt. Du musst einiges gesehen haben.«

»Es gab Schlimmeres«, sagte er. »Aber nicht vieles.« Er wusste nicht, ob das stimmte, aber er wollte darüber nicht nachdenken. Grausamkeit war Grausamkeit. Sie kannte keine Vergleichbarkeit.

»Es stellte sich heraus, dass er ein Agent Dronis war, sagte sie. „Wir hatten gedacht, er sei ein abtrünniger Offizier, der bei König Struern in Ungnade gefallen war. Anscheinend war es aber seine Aufgabe, einen Unruheherd in Ga Ta Cien zu schaffen, der unser Reich dauerhaft beschäftigen sollte.«

Ash schnaubte verächtlich. »Politik!«

Sie hätten es sich denken können. Aber weder er noch sein Kollege Ixils Yon hatten um eine solche Ecke denken wollen.

»Das eigentliche Schlachten haben Krieger übernommen«, erinnerte sie ihn. »Deine Krieger.«

»Ja.« Das ließ sich nicht leugnen. Das alte Dilemma.

Bevor es komplizierter werden konnte, wechselte sie wieder das Thema. Und so plauderten sie über gemeinsame Bekannte, über Orte und Begebenheiten, und er hörte interessiert zu, wie sie davon berichtetete, welchen guten Eindruck die She-Bashi-Schule in Maiins hinterließ.

Die Sonne wanderte über den Himmel. Bald würde es Zeit sein, zu gehen. Auch ihr war das nicht entgangen. So geschickt sie das Gespräch im Fluss gehalten hatte, so gekonnt verlangsamte sie jetzt das Tempo.

»Das war ein schöner Nachmittag«, sagte sie. Und dann, völlig unvermittelt: »Hast du mich manchmal vermisst?«

»Ich habe dich geliebt«, sagte er, ohne nachzudenken.

»Damit konnte ich damals noch nichts anfangen«, antwortete sie leise.

Es hatte weit mehr zwischen ihnen gestanden als nur das Alter. Er hätte ihren Wünschen gar nicht entsprechen können.

»Und dann bist du gegangen.«

Seine Antwort kam viel zu schnell. »Wie hätte ich bleiben können?«

Sie schaute ihn lange an. Er sah unverwandt zurück.

»Ich bin jetzt kein kleines Mädchen mehr«, sagte sie. »Aber bist du jetzt ein erwachsener Mann?«

Ihre Blicke lösten sich, er sah in die Ferne, in sein Inneres. »Werde erwachsen«, das hatte er oft gehört. Von Menschen, die wollten, dass er sesshaft und verlässlich wurde. Berechenbar. Dass er sich entschied. Für einen Wohnort. Regelmäßige Zeitpläne. Mehr Ruhe, weniger Unordnung.

Es erinnerte ihn an seinen Vater. Seine Schuldgefühle erwachten, und mit ihnen sein Trotz. Was für ein Leben wollten sie ihm aufzwingen? Wie durchschnittlich, begrenzt, waren die Wünsche selbst dieser außergewöhnlichen Frau?

Er musterte sie. Sie saß still, würdevoll, ganz selbstbewusst, eine Lady. Das Mädchen mit dem Hunger nach Abenteuer, dem Wunsch in die Ferne war verschwunden. Diese junge Frau hatte viel gesehen und erlebt, aber sie war dennoch stets zu Hause geblieben.

Er seufzte. »Was ist schon erwachsen?« fragte er.

Ihr Lächeln wurde ein wenig sarkastisch. »Das ist die Frage, Ash. Das war immer die Frage.« Sie beugte sich vor, ihre Hand strich über seine Wange, eine Berührung, die ihm Schauer über den Rücken trieb und Gänsehaut auf seine Arme zauberte. Er schloss kurz die Augen, erinnerte sich an einen Kuss, am Strand vor Zippadaidai.

Zippadaidai, dachte er. Die Albernheit dieses Namens war noch immer großartig.

Er erhob sich.

»Ich werde auf meiner Reise in die Berge darüber nachdenken, wie erwachsen ich jetzt bin. Vielleicht hast du ja nach meiner Rückkehr noch einmal ein bisschen Zeit für mich.«

Auch sie stand auf. Noch immer reichte sie ihm nicht einmal bis zur Schulter.

»Ganz sicher habe ich Zeit für dich. Es war schön, dich wieder zu sehen. Und ich möchte mehr hören, wie es dir ergangen ist, darüber haben wir nur wenig gesprochen.«

Das stimmt, dachte er. *Und ich habe den Eindruck, dass du das auch nicht wirklich wolltest.*

Als sie vor der Ausgangstür standen, hielt sie ihn noch kurz fest, als habe sie etwas wichtiges vergessen.

»Du siehst Groogian heute abend, oder?« fragte sie.

Er nickte. »Das hatten wir vor.«

»Er hat mich gebeten, dich begleiten zu können auf eurer Expedition. Es scheint, er hat dich vermisst. Vielleicht möchte er auch nur seinen Abschied vom Militär vorbereiten und Kontakte zu dir knüpfen, um eine She-Bashi-Schule zu gründen.«

Ash war überrascht. Ein Teil seines Geistes dachte direkt weiter - hatte er nicht jemanden gesucht, der eine Schule in Biodrem eröffnen konnte? Wie wunderbar sich das fügte! Aber er war gleichzeitig misstrauisch. Ein Soldat Ga Ta Ciens auf dieser für das Reich der Drei Mächte so wichtigen Mission? Er bezweifelte, dass das auf Gegenliebe stoßen würde. Hauptmann Mandanof würde die Idee hassen, soviel stand fest.

Aber Djamila fuhr ungerührt fort: »Ich habe mit Fürst Benfad gesprochen. Er schien der Idee sehr positiv gegenüber zu stehen. Vielleicht magst du die Details heute abend mit Groogian abstimmen.«

Er schüttelte ganz langsam den Kopf. Soviel Politik war hier im Spiel, und jeder verfolgte seinen eigenen Zweck – Groogian, Djamila, Benfad.

Und ich selber, dachte er. *Ja, ich selber natürlich auch.*

»Ich werde mit ihm reden«, versprach er.

Dann verbeugte er sich zum Abschied.

Sie deutete einen Knicks an. Sie musste auf die Zehenspitzen, um ihm einen Kuss auf die Wange zu hauchen.

Mit verschmitztem Lächeln gab sie ihm einen Nasenstüber. »Das nächste Mal kommst du mir ein bisschen entgegen!« forderte sie. »Ich bin nicht gewachsen seit damals.«

Als er die Botschaft verließ, war Verwirrung sein Begleiter.

***

Drei Tage später reiste die Expedition ab.

Mit dabei waren drei Historiker aus Biodrem. Und Groogian, der Krieger.

Die dritte Macht: Mywendra

Von Biodrem aus reiste das Expeditionskorps mit dem Schiff nach Mywendra. »Das geht schneller als die mühsame Landroute über die Reichsstraße Eins«, hatte Fürst Benfad mehrfach betont, aber als er nicht in der Nähe war, knurrte Mandanoff: »Der alte Geizhals will seine Ställe schonen. Schiffe fahren sowieso nach Mywendra. Die Reittiere hätte er uns stellen müssen. Kann uns ja nicht zu Fuß gehen lassen.«

Als die Schiffe sich um die letzte Windung des Shenwen-Flusses herum auf Mywendra zu bewegten, saßen Ash und Alica gemeinsam im Bug. Sie beide waren gespannt darauf, wie die Dritte Macht sich präsentieren würde, und sie teilten das beinahe enttäuschte Erstaunen über die kleine Siedlung inmitten einer fruchtbaren Ebene, die von einer übermächtigen Burg dominiert wurde.

»Das ist eine Bauernstadt«, stellte Ash fest. Er rieb sich die Augen, fragte sich, ob er etwas wichtiges übersah. Auch Alica war anzumerken, dass sie nach Dsita und Biodrem etwas anderes erwartet hatte als diese weitläufige Ansammlung von riesigen Gehöften, rund um einen belebten Hafen und die Burg.

»Ich habe gehört, dass die Mywendra-Niederungen sich über riesige Gebiete erstrecken und die Getreidekammer der ganzen Region sind. Der Hafen verschifft Früchte, Gemüse und Weizen bis nach Ga Ta Cien.« Sie musterte das rege Treiben an den Piers. »Erinnert mich an die Yue-Zwillingsstädte im Reich der Elf. Wirkt irgendwie mickrig.«

Ash lehnte sich über die Reling.

»Naja, die Yue-Städte sehen zwar aus wie Dörfer, aber da ist richtig was los.« Er grinste. »Das Nachtleben ist legendär.«

»Ah ja.« Alica warf ihm einen skeptischen Blick zu. »Das habe ich nicht so intensiv ausprobiert.«

Der abendliche Empfang in Mywendra strafte ihren ersten Eindruck Lügen. Den Hof des Stadtstaates dominierten neben Graf Roman von Mywendra wohlhabende Junker, die in pompösen Gewändern und bis an die Zähne bewaffnet auftraten, selbst bei einem so offiziellen Anlass.

Der Graf ließ augenscheinlich keine Gelegenheit zum Feiern aus. Er war ein dicklicher, behäbiger, grau melierter Mann von etwa fünfzig Jahren, mithin der Älteste in der Runde der drei Fürsten des Reiches. Er erzählte jovial und fröhlich Jagdgeschichten, und Ash war beinahe versucht, ihm die Rolle des unbedarften Bauerntölpels abzunehmen.

Alica war kritischer.

»Ich wette, der hat seine Meute im Griff«, meinte sie. »Mit den ganzen individualistischen Feudalherren hier muss er ja als Alleinunterhalter auf allen Hochzeiten tanzen.«

»Darauf könnt Ihr wetten!« Der Einwurf kam von Mandanof. »Graf Roman ist mit allen Wassern gewaschen. Und seine Junker mit ihren kleinen Privatarmeen sind eine verdammt schlagkräftige Truppe. Das unterschätzen manche.«

Seine Aussprache war leicht verwaschen, dennoch machte sein Tonfall klar, dass er damit auch seinen eigenen Fürsten meinte. Eine Kritik, die er sich üblicherweise nie gestattet hätte. Ash machte Bestandsaufnahme, wieviele Gläser der Dsitare bereits getrunken hatte. Es konnte keine große Zahl gewesen sein, auch wenn die Kellner den einen oder anderen Humpen schon wieder abgeräumt hatten.

Er verträgt nicht viel, dachte Ash bei sich. Gewohnheitsmäßig speicherte er diese Information zum eventuellen späteren Gebrauch.

Der Aufenthalt in der Junkerstadt blieb kurz. Das Expeditionskorps packte Proviant und Ausrüstung auf die großzügig zur Verfügung gestellten Reittiere. Edle Pferde, die Ash ins Schwärmen brachten, und die sie schon nach wenigen Tagesreisen würden zurücklassen müssen, weil dann der Aufstieg ins Antheras-Gebirge begann. Die Truppe würde dort zu Fuß weitergehen.

Darauf freute Ash sich. Er hatte viele seiner Reisen auf den eigenen Beinen zurückgelegt, und es war ihm immer gut bekommen. Solche Wanderungen klärten den Kopf und boten willkommene Entspannung.

Schnell stellte sich das vertraute Reisegefühl ein: Der stete Rhythmus von Bewegung und Rast, die Kameradschaft, das karge, aber nahrhafte Essen, die kleinen Leckereien am Wegesrand, nach denen sich den ganzen Tag Ausschau halten ließ.

Auf dem Pferderücken fiel letzteres leider aus. Es ließ sich kaum die ganze Reisegruppe aus dem schnellen Trab anhalten, um ein paar Beeren zu pflücken oder Pilze zu sammeln. Dafür war der Proviant aus Mywendra hervorragend. Das einzige, womit Ash sich nicht anfreunden konnte, waren die etwas salzigen, bröckeligen Gebäckstangen. Es gelang ihm nicht, sie unzerstört aus der für sie vorgesehenen Satteltasche zu ziehen. Sie machten außerdem nicht satt.

Die freundlichen Mywendra-Niederungen wandelten sich Stück um Stück in gebirgigeres Gelände, dominiert von steilen Hängen. Je näher sie den Bergen kamen, um so schroffer und unwegsamer würde es werden.

Dass Groogian sie begleitete, empfand Ash als echtes Glück. Seine Gesellschaft war wohltuend, um so mehr, als die anderen Mitglieder des Expeditionskorps ihm auf unterschiedliche Weise fremd blieben.

Die drei Historiker waren nett, verhielten sich aber wie das Klischee des universitären Gelehrten: Reiten war ihnen zu unbequem, das Essen zu karg, sie hatten nicht die Unterlagen mitnehmen können, die sie sicherlich brauchen würden, und alle drei waren nicht nur Kollegen, sondern auch Konkurrenten an der Universität von Biodrem. Sie führten endlose Fachgespräche, meistens streitig.

Die Dsitaren auf der anderen Seite waren gut ausgebildet und höflich, vorbildliche Soldaten und hoch diszipliniert.

»Die haben alle einen Stock im Arsch«, fasste Groogian ihr Benehmen zusammen, was Alica lachen ließ, bis sie mit Tränen in den Augen fast aus dem Sattel gefallen wäre.

Groogian war seltsam berührt vom Erfolg seines abgedroschenen Spruchs. Auch Ash war erstaunt.

»Schaut nicht so«, japste sie. »Stellt sie euch doch mal vor, diese ganzen feinen Muskelpakete. Mit einem Besenstiel, der hinten rausragt. Und dann eine zackige Wendung, und die Stöcke stoßen alle zusammen. Das Geräusch...«

Ash und Groogian wechselten einen Blick.

»Klack Klack Klack Klack Klack«, machte Groogian.

Alica prustete wieder los, und Ash fragte sich, ob er wirklich als Ausbilder in Alexios´ Stadt arbeiten wollte, wenn ihm das soldatische Gehabe schon jetzt so auf die Nerven ging.

Am abendlichen Lagerfeuer blieben Alica, Ash und Groogian meist unter sich, unterhielten sich, aßen und tranken, während Alica aus einer altertümlichen Pfeife rauchte.

»Ein Geschenk«, erklärte sie. »Ich habe sie bei meinem Besuch in Maiins bekommen.«

***

Was Hygiene betraf, war Ash eigen. Nicht wegen Schlammspritzern auf den Schuhen oder Schmutzflecken auf Hose und Mantel – das war auf langen Reisen kaum zu vermeiden. Sondern wenn es um persönliche Reinlichkeit ging.

In seiner Heimatstadt Ciena gehörten sauberes Erscheinungsbild und angenehmer Geruch zum guten Ton. Die reichen Patrizier leisteten sich teure Seifen, Parfüm, Mund- und Haarwässer. Weniger teuer, dafür noch penibler hielten es die Dandereden, deren strenge Reinigungsrituale er während der Zeit im Reich der Elf Großen Stadtstaaten kennengelernt hatte: Das heiße Bad mit Sauna und Massage gehörte zum täglichen Training, vor und zwischen den Trainingseinheiten wuschen die Krieger sich, und auch ihre Waffen pflegten sie hingebungsvoll.

Ganz ohne Rituale, dafür aber mit handfesten Tricks für die Reise war sein Lehrmeister Humban Giwdo ausgekommen. Ash hatte nicht lange mit diesem hünenhaften Schwarzen trainiert, den er nach seiner Flucht aus Dan Dered in der Stadt Ragnor kennengelernt hatte, aber es war eine sehr intensive Zeit gewesen. Der Kontakt zu ihm war mittlerweile vollkommen abgerissen. Sie hatten noch einmal kurz gesprochen, als Shivan Germont die She-Bashi aus der Taufe hob... aber alles in allem war Humban kein Mensch, den Ash vermisste. Zu brutal waren seine Methoden, zu einseitig seine Sichtweisen.

Es war gut möglich, dass er noch lebte, so fanatisch, wie er auf seine Gesundheit und Fitness bedacht gewesen war.

Seit der Zeit mit Humban war Ash stets auf der Suche nach Smombda-Wurzeln und Kiflar-Kakteen, beides hervorragend geeignet zum Zähneputzen. Auch die schweißkontrollierende Wirkung mancher Heilpflanzen machte Ash sich nach wie vor zu Nutze, und die »Acht Grundregeln für die Sauberkeit des Reisenden« gehörten zum Unterrichtskanon der She-Bashi.

So hockte er an diesem Morgen im Gebüsch, etwas entfernt von den anderen, das Schwert griffbereit neben sich, direkt daneben ein kleiner Stapel noch grüner, frischer Blätter.

Er hatte nie verstanden, dass viele Menschen auf ein Abwischen nach dem Toilettenbesuch verzichteten. Nicht nur auf Reisen, aber auch da fand er es widerlich, wenn Gefährten auf langen Wegen einen eigenwilligen Geruch annahmen.

Er entsorgte die benutzten Blätter sorgfältig, begab sich zum nahen Bachlauf, benutzte ein Blatt des Remungus-Baums, um feinen seifigen

Schaum zu erzeugen. Im klaren eiskalten Wasser begann er, sich zu waschen, bis ihn ein rumpelndes Geräusch aus seinen Gedanken riss.

Seine eingeseifte Hand fuhr unwillkürlich zum Schwertgriff. Er hielt inne. So glitschig war er nicht imstande, die Waffe zu benutzen. Hastig versuchte er, im Wasser die Remungus-Rückstände loszuwerden, während er mit allen Sinnen die Umgebung ausforschte.

Das Rumpeln wiederholte sich, wurde zu einem rutschenden Schaben, bevor es mit einem klatschenden Geräusch endete. Ein Quieken folgte, das er keiner Tierart auf Anhieb zuordnen konnte.

Das gezogene Schwert in der nassen, jetzt nicht mehr rutschigen Hand bewegte er sich in Richtung des Geräusches, sah mit einer gewissen Erleichterung ein schwarzes, zotteliges, vor allem aber klatschnasses Schaf aus dem Wasser staksen. Es schüttelte sich, schnupperte aufmerksam.

Wie ein wildes Tier sah es nicht aus. In der Nähe befand sich also nicht nur eine Herde, sondern vermutlich auch ein Schäfer. Nicht ungewöhnlich in dieser Gegend, die noch zu Mywendra gehörte und mit satten Bergwiesen dazu einlud, Viehwirtschaft und vielleicht auch etwas Ackerbau zu betreiben.

Er hatte den Gedanken kaum zu Ende gedacht, da raschelte es schon im Laub an der Böschung, und eine junge Frau trat ins Blickfeld.

»Wo bist du, du Trottelchen?« hörte Ash sie rufen – in perfektem Isrogant, nicht in einem regionalen Dialekt, wie er sie im Reich der Drei Mächte immer wieder gehört hatte.

Sie sah ihn verdutzt an. »Wer seid denn Ihr?«

Ash wurde sich bewusst, dass er noch immer Seife im Gesicht hatte, nur halb angezogen war und in alarmiert gebückter Haltung stand, das gezogene Schwert in der Hand.

Sie hingegen war vollkommen korrekt gekleidet, in einem praktischen Stil, der gut zu ihrem ebenfalls praktischen Haarschnitt passte. Behände kletterte sie die Böschung herunter und sprang routiniert über den Bachlauf.

»Wir sehen nicht oft Wanderer hier«, sagte sie, während sie sich dem pitschnassen Lamm näherte, das ihr mit großen Augen entgegenschaute. »Und wenn, sind sie normalerweise angezogen.«

Diese Worte wurden von einem kleinen Lachen begleitet, das Ash sofort sympathisch fand. Die Frau hatte etwas Mütterliches, wirkte aber gleichzeitig jugendlich.

Er machte eine entschuldigende Geste.

»Euer kleiner Tölpel stolperte in meine Morgenwäsche, und ich war mir nicht ganz sicher, ob ich Wolf oder Schaf vor mir habe.«

»Kamirotsch ein Wolf?« antwortete sie amüsiert. »Ganz sicher nicht. Der Kleine ist so dämlich, dass man ihn eigentlich so schnell wie möglich schlachten sollte.«

Ihr Blick ruhte nachdenklich auf dem Tier, das jetzt auch noch zu zittern begonnen hatte. »Wenn er nicht so niedlich wäre.«

Ash ließ das Schwert hängen. »Schade«, sagte er. »Ich hätte nichts gegen einen guten Lammbraten einzuwenden.«

»Bis gerade eben habe ich Euch noch für einen netten Kerl gehalten!« Mit gespielter Empörung nahm sie das Schaf hoch und drehte sich um. Über die Schulter weg fügte sie hinzu: »Ihr könnt aber gerne zum Essen zu Gast sein. Allerdings unter einer Bedingung: Besorgt Euch anständige Kleidung!«

***

Zwei Stunden später saßen Ash und die anderen Expeditionsteilnehmer an einem großen Grillfeuer. Lexa, die Ash am Bach getroffen hatte, und ihr Ehemann Rinabas hatten die Expeditionstruppe mit großer Offenheit empfangen.

Sie schienen wohlhabend zu sein: Die Gebäude ihres Hofes waren in hervorragendem Zustand, eine große Menge an Vieh stand auf den Weiden und in den Ställen, das Essen war reichhaltig.

Nur Hauptmann Mandanof wirkte verstimmt.

»Diese Expedition wird zur Rundreise zu den schönsten Plätzen des Reichs der Drei Mächte«, brummelte er. »Kaum verlassen wir eine Stadt, sind wir schon zum nächsten Festessen eingeladen.«

Ash klopfte ihm auf die Schulter. »Krieger, die Leid gewohnt sind, wissen solche guten Zeiten zu schätzen. Niemand in unserer Gruppe braucht Kasernenhofdrill, um die richtige Einstellung an den Tag zu legen.«

»Mag sein, Meister Gooregan. Mag sein.« Der Hauptmann rieb sich das Kinn, nahm noch ein Stück kalten Braten und murmelte: »Will mir trotzdem nicht gefallen.«

»Schmeckt′s nicht?« fragte Lexa in diesem Moment besorgt.

Sie lehnte sich über den Tisch, den sie und ihr Mann für die unerwarteten Gäste aufgestellt hatten, nachdem er die Störung seines Tagesablaufes mit einem lapidaren »Ach, wie nett!« quittiert hatte. Gefolgt wurden diese Worte von einem kleinen Kichern, das tief aus seiner Kehle zu kommen schien.

Diese kleine, diskrete Belustigung gehörte zu Rinabas bevorzugten

Äußerungen. Fast alles schien er ein bisschen komisch zu finden, nichts beunruhigte ihn wirklich. Dafür zeigten er und seine Frau sich erstaunlich gut informiert über die Geschehnisse im Reich der Drei Mächte und fragten begierig nach Neuigkeiten. Die beiden waren ganz sicher nicht immer Hirten und Bauern gewesen.

Im Laufe des Vormittags stießen weitere Leute zu ihnen: Bewohner der umliegenden Höfe, die auf wundersame Weise von ihrer Anwesenheit erfahren hatten.

Um die Mittagszeit stellte Ash fest, dass das gute Bier der Bergbauern ihm bereits zugesetzt hatte, und der Hauptmann wurde ungeduldig.

»Wenn wir uns nicht bald auf den Weg machen, kommen wir heute nicht mehr weit«, stellte er fest, den Blick auf die Sonne gerichtet, die schon weit im Zenit stand.

»Dann bleibt doch einfach einen Abend hier«, schlug Rinabas vor. »So schlimm sollte es nicht sein, einen Tag zu verlieren, und wenn Ihr uns berichtet, wo genau die Reise hingeht, haben wir vielleicht auch ein paar gute Tipps für Euch.«

Der Hauptmann warf Ash und den anderen um sie herum einen warnenden Blick zu. »Eine Forschungsreise ins Gebirge« – das war die offizielle Sprachregelung. Alle Details waren vertraulich.

Alica kam herüber. Sie setzte sich neben Ash an den langen Tisch.

»Ich würde gerne bis morgen früh hierbleiben«, sagte sie. »Ich lerne vom Zuhören. Die Leute hier wissen viel über alte Legenden. Die Pause kann nicht schaden.«

Mandanof lachte auf.

»Pause?« fragte er. »Pause von was?«

Ash schüttelte den Kopf. »Härte um der Härte wegen hat sowieso keinen Sinn. Ich meine, wir können auch morgen weiterziehen.«

Rinabas ließ wieder sein kleines Kichern hören. »Der wahre Sucher nach Wissen rastet und schläft.«

Der Hauptmann seufzte. »Das war in Zeiten so, als es noch Träume gab in Isrogant. Heute ist jede Rast vertane Zeit.«

»Ja, ganz sicher.« Alica grinste verschmitzt. »Aber nur für Krieger. Weisheit braucht Zeit.«

Mandanof gingen solche schlauen Sätze auf die Nerven. Für Dsitaren war Disziplin das oberste Gebot, und die ging hier verloren. Andererseits waren bei dieser Expedition die mitreisenden Spezialisten die Hauptpersonen, die beiden Historiker, vor allem diese Mystikerin, der er nach wie vor mit Misstrauen begegnete. Sie war zu jung für das, was sie zu sein vorgab. Und zu schön.

»Also sucht Ihr nach Wissen, und wir schlagen uns hier noch ein bisschen die Wänste voll«, gab er nach. »Und morgen holen wir die verlorene Zeit wieder rein.«

***

Was genau Alica zu finden hoffte, konnte Ash nicht sagen. Ihn machten die beiden Gastgeber neugierig, weil sie in ihrer Normalität ausgesprochen ungewöhnlich wirkten.

Als Rinabas im Laufe des Nachmittags vom Tisch aufstand, um nach den Tieren »auf der oberen Weide« zu sehen, passte er ihn ab. Der Hirte schien nichts gegen Begleitung zu haben, ganz im Gegenteil. Die beiden Männer kletterten über Zäune und durch Gräben und begannen eine angeregte Unterhaltung.

»Ihr wart nicht immer Landwirt, oder?« fragte Ash schließlich.

»Nein, nein. Ich bin schon auch ein bisschen unterwegs gewesen in der Welt«, antwortete Rinabas. Mehr sagte er nicht, doch er wirkte auch nicht ablehnend, also fragte Ash nach: »Ihr wart Soldat? Krieger? Priesteradept? Seefahrer?«

»Beim Vulkanfeuer, nein!« Rinabas kicherte. »Mit der Kirche der Zweiten Offenbarung habe ich nichts zu schaffen, und das Kriegshandwerk mag ich nicht. Wie jemand das Vergießen von Blut als ehrenvollen Beruf ansehen kann, verstehe ich nicht.«

Ash zog die Augenbrauen nach oben. Die Aussage war erstaunlich, denn er hatte Rinabas früher am Tag beim Schlachten von Tieren zugeschaut. Ganz kurz wollte er etwas zu diesem Widerspruch sagen, ließ es dann aber bleiben.

»Seefahrer war ich eine Weile. Allerdings nicht auf hoher See. Ich habe als Fischer gearbeitet, auf TschangFang.«

Ash horchte auf.

Fischer auf TschangFang? Die Insel war eine Schmuggel-Hochburg, und darüber hinaus wurde der größte Teil des Freihandels und des Handwerks der Insel von den Tong kontrolliert – illegalen Vereinigungen, von denen die Rede ging, Struern Vale von Westenra, der König von Droni, habe seine Finger im Spiel.

»Ich weiß, was Ihr denkt, Meister Gooregan. Aber ich mag keine zwielichtigen Geschäfte. Als die Fischerei schlechter lief, habe ich mich zur Feuerwache der Insel gemeldet und dort recht lange gearbeitet. Auf Schmuggel auszuweichen, am Ende gar Opium von Küste zu Küste bringen... nicht meine Welt.«

Ash nickte nachdenklich. Er überlegte, ob er der Versuchung des

Schmuggels auch hätte widerstehen können. Vermutlich nicht. Abenteuer und die Chance auf Reichtum und Unabhängigkeit hätten ihn mit Sicherheit verführt.

»Wie seid Ihr dann ausgerechnet hierhin gekommen?« fragte er.

»Ausgerechnet hierhin? Hier ist es doch schön.« Rinabas kicherte, als Ash das Gesicht verzog. »Jaja, das ist keine echte Antwort. Ich habe Lexa auf TschangFang kennengelernt. War keine so gute Zeit für sie. Hat eine weite Reise gemacht, um sich an einer kleinen Magierschule vorzustellen.« Er schaute nachdenklich zurück in seine Erinnerung. »Sie war sehr enttäuscht von dem, was sie dort erlebte. War nicht so ihrs, Wichtigtuer, Möchtegerne. Und jetzt sind wir hier.«

»Sehr enttäuscht...« wiederholte Ash.

»Ja, sie war wirklich traurig. Es ist großartig, wenn man eine spezielle Gabe hat, wisst Ihr?« Rinabas zupfte einen Grashalm aus dem Boden, knickte ihn und begann, ihn in kleine Stücke zu zerpflücken und diese wegzuwerfen. »Aber dieser Wille, immer der Beste zu sein, ohne Rücksicht auf Verluste, die eigene Person über alles andere zu stellen... Nicht jeder will das.«

Ash dachte kurz darüber nach.

Tatsächlich war er im tiefsten Inneren der Überzeugung, dass absolut jeder etwas Besonderes sein wollte, irgendein Gebiet brauchte, auf dem er brillieren, in das er alle Leidenschaft investieren konnte. Er selbst tat das, seit er sich von seinem Vater emanzipiert und auf die Reise gemacht hatte – seine große Wanderschaft in Sachen Kampfkunst: Lernen und Lehren.

Oft genug musste man sich durchsetzen, und nicht selten bedeutete das auch eine gewisse Rücksichtslosigkeit. Wer zauderte, wer seine Ziele nicht konsequent verfolgte, endete in der Mittelmäßigkeit.

»Na, wohin seid Ihr gerade verschwunden?« unterbrach Rinabas diese Gedanken. Sein Grashalm war aufgebraucht, er zupfte einen neuen.

Mit dem Gefühl, ertappt worden zu sein, entgegnete Ash: »Ich denke über Eure Worte nach. Mir scheint, dass doch jeder einen eigenen Weg finden muss, etwas Besonderes zu sein, jemand Herausstechendes. Und mir scheint, dass das auch Kampfbereitschaft erfordert.«

Rinabas nickte. »Und seht Ihr herab auf Leute, die ein ehrenvolles und produktives Leben führen, ohne konstante Suche nach Neuem? Glaubt Ihr, dass solche Menschen im Grunde nur zu faul oder zu feige sind, mehr aus sich zu machen?«

»Puh«, machte Ash. Er war sich nicht ganz sicher, was er darauf antworten sollte.

»Also ja«, lachte der Schäfer. »Nun, Lexa hat das auch mal so gesehen. Bis zu ihrem Besuch an der Magierschule. Sie hatte eine Menge Erfolg, auch mit ihrer Zauberei. Dort herrschte Leistungsorientierung. Nur kam damit auch Eitelkeit und Hybris. Erfolgsverwöhnte Menschen haben oft einen schmalen Horizont. Man lernt mehr aus Misserfolgen, schon einmal bemerkt?«

»Ja, klar«, bestätigte Ash, für den feststand, dass Misserfolge dafür da waren, sie als Chance zu betrachten und sich weiterzuentwickeln.

Rinabas blieb stehen, beobachtete den Krieger. Sie standen in der Mitte einer weitläufigen Bergwiese, saftig und grün, hier und da von kleinen Baumgruppen unterbrochen, knorrige Bäume, echte Überlebenskünstler.

Das schien Ash zu ihrem Gespräch zu passen: Diese Bäume hatten sicher manchen Sturm verkraften müssen, aber waren dennoch immer noch hier. Aber sie waren noch hier, sie waren nicht weitergezogen. War das nicht unendlich stur? War es für Menschen – die schließlich Beine hatten – nicht sehr viel besser, weiterzugehen, statt stehenzubleiben?

Der Schäfer schlug ihm freundschaftlich auf die Schultern.

»Das ist toll«, sagte er.

»Was?« fragte Ash irritiert.

»Dass Menschen so verschieden sind. Ihr seid ein Reisender, der in Bewegung bleibt, sich neue Horizonte erschließt. Ich mache meine Reisen nach innen. Es gibt überall viel zu lernen, scheint es.«

»Ja«, lächelte Ash, der das ziemlich weise fand. »Wie muss es gewesen sein, als es noch mehr Elben und Zwerge in Isrogant gab, und Drachen, und Zauberer. Was für eine Vielfalt.«

Das amüsierte Rinabas.

»Vielfalt! Ja, das ist auch toll. Obwohl...« er zupfte einen weiteren Grashalm, »ich finde die Welt schon ziemlich vielfältig, wenn ich mich nur in der Nachbarschaft umschaue.«

Sie gingen weiter, in gemütlichem Tempo. Die Wiese zog sich einen sanften Hügel hinauf, dessen Kamm sie schließlich erreichten.

Hier öffnete sich ein beeindruckendes Panorama: Die Rückseite des Hügels fiel ab in eine zerklüftete Schlucht mit steinigen, feuchten Wänden, mit Moos bewachsen. Das Rauschen von Wasser drang aus der Tiefe herauf, eine kleine Hängebrücke aus Tauen spannte sich über die Schlucht, einige Schritte davor stand eine kleine Schäferhütte.

Dahinter war der Blick frei, rechter Hand den Berg hinunter ins

Tal, links hinauf zu den Bergen. Sie waren aus dieser Perspektive weit beeindruckender, als Ash bisher bemerkt hatte.

»Das ist was, oder?« meinte Rinabas. Er hatte die Augen halb geschlossen, sog die frische Bergluft, vom Wasser aus der Klamm zu ihren Füßen angefeuchtet, tief in seine Lungen.

»Feuer und Flut, ja!« Ash war beeindruckt.

»Seht Ihr, Meister Gooregan«, Rinabas deutete auf die steinigen Wände. »Dieser Riss in der Landschaft ist außergewöhnlich. Und die Gegend drumherum, die ist im Grunde nichts Besonderes. Aber ist sie deswegen weniger schön?«

Er schüttelte den Kopf. »Ich finde nicht. Ohne all die friedliche, freundliche Natur wäre diese Klamm hier nichts Herausragendes, sondern völlig normal. Und ohne das hier, diese Wunde, in der nichts wirklich wächst und unsere Schafe sich die Beine auf glitschigen Steinen brechen, ohne das hier wüssten wir vielleicht eines Tages unsere wunderschöne Normalität nicht mehr zu schätzen.«

Ash fuhr sich mit der Hand durch das Haar. »Und so ist es auch mit den Menschen, meint Ihr?«

»So ist es auch mit den Menschen, meine ich«, bestätigte Rinabas. »Ohne die alltäglichen, die realen Menschen gäbe es auch keine außergewöhnlichen. Aber wie bei dieser Gegend ist es auch mit den Leuten so: Wer normal zu sein scheint, ist oft alles andere als langweilig. Und wer unbedingt etwas Spezielles sein will, ist oft nur ein eitler Schreihals und zu nichts zu gebrauchen.« Er grinste breit und zeigte zum Himmel: »Wird gleich anfangen zu regnen, Meister Gooregan. Lasst uns schnell die Schafe zählen und nichts wie zurück. Da vorne ist meine obere Weide.«

Ein Blick zum Himmel zeigte Ash, dass es wirklich nach Regen aussah. »Das ist ärgerlich«, meinte er. »Dann ist unser Grillfest auf dem Hof ja bald zu Ende.«

»Ach, naja«, kicherte der Schäfer. »Auf dem Hof regnet es nicht, keine Sorge.«

Damit stapfte er voran, und Ash folgte ihm bereitwillig. Es war ein schöner kleiner Marsch gewesen. Und etwas zum Nachdenken hatte er auch bekommen.

***

Rinabas behielt Recht. Bis sie sich über die Weiden zum Hof vorgearbeitet hatten, schüttete es, als wolle die Flut zurückkommen... doch wenige Meter vor der Umfriedung des Hofes klarte der Himmel auf.

»Habt Ihr hellseherische Fähigkeiten?« fragte Ash, aber Rinabas wehrte ab: »Ich doch nicht! Für so etwas bin ich nicht zuständig!«

Der Regen, der sie nicht erreichte, war auch bei den anderen Gästen rund um die Grillfeuer auf dem Hof nicht unbemerkt geblieben.

»Na, Meister Gooregan, ist das nicht interessant?« fragte Mandanof. »Ich habe mich schon gefragt, ob Eure Freundin etwas damit zu tun hat.«

»Meine Freundin?« Ash wusste im ersten Moment nicht, wen der Hauptmann meinte, aber natürlich war es offensichtlich: »Ihr sprecht von Lady Alica?« Ganz kurz fühlte er sich verärgert, aber weil er nicht genau wusste, worüber eigentlich, verdrängte er das Gefühl. »Wo ist sie denn?«

»Mit Lexa unterwegs. Sie wollten in die Bibliothek. Der Hof verfügt wohl über eine sehr umfangreiche Sammlung von Literatur.«

»Jajaja«, kicherte Rinabas. «Wir haben ziemlich gehortet. Kommt mit, ich bringe Euch hin.«

Wieder ging er voraus. Ash warf noch einen letzten Blick auf die Regengrenze am Rande des Hofes und den Regenbogen, der sich dort zeigte, und ließ sich dann von der gemütlichen Atmosphäre des Hauses einfangen.

Anders als vielen anderen war es ihrem Gastgeberpaar gelungen, sich heimelig einzurichten, ohne die Räume zu überladen. Die Einrichtung ließ Platz zum Atmen, große Fenster ließen Licht herein. Überraschend. Das Haus sah von außen nicht so geräumig aus.

Durch einen Flur, in dem Kleidungsstücke zum Trocknen hingen und Schuhe säuberlich sortiert in Regalen standen, ging es ins Wohnzimmer, dann vorbei an einer gut ausgestatteten Küche in einen weiteren Flur.

Die Tür der Bibliothek war eher ein Portal, mit Schnitzereien versehen: Bilder, dazwischen Runen, die er nicht zuordnen konnte. Sie öffnete sich mit majestätischer Schwere, um den Blick freizugeben auf einen kühlen Raum mit Ledersesseln und einem gemauerten Kamin, vor allem aber unzähligen Büchern auf solide gebauten Regalen entlang der Wände.

Ash blickte zurück in den Flur, der ihm nicht so lang vorkam wie der Raum breit war. Die Proportionen schienen nicht stimmig.

»Hallo, Ash!« Alica winkte ihm aus dem hinteren Teil der Bibliothek zu, wirkte dabei so fröhlich, dass er unwillkürlich zurückwinkte.

»Hinein in die gute Stube«, sagte Rinabas, der die Tür hinter ihnen wieder schloss. Jetzt bemerkte Ash, dass der Raum keine Fenster hatte. Dennoch war die Luft kühl und sauber. »Hier seht Ihr die kleine Wetterwarte meiner Frau, Meister Gooregan.«

Eine verborgene, etwas düstere Ecke hinter dem Kamin wurde von diffusem, vielfarbigem Licht beleuchtet. Nur langsam dämmerte Ash, was er sah: »Das ist ein *glanhír*!« stellte er leise fest.

Der magische Stein ruhte auf einem Tetraeder aus Metall über einem auf den Boden gezeichneten Kreis, unterteilt in mehrere ungleich große Felder, mit Runen versehen. Der Kreis war präzise gezeichnet, wirkte aber dennoch unordentlich.

»Das Wetter ist ein komplexes System, Meister Gooregan«, sagte Lexa, als habe sie seine Gedanken gelesen. »Eine Wetterhexe kann es nicht wirklich lenken, nur in kleinen Teilen beeinflussen. Ein Wetter-Enneagramm ist deswegen niemals besonders symmetrisch.«

Das Licht des *glanhírs* spielte über den weiten Kreis, anscheinend einem bestimmten Muster folgend. Es spiegelte sich in den Gesichtern von Lexa und Alica.

»Ist das nicht traumhaft?« fragte Alica. »Der Kreis zeigt das *achí* des Wetters, wie es ist, und wie es sein könnte. Und es lässt sich verändern.«

Sie hob die Hand, murmelte etwas, und einer der tanzenden Lichtstrahlen änderte seine Richtung. Alicas Augen schauten verträumt, während sie auf diese Weise mit ihrer eigenen Macht spielte.

»Psssst«, machte Lexa und fing das Licht mit einer eigenen Handbewegung wieder ein. »Nicht zuviel Verwirrung. Wetter ist vielschichtig. Ein kleiner Regenschauer hier löst vielleicht eine Dürre aus am anderen Ende Isrogants....«

Ash schaute ungläubig. Er konnte nicht umhin, das für eine kleine Angeberei zu halten.

Doch das ließ Lexa nicht gelten: »Die Welt ist kompliziert«, dozierte sie, »und alles hängt mit allem zusammen. Das ist ja das Risiko der Magie, und das ist auch, was die Schwarzmagier nie verstanden haben: Wer zuviel eingreift, verliert die Kontrolle und macht mehr kaputt, als er schafft.«

Es lag Ehrfurcht in ihrer Stimme, vor der Natur und der Schöpfung. Das hätte einem Priester des Einen Gottes sicherlich gut gefallen, aber auch Ash mochte die respektvolle Art, wie Lexa ihre Fähigkeiten nutzte.

Alica nahm die Ermahnung gelassen. Sie schaute weiter zu, wie das Licht über den Kreis tanzte. »Wir sind auf dem richtigen Weg, Ash.«

»Sind wir das?«

»Oh ja. Lexa sagt, sie hat den glanhír aus dem Fluss gefischt. In einer Klamm, auf der oberen Weide, wo ihr beide eben wart.«

Ash sah überrascht zu Rinabas, der wieder sein kleines Lachen hören ließ.

»Ja, das ist ein ganz besonderer Ort da oben«, bestätigte er.

Alica fuhr fort: »Es scheint, dort findet man häufig diese Steine. Es sind keine guten Steine, sie sind unsauber wie die, die wir in Dsita gesehen haben.«

Ash zuckte zusammen. Das waren vertrauliche Informationen, aber Rinabas winkte ab. »Wir wissen schon Bescheid, Meister Gooregan. Wir leben ja nicht hinter dem Mond, und Ihr wart nicht gerade diskret in Biodrem und Mywendra.«

»Das ist wahr«, gab Ash zu. »Aber selbst wenn diese Steine minderwertig sind...«

»... dann gibt es dort, wo sie herkommen, sicher noch weit besseres zu finden.« Rinabas setzte sich in einen der Sessel und sah der Wetterwarte zu. »Das hier sind wahrscheinlich die Abfälle der *glanhír*-Produktion, die es vor langer, langer Zeit dort oben in den Bergen gab.«

»Wir sind auf dem richtigen Weg«, wiederholte Alica.

»Aber wenn es dort oben mit so großer Sicherheit diese wertvollen Steine gibt«, dachte Ash laut, »warum hat noch niemand sich auf die Suche gemacht?«

»Wer sagt denn das?« fragte Lexa. »Hier in der Gegend weiß man von vielen Expeditionen, die dort hinauf unterwegs waren. Aber alle vor der Flut.«

»Vor der Flut!« meinte Ash. »Das ist über hundert Jahre her! Was war seitdem? Wäre es nicht für Euch interessant gewesen, Lexa?«

»Wäre es, aber...« Sie sprach nicht weiter, so dass Rinabas ihren Satz zu Ende brachte: »Wir waren oben. Es gibt einen Ort, an dem man nicht ohne weiteres weitergehen kann. Die Legenden sagen, dass es dort oben verflucht ist. Sie sprechen von einer Zwergenstadt und von einem Elbenhain. Wir wissen natürlich, dass es kaum beides zugleich dort oben gegeben haben wird, da sich diese beiden Völker noch nie besonders geliebt haben.«

»Aha«, machte Ash. »Und man kann die alte Stätte nicht betreten?«

»Weiß ich nicht«, antwortete Rinabas. »Wir sind nicht so weit gekommen. Vielleicht haben wir uns von den alten Sagen ins Bockshorn jagen lassen. Aber unser Leben ist gut, wir wollten es nicht für eine vage Chance riskieren.«

Ash dachte nach. War es sinnvoll, sich diese Geschichten anzuhören? Oder würde das Befürchtungen wie Steine auf ihre Schultern legen? Wo doch schon so viele vor ihnen gescheitert waren... Gab es hier verwertbare Informationen?

»Die Straße ist sicher«, sagte Lexa.

Er sah sie misstrauisch an. Las die Frau tatsächlich seine Gedanken? Eine kleine Erinnerung glomm auf, an eine andere Frau, eine junge Zauberin. Es war lange her, dass er an Ieya und die Teralion-Strände gedacht hatte. Eine Schande, war es doch eine der schönsten Erinnerungen seiner Jugend.

Sein Blick brachte Lexa zum Lachen. »Nein, ich kann keine Gedanken lesen, Meister Gooregan. Aber ich habe ein bisschen Einfühlungsvermögen. Ihr habt überlegt, ob Euch die alten Sagen helfen, wenn es den Berg hinaufgeht, richtig?«

Er nickte.

»Darüber habe ich nachgedacht, ja.«

Auch Ieya hatte sich immer amüsiert, wenn er ihr Gedankenleserei unterstellte.

»Nun, die Straße ist sicher, aber dort oben ist eine große Ebene, ein altes Schlachtfeld. Und was danach kommt, da gehen die Überlieferungen auseinander.«

Ein altes Schlachtfeld, dachte Ash, und die Erinnerungen an Teralion verdichteten sich.

»Wir können es herausfinden«, warf Alica ein.

»Das klingt aufregend«, sagte Lexa. »Ich bin gespannt, was Ihr dort oben findet.«

»Falls Ihr es überlebt«, bemerkte ihr Mann, was ihm einen strafenden Blick von ihr eintrug, den er mit einem gelassenen Hochziehen der Augenbrauen quittierte.

»Was denn?« fragte er. »Willst du mit hinaufgehen?«

Sie schüttelte den Kopf. »Du hast ja Recht.«

Ash sah von einem zum anderen.

»Entzückend«, meinte er trocken.

»Ja, nicht?« Alicas Tonfall war noch immer fröhlich, jetzt aber nicht mehr entrückt. Ihre Augen funkelten. »Ich freue mich schon!«

Lexa legte ihr eine Hand auf die Schulter. »Ihr habt wirklich keine Angst, oder?«

»Noch nicht.« Alica lächelte. »Das kommt noch. Wenn wir morgen weiterwandern, oder wenn wir auf der Ebene ankommen, von der Ihr erzählt habt.«

»Gut gut.« Lexa fuhr mit der Hand über die Wetterwarte, und die

Farben änderten sich ein wenig. »Dann halte ich Euch heute nacht noch den Regen vom Leib. Morgen könnt Ihr dann ins Abenteuer ziehen.«

***

Als sie schließlich aufbrachen, wurde der Weg schnell schwierig. Den größten Teil der Zeit ging es bergauf, und was zuvor eine Art Straße gewesen war, verwandelte sich jetzt in einen matschigen Pfad. Dazu kam, dass die Gruppe erbarmungslos von den starken Regenfällen getroffen wurde, die sie auf dem Hof nur aus der Ferne gesehen hatten.

Die Pferde hatten sie zurückgelassen. Lexa und Rinabas waren skeptisch gewesen, wie weit sie mit den Tieren noch kommen würden. Sie waren bei den erfahrenen Schäfern besser aufgehoben als irgendwo im Gebirge, ganz auf sich allein gestellt.

Normalerweise hielten auch widrige Bedingungen Ash nicht davon ab, das Reisen als solches zu genießen. Das Gewicht des Gepäcks auf seinem Rücken war er gewohnt, genau wie das des Schwertes an seiner Seite. Im Laufe seiner Wanderungen durch Isrogant hatte er schlimmeres erlebt als diesen Platzregen.

Heute jedoch war etwas mit seiner Unterwäsche passiert. Vermutlich war sie nur regenschwer oder brauchte eine kleine Reparatur an ein oder zwei Stellen, jedenfalls verrutschte sie die ganze Zeit, und das ging ihm auf die Nerven. Missmutig brütete er darüber, wie solche dummen Kleinigkeiten das Leben erschweren konnten.

Als nach Stunden endlich die Sonne durch die Wolken brach, enthüllte sie eine atemberaubende Berglandschaft. Es war unmöglich, von diesem Anblick nicht in Bann geschlagen zu werden – unbequeme Kleidung und schlechte Laune waren vergessen, während die Nässe auf Menschen und Gepäckmulis dampfend trocknete.

Direkt vor ihm wanderte Alica, und er bewunderte ihre leichten Schritte. Sie machte den Eindruck, als könne sie fliegen statt gehen, wenn sie nur wollte. Fasziniert dachte er, dass das vielleicht sogar der Wahrheit entsprach.

Seine Gedanken schweiften zu Djamila. Sie war jetzt wahrscheinlich sehr beschäftigt mit all den Pflichten eines offiziellen Botschafters an einem Fürstenhof. Ganz sicher erfüllte sie diese mit makelloser Eleganz und Hingabe.

Mit einem kleinen Ausfallschritt wich Alica vor ihm einer Wurzel aus. Selbst jetzt, wo er nur ihren Rücken sah, strahlte sie Kraft und

Selbstbewusstein aus. Das verwirrte Ash, dem der Vergleich zwischen den beiden Frauen Kopfschmerzen verursachte.

Hinter ihm ertönte die grummelige Stimme Groogians. Er hatte nicht einmal bemerkt, dass der Hüne so nah bei ihm marschierte.

»Weißt du, Meister, es mag ja gut sein, dass diese Frau ganze Kontinente mit einem einzigen Wort bewegen kann«, er rieb nachdenklich sein kantiges Kinn mit einer gewaltigen Pranke, als grüble er schon länger über das Thema nach, »aber die Titten sind zu klein.«

Alica warf einen Blick über ihre Schulter, in ihren Augen war ein unbestimmtes Funkeln. Um die Worte gehört zu haben, war sie eigentlich zu weit entfernt, aber Groogian wurde dennoch etwas unsicher.

»Bei allen schlechten Träumen!«, rief er, und dann, etwas leiser: »Denkst du, sie hat mich gehört? Magische Ohren?«

Ash grinste. »Vielleicht hat sie deine Gedanken gelesen. Ich habe gehört, das passiert von Zeit zu Zeit.«

»Das ist ja wie in einer Welle ertrinken!« beschwerte sich Groogian. «Dann hilft es nicht einmal, die Schnauze zu halten?«

»Siehst du, Groog, du denkst zuviel.«

»Das hat mir noch niemand gesagt.«

Finsteren Blickes stapfte er weiter neben Ash her. Nach einer Weile seufzte er und legte seine riesige Hand auf die Schulter seines früheren Lehrers.

»Wie auch immer«, stellte er fest. »Die Titten sind trotzdem zu klein. Nur ihr Arsch ist ganz in Ordnung.«

»Halt besser die Klappe, Großer«, rief jemand hinter ihnen. Es schien, wenn schon Alica sie nicht gehört hatte, gab es doch andere Lauscher in ihrer Reisegruppe. »Nicht dass du morgen früh als Frosch aufwachst!«

»Das wäre aber ein großer Frosch«, bemerkte eine andere Stimme, und ein dritter: »Naja, es heißt doch Ochsenfrosch!«

»Aber Groog ist doch kein Ochse!«

Ash lachte und ließ sie reden. Es war schön, dass auch Dsitaren derbe Witze reißen konnten.

Während Groogian die diversen Zankereien fröhlich beantwortete, verlor er selbst sich wieder in seinen Gedanken und fuhr regelrecht auf, als diesmal eine andere Stimme ihn zurück in die wirkliche Welt holte.

»Und, was denkst du über meine Titten?« Es lag eine gewisse Belustigung in Alicas Stimme, und das brachte ihn ebenso zum Grinsen wie die Frage selbst.

»Kein Kommentar«, antwortete er, aber ihre Art, das Thema anzugehen, gefiel ihm.

Jetzt lachte sie. »Groogian redet ziemlich laut, weißt du?«

»Oder du hast ziemlich gute Ohren.« Er dachte eine Weile nach. »Und deine Brüste sind auch nicht so schlecht.«

»Ziemlich ungehobelt, einer Dame das so zu sagen!« entgegnete sie konsterniert.

»Du hast gefragt!«

»Ja und?«

Er kicherte. Vermutlich hatte Rinabas ihn damit angesteckt, aber die Unterhaltung war auch zu albern.

Groogian und die anderen Soldaten waren zurückgefallen, während Hauptmann Mandanof viel weiter vorne mit zwei Dsitaren die Vorhut gab. Eine sehr lose Formation, vollkommen unmilitärisch, was deutlich zeigte, wie wenig sie alle mit Gefahren rechneten.

»Wir hätten die Pferde weiter benutzen können«, wechselte er das Thema. »Die Umgebung ist nicht annähernd so rauh wie erwartet. Eigentlich kein Grund, zu wandern.«

Sie nickte. »Ich habe das auch schon gedacht, aber wer weiß, was kommt? Lexa und Rinabas kennen sich gut aus hier, und auch die erste Expedition hat berichtet, es werde schnell härter. Wir hatten es ja noch ziemlich bequem bislang, hm?«

»Viel zu bequem in Mandofs Augen, ja. Ich denke, er hätte zu gerne ein paar Stunden harten Drill anberaumt.« Er schmunzelte beim Gedanken an Mandanofs Unbehagen auf dem Schäferhof. »Trotzdem wären ein paar Pferde jetzt ganz angenehm.«

»Bist du in Ordnung?« fragte sie, und ihr Gesicht spiegelte leichte Sorge. »Du wirkst erschöpft. Das passt gar nicht zu dem Bild, das ich von dir hatte.«

Das hatte einen Unterton, der seinen Status als unbesiegbarer Krieger in Frage stellte, aber sie schien es nicht böse zu meinen. Er war selbst erstaunt über seine Schlappheit. Normalerweise reiste er länger und weniger angenehm, ohne jemals zu ermüden.

»Ich bin mir nicht sicher«, sagte er. »Vielleicht habe ich eine Erkältung oder so etwas. Du hast Recht, die Jammerei ist ungewöhnlich für mich.« Achselzuckend ließ er den Gedanken hinter sich. »Wahrscheinlich hätte ich bei dem fetten Essen kürzer treten sollen. Es war nur so schwer, zu widerstehen.«

»Oh ja!« Ihre Zustimmung kam aus tiefstem Herzen. »Auf dem Land weiß man, wie man Gäste verwöhnt. Ich mochte den Ort, aber ich könnte niemals so leben wie die beiden.«

»Ja, es hat etwas von einem Gefängnis, obwohl es so frei und unabhängig zu sein scheint.«

»Ist das denn Unabhängigkeit? Kleine Gemeinden entwickeln viel schneller einengende Regeln als große Städte.«

»Ah, ich erinnere mich. Du kommst aus so einem Dorf, oder?«

»Nicht *so* klein, aber ziemlich überschaubar, ja. Das war manchmal sehr nett, und ich habe natürlich gedacht, es sei mein Platz in der Welt für den Rest meines Lebens. Aber dann hat mein magisches Talent mir Türen geöffnet.«

Er nickte. »Und... ist dieses Talent ein Geschenk oder eine Last?«

Sie machte eine kurze Pause und warf ihm einen überraschten Blick zu, als habe sie eine solche Frage nicht von ihm erwartet. Das enttäuschte ihn. Im Grunde schien sie ihn noch immer für einen grobschlächtigen Barbaren zu halten.

Als sie schließlich antwortete, klang es aber zumindest ehrlich: »Ich weiß es nicht immer so genau. Ich war damals sehr glücklich, als ein Magier meine Fähigkeiten entdeckte. Das lag aber auch daran, dass ich ziemlich viel Unheil angerichtet hatte bis dahin. Auf der anderen Seite war ich sehr, sehr traurig, weil ich nicht in meine kleine Welt passte... Naja, das ist eine sehr lange Geschichte...«

Sie unterbrach sich, und er wollte nicht weiter nachfragen.

Stattdessen war es an ihr, die nächste Frage zu stellen. »Nun, was ist es, das dich auf der Straße hält? Warum wirst du nicht sesshaft?«

Er grinste ein bisschen, ließ sie wissen, dass er sehr wohl bemerkt hatte, wie sie von ihrer eigenen Geschichte abzulenken suchte. Sie tat, als bemerke sie das nicht, stattdessen fügte sie hinzu: »Du bist ja auch nicht mehr der Jüngste, oder?«

Er blieb stehen und markierte Entrüstung, wie es wohl von ihm erwartet wurde. Aber dann wechselte er zu der Standardgeschichte, die er stets benutzte, wenn ihm jemand diese Frage stellte. In einem Winkel seines Gedächtnisses erinnerte er sich, wie er sie einst Djamila erzählt hatte, am Rande des Landes in Ga Ta Cien, auf den Ozean hinausblickend.

»Siehst du den Horizont?« fragte er, mit der Hand in die Richtung zeigend, aus der sie gekommen waren. Es war ein großartiger Ausblick: Die Antheras-Berge in ihrem Rücken, die Niederungen des Reichs der Drei Mächte ausgebreitet zu ihren Füßen. In der Ferne vereinigten sich Land und Himmel.

»Allerdings«, antwortete sie. »Umwerfend.«

»Absolut.« Einen kurzen Augenblick verlor er sich selbst in dem

Panorama, nicht im Stande, den Rest seiner Geschichte abzuspulen.
»Flut und Chaos, das ist wirklich hinreißend.« Vage kam ihm zu
Bewusstsein, dass er seit Stunden nur stoisch vorwärts gestapft war.
Er hatte sich wirklich eine kleine Erkältung gefangen.

»Nun, was ist da am Horizont, was du mir zeigen wolltest?« fragte
Alica nach einer Weile, während Groogian und die anderen an ihnen
vorbeizogen.

Er versuchte, sich zu sortieren. »Es ist eine gute Beschreibung,
warum ich nicht stehenbleibe... Schau, da ganz hinten... da könnten
wir den Himmel anfassen. Aber hier sind wir dafür zu klein...«

Irritiert unterbrach er sich. Was redete er da für einen Unsinn? Es
klang lahm. Es hatte immer funktioniert, war eine großartige Antwort
gewesen. Aber jetzt passte nichts zusammen, fühlte sich an wie ein
billiger Trick. Es mochte manche Menschen beeindrucken, aber es
war dumm, es an Alica zu probieren.

Sie bemerkte seine Verunsicherung.

»Ich weiß, was du meinst«, sagte sie. » Wer reist, wächst. Zumindest
manche Leute. Aber es ist auch ein bisschen wie der Esel mit der
Möhre.«

»Was?« Sein Kopf drehte sich ganz leicht.

»Das Bild von dem Esel, dem sein Reiter eine Möhre an einem
Stock vor die Nase hält. Der Esel geht, weil er die Möhre haben will.
Aber weil der Reiter ja mitsamt Stock auf seinem Rücken sitzt...«

»Ja. Jaja. Ich kenne das Bild«, unterbrach er sie.

»Der Horizont weicht auch immer zurück. Egal, wie sehr man ihm
hinterherläuft, am Ende berührt man den Himmel doch nie.«

»Das ist, was mir passiert, denke ich«, gab er zu.

Darüber dachte sie eine Weile nach. »Nun, das kenne ich auch. Es
scheint, als wäre es gar nicht so klug, immer weiterzureisen. Stattdessen sollten wir vielleicht wachsen, hm?«

Er lachte ein wenig. »Das ist, was ich normalerweise am Ende der
Geschichte sage.«

»Normalerweise?«

»Ja.« Er hustete ein wenig. Vielleicht lag das an der Erkältung, vielleicht auch daran, dass er sich ertappt fühlte. »Um der Wahrheit die
Ehre zu geben: Die Idee stammt von einem berühmten Sänger
meiner Heimatstadt. In einem seiner Lieder geht es darum, warum er
von Ort zu Ort und Stadt zu Stadt zieht. Ein großartiger Kerl, meiner
Meinung nach, er hatte ganz viel zu erzählen, und er war unglaublich
frei in seinem Geist.«

»Das beeindruckt dich, diese Art von Freiheit, hm?« Ihr Blick glitt über die Landschaft um sie herum. »Also ist es das, wonach du suchst, auf den Straßen Isrogants? Freiheit?«

»Ja«, sagte er. »Am Ende geht es mir wohl eher um Freiheit als darum, den Himmel zu berühren. Du bist eine schnelle Denkerin.«

»Das bin ich.«

»Du hast Recht, neben meiner Suche nach Erfahrungen und Wachstum, will ich meinen Verpflichtungen entkommen. Reiches Elternhaus, große Erwartungen. Ich baue meine eigene Welt, weißt du? Weit weg vom gut abgesicherten Ciena.«

»Das ist ehrlich.«

»Hm«, machte er. Sein Kopf schwamm, und er mochte dieses Gefühl nicht.

»Nun - wie ist es mit dir?« fragte er dann.

Etwas defensiv hob sie die Schultern. »Nicht jetzt, ja? Wir können ein anderes Mal über mich reden.«

»Natürlich. Wann immer du magst.«

Sie holte tief Luft. »Und natürlich gibt es auch andere Arten, zu leben. Ich meine, jenseits von wilder Hatz nach dem Horizont oder dauernder Schufterei, um zu wachsen und Wissen zu sammeln.«

»Wirklich? Was wäre das?«

Lächelnd sagte sie: »Naja, wir könnten einfach akzeptieren, dass der Himmel unerreichbar ist und uns irgendwo niederlassen. Ich meine: Wo wäre die Welt, wenn alle immer nur wegliefen? Wir sollten vielleicht unseren Platz im Leben annehmen und uns um unseren eigenen Kram kümmern.«

Er ließ das ein bisschen sacken, betrachtete den weit entfernten Streifen, an dem Himmel und Erde sich nahe waren.

»Auf keinen Fall«, erklärte er. »Unter gar keinen Umständen.«

Seine Augen funkelten, und schließlich lächelte sie.

»Unter gar keinen Umständen«, stimmte sie zu. »Du hast Recht.« Auch sie blickte zurück, bevor sie hinzufügte: »Aber schön wäre es doch. Manchmal vermisse ich ein Zuhause.«

Seine Gedanken streiften zu dem großen Patrizierhaus seiner Familie in der Oberstadt von Ciena, den großen Sälen, den schweren Eichentüren und den gemütlichen Kaminzimmern. Grauenhaft. Die Stapel von Papier auf dem Schreibtisch seines Vaters, die gesellschaftlichen Anlässe der Handelsstadt, die feine Gesellschaft, die stolzen Handwerker und die armen Tagelöhner – all das war weit weg von dem Leben, das er führen wollte.

»Lass uns weitergehen«, meinte sie. »Bevor die anderen hinter deinem berühmten Horizont verschwinden. Wäre doch grässlich, wenn sie den Himmel vor uns berühren, oder was denkst du?«

»Ich denke, wir sind uns einig.«

Ganz sicher war er sich da aber nicht.

***

Die Landschaft blieb grün und fruchtbar, wie geschaffen für eine Besiedelung – wenn man davon absah, wie ermüdend der Marsch von einer Hochebene zur nächsten war.

Falls an ihrem Ziel wirklich die alte Siedlung lag, von der sie gehört hatten, musste es früher Straßen gegeben haben. Die Erschließung dieser Region war dann aber aus einer anderen Richtung geschehen. Hier gab es keine Spur mehr davon.

»Wir kraxeln wir hier rum wie die Ameisen auf einem Baumstumpf... und auf der anderen Seite der Berge gibt's bestimmt 'ne bequeme Passstraße«, grummelte Groogian, der mit mächtigen Schritten neben Ash wanderte.

Der lachte freundlich. »Dann hätte aber jemand von der anderen Seite unser Altertümchen schon viel früher entdeckt.«

»Ach was.« Groogian trat gegen einen Stein, der den Abhang hinunterkullerte und eine kleine Lawine auslöste, bevor diese in einem saftigen Flecken Wiese zum Stocken kam. »Da drüben ist komplettes Durcheinander. Ist kein Wunder, dass erst jetzt jemand aus Dsita dort hinaufgestiegen ist, wo das Reich der Drei Mächte plötzlich Anspruch auf das Gebirge anmeldet. Den Stadtstaaten auf der anderen Seite des Gebirges ist doch alles egal.«

Ash warf dem tätowierten Hünen einen Blick zu. Es war zu leicht, ihn zu unterschätzen. Martialisches Äußeres kaschierte manchen hellen Kopf.

In der Tasche seines Wandermantels fischte Ash nach dem großen Taschentuch, das er seit Jahren mit sich trug, aber nur selten benutzt hatte. Gerade rechtzeitig, bevor ein gewaltiger Nieser sich mit Wucht Bahn brach.

»Hach, Scheiße!« fluchte er, während er das Taschentuch wieder verstaute. Seine Augen brannten, und jäh wurde ihm bewusst, wie schlecht er Luft bekam.

»Du siehst gar nicht gut aus, Meister.« Groogians tiefe Brummstimme dröhnte in Ashs Schädel.

»Die Mütterlichkeit steht dir nicht wirklich, Dicker«, entgegnete er.

»Mütterlichkeit? Von mir?« Ash registrierte, dass Groogian das Wort »Dicker« ignorierte, auf das er normalerweise eine Menge

Antworten gehabt hätte. »Ich bin nicht mütterlich, Meister. Ich will nur sicherstellen, dass meine rechte Flanke geschützt ist, falls gleich die große Flut über uns hereinbricht. Eine Horde Orks passt prima in die Landschaft.«

»Deine rechte Flanke ist sicher«, versprach Ash, aber ein Hustenanfall strafte seine Worte Lüge. Er spürte Schleim im Mund, den er angewidert ausspuckte. Sein Atem schmeckte metallisch, seine Kehle war rauh.

»Ja, Meister«, brummte Groogian. »Meine rechte Flanke wäre wahrscheinlich auch sicher, wenn du hohes Fieber und nur noch einen Arm hättest. Aber gut siehst du trotzdem nicht aus.«

»Ich habe noch beide Arme.«

»Also hast du Fieber? Langsam mach´ ich mir Sorgen.«

»Musst Du nicht. Aber wenn Du mir jetzt die Hand auf die Stirn legst, um meine Temperatur zu fühlen....«, Ash musste wieder husten, bevor er ergänzte: »... dann brech ich sie dir.«

Groogian nickte, sagte aber nichts mehr.

Schweigend stapften sie nebeneinander her, um sie herum der Rest der Expeditionstruppe. Im Stillen gestand Ash sich ein, dass Groogian Recht hatte. Es ging ihm tatsächlich schlecht, und er hasste es. Schon immer war seine stabile Gesundheit ein Bonuspunkt für ihn gewesen: Seine Knochen hielten mehr aus als die von anderen, seine Wunden heilten schneller, Kälte, Nässe und Schlaflosigkeit machten ihm nichts aus, während um ihn herum alle krank wurden.

Sich hilflos zu fühlen, war inakzeptabel. Es erwachte ein kleiner Hauch Verständnis für die vielen Menschen, die schneller als er aufgaben, müde wurden oder nicht mehr weiter konnten.

Seufzend registrierte er, wie sehr das Gewicht der Reisetasche seine Schultern quälte. Das Schwert schlug beim Gehen leicht gegen seinen Oberschenkel, ein unterträgliches, konstantes Klopfen. Unwirsch zog er die Waffe ein wenig nach oben und legte seine linke Hand darauf, so dass sie zu pendeln aufhörte.

Zu allem Überfluss begann sein Magen zu schmerzen – die gesamte Mischung von kleinen Malessen nahm ihm sein Körpergefühl, und das machte ihn wütend.

Mit Erleichterung hörte er, wie Hauptmann Mandanof »Rast!« rief. Ein Kommando, das zu eifriger Aktivität unter den Dsitaren führte. Routiniert sicherten sie die Umgebung, stellten tragbare Öfen auf, in denen sie das in kleinen Gefäßen transportierte Feuer zu neuem Leben entfachten, stellten Wasser zum Erwärmen darauf.

Ash sah, wie die Wissenschaftler sich rund um einen dieser Öfen versammelten. Er selbst ließ sich ein paar Meter von ihnen entfernt fallen. Er war schwach und schwindlig, seine Stirn fühlte sich selbst in seiner eigenen Hand fiebrig an.

Dankbar nahm er das heiße Würzgetränk an, das ihm jemand hinhielt. Wie hatte sich seine Temperatur in so kurzer Zeit so steigern können? Das verwirrte ihn, und als er wieder hochblickte, schien ihm, als habe er einige Minuten verloren.

Er schüttelte leicht den Kopf, um ihn wieder klar zu bekommen, und bereute es sofort. Es schien, dass sein Gehirn deutlich langsamer war als sein Schädel – jede Bewegung hinterließ das Gefühl eines schmerzhaften Aufschlags innerhalb seines Kopfes, das ihn noch schwindliger machte.

»Ash, du brennst regelrecht«, sagte eine vertraute, weibliche Stimme, die er nicht zuordnen konnte, dann kurz für die seiner Mutter hielt. Sie war so früh verstorben, dass er sich nur in raren Momenten an sie erinnerte. Langsam sickerte die Erkenntnis ein, dass es sich um Alica handelte, die neben ihm kniete und ihn besorgt musterte.

»Beim Wasser des Geysirs!« rief sie aus. »Du bist ja vollkommen rot, selbst deine Augen.«

Ihre Hand legte sich prüfend auf seine Stirn, und er fuhr erschrocken zurück. Sie schien kalt wie Eis zu sein. Eine dumme Bemerkung zu ihrer kühlen Art blitzte kurz in seinem Hinterkopf auf, um dann sofort wieder im Durcheinander des Fiebers verloren zu gehen.

»Fühle mich... nicht besonders.«

»Das ist eine Untertreibung. Leg dich hin.«

Ash gehorchte widerstandslos. Er spürte, wie ihm ein Bündel als Kissen unter den Kopf geschoben wurde. Wieder sackte sein Bewusstsein in ein schwarzes Loch, aus dem ihn Groogians vertraute Stimme zurückholte.

Aber der Hüne sprach nicht mit ihm, sondern zu jemand Fremdem, den er nicht sofort zuordnen konnte: »So habe ich ihn noch nie gesehen, Hauptmann. Meister Gooregan hat eine Gesundheit wie ein Pferd, der steht immer wieder auf.«

Die Stimme des so Angesprochenenen hatte einen seltsamen Akzent – er musste irgendwo in der Mitte Isrogants, aber nahe an der Ostküste aufgewachsen sein, und er schnarrte wie einer dieser sturköpfigen Militärs, mit denen Ash dauernd Ärger bekam.

»Diesmal kommt er nicht so schnell wieder hoch«, konstatierte die Stimmung. »Das Fieber frisst ihn auf in ein paar Stunden. Er hat sich irgendwas gefangen, damit können wir ihn nicht mitschleppen.«

»Dann müssen wir warten.« Groogian klang bestimmt, Ash fühlte eine Woge der Dankbarkeit dafür.

»Das wird nicht lange dauern, wenn das Fieber nicht runtergeht«, prophezeite die schnarrende Offiziersstimme. Der Name Mandanof tauchte vor Ashs innerem Auge auf, und langsam sickerte ein, wo er sich befand und warum. Die Information wollte sich ihm direkt wieder entziehen. Nachdem er sich kurz daran klammerte, ließ er sie gehen. Sie hatte keinen Wert.

Die Frage quälte ihn aber doch. Das Gefühl, er müsse etwas tun, sich um etwas kümmern, ganz wichtige Dinge erledigen, drängte ihn, bis er fragte: »Wo bin ich?« Mühsam öffnete er die Augen, sah aber nur verschwommene Schemen.

»Spielt keine Rolle«, brummte Groogian. »Du atmest, wir kümmern uns um alles.«

Die Diskussion ging noch irgendwie weiter, aber Ash konnte ihr nicht folgen, und wollte auch nicht, bis eine weitere Person dazu kam. Sie sprach hell und weich, die Aussprache deutlich, die Tonlage entschieden.

»Lasst mich vorbei«, sagte sie, den beiden Diskutierenden ins Wort fallend. Das klang nicht unfreundlich, duldete aber keinerlei Widerspruch. Entweder gehorchten beide Männer aufs Wort, oder Ash verpasste wieder einen Teil der Geschehnisse, jedenfalls war das nächste, was er merkte, ein Gefäß an seinem Mund.

»Trinken, Ash.«

Gehorsam öffnete er den Mund.

Was sie ihm einflößte, schmeckte widerlich. Sein benebelter Geist schwor sich, dieser Frau niemals wieder zu vertrauen. Als er den Kopf wegdrehte, war ihre Hand wie ein Schraubstock, ihre Stimme drängend. Niemand hätte gewagt, sich ihr zu widersetzen.

Ash trank weiter, schluckte, unterdrückte den Würgereiz, als er ihre Stimme: »Nicht ausspucken!« sagen hörte.

Irgendwann war die Qual vorbei. Ihr Hand löste sich von seinem Kopf, und er fiel rückwärts auf sein provisorisches Kissen, mit dem wieder hochkommenden, ekelerregenden Gesöff kämpfend. Jetzt hatte er auch noch Magenkrämpfe.

»Behalt es unten!« sagte sie, und er hätte gerne etwas gesagt, aber das ging nicht, weil ihm sofort die entsetzliche Brühe im Hals wieder hochkochte. Froh wäre er gewesen, wieder in eine gnädige Ohnmacht zu sacken. Stattdessen wurde sein Kopf immer klarer.

»Der Sud findet die schlechten Energien in deinem Körper«,

erklärte die Frau, und so weit konnte er ihr folgen, aber für alles, was danach kam, war er nicht denkfähig genug.

»Es ist nicht genau die Mischung von Kräutern, die wünschenswert wäre, deswegen schmeckt er vermutlich auch besonders schrecklich...«, diesen Teil des Satzes hätte Ash gerne bestätigt, doch es ging noch immer nicht, »... aber es sollte wirken. Entspann dich, was jetzt kommt, wird vielleicht ein bisschen unangenehm.«

Jetzt wurde es unangenehm? Schwach versuchte Ash, zu protestieren, aber bevor er die Hand heben konnte, griff eine riesige Hand nach ihm, zog ihn an den Haaren in die Höhe. Es prickelte und zog überall in seinem Körper. Ihm wurde noch heißer, wenn das überhaupt möglich war. Die Hitze wanderte von seinem Kopf durch den Körper hinunter, mit ihr das Gefühl, als verätzten tausende Ameisen seinen Körper, während ihm unbarmherzige Folterknechte bei lebendigem Leib die Haut abzogen.

Stöhnend bäumte er sich auf, aus ganz weiter Ferne drang ihm Groogians Stimme ins Ohr: »Und das soll ihm helfen?« – verstehen tat er gar nichts, alles schien aus Schmerzen zu bestehen, die nicht stark, aber nervtötend waren.

Dann war plötzlich alles vorbei.

»Jetzt darfst du es wieder rauslassen«, sagte die weibliche Stimme, die erschöpft klang. Er hätte vermutlich eh nichts anderes tun können, selbst, wenn er es versucht hätte. In grausamen Wellen erbrach er sich, minutenlang, dann fiel er zurück, alle verbliebene Kraft wich aus seinem Körper.

Bevor er wegsackte, merkte er noch, dass die Hitze nachließ. Als er die Augen aufschlug, lösten sich die Gesichter von Groogian, Hauptmann Mandanof und Alica aus dem Nebel, und schnell klärte sich auch der Rest der Szenerie.

»Was ein Scheiß«, murmelte er noch, dann sackte er wieder weg.

***

Noch Tage später erzählte Groogian ihm voller Begeisterung davon, wie Alica den Hauptmann einfach stehen gelassen und ihm jede Entscheidung aus der Hand genommen hatte.

»Ich schwöre dir, Meister, als du in dieses blaue Feuer eingehüllt warst, habe ich auf dein Leben keinen Pfifferling mehr gegeben. Du sahst aus, als wurdest du verbrennen, und du hast auch so geschrien.«

»Ich habe keine Erinnerung daran«, sagte Ash, nicht ganz wahrheitsgemäß, aber er wollte seinem Kameraden nicht noch mehr

Material zum weiterreden geben. Ihm reichte die einzigartige Erfahrung, die er hatte machen dürfen, er wollte sie nicht noch ein weiteres Mal in allen Einzelheiten ausgemalt bekommen.

Er war tatsächlich sehr krank gewesen, und es war kaum zu fassen, dass er sich innerhalb weniger Stunden schon wieder so fit und gesund fühlte. Alica hatte ein kleines Wunder vollbracht – aber war das nicht normal? Schließlich war das ihre Profession. Eine Magierin *sollte* kleine Wunder vollbringen können, und vielleicht auch größere.

Im Zeitalter der Mystik, mehr als ein Jahrtausend vor der Großen Flut, waren diese magischen Kräfte allgegenwärtig gewesen, mussten Krankheiten, Verletzungen, körperliche Gebrechen ihren Schrecken genommen haben, wie es heute undenkbar war, auch wenn die medizinische Wissenschaft, gefördert von der Kirche des Einen Gottes, enorme Fortschritte machte.

Doch auch damals waren *glanhíre* bereits ein wertvoller und immer seltener werdender Rohstoff. Vermutlich waren also die heilerischen Kräfte der Mystiker nicht für jeden Menschen zugänglich gewesen, oder nur zu einem hohen Preis. Eine unberechenbare Macht, die die Magiekundigen meilenweit von anderen Menschen abhoben... für Ash war durchaus nachvollziehbar, warum das Lektorium im Kloster Avenicum Dalor sie unter Kontrolle bekommen wollte.

Groogian ließ sich nicht bremsen. »Ich habe Alica gefragt, was genau sie da eigentlich gemacht hat, und sie hat mir eine halbe Stunde Vorträge gehalten über gute Energie und schlechte Energie und wie ein guter Magier mittels *achí* die blockierten Energiebahnen lösen kann und schlechte Energien entfernen. Und irgendwas von Tierchen in deinem Blut.«

»Tierchen?« Ash starrte entgeistert. »In meinem Blut?«

»Naja, sowas in der Art, ja.«

»Parasiten oder was? Ich dachte, ich hätte eine schwere Grippe gehabt.«

»Ja, ja, ja!« bekräftige Groogian. »Aber Alica sagte, dass die weit fortgeschrittenen Wissenschaftler an den Universitäten davon ausgehen, dass auch solche Krankheiten von kleinen Tierchen ausgelöst werden. Fieber tötet die Tiere.«

»Und Alica hat sie im Grunde ausgebrannt mit ihrer Zauberaktion?« Das klang plausibel, fand Ash.

»Ja, und mit dem Sud hat sie dafür gesorgt, dass die Tierchen sich schneller erhitzen als der Rest Deines Körpers. Damit du nicht mit abfackelst.«

»Hat sich so angefühlt.« Ash wurde übel beim Gedanken an das schreckliche Gebräu, aber Groogian wollte sich ohnehin nicht dabei aufhalten, er war in Gedanken schon viele Schritte weiter: »Weißt du, Ash, was daran echt ein bisschen eklig ist...«

»Sags mir nicht!« fuhr Ash dazwischen. »Mir ist schon schlecht genug. Halt einfach die Schnauze, okay?«

»Nanana.« Brummend verschluckte Groogian den Rest des Satzes irgendwo in der Tiefe seines Brustkorbes, aber Ash hatte ihn natürlich dennoch gehört: »Wenn das alles stimmt, wo sind dann die Leichen der Tiere?«

Ash holte weit aus, um Groogian eine angedeutete Ohrfeige zu verpassen, aber dieser fuhr rechtzeitig zurück.

«Bist du jetzt sauer, Meister?« fragte er nach einer Weile, und sein früherer Lehrer, der noch immer mit der Vorstellung kämpfte, dass er Kadaver in seiner Blutbahn mit sich herumschleppte, antwortete wahrheitsgemäß: »Hättest du nur deine Klappe gehalten. Das ist wirklich eine widerwärtige Vorstellung. Hätte ich nicht gebraucht.«

»Entschuldigung«, murmelte der riesige Krieger im Tonfall eines reuigen Dreijährigen, und das brachte Ash so schallend zum Lachen, dass sie fast verpasst hätten, das die Vorhut ihres Expeditionskorps stehen geblieben war und aufgeregt nach vorne zeigte.

»Scheint, die haben etwas entdeckt«, stellte Ash fest. »Dann wollen wir mal schauen gehen.«

***

Das Tal mit seinen langen Ausläufern in einer flachen, dafür um so breiteren Niederung, war wie geschaffen für eine Schlacht. Es gab genügend Platz, die Heere zu sortieren, ausreichend Spielraum zum taktischen Manövrieren und gleichzeitig Höhen und Senken, um Vorteile herauszuarbeiten oder zu verlieren. Ein Ausbilder, der ein Planspiel vorbereitete, oder ein Tutor, der eine Partie *Das Letzte Vermächtnis* leitete, würde diese Gegend zu schätzen wissen.

Den erfahrenen Kriegern im Expeditionskorps war allerdings auch sofort klar, dass kein Feldherr dieses Schlachtfeld aussuchen würde, wenn er die Wahl hatte. An Orten wie diesen trafen sich heroische Heere unter Führung tapferer Helden, denen Gestus und Habitus, Ehre und Würde wichtiger waren als Sieg oder Niederlage. Hier wurden Legenden geschrieben, unter großen Verlusten, die vermutlich auf beiden Seiten ausgeglichen bleiben würden, bis es schließlich zur Entscheidung auf Messers Schneide kam.

»Muss ein grässliches Gemetzel gewesen sein«, brachte Groogian auf den Punkt. »Und zäh.«

Mandanof, der neben Ash und dem cienischen Hünen auf einem Hügelkamm stand, in bester Feldherrenposition, nickte zustimmend. »Wer hat sich hier wohl gegenüber gestanden?«

»Interessante Frage.« Ash beobachtete, wie die Dsitaren über das Gelände ausschwärmten und es sicherten. Die drei Professoren aus Biodrem waren ungeachtet dessen schon in der Niederung aktiv, vornübergebeugt den Boden inspizierend, sich gegenseitig Informationen zurufend, die Ash nicht verstand.

Seine Augen wanderten über die umliegenden Berge. Obwohl es für eine effiziente Abwehrschlacht kaum geeignet war, hatte das Tal dennoch strategische Bedeutung: Der Weg, dem sie bislang gefolgt waren, führte ins Tal hinein und am Ende eine Art Pass hinauf, wo nach allen Berichten die einstige Siedlung gelegen hatte. Die Angreifer hatten vermutlich dort hinauf gewollt. Obwohl auch das Spekulation war.

Ashs Augen blieben an einer kleinen Hügelkette entlang des Taleingangs hängen.

»Dort drüben – das sieht nach alten Befestigungsanlagen aus.«

ie beiden anderen starrten in die von Ash angegebene Richtung.

»Da muss man aber schon ein gutes Auge haben«, brummte Mandanof. »Wenn die aus der Zeit stammen, als es hier zum Kampf gekommen ist, muss man sich fragen, wie lang das denn her gewesen sein soll.«

Wer hier gegen wen gekämpft hatte, würde vielleicht nie jemand herausfinden. Wann waren hier oben die letzten Menschen gewesen, nicht nur eine Jagdgruppe oder einige Neugierige? Wie sie von Lexa und Rinabas wussten, lag diese Gegend mindestens seit der Flut nicht mehr im Fokus der Aufmerksamkeit. Mehr als ein Jahrhundert, das war eine lange Zeit, um die Spuren auch der schwersten Kämpfe zu verwischen. Das hier musste aber noch älter sein.

Dennoch war die Ebene übersät mit Waffen und Ausrüstungsgegenständen. Es gab keinen Zweifel, dass hier ein Krieg stattgefunden hatte. Besonders auffallend waren die noch deutlich sichtbaren Schäden an der Vegetation. Verkrüppelte Bäume, zerzauste Hecken ließen eher darauf schließen, dass die Schlacht nur einige Wochen vergangen war.

»Ziemlich unheimlich«, stellte Mandanof fest. »Eine Geisterstätte. Die toten Krieger sind weg, aber ihre Waffen sind noch da, und die Natur hat sich nicht erholt. Dabei heißt es, gerade auf Schlachtfeldern wachse die Vegetation besonders üppig.«

»Nicht hier.« Die drei wandten sich um und sahen Alica, die hinter ihnen den Hügel hinaufgekommen war. Ihr Mantel flatterte, ihre Augen hatten einen unheilvollen Glanz. »Hier war Magie im Spiel. Das hier ist fast - nicht ganz, aber fast - eine Dunkle Zone.«

»Eine was?« Groogian schaute erstaunt.

»Raftja, Groogian«, sagte Ash.

Davon hatte er gehört. Die Sage, wie Schwarzmagiere den Dunklen Turm von Raftja und mit ihm eine ganze Region in eine traurige Wüste voller düsterer Gefahren verwandelt hatte, war fest in der Mythenwelt Isrogants verankert. Die Kirche des Einen Gottes hatte diese alte Geschichte noch populärer gemacht, als Beweis der Hybris, die der Mystik innewohnte.

»Raftja«, wiederholte Groogian. »Gott, das ist doch nur eine Legende.«

Ash schüttelte den Kopf. »Es gibt Leute, die dort waren. Es ist immer noch Ödland voller Schatten.«

Ein etwas bitteres Lächeln erschien auf Alicas Lippen. Ja, natürlich. Der Schwarze Turm von Raftja – die Legende lebte weiter und würde vermutlich auch in weiteren tausend Jahren noch herumspuken. Die größte Sünde der Schwarzen Magie in Isrogant. Der Kollaps des Turmes hatte Tausende von Menschen getötet und die gesamte Umgebung der Stadt zu verbrannter Erde gemacht. Es wurde gesagt, dass die Seen rund um Raftja heute noch kochten, dass die Erde brannte und schwarze Feuerbälle durch die Ruinen fegten.

Die Besitzer des Turmes, die Mystische Gilde der Rafanaí, war berühmt gewesen für ihre schwarzmagischen Experimente und die Genialität, mit der ihre Mitglieder bahnbrechende neue Wege entwickelten, *achí* zu manipulieren.

Ein misslungenes Experiment führte zum Sturz des Turmes von Raftja, Anfang vom Ende des mystischen Zeitalters in Isrogant. Es folgten die Kriege der Dunklen Jahre, die erst durch die Heiligen Träume der Ersten Offenbarung ihr Ende fanden. Sie brachten Tausende von Pilgern zum Heiligen Geysir, um dort die Stadt Adjagard zu errichten.

Ein Teil der Geschichte von Raftja hatte die Reise durch die Jahrhunderte nicht überlebt: Die Tatsache, dass das Zeitalter der Mystik schon alt und verbraucht war, als der Turm zerstört wurde. Dass Isrogant einen neuen Aufbruch brauchte, und Raum für neue Dinge. Was in den Köpfen der Menschen zurückblieb, waren nur die Gefahren der Magie und die verblendeten Ideen der schwarzen Magier.

Während Alica diesen Gedanken nachhing – nicht zum ersten Mal, denn jeder Magier in Isrogant begegnete immer wieder der Geschichte des Turms – drehte Groogian sich um und blickte auf die Ebene zu ihren Füßen, in denen sich die Gestalten der Dsitaren und die drei Forscher verloren. Ash begegnete Mandanofs skeptischem Blick.

»Woher weißt du das?« fragte er Alica.

»*Achi*«, entgegnete sie. »Es ist dunkel hier, verschmutzt. Die Magischen Gezeiten hingegen sind stark hier... schwer zu beschreiben.«

Ihr Gesicht war sorgenvoll, was es in seinen Augen noch attraktiver machte. »Hier ist nicht nur mit Schwert und Schild gekämpft worden. Es war Magie im Spiel. Das spricht dafür, dass der Kampf in den Dunklen Jahren stattgefunden hat, eine von vielen Schlachten zwischen den weißen und schwarzen Magiern.«

Es lief Ash eiskalt den Rücken hinunter. »Das ist mehr als tausend Jahre her...« sagte er leise. Dieser Zeitraum passte nicht zu dem, was sie sahen.

»Länger«, mischte sich einer der Professoren aus Biodrem ins Gespräch ein. Er war in den letzten Minuten den Hügel zu ihnen emporgestiegen. In den Händen hielt er einige Waffen, die er eingesammelt hatte.

»Das ist Zwergenstahl«, erklärte er. »Deswegen hat er sich auch so lange gehalten. Das alles liegt hier schon unvorstellbar lange.«

Er reichte die Waffen an Mandanof, der auch Ash eine Klinge weitergab.

Das Metall war alt, schartig und nicht mehr benutzbar. Aber es war noch einwandfrei zu erkennen. Keine von Menschenhand geschmiedete Waffe hätte so viele Jahrhunderte im rauen Klima dieser Bergwelt überstehen können.

»Kunstvoll«, sagte Mandanof anerkennend. Er hob das Schwert an, wog es in der Hand.

»Das ist nicht aussagekräftig«, beeilte sich der Historiker zu sagen. »Mit Sicherheit hat sich das Material gewaltig verändert in den Jahren. Die Klinge hatte damals eine ganz andere Balance. Aber es ist dennoch beeindruckend! Für uns drei hat sich die Expedition bereits gelohnt. Was hier liegt, sind unsägliche Schätze für das Museum in Biodrem.«

Ein scharfer Blick Mandanofs traf den Forscher.

»Deswegen sind wir nicht hier, Professor Mevirius«, sagte er.

»Ich weiß, ich weiß!« Der Mann hob beschwichtigend die Hände.

»Wir werden nur einige wenige Exponate mitnehmen. Und schauen, was sich machen lässt, wenn wir zurück sind.«

»Wer weiß, was noch auf Euch wartet«, sagte Alica tonlos. Sie nahm Ash das Schwert aus der Hand und betrachtete es eingehend. Dann schloss sie kurz die Augen, und plötzlich begann die Klinge blau zu glühen.

Alle fuhren zurück, doch Alica blieb ruhig. Ihre Augen öffneten sich wieder, das Glühen verlosch. »Elbenmagie«, stellte sie fest. »Das mag Zwergenstahl sein, aber es wurde mystisch veredelt.«

»Elben?« Ash zog die Augenbrauen nach oben. »Zwergenstahl mit Elbenmagie? Ist das nicht eine ungewöhnliche Kombination?«

Alica zuckte die Achseln. »Ungewöhnlich, vielleicht.« Sie wirkte etwas hilflos, als wisse sie nicht, wo sie mit den Erklärungen beginnen solle. Das brachte ihr die ungeteilte Aufmerksamkeit des Professors ein. »Lady Alica, über all das würde ich gerne mehr erfahren. Wir sollten uns intensiver unterhalten.«

Die Magierin lächelte etwas gequält. »Netter Gedanke«, sagte sie. »Und so komisch, dass an so vielen Universitäten die Mystiker nicht gefragt werden, vor allem zu Dingen, von denen sie naturgemäß viel wissen.«

Die sich anbahnende akademischen Diskussion unterbrach Hauptmann Mandanof mit den Worten: »Das alles ist sicher wert, mehr Zeit zu investieren. Aber hier haben wir etwas anderes zu tun. Wir ziehen weiter.«

***

Als sie schließlich den Eingang zur Höhle erreichte, war es Groogian, der als Erstes in Kontakt mit schwarzer Magie kam. Weiter als bis zu diesem Ort war niemand, mit dem sie gesprochen hatten, bisher gekommen – und hier hatten die dsitarischen Jäger die *glanhír*-Splitter gefunden, die sie ihrem Fürsten mitgebracht hatten.

Das Tal, an dessen Eingang sie die Überreste des uralten Schlachtfeldes gefunden hatten, lief hier zwischen steil aufragenden Bergkuppen zusammen. An seinem Ende befand sich ein steinernes Portal, flankiert von zwei gigantischen Obelisken, an denen vermutlich vor Urzeiten einmal Torflügel befestigt gewesen waren, die aber dem Lauf der Zeit nicht standgehalten hatten. Die Überreste der Scharniere waren noch zu erkennen.

»Das ist ebenfalls von Zwergen gemacht«, bemerkte Professor Mevirius. In seiner Stimme lag ein ehrfurchtsvoller Unterton, und auch, dass seine beiden Kollegen ihm weder widersprachen noch zustimmten, zeigte, wie bewegt alle drei davon waren, solchen Artefakten und Gebäuden aus der Urzeit Isrogants gegenüberzustehen.

In diesem Moment ertönte ein Krachen, gefolgt von einem lauten »Autsch!« Alle fuhren herum.

Die Geräusche kamen von Groogian. Der Krieger stand irritiert vor dem großen Tor und hielt seine anscheinend schmerzende Nase mit einer Hand. Alle glotzten ihn an, auf eine Erklärung wartend. Der Hüne starrte zurück, noch immer die Hand an der Nase, weswegen seine Stimme gepresst klang, als er antwortete: »Der Fels hat sich bewegt.«

Dem Satz folgte kurzes Schweigen. Alle warteten auf genauere Erklärungen, aber stattdessen bewegte sich Groogian vorsichtig einen Schritt rückwärts, hob langsam seine Hände und berührte die Wand an der linken Seite des Tors. Nichts geschah.

»Ich schwöre, es hat sich bewegt«, grummelte er.

Hauptmann Mandanof befahl den Dsitaren, das Tor und die Umgebung zu sichern. Die Krieger schwärmten aus, einer von ihnen entzündete eine große Petroleumlampe vor dem Tor.

Ash beobachtete weiter Groogian, der noch immer den soliden Felsen vor sich untersuchte. Er fragte sich, was wirklich passiert war, und er bemerkte, dass auch Alica in dieselbe Richtung blickte. Sie wirkte alarmiert, und das ließ ihn wachsam werden.

Nicht ohne Grund, denn in diesem Moment ertönte ein weiteres Krachen, gefolgt von einem lauten Fluch, der schnell in einen Schmerzensschrei überging. Der Dsitare, der eben noch am Tor gestanden hatte, war zurückgesprungen, die von ihm entzündete Lampe lag auf dem Boden und brannte lichterloh – ebenso wie sein Arm.

Die Verwirrung war nur kurz, dann übernahmen die trainierten Reflexe der Dsitaren, das Feuer wurde gelöscht und Hauptmann Mandanof stellte die wichtigste Frage: »Was ist passiert, beim Wasser des Geysirs?«

Der verwundete Soldat machte eine hilflose Bewegung mit seinem verbrannten Arm. »Ich glaube, es hat sich bewegt«, erklärte er vorsichtig, vermutlich die Reaktion der anderen auf Groogians Worte noch im Hinterkopf.

Ash war schon einen Schritt weiter. Er ging in Richtung des Tors, sehr langsam.

»Sei vorsichtig«, hörte er Alicas Stimme hinter sich. Sie sprach leise, aber er sah, dass sie sich ebenfalls vorwärts bewegte.

»Darauf kannst du dich verlassen«, antwortete er. »Irgendeine Idee, was hier los ist?«

Sie schüttelte den Kopf, ihre Hand machte eine unentschlossene Bewegung. »Ich glaube, unsere friedliche Reise ist zu Ende.«

»Denke ich auch. Ich habe den Eindruck, du weißt ein bisschen mehr als wir alle anderen über das hier.«

Während er sprach, trat er langsam näher an das Tor und berührte sanft den Stein der beiden Obelisken. Plötzliche Bewegung unter seinen Fingern, ein fremdartiges Gefühl, als sei der Stein lebendig... dann glitt das ganze Tor ein Stück nach rechts, von ihm weg, nur einige wenige Zentimeter, aber deutlich zu sehen.

Er zog seine Hand zurück und wechselte einen Blick mit Alica.

»*Kyhirien*«, sagte sie tonlos. »Formveränderung. Beeindruckend, auch wenn es vielleicht nicht so aussieht.« Sie holte tief Luft, ihre dunklen Augen wanderten über die Felsen ringsum und die anderen Expeditionsmitglieder, die noch immer diskutierten, ohne auf sie beide zu achten. »Das ist sehr alte Magie. Es gibt noch Zauberer, die das heute praktizieren, aber es kostet eine gewaltige Menge *achí* und verbrennt damit viele *glanhíre*. Es heißt aber, dass es in früheren Zeiten sehr verbreitet war. «

»Im Reich der Elf habe ich Häuser gesehen, die so gebaut wurden. Alte Gebäude«, bemerkte Ash.

Sie nickte. »Nicht nur dort.«

»Aber die haben sich nicht bewegt.« Jetzt wirkte der Stein wieder völlig starr. »Es ist fast, als sei der Felsen lebendig.«

»Ist er nicht«, sagte sie. »Es ist nur *achí*. Aber du hast Recht. Normalerweise hält ein solcher Zauber nicht vor. Der Magier verändert die Form des Steins, dann bleibt er so.«

»Hm. Es fühlte sich lebendig an.« Ash bestand darauf, auch wenn ihm vollkommen klar war, dass er sich irrational verhielt. Aber die Bewegung des Steins war mehr als schaurig.

»Glaube ich«, sagte sie. »Dennoch ist es nichts als Manipulation der magischen Energie. *achí* ist universell, und wer diese Energie verändert, beeinflusst auch die materielle Seite der Dinge.« Sie unterbrach sich. »Unter dem Strich es es aber eigentlich egal, wie es funktioniert. Ich finde es auch ziemlich unheimlich. Hinter diesem Tor kann vieles auf uns warten.«

Sie sprach noch immer sehr leise, aber dennoch wurde sie jetzt von Mandanof unterbrochen. Der Dsitarenhauptmann hatte gute Ohren und ein Gespür für wichtige Informationen. Ihm war klar, dass mit hoher Wahrscheinlichkeit Alica der Sache am schnellsten auf den

Grund gehen würde.

Allerdings wollte er keine Einführung in die mystische Wissenschaft. Er wollte wissen, was er zu tun hatte.

»Also – ist es gefährlich?« fragte er geradeheraus. Soweit er bisher verstand, mussten sie durch dieses Tor – alle zusammen, er selbst, seine Soldaten, die drei Historiker, Gooregan und die Hexe. Wenn dieses Portal sich auf magische Weise bewegte, konnte er die Risiken nicht alleine abschätzen. Er brauchte das Wissen der Expertin.

»Kann sein«, sagte sie nachdenklich. Ihre Augen waren noch dunkler als sonst, während sie in den Tunnel hineinsah, der hinter dem Tor begann.

Mandanof nickte. »In Ordnung... was könnte uns also passieren?«

Sie antwortete sehr langsam, noch immer grübelnd: »Es kommt darauf an. Wenn jemand Magie gewirkt hat, um den Ort zu verteidigen, ist der Zauber nach so langer Zeit verbraucht und wirkt sowieso nur, wenn die Magiewinde günstig stehen.« Sie drehte sich um sich selbst und musterte noch einmal die Umgebung. »In den meisten Fällen ist ein *glanhír* nötig, um den Zauber aufrechtzuerhalten. Der sollte nach all den Jahren komplett abgenutzt sein, selbst wenn er nur ein paar hundert Jahre alt ist, und nicht ein paar tausend.«

Ash schnaubte. »Naja, der Zauber war auf jeden Fall stark genug, um dem stärksten Krieger Ga Ta Ciens auf die Nase zu hauen.«

Der gutmütige Spott bot ein willkommenes Ventil für die unangenehm gewachsene Spannung der Gruppe. Groogian sandte einen warnenden Blick in Richtung seines früheren Lehrers, aber auf seinen Lippen lag ein Lächeln – bis einer der Dsitaren bemerkte: »Das sagt vermutlich eher etwas über die Stärke der Armee von Ga Ta Cien, richtig?«

Als Antwort auf das folgende Gelächter machte Groogian eine Bewegung, als wolle er seine Axt auf den Sprecher werfen.

Die gute Stimmung erstarb schnell. Alle Blicke wanderten zu dem dunklen Tunnel, von dem sie wussten, dass sie hinein mussten.

Alica kommentierte die Kraftmeierei mit einem dünnen Lächeln.

»Also, wenn das eine Falle ist, die vor Ewigkeiten aufgestellt wurde, haben wir nicht viel zu befürchten«, sagte sie. »Aber die *glanhír*-Splitter, die ich in Dsita gesehen habe, waren völlig frisch. Klein, nicht besonders rein, aber unverbraucht. Das ist keine gute Nachricht. Wenn es da drin mehr *glanhíre* gibt, füttern sie vielleicht noch immer die alten Zauber.«

Sie blickte in die Runde, ihr Lächeln war verschwunden. »Vielleicht bin ich nur abergläubisch, oder ich habe einfach Angst, aber da drinnen könnte es wirklich eine Dunkle Zone geben.«

Schon bei der ersten Erwähnung dieser Möglichkeit, am mittlerweile weit hinter ihnen liegenden Eingang des Tales, hatte sie das Unbehagen auf den Gesichtern gesehen. Jetzt hatten aber nicht nur einige wenige, sondern alle Mitglieder des Expeditionskorps ihre Worte gehört. Magische Gefahren flößten den Kriegern Respekt ein, denn ihre kämpferischen Fähigkeiten boten dagegen keinen Schutz.

Sie seufzte. »Wenn diese Sachen von einem missglückten magischen Experiment ausgelöst werden, sind sie unkalkulierbar.«

Die drei Historiker begannen eine leise Diskussion miteinander. Einige Meter von ihnen entfernt hatte Groogian aufgehört, seine Nase zu reiben, und hielt sich stattdessen mit seiner riesigen Hand das Kinn, was ihn aussehen ließ wie die Parodie eines Universitätsprofessors.

Am Ende war es Ash, der wieder das Wort ergriff. »Wie auch immer, in jedem Fall wird das spannend.«

»Toll«, antwortete Groogian brummig. »Wir wiederholen die Flut in unseren Hosen vor Angst, und du findest das spannend.«

Mandanof schaute indigniert. «Soldat, nur als Anmerkung: Ich sehe hier ringsum keine nassen Hosen, sondern Dsitaren. Selbst wenn da drin tote Magiere den Knochentanz tanzen und uns mit ihren Schienbeinen bewerfen, gehen wir trotzdem da rein. Richtig, Männer?«

Die Soldaten strafften ihre Haltung. «Jawohl, Hauptman«, tönte es in dem schmalen Talkessel.

«Gut.« Mandanof wandte sich an Alica. «Und jetzt, Lady dei Xemotearzx: Was brauchen wir an Schutz? Und wie kommen wir da hinein?«

***

Es gab keinen Schutz. Alica tat ihr Bestes, mögliche Risiken aufzuspüren, bevor sie die Gruppe trafen, doch es gelang ihr nicht, den Plan hinter den Abwehreinrichtungen zu verstehen.

Das Tor selbst, so bedrohlich es wirkte, erwies sich als unkompliziert. Obwohl es sich bewegte, als sie es passierten, kam niemand zu Schaden. Der Tunnel dahinter war erstaunlich kurz, und auch hier geschah nichts, bis er sich zu einer gewaltigen Klamm öffnete: Der Eingang zu einer anderen Welt.

Eine Welt in Ruinen, vor der die Reisenden staunend standen. Die Natur hatte den größten Teil der Mauern und Türme zurückerobert, die Straßenzüge zwischen den uralten Gebäuden lagen voller

Trümmer, und doch strahlten sie Pracht und Würde aus. Ein Denkmal ragte auf, eine hohe Stele mit einer zersplitterten Figur an ihrer Spitze, und einen Moment lang glaubte Ash, die stolzen Banner sehen zu können, die einst über der Stadt geweht hatten. Selbst die drei Professoren verstummten. Mit großen Augen wanderten sie langsam in die Klamm hinein, die vor Urzeiten eine machtvolle Siedlung gewesen war.

Ash beobachtete Alica, während sie weiter in die Ruinen vordrangen – langsam und vorsichtig, sogar leise, als ob sie etwas Gefährliches aufwecken könnten. Sie war so konzentriert auf etwas, das er selbst nicht sehen konnte, dass sie beinahe Schmerzen zu haben schien, bewegte sich wie eine Schlafwandlerin, gefangen in einem Alptraum. Als liefe sie barfuß über Rasierklingen.

Plötzlich wechselte ihr Gesichtsausdruck von konzentriert zu erschrocken.

»Achtung!« brüllte sie, auf einen Dsitaren zuspringend, der sich an einer hohen, marmornen Mauer entlangbewegte.

Ash blinzelte, weil er seinen Augen nicht traute: Die gewaltigen Steinquader der Mauer begannen mit einem Mal, ihr Inneres nach außen zu schwitzen. Auch später noch fehlten ihm die Worte, den Prozess zu beschreiben – am ehesten machte es den Eindruck, als wolle das solide Gestein sich erbrechen.

»Zurück, zurück, zurück!« Alicas Stimme überschlug sich, dann wechselte sie in die geheimnisvolle Sprache der Elben und mystischen Gelehrten. Ein matter Nebel entstand um sie herum, drehte sich langsam um den aufleuchtenden glanhír auf ihrer Brust, verdichtete sich, bis sie ihn mit einer fast lässigen Handbewegung auf den Dsitaren warf, wie ein Fischer sein Netz.

Ein ungnädiges Schicksal ließ den Soldaten nicht hinter sich zur Wand schauen, sondern in Alicas Richtung. Als er den Nebel auf sich zukommen sah, machte er einen kleinen Schritt rückwärts. Alicas Zauber entfaltete sich zu einem magischen Schild, der den Mann vielleicht hätte retten können, aber in der Rückwärtsbewegung berührte er den Marmor.

Ashs Augen sprangen von Alica zurück zu dem Soldaten, der jetzt in Krämpfe ausbrach. Er verlor den Halt, fiel zu Boden – und begann eine alptraumhafte Verwandlung.

Sein Körper wiederholte die Metamorphose der Mauer hinter ihm, verzerrte sich, Blut schwitzte aus seinen Poren, die Haut riss, als Knochen von innen nach außen drängten, die Bauchhöhle öffnete sich, offenbarte rötliches Fleisch, dann eine Masse blutgetränkter

Innereien. Das Gurgeln, das sich seiner Kehle entrang, hätte wohl ein Schrei sein sollen, doch auch seine Kehle stülpte ihr Inneres nach außen, erstickte jegliche Äußerung in blutigem Schaum. Nur langsam hörte der völlig entstellte Körper auf, sich zu bewegen.

Ungläubig starrten seine Gefährten auf die Reste der blauen Dsitaren-Uniform und eine seltsam deplatzierte Hand, die daraus hervorragte. Groogian hielt einen der Soldaten auf, der zu seinem früheren Kameraden laufen wollte.

»Nicht«, sagte er mit belegter Stimme. »Er hat etwas berührt. Da. Die Mauer macht es immer noch. Nix anfassen. Will ich nicht nochmal sehen.«

Ash gefiel die Geistesgegenwart des Riesen. Er sah zu Alica, die die Hände in fassungslosem Horror nach oben gerissen hatte.

»Zu spät«, hörte er sie murmeln. »Zu spät, zu spät.«

Der *glanhír* auf ihrer Brust glühte noch immer.

Ash fragte sich, ob der Stein wohl heiß war und ihre Haut unter der Kleidung verbrannte, doch der Edelstein war kalt wie Eis zwischen ihnen, als er sie in den Arm nahm und ihr über die Haare strich, während die Dsitaren rund um sie Gefechtspositionen einnahmen. Als gäbe es einen Feind, gegen den sie kämpfen konnten.

***

Mit beängstigendem Tempo bröckelten Kraft und Zuversicht der Krieger: Ihre Ausbildung versagte, ihre Erfahrung erwies sich als nutzlos, nur Disziplin und Kameradschaft boten einen letzten Halt. Überall sahen sie jetzt Wände, die sich bewegten, einmal auch den Boden, huschende Schatten am Rande ihres Blickfelds zeigten, dass es hier außer ihnen noch andere Lebewesen gab.

Schließlich stießen sie auf einen Riss im Boden, der mit einer eigenartig fluoreszierenden Flüssigkeit gefüllt war. Stumm bedeutete Alica ihnen, das Hindernis weiträumig zu umgehen.

Ash erinnerte sich an ein Erdbeben, dass er einmal hatte durchstehen müssen. Auch dort entzog sich die Bedrohung jeglicher Kontrolle, Widerstand war unmöglich, und dennoch war selbst das besser zu ertragen gewesen: Die Situation war übersichtlich, und er hatte sich nicht weiter in die Gefahr hineinbewegen müssen, sondern lediglich seine Position behauptet und abgewartet.

Er war nicht zuletzt deshalb Krieger geworden, weil er Kontrolle behalten wollte, weil er es hasste, der Gnade anderer ausgeliefert zu sein. Er suchte nach Stärke, Kraft und Dominanz. Einen Kampf Mann gegen

Mann zog er dem planlosen Getümmel eines Schlachtfeldes jederzeit vor. Die vage Unberechenbarkeit der alten Magierstadt machte ihn hilflos – und wütend.

Am meisten Sorge hatte er um Alica.

Sie überforderte sich in ihrer Bemühung, den Strom des *achí* um sie herum zu erspüren. Immer wieder stoppte sie die Gruppe, zeigte in eine andere Richtung, und nach einer kurzen Weile gaben sie es auf, in taktischer Aufstellung zu marschieren, und scharten sich hinter ihr zusammen wie verirrte Schafe.

Ein kleiner Vulkan brach urplötzlich vor ihren Füßen aus, ein andermal fuhr extrem heißer Wind durch eine Hausruine, erhitzte selbst die Steine zu glühendem Rot. Dann wieder schlug ein starker Blitz in den Boden, öffnete ein klaffendes Loch in der Welt, durch das Luft in einem stürmischen Wirbel entwich, wohin auch immer.

Lecks dieser Art waren so häufig, dass es den Eindruck machte, als sei in diesem Tal der Mantel der Realität schäbig geworden, habe Kratzer und Löcher bekommen.

Kleine Kugeln lagen jetzt auf dem Boden herum, zwischen den Trümmern, erst nur vereinzelt, dann immer häufiger, als habe jemand einen Beutel mit Murmeln verloren. Sie waren auf befremdliche Weise schwarz, nicht nur dunkel, sondern tiefschwarz, schluckten alles Licht um sie herum, fingen es regelrecht ein.

Der Anblick war ein wenig irritierend, doch andererseits hatte das Sonnenlicht ohnehin eine fremdartige Qualität hier im Tal, so dass Ash sich schon fragte, wie der Ort wohl aus den Augen eines Vogels aussehen mochte, der darüber hinwegflog – neblig? Verschwommen? Wie unter einem Vorhang?

Alica jedenfalls maß den kleinen schwarzen Kugeln keine größere Bedeutung bei, zumindest so lange, bis Professor Hywiarn auf eine von ihnen trat.

Zunächst bemerkte es niemand, als der Historiker stehenblieb und mit einem kleinen »Autsch!« auf seinen Fuß starrte. Alle zogen weiter, Ash selber passierte den Mann mit einem kurzen Blick, und hielt dann weiter Ausschau nach wirklichen Problemen.

Aber der Professor bewegte sich nicht. Er stand wie festgewachsen, auf seinen Fuß glotzend, bis Hauptmann Mandanof über die Schulter zurück fragte: »Was ist los, Meister Hywiarn?« Er wollte weiter, nicht in dieser Gefahrenzone herumstehen.

»Ich bin nicht sicher«, kam die Antwort, und jetzt sahen alle, dass der Wissenschaftler versuchte, seinen linken Fuß vom Boden zu heben.

»Es tut weh. Wie eine Nadel. Als ob…« Er stöhnte auf, griff mit beiden Händen nach seinem Bein und zog daran.

Dann verfaltete sein Fuß sich, wie ein Stück Papier. Das knirschende Geräusch splitternder Knochen füllte die Luft. Aus dem Stöhnen wurde ein lauter Schrei, als der Fuß sich bewegte, millimeterweise, in die Kugel hinein, die jetzt eher nach einem Loch aussah.

Ein Loch, natürlich, dachte Ash. *Wir hätten es bemerken müssen. Die Welt ist hier abgenutzt, beinahe durchsichtig. Wenn etwas Schwarzes am Boden liegt, kann es doch nur ein Loch sein.*

Die späte Erkennntnis nutzte dem Professor nichts, dessen Fuß knirschend verschwand und dem Rest des Beines Platz machte. Weil die Öffnung viel zu klein war, wurde das Bein zusammengepresst, der Rückstau des Blutes ließ den Oberschenkel anschwellen, in grässlicher Geschwindigkeit, schon riss knirschend seine Hose, entblößte die nackte Haut, mit rot herausstehenden Adern, dem Platzen nah wie ein überfüllter Wassersack.

»Helft ihm!« kommandierte Hauptmann Mandanof. Er selbst griff Professor Hywiarn unter die Arme, versuchte, ihn aus dem Loch herauszuziehen. Groogian folgte seinem Bespiel, dann griffen einige der Dsitaren nach dem Körper des Mannes, der unaufhaltsam in das absurd kleine Loch hineingezogen wurde.

Ash schaute erst auf diese Szene, dann in Alicas blasses Gesicht.

»Es wird nicht funktionieren, oder?« fragte er. »Diese… Dinger sind zu stark, um ihn zurückzuziehen, richtig?«

»Keine Chance«, sagte sie flach. »Schwarze Löcher sind hungrig. Sie geben nicht wieder her, was sie gefangen haben. Ich hätte vorher sehen müssen, worum es sich handelt. Flut und Verderben!«

Ihre Verzweiflung legte eine kalte Hand um sein Herz, und doch wusste er, was zu tun war.

»Aus dem Weg«, befahl er den Dsitaren, die noch immer erfolglos an dem schreienden Bündel zogen, in das sich der einst so bedächtige Professor verwandelt hatte. Sein Kommando brachte sie durcheinander, aber an Gehorsam gewohnt, traten sie ein Stück zurück. »Gut, seht zu, dass ihr einen festen Griff habt – sobald er frei ist, zieht ihr so schnell wie möglich und stellt sicher, dass er nicht wieder gefangen wird. Verstanden?«

In ihren Gesichtern sah Ash, dass sie gar nichts verstanden hatten. Hauptmann Mandanof hingegen wusste sofort, worum es ging.

»Macht, was er sagt«, bellte er, und ohne weiteres Nachdenken griffen die Soldaten wieder fester zu. Der Professor wurde langsam leiser, und Ash blickte zweifelnd auf das geschwollene Bein. Es würde ein Blutbad werden.

»Alica!« rief er.

»Ja.« Ihre Stimme war tonlos. »Jaja, ich kann versuchen, ihn hinterher zu heilen. Aber ich kann nichts versprechen. Ich kann ihm keinen neuen Fuß wachsen lassen oder sonstwas.«

Jetzt begriffen auch die anderen. Schon beschrieb Ashs Schwert einen perfekten Kreis von der Scheide zum Ziel, ganz wie gewohnt glitt es mit tödlicher Präzision durch Fleisch und Knochen. Blut sprühte in wildem Bogen aus dem Stumpf des abgetrennten Beines, während Fuß und Wade mit plötzlicher Geschwindigkeit verschwanden.

Ash fühlte Zug an der Klinge seines Schwertes, das jetzt in Reichweite des Sogs gekommen war – aber er hatte schon damit gerechnet, und das Ende der begonnenen Kreisbewegung brachte die Klinge aus der Reichweite der hungrigen Murmel.

Die Soldaten zogen den Körper des Professors zur Seite. Ash sah, dass Groogian ihn losgelassen hatte und jetzt versuchte, die Venen des Beins mit einer Hand zusammenzuhalten. Hywiarn war ohne Bewusstsein.

Durch die Menge drängte sich jetzt Alica, kniete sich neben den geschundenen Körper. Blaues und rotes Licht strömte aus ihren Fingern, ihr Gesicht verzog sich zu einer Grimasse völliger Konzentration. Ash beobachtete fasziniert, wie der Blutstrom aus dem Beinstumpf versiegte und das Fleisch sich nach innen legte, die Ränder der Wunde auf magischem Wege verschließend.

Auch der abergläubische Ausdruck auf den Gesichtern der anderen entging ihm nicht. Zauberei war keine vertrauenswürdige Kunst mehr im Isrogant nach der Großen Flut, und die Propaganda der Kirche des Einen Gottes zeigte ihre Wirkung auch in Dsita. Das verfluchte Tal um sie herum betrachtend, verstand Ash dieses Gefühl sehr gut.

Auf der anderen Seite – der Besuch eines ganz normalen Schlachtfeldes, von denen es in Isrogant seit dem Zusammenbruch der Ius Adjagard wirklich genug gab, ließ auch den Weg gewöhnlicher Krieger nicht gut aussehen.

Was seiner Aufmerksamkeit entging, war, dass einer der Dsitaren sich langsam vom Ort des Geschehens weg bewegte, Schritt für Schritt rückwärts. Eine unbewusste Bewegung, weg von Terror und Zauberei, und als er sie schließlich bemerkte, war es schon zu spät.

Er trat nicht mit dem Fuß zuerst in das Schwarze Loch wie der Professor. Stattdessen stolperte er über einen Stein und fiel rückwärts, das Loch mit seiner linken Schulter berührend. Als Ash sich herumdrehte, war der Oberkörper des Mannes bereits verschwunden und sein Kopf wurde gerade eingesaugt, seine Schreie erstickend. Bevor irgendjemand etwas tun konnte, verschwand er mit einem ploppenden Geräusch, begleitet von einem Crescendo splitternder Knochen. Dann war er fort – spurlos, als hätte er niemals existiert.

Niemand bewegte sich.

Dann fragte eine krächzende Stimme: «Beim Wasser des Geysirs... hat das Ding seine Seele mitgenommen?«

***

»Die Seele ist ein Wanderer« – dieser Satz war eines der stärksten Glaubensbekenntnisse der Kirche des Einen Gottes. Zusammen mit dem zweiten Satz: »Das Leben ist ein Traum« beschrieb dieses Bekenntnis recht gut die Idee, wie die Seele eines Menschen von einem Traum, einem Leben zum nächsten wanderte, Erfahrungen sammelnd und mit jedem weiteren gestorbenen Tod stärker und weiser werdend.

Alica konnte nicht sagen, wohin die Schwarzen Löcher führten und wo der tote Körper des verstorbenen Dsitaren sich jetzt befand. Selbst wenn sie den Ideen der Kirche über Seelenwanderung gefolgt wäre, hätte sie nichts darüber sagen können, ob seine Seele diese Welt verlassen hatte oder in einem neuen Traum zurückkehren konnte.

Nach Ashs Meinung war die Diskussion einer solchen theologischen Frage in ihrer drückenden Situation vollkommen abwegig. Kopfschüttelnd lauschten Groogian und er den Worten der anderen.

Groogian rieb sich die Augen. »Ich habe nie drüber nachgedacht«, brummte er leise, und nur Ash konnte es hören. »Scheint, als bauten die tapferen Dsitaren ihren Mut auf ein Glauben an ein neues Leben.«

Ash sah ihn schräg an. »Du hast nie drüber nachgedacht?«

»Nicht so jedenfalls.« Groogian wurde etwas unsicher, dann fügte er unwirsch hinzu: »Sollen wir jetzt auch religiöse Debatten starten?«

Ash grinste. »Nein, lass mal, du hast Recht.« Er lauschte einige Sekunden der Debatte, fragte sich, warum Mandanof sie nicht unterband, wo er doch sonst so auf soldatische Strenge bedacht war. Aber vielleicht hatte das Kalkül: Dieses magisch verfluchte Tal nahm den Dsitaren die Basis ihrer Stärke gleich zweifach, und ganz sicherlich war es sogar ein Segen, dass sie sich in einem solchen Moment mit grundsätzlichen Fragen auseinandersetzten, statt stumpf zu verzweifeln.

Auf den zweiten Blick meisterte Mandanof die Situation meister-
haft. Er ließ die Diskussion eine kleine Weile laufen, sorgte dann aber
dafür, dass praktische Aufgaben in den Vordergrund traten, machte
einen großen Aufstand aus dem Transport des verletzten Professors,
benannte zwei Pfadfinder, die mit lauten Stimmen vor jedem neuen
Schwarzen Loch warnten. Sie füllten die Luft mit ihren Rufen und
vertrieben einen Teil der wachsenden Panik.

Durch all diese Umstände wurde ihr Vormarsch noch langsamer,
und Ash achtete sorgfältig darauf, nahe bei Alica zu bleiben, die einen
verwirrten Eindruck machte.

»Bist du in Ordnung?« fragte er leise, und sie schüttelte ihren Kopf.

»Nicht in Ordnung, nein.« Ihr dunklen Augen glühten fiebrig.
»Zuviel *achí* in zu kurzer Zeit.«

Fahrig griff sie unter ihren Mantel, um ihm den blaugrünen *glanhír*
zu zeigen.

»Schau.« Sie zeigte ihm die wertvolle Halskette und den elegant
gearbeiteten Anhänger, der mit dem Stein verbunden war, Zeichen
dafür, dass der *glanhír* nicht dazu gedacht ware, benutzt und weggeworfen zu werden. Doch der Stein hatte den Glanz verloren, den er
noch besaß, als Ash ihn zum ersten Mal gesehen hatte. Alicas lebens-
langer Begleiter war abgenutzt und mindestens so müde wie seine
Besitzerin.

»Flut und Verderben«, flüsterte er. »Du hast eine Menge seiner
Fähigkeiten verbraucht, seit wir hier sind.«

Sie nickte. »Ich erforsche die Umgebung ununterbrochen, seit wir
hier sind, und weder die Heilungen noch der magische Schild, den ich
gewirkt habe, geschehen nebenbei.«

Mit einem tiefen Atemholen fügte sie hinzu: »Und um der
Wahrheit die Ehre zu geben... ein *glanhír* ist ein so wertvoller Schatz,
dass die meisten Magiere im normalen Leben gar keine Zauber
wirken. Und schon gar nicht so schnell hintereinander.«

»Verstehe.« Während sie den Edelstein wieder verstaute, berührte
er sanft ihre andere Hand. »Ich kann hier nicht viel helfen... aber falls
dieser Schatz dich verlässt, weil du uns alle zu retten versuchst,
verspreche ich: Wir werden einen neuen suchen, was immer es auch
kosten mag.«

Ein schwaches Lächeln belohnte ihn für diesen Satz. »Danke, Ash.
Ich kann deutlich sehen, dass du ein großartiger Beschützer junger
Damen bist.«

«Runter!« befahl eine laute Stimme von weiter vorne, und ohne
Nachzudenken ging er auf die Knie, sorgfältig darauf achtend, nichts

zu berühren, das in irgendeiner Art gefährlich sein könnte. Fließend zog er sein Schwert – nicht eine Sekunde zu spät, denn in diesem Moment wurde er von etwas attackiert, dass eine krude Mischung aus Biene und Ratte sein mochte, allerdings in der Größe eines kleinen Pferdes. Das Ungetüm erschien so plötzlich, dass er nicht sagen konnte, woher es gekommen war.

Er sah lediglich Flügel, Klauen, gefährlich wirkende Zähne und einen riesigen Stachel, der sich ihm viel zu schnell näherte. Er wich seitwärts aus, ließ sein Schwert hochzucken, um den Unterkörper des Tieres abzutrennen. Unter keinen Umständen wollte er herausfinden, ob dieser Stachel giftig war. Die Klinge berührte ihr Ziel – und doch auch wieder nicht. Sie traf auf keinen Widerstand, glitt einfach durch den Körper hindurch, was Ash aus der Balance brachte.

Während er bemüht war, keinen falschen Tritt zu machen, verschwand das Tier vor seinen Augen.

»Scheiße«, stieß er hervor.

Eine Illusion. War das dennoch gefährlich? Konnte man sie ignorieren, oder würden einige von ihnen sich dann doch als real herausstellen?

Er trat zurück und ließ eine andere der fremdartigen Kreaturen passieren. Sie machte keine Anstalten, ihre Richtung zu ändern, verschwand ebenfalls nach kurzer Zeit.

»Keine Gefahr von den Viechern!« hörte er die Stimme von Hauptmann Mandanof. »Achtet auf die Schwarzen Löcher! Tretet nicht in eines davon, weil Ihr Euch vor diesem Unsinn erschreckt!«

Ash war sich dieser Analyse nicht so sicher, aber er mochte Tempo und Sicherheit, mit der der Hauptmann Entscheidungen fällte. Der Mann war ein guter Offizier, und falls sie jemals nach Dsita zurückkehren würden, wollte er das dem Fürsten Alexios auch sagen.

Zeit zum weiteren Nachdenken hatte er nicht. Den Tierillusionen folgten Feuerbälle, unglücklicherweise nicht nur mentaler Schein. Die rollenden Kugeln wechselten ihre Richtung, wenn sie an Steine oder Mauern stießen. Stießen sie auf Schwarze Löcher, blieben sie erst hängen und explodierten dann mit lautem Krachen, Feuerpfeile in alle Richtungen versprühend.

Der Weitermarsch wurde zum Spießrutenlauf. Zu allem Überfluss begannen jetzt auch die Häuser, sich zu bewegen. Ein Haus, das sich mit lautem Zischen in Flammen auflöste, erschien allerdings nur wenige Sekunden später erneut und wiederholte diesen Trick mehrmals, bevor sie es endlich hinter sich ließen.

An die Stelle festungsartiger Bollwerke traten nun elegantere

Gebäude. Die Straße, die durch das Tal führte, war besser zu erkennen. Sie schlängelte sich zwischen den Gebäuden, und Ash vermutete, dass sie einst dem Lauf eines Flusses gefolgt war, der längst ausgetrocknet war. Eine kleine, verfallene Brücke bestätigte ihn in dieser Vermutung, und als er jetzt genauer hinsah, fand er mehrere solcher Bauwerke.

Die Siedlung musste von ausgesuchter Schönheit gewesen sein, zu einer Zeit, als die Sonne noch hineinschien und die Wirklichkeit noch klar und rein gewesen war. Vor allem aber war sie sehr viel größer, als er erwartet hatte. Welche Wesen auch immer hier gewohnt haben mochten – Elben, Zwerge, Menschen – die Stadt hatte Platz für Tausende von ihnen.

Misstrauisch beobachtete er die Umgebung und die steilen Hänge an den Seiten, die näher zusammenrückten, je weiter sie vorankamen. Er mochte sich irren, aber er hatte den Eindruck, dass die Gebäude hier besser erhalten waren und die Luft klarer wurde.

Das hätte ihn vielleicht beruhigen sollen, tat aber das genaue Gegenteil: Er wurde nervös.

Das Gefühl verstärkte sich, als die Bebauung in der Mitte der Kurve plötzlich abriss. Auch Hauptmann Mandanof war das aufgefallen. Er blieb stehen. Vor ihnen erstreckte sich eine weite Fläche, die vermutlich früher einmal ein Platz gewesen war. Heute standen niedrige Bäume und Gestrüpp darauf. Der Blick reichte nur einige Meter weit, alles andere verschwand hinter der Kurve des Tals.

»Sieht aus, als näherten wir uns unserem Ziel.« Der Hauptmann bemühte sich, Zuversicht in seine Worte zu legen, aber Ash hörte Skepsis.

Das Expeditionskorps bewegte sich vorsichtig voran – in vorderster Reihe Hauptmann Mandanof mit einem Trupp seiner Dsitaren, dahinter Groogian, Ash und Alica, dann kamen drei Dsitaren, die in ihrer Mitte auf einer improvisierten Bahre den verletzten Professor trugen, der sein Bewusstsein noch immer nicht wiedererlangt hatte. Den Abschluss machten die beiden anderen Historiker und einige weitere Soldaten.

Sie sollten den Vormarsch nach hinten absichern, ein weitgehend sinnloses Unterfangen, an dem die Dsitaren aber dennoch festhielten. Ash machte sich keine großen Gedanken darüber, doch das bereute er schnell.

Hauptmann Mandanof umrundete zuerst die enge Kurve, und blieb mit einem verblüfften »Uff!« stehen. Ash und Alica schlossen auf, und jetzt sahen auch sie die Tempelanlage.

Das Gebäude war licht und weit, als könne es jeden Moment davonfliegen, und doch stabil, wie für die Ewigkeit geschaffen – fest verschmolzen mit den Felsen der umgebenden Berge. Der Tempel verzichtete auf Wände oder Dächer. Weiße Säulen streckten sich gen Himmel, umgeben von Treppen, die ins Innere führten. Hier war auch das Licht wieder so, wie es sein sollte... vielleicht sogar noch ein bisschen heller und glänzender, als es die wahre Welt normalerweise zu bieten hatte.

Wenn das elbische Architektur war, konnte Ash verstehen, dass die Angehörigen dieser uralten, aussterbenden Rasse auf die Menschen in ihren wuseligen Städten herabblickten.

»Bei allen Träumen«, flüsterte Mandanof rechts von ihm andächtig.

Laut vernehmlich zischte es hinter der Kurve, wo sich die letzten Dsitaren der Nachhut noch befanden, dann erklang das laute Prasseln von Feuer und ein rumpelndes Geräusch.

Rot glühende Lava schwemmte an den Felsen vorbei, schoss mit beängstigender Geschwindigkeit auf sie zu, riss die Soldaten der Nachhut mit sich. Wild mit den Armen rudernd, noch immer gegen den Sog des zähflüssigen Gesteins kämpfend, standen sie längst in Flammen.

Während Alica den Blick abwandte, fand Ash sich unfähig, das zu tun und wurde Augenzeuge, wie so kurz vor dem Ziel noch eine ganze Abteilung ihrer Expedition einen grausamen Flammentod fand.

Dann setzte die Vernunft wieder ein, gemeinsam mit der Frage, wohin sie selbst sich vor der anrollenden Lava retten konnten.

»Alle Mann marsch!« erscholl Mandanofs Stimme. »Die Treppen hoch.«

***

Der Tempel empfing sie freundlich, hell und voller Schönheit. Und das war auch alles. Sie fanden unzählige Räume, alle durch einzelne fehlende Wände miteinander verbunden. In den Räumen befand sich nichts. Das Gebäude war leer.

Bis auf eine einzige Tür. Im Verhältnis zu den Ausmaßen des Tempels war sie bescheiden, wenn auch aus gleißendem Metall, das sie einstimmig für Gold hielten. Eine Klinke gab es nicht.

Ratlos standen sie am einzigen Punkt, der ein Weiterkommen vielleicht ermöglicht hätte. Hinter ihnen brannte das Lavafeld jetzt bis zu den ersten Stufen des Tempels. Vor ihnen gab es nur die Tür.

Ash beteiligte sich nicht an den Spekulationen der beiden

unverletzten Professoren, die mit Mandanof mögliche Szenarien diskutierten. Auch die Dsitaren tauschten Ideen aus, sie taten das aber leise und zurückhaltend. Alica hatte sich an eine der Säulen gelehnt und die Augen geschlossen.

Zumindest schien die akute Gefahr vorbei zu sein. Ash streckte sich, erkundete seinen Körper – in gutem Zustand; die letzten Stunden hatten seine Nerven zerfetzt, körperlich war er unversehrt. Er warf einen Blick zum Himmel. Sein Zeitgefühl war ihm abhanden gekommen: Die Sonne war ein großes Stück über den Himmel gewandert, aber viel weniger weit, als er erwartet hätte.

»Ist nicht zu fassen, was, Meister?« meinte Groogian neben ihm. »Es scheint, wir waren wirklich nur drei oder vier Stunden im Tal unterwegs. Kommt mir vor wie Jahre.«

Ash nickte. Sein Magen knurrte. »Zeit für eine Pause«, erklärte er und griff nach seinem Reisegepäck, um nach dem Proviant zu sehen. Der Hüne ließ sich neben Alica an der Säule herabrutschen.

»Ash hat Recht«, verkündete er und öffnete ebenfalls seine Provianttasche. »Alica, auch du brauchst etwas zu essen, aber noch wichtiger etwas zu trinken.«

Sie hob langsam den Kopf und sah ihn an. »In Ordnung«, murmelte sie, nahm dankbar ein Stück Wurst und einen Kanten Brot von ihm an. Müde biss sie ab und nahm einen Schluck aus der Wasserflasche, die er ihr ebenfalls reichte.

»Ziemliche Sackgasse hier, hm?« machte Groogian. Auch er hatte jetzt den Mund voll, allerdings wesentlich lustvoller als Alica.

Sie nickte. »Ja, schon.« Vage deutete sie in Richtung der beiden Historiker vor der Tür. »Die beiden sind auch in einer Sackgasse.«

Das fand Ash interessant. Er hatte gar nicht zugehört, worum sich die Diskussion der Experten drehte, aber jetzt schenkte er ihnen ein Ohr. Verblüfft stellte er fest, dass sie sich ernsthaft mit der Frage beschäftigten, ob dieser Tempel einst eines der legendären Wunder von Isrogant beherbergt haben mochte.

Zweifelnd runzelte er die Stirn. Alica lachte leise. »Es ist eine *kja´deminár*.« sagte sie. »Kein Wundertempel. Im Türrahmen ist eine Inschrift in karosh.«

»Die hast du von dort aus gesehen?« fragte Ash erstaunt, der nicht wusste, was eine *kja´deminár* war, es aber im Augenblick auch nicht wirklich wissen wollte.

Alica hatte den Kopf wieder gesenkt und starrte vor sich auf den Boden. »Ein magisches Schloss«, sagte sie leise. »Es braucht eine *deminár*-Brücke.«

»Wie sieht die aus?« Die Frage kam von Mandanof, der sich von den debattierenden Wissenschaftlern entfernt hatte und zu ihnen herübergekommen war. Jetzt sah er sich suchend im Raum um, als ob er damit rechnete, irgendwo einen Schlüssel an der Wand hängend zu finden.

»Gar nicht«, entgegnete Alica. Ash wechselte einen Blick mit Groogian, der leicht den Kopf schüttelte. Es ging ihr wirklich nicht gut.

»Hauptmann«, grummelte Groogian. »Wir sind hier sicher. Irgendwas da draußen wollte uns an den Kragen, aber hier drin lässt es uns in Ruhe. Lady Alica braucht eine Pause, was denkt Ihr?«

Mandanof war die Idee einer Pause offensichtlich bisher nicht einmal im Ansatz gekommen. Dass der Vorschlag ausgerechnet vom grobschlächtigen Groogian kam, brachte ihn aus dem Tritt.

»Er hat Recht«, bekräftigte Ash. »Wir sollten eine Pause machen, Hauptmann. Ich denke, wir alle können sie brauchen. Einen Blick auf Verwundungen werfen, etwas essen, vielleicht ein Nickerchen.«

»Ein Nickerchen?« Hauptmann Mandanof war entgeistert. »Hier?«

»Natürlich.« Auch Ash ließ sich jetzt neben Groogian und Alica nieder. »Mandanof, wenn Ihr nicht müde seid, übernehmt die erste Wache.«

***

Jemand rüttelte ihn sanft am Arm rüttelte. Gewohnheitsmäßig war er sofort hellwach und sah Alica, die neben ihm auf den Knien saß. Sie legte ihren Finger auf den Mund, bedeutete ihm, leise zu sein. Gehorsam schwieg er und wartete, was sie vorhatte.

Die meisten Teilnehmer der Expedition waren seinem Ratschlag gefolgt und hatten sich in ihre Mäntel gehüllt. Sie alle waren erschöpft, sogar der Hauptmann lehnte an einem der Pfeiler, die Augen geschlossen. Mehrere Wachen wanderten am obersten Treppenabsatz hin und her. Die Sonne war mittlerweile untergegangen, und die Glut des Lavafeldes zu Füßen der Treppe tauchte den Tempel auf eine bizarre Weise in ein heimeliges, warmes Licht.

Alica bedeutete ihm, ihr zu folgen, und so schälte er sich aus seinem Mantel und stand auf, darauf bedacht, keine Geräusche zu machen. Sie zog ihn hinter sich her zu der goldenen Tür, in deren unmittelbarer Nähe die beiden Professoren ihren Ruheplatz aufgeschlagen hatten. Das wunderte Ash ein wenig. Selbst er, an manches gewohnt, hatte sich einen Platz weiter entfernt gesucht, weil ihm die Tür und das, was dahinter auf sie warten mochte, unheimlich war.

Dennoch betrachtete er interessiert das goldene Metall und den massiven Türrahmen. Es gab keine erkennbaren Angeln, sie mussten also entweder an der Innenseite angebracht sein... oder es gab sie gar nicht. Bei einer magischen Tür war alles möglich.

»Ich will nicht, dass die alle dabei sind«, flüsterte Alica. »Keine Ahnung, was da drin ist, aber ich will einen Wissensvorsprung.«

Er nickte, auch wenn er sich denken konnte, dass ein solcher Alleingang beim überkorrekten und hoch loyalen Mandanof kein positives Echo finden würde. Aufmerksam beobachtete er, wie sie sich über den Türrahmen beugte und die für ihn vollkommen unverständlichen Zeichen entzifferte. Leise sprach sie die Worte mit.

Dann richtete sie sich auf.

»In Ordnung«, sagte sie. »Ich kann das machen. Im Grunde kann das jeder machen. Die Kunst ist nur, es lange genug zu überleben, dass der Öffnungsmechanismus wirklich anspringt.«

»Was?« Ash war irritiert.

»Naja, die Tür braucht einen Energieträger. Der Türöffner tut nichts anderes, als eine Unterbrechung im Öffnungsmechanismus zu überbrücken. Wenn *achí* von einer Seite der Tür zur anderen fließen kann, öffnet sie sich.«

Das klang so logisch wie simpel. »Was musst du dafür tun?«

»Lange genug durchhalten, bis genug Energie geflossen ist«, antwortete sie. »Und es gibt Zauber, mit denen man den Schaden in Grenzen hält, den der Türöffner selber nimmt.«

»Klingt nicht gut.«

Statt ihm eine Antwort zu geben, zog sie wieder ihren *glanhír* hervor. Mit etwas trauriger Miene betrachtete sie seine grau gewordene Oberfläche, bevor sie die Augen schloss und etwas sagte, das den Stein zum Glühen brachte.

»Mach dich bereit«, sagte sie zu Ash. »Wer weiß, was da rauskommt, wenn die aufgeht.«

Damit legte sie ihre Hand in die Mitte der Tür.

Die ganze Prozedur dauerte nicht besonders lange, aber Ash wurde dennoch unruhig. Alica sah nicht aus, als leide sie, aber ihre Beschreibung des Zaubers war grässlich. Vor seinem inneren Auge sah er sie zusammensinken, doch dann leuchtete endlich der goldene Türrahmen auf. Leise gleitend öffnete sich ein Durchgang, gab den Blick frei auf einen schmucklosen Raum, der nach den monumentalen Ausmaßen des Tempels beinahe winzig wirkte.

Langsam schälte sich eine Empore in der Mitte des Raumes aus der Finsternis. Weißes Marmor wie die Säulen des Tempels, eine lange, gewundene Treppe, die auf eine Plattform hinauf führte. Was immer dort einmal gewesen sein mochte – jetzt war es verschwunden.

Dann begann das Glitzern, aus dem Nichts, verwandelte den Raum in eine Welt kleiner Funken. Ash hatte Mühe, zu erkennen, woher es kam, bis er es schließlich erkannte: Die Wände bestanden nicht aus fein bearbeitetem, glatten Marmor wie die des Tempels. Roh behauenes Gestein spiegelte das Licht, das durch die Tür in den Raum fiel. Nur waren das keine gewöhnlichen Felsen.

Es waren *glanhíre*.

***

Eine halbe Stunde später stand der verbliebene Rest ihres Expeditionskorps gemeinsam in der Mitte dieses Funkelns, gebannt von dem ungeheuren Reichtum, über den sie hier gestolpert waren. Die eilig angezündeten Lampen hatten sie sofort wieder gelöscht, um nicht geblendet zu werden: Die funkelnden Edelsteine verstärkten jeden noch so kleinen Lichtstrahl.

Das faszinierendste für Ash waren die Farben. Die *glanhíre* pulsierten quer durch das ganze Farbspektrum, als freuten sie sich darüber, endlich einmal wieder von lebenden Wesen besucht zu werden.

»Hier ist Bergbau betrieben worden!« verkündete einer der Historiker und zeigte auf einen kleinen Stapel herausgetrennter Steine, die in einer Ecke des riesigen Raumes auf dem Boden lagen.

»Hier auch!« meldete einer der Dsitaren aus einem anderen Winkel.

Ash besah sich die beiden Stellen, an denen kundige Hände die Steine aus der Wand gelöst hatten. Von Werkzeugen keine Spur, und auch der Grund für den Abbruch der Arbeiten war nicht zu erkennen.

Inmitten des Gleißens saß Alica, die einzige, für die diese Steine einen unmittelbaren Wert hatten, schweigend auf dem Boden der Empore, den Kopf in den Nacken gelegt, die Augen weit aufgerissen. Sie war erschöpft wie nie zuvor in ihrem Leben, und diese strahlende Pracht raubte ihr den Atem.

Neben ihr hockte Groogian, der mit missmutigem Blick das Treiben um sie herum beobachtete.

Mandanof hatte bereits das Einsammeln einiger Proben verfügt, doch als Ash zu seinen beiden Weggefährten auf der Empore stieß, hörte er Groogian murmeln: »Ich frage mich, wie wir hier rauskommen, viel mehr als was wir hier mitnehmen können. Durch die Dunkle Zone zurück? Wie soll das gehen?«

Darüber hatte auch Ash schon nachgedacht. Bis hierher waren sie gekommen, aber würden sie auch wieder hinausfinden?

»Der Raum hat zwei Ausgänge«, sagte Alica.

Beinahe erleichtert wandte sie ihren Geist einem praktischen Problem zu. Er weigerte sich, die Bedeutung des Kristallraums auch nur in Ansätzen zu erfassen. »Wir müssen den anderen nur finden. *kja´deminár*-Türen verschließen niemals alleine einen Raum.«

Sie seufzte. »Zumindest, wenn nicht vor dem Zeitalter der Mystik andere Regeln galten als währenddessen. Das *kja´deminár*-Prinzip war nie sehr verbreitet. Es verbraucht zu viel Energie.«

Mühsam stemmte sie sich auf die Beine. »Machen wir uns auf die Suche. Ich will hier raus. Dieser Raum ist gefährlich wie ein Pulverfass. Würde ich hier einen Zauber versuchen, flöge uns vermutlich das ganze Gebirge um die Ohren.«

Sie ging voran, die breite Treppe der Empore hinunter, doch dann wandte sie sich noch einmal um.

»Ash«, sagte sie. »Packst Du ein paar von den *glanhíren* ein? Ich habe den Eindruck, wir können die vielleicht in Zukunft brauchen.«

***

Die Tür lag nicht an einer der umgebenden Wände, sondern unterhalb der Empore. Keiner von ihnen hatte dort gesucht, denn niemand hatte ausgerechnet mit einer Falltür gerechnet.

»Noch tiefer rein in den Berg«, stellte Groogian fest. »Dabei will ich nur hier raus.«

Den anderen ging es genauso. Der einzige, in dessen Augen keine Angst stand, war Professor Hywiarn. Er war noch immer ohne Bewusstsein. Die Dsitaren hatten seine Tragbahre neben der neuen Tür aufgestellt, darauf vorbereitet, ihn auch auf der nächsten Etappe der Reise zwischen sich zu tragen.

»Wie bekommen wir die auf?« fragte Hauptmann Mandanof. »Das gleiche Verfahren wie an der Eingangstür?«

Es war spürbar, dass er noch immer darüber verärgert war, dass er dabei nicht gefragt und noch nicht einmal geweckt worden war.

Alica nickte.

»Ich tue mein Bestes«, sagte sie. Ash warf ihr einen beunruhigten Blick zu. Ändern konnte er nichts. Die Zauberin war die einzige, die qualifiziert war, ihnen den Weg freizumachen.

Im fast schon gewohnten Ritual zog sie den *glanhír* hervor, nahm ihn fest in ihre rechte Hand und legte die linke auf die Mitte der Falltür. Ein kleiner Blitz zuckte, dann stöhnte sie auf und sackte zusammen. Bevor irgendjemand etwas tun konnte, begann sie zu krampfen. Ihr Körper bäumte sich auf, während sie versuchte, die Hand von der Tür zu lösen. Doch diese schien so verwachsen damit zu sein wie Stunden zuvor der Fuß von Professor Hywiarn mit dem Schwarzen Loch.

»Flut und Verderben!« fluchte Groogian. Die anderen standen hilflos um Alica herum, die noch immer verzweifelt versuchte, sich von der Tür zu entfernen, es aber nicht schaffte, während ihre Zuckungen immer stärker wurden.

»Wir müssen sie wegziehen von der Tür«, bestimmte Mandanof und winkte einigen seiner Männer zu, sich an die Arbeit zu machen.

Ash hatte kein gutes Gefühl dabei. Das *konnte* nicht funktionieren. Was hatte Alica gesagt? Der Magier, der die Tür mit der Hand berührte, wurde zu einem Energieleiter? Was, wenn jetzt jemand anderes den Magier berührte? Musste die Energie dann nicht auch durch diesen Menschen fließen? Was geschah, wenn das *achí* sich plötzlich auf zwei Körper verteilte, statt nur auf einen?

Kurzentschlossen trat er nach vorne. »Ich glaube, wir sollten nicht zu viele von uns an diese Zaubertür hängen«, stellte er fest.

Damit nahm er Alicas Hand...

... und ein Stoß durchfuhr ihn. Er fühlte sich von den Füßen gehoben, ein Sturm von Sinneseindrückend stürzte über ihn herein, riss ihn mit, nahm ihm die Sinne. In dieser Verwirrung tat er das, was er all die Jahre in unzähligen Kämpfen geübt hatte: Er suchte nach seiner Mitte, nach dem ruhenden Pol seiner Persönlichkeit, und als er sie gefunden hatte, hielt er daran fest, während seine bewusste Wahrnehmung um ihn herum zusammenstürzte.

Wenn Alica dasselbe schon bei der ersten Tür durchgemacht hatte, war es kein Wunder, dass sie zu Tode erschöpft war. Aber was hatte sie gesagt? Im wesentlichen ging es darum, zu überleben?

Eine scheinbare Unendlichkeit später öffnete er wieder die Augen.

Die Tür war offen.

***

Ein neuer Tunnel, dunkel und eng, steile Wände.

»Ein alter Fluchtweg«, bemerkte einer der Dsitaren. »Und kein komfortabler.«

An der geöffneten Tür, noch neben der Plattform im Raum der *glanhíre*, lagen neben dem verletzten Professor nun auch Alica und Ash. Groogian hockte neben ihnen, gab ihnen Wasser aus einem Lederbecher und sah überaus besorgt aus.

»Du bist nicht mehr der Jüngste, Meister«, sagte er leise. »Vielleicht musst du dich nicht auf jedes Abenteuer einlassen, in das dich ein junges Frauenzimmer hineinziehen will.«

Ash ließ das unkommentiert, aber auf Alicas Lippen zeigte sich ein kleines Lächeln.

»Besonders witzig bist du nicht, Großer«, murmelte sie.

»Bin ich auch nicht für bekannt.« Groogian blickte hinüber zur Falltür, in die jetzt Mandanof mit zwei Dsitaren kletterte. »Das hier ist kein Spaß mehr. Ihr beiden seid total am Ende, und dass der Professor diesen Trip überlebt, halte ich für nahezu ausgeschlossen. Rechnet Ihr mit mehr Problemen auf dem Weg nach draußen?«

Alica hob müde die Schultern. »Ich weiß es nicht. Dunkle Zonen entstehen meistens durch misslungene Zauber, in denen zuviel Energie freigesetzt wurde. In Raftja hat schwarzes Licht den Untergang herbeigeführt. Wenn das zur Vernichtung dieser Stadt geführt hat, ist der Tunnel unter der Falltür vielleicht nicht betroffen.«

Groogian schnitt eine Grimasse. »Es ist furchtbar eng da unten. Wenn es dort Schwarze Löcher gibt oder die Wände sich bewegen, ist es eine Todesfalle.«

Ein Dsitare tauchte in der Falltür auf. »Meisterin Alica, seid Ihr im Stande, einen Blick auf etwas zu werfen?«

Groogian und Ash warfen beide einen wütenden Blick in Richtung des Soldaten.

»Siehst du nicht, dass Lady dei Xemotearzx erschöpft ist?« knötterte Groogian. »Kann es denn so dringend sein?«

Der Dsitare nickte. »Wir haben ein Grab gefunden«, sagte er. »Es ist in *korash* beschriftet.«

***

Die Grabstätte war bescheiden, nahezu versteckt in einem kleinen Seitenarm des Tunnels, der an dieser Stelle allerdings schon breiter wurde. Ein in den Stein geschlagener Türrahmen war mit Schriftzeichen versehen, ebenso der dahinterliegende Gedenkstein.

Wirklich erstaunlich aber waren die Rosen. Das Licht im Tunnel war spärlich, kam größtenteils von fluoreszierenden Flechten an den Steinwänden, doch im flackernden Licht der Laterne, die die Dsitaren vor das Grab gestellt hatten, war deutlich zu erkennen, dass Rosen aus der Nische wuchsen, ein kleines Stück in den Gang hinein.

»Das muss auch Magie sein«, meinte Mandanof. »Blumen, die im Dunken wachsen.«

Einer der Dsitaren bückte sich in die Nische und schaute nach oben.

»Nicht ganz, Hauptmann«, sagte er. »Hier ist ein Lichtschacht. Es ist nur dunkel, weil draußen noch Nacht ist.«

»Ah«, machte Mandanof.

Alica hingegen beugte sich nach vorne zu dem Dsitaren und zog ihn vorsichtig am Ärmel zurück.

»Stecht Euch nicht«, sagte sie matt. »Das sind keine gewöhnlichen Rosen.«

Fragende Blicke zwischen den Anwesenden, nur der Hauptmann machte ein »Wusste ich´s doch«-Gesicht.

Alica besah sich unterdessen das Grab genauer.

»Ich werde nicht ganz klug aus den Inschriften«, bemerkte sie. »Sie sind arg verwittert und scheinen keinen Sinn zu machen. Jedenfalls nennen sie keinen Namen.«

Stirnrunzelnd versuchte sie, die Buchstaben zu entziffern, und ihr Mund bewegte sich dabei, ganz so wie Ash es schon an der goldenen Eingangstür gesehen hatte.

»Es scheint«, sagte sie dann, »dass hier einer der Verteidiger der Stadt begraben liegt. Mit seiner Frau, wenn ich das richtig deute. Nur klingt es nicht wirklich wie ein Nachruf. Eher wie eine Bestrafung. Ich werde nicht schlau daraus. Vielleicht war es einer der Angreifer?« Sie schüttelte den Kopf.

Mandanof machte eine ungeduldige Bewegung. »Kann das Grab uns gefährlich werden?«

»Ich weiß nicht. Vermutlich nicht.«

»Wie könnten wir das sicherstellen?«

Ash warf ihm einen entnervten Blick zu. Alica war erschöpft, es war nicht nötig, sie so unter Druck zu setzen.

Der Gedanke ließ ihn einen Augenblick stutzen. Hätte er das genau so gesehen, wäre er an Mandanofs Stelle gewesen? Alica war ein Expeditionsmitglied wie alle anderen, sie hatte eine Aufgabe zu erfüllen, und diese Umgebung war potenziell gefährlich. Der Hauptmann hatte Recht, aufs Tempo zu drücken... und sein eigenes Urteil war getrübt davon, dass er der Zauberin persönliche Gefühle entgegenbrachte.

Ja, das tue ich, stellte er fest. *Ich habe ziemliches Interesse an dieser Frau mit ihren Geheimnissen und ihren unberechenbaren Fähigkeiten.*

Es tat gut, sich das einzugestehen. Es war auch der richtige Moment dafür, denn er hatte keine Zeit, den Gedanken weiter zu verfolgen und ihn damit zu verkomplizieren.

»Es gibt eine Möglichkeit, mehr Details herauszufinden«, sagte Alica gerade. »Ich werde mich an einer dieser Rosen stechen und für eine Zeitlang in Trance fallen. Danach weiß ich mehr.«

»Trance?« fragte Ash alarmiert. »Bist du sicher, dass du dafür in Form bist?«

Sie schenkte ihm ein hinreißendes Lächeln. »Du bist süß, wie du dich um mich sorgst.«

Ash registrierte die Belustigung der Dsitaren und das anzügliche Grinsen Groogians, wusste aber selbst nichts zu sagen.

»Es ist nicht gefährlich«, beruhigte sie ihn. »Sogar ganz entspannend. Es sind Traumrosen. Ich bin ihnen schon einmal begegnet. Wer immer sie gepflanzt hat, hat sie mit Erinnerungen gefüllt – und zwar denen des Toten.«

»*Alle* Erinnerungen des Toten?« fragte Mandanof.

»Nein, nein!« wehrte sie ab. »Nur ausgewählte Teile. Das anstrengendste ist, dass die Rosen normalerweise ein Stück der eigenen Erinnerungen verlangen, will man Zeuge der in ihnen verborgenen werden.« Sie blickte zweifelnd auf die Grabstätte. »Das hier ist so alt, dass ich vielleicht darum herum komme. Wenn wir Pech haben, sind sogar die Erinnerungen in den Rosen verloschen.«

»Wie auch immer – niemand erzählt den beiden Professoren davon. Die würden sich sofort darauf stürzen und dann in stundenlange Trance versinken«, sagte Mandanof. »Gut, dass sie noch oben im Raum sind.«

»Stundenlang dauert das gar nicht«, meinte Alica. »Nur wenige Minuten.«

»Warum musst du das machen?« fragte Ash. »Kann das niemand anders übernehmen?«

Wieder lächelte sie ihn an, diesmal verschmitzt. »Du bist wirklich...«

Er hob eine Hand. »Lass gut sein, ja? Für einen Tag hast du meinen Status schon genug beschädigt.« Er grinste.

Mandanof ignorierte das Geplänkel, sah von einem zum anderen. »Also, wer macht´s?«

»Ich«, sagte Alica. »Sorgt dafür, dass mir nicht die Tunneldecke auf den Kopf fällt, während ich ohne Bewusstsein bin.«

An einem fernen Horizont dräute die Silhouette einer Stadt, schwarz vor einem glühenden Hintergrund, den Alica nicht zuordnen konnte. Was glühte dort? Und wie kam es, dass es so dunkel war?

Sie blickte sich um. Eine kleine Gruppe von Männern und Frauen, in mystischer Tracht, wie einem kitschigen Gemälde entsprungen: Lange Mäntel, Stäbe aus poliertem Holz, mit Griffen aus edlen Metallen oder funkelnden Edelsteinen.

Auf der Kleidung entdeckte sie Symbole in *korash*. Abzeichen des Hohen Konzils – der spirituellen Vereinigung der Magier im Zeitalter der Mystik.

Wo war sie hier? Was war das für eine Stadt?

Dann sah sie den Turm. Die Silhouette war unverkennbar. Jeder Mystiker in Isrogant kannte sie: Die Doppelsäule, zwischen dessen Pfeilern eine große Terrasse ruhte, darüber die hohe Kuppel, an deren Spitze ein *glanhír* funkelte.

Alica glaubte, diesen Stein sogar sehen zu können. Vermutlich Einbildung, angesichts der Entfernung, die zwischen ihr und der Stadt noch lag. Möglicherweise nicht einmal ihre Einbildung, sondern die des Menschen, in dessen Erinnerung sie mitreiste.

Vielleicht war das auch der Grund für die Dunkelheit, die sie umgab. Wenn sie genauer hinsah, konnte sie andere Ursachen nicht entdecken: Alles sah nach einem warmen Frühlingstag aus.

Die kleine Gruppe befand sich im Tal eines Flusses, der von hier in Richtung der Stadt mäanderte; eine unberührte Auenlandschaft, friedlich und voller Leben. Alica fühlte sich an das Dorf erinnert, in dem sie aufgewachsen war. Kaum zu glauben, dass nicht weit von hier die Dunkle Zone von Raftja lag.

An diesem Gedanken verhakte sie sich: *Moment... Der Turm steht ja noch!*

Die Erinnerungsrose hatte sie weiter in die Vergangenheit gebracht, als sie gedacht hätte. Raftja, vor dem Einsturz des Turmes; Magier mit dem Wappen des Hohen Konzils. Was sie hier sah, war so lange Vergangenheit, dass es noch vor der Ersten Offenbarung geschehen war. Die Menschen um sie herum wussten nichts von Adjagard, sie hatten keine Ahnung von der Großen Flut, kannten keine Traumtempel... und sprachen kein Isrogant. Diese Gemeinschaftssprache war erst im Zeitalter Adjagards entstanden.

Ganz kurz sorgte Alica sich, ob sie verstehen würde, was die

Menschen hier sprachen. Doch dann wurde ihr klar, dass sie von Magiern umgeben waren. Sie sprachen *korash*, das ihr natürlich vertraut war... nur ob sie im Stande sein würde, diese komplizierte Sprache auch dann zu verstehen, wenn sie fließend gesprochen wurde?

Die Szene um sie herum verschwamm, die Reisegruppe wurde erst geisterhaft durchsichtig, dann verschwand sie, während sich das Bild veränderte.

Sie waren jetzt näher an der Stadt, die Auenlandschaft war zu Feldern und Äckern geworden, zwischen denen kleine Bauernhäuser verstreut lagen. Aus dieser Entfernung erschien Raftja glanzlos, trotz der flatternden Banner am Ortseingang. Zu grau die Straße, die den Hügel hinaufführte, zu trist die Gebäude, die sich an den Hügel anlehnten. Alica sah einen schmucklosen Marktplatz auf halber Höhe, ein Gasthaus am Fuße der Bebauung, einen großen Gebäudekomplex zu ihrer Rechten. Das einzige herausstechende Merkmal war der Turm, legendäre Heimat der Mystischen Gilde von Rafanaí.

Sie rätselte, ob dieser Name zu seiner Zeit tatsächlich schon einen solchen Klang gehabt hatte. Gut möglich, dass erst die Katastrophe von Raftja seine Berühmtheit begründet hatte. Vielleicht waren die Rafanaí zuvor nur eine von vielen mystischen Gesellschaften gewesen, in einem lange vergangenen Isrogant, das von Zauberern beherrscht wurde.

Raftja besaß eine Stadtmauer – allerdings nur im Norden, auf dem Kamm des Hügels. Das erschien abwegig, denn ein Angreifer würde sich eher über die Ebene nähern. Warum also die Mauer? Auf den Zinnen des Bauwerks verliefen Rohre, an denen Handwerker arbeiteten. Wasser wurde von einer Pumpanlage aus dem Tal nach oben und über die Mauer gepumpt.

Sie hörte, dass sich die Reisegruppe, mit der sie unterwegs war, ebenfalls darüber unterhielt: Sie taten das fließendem, schnellen *korash*, wie sie es nie zuvor gehört hatte. Nur mit Mühe verstand sie, was gesagt wurde.

Die Gruppe sah die Mauer als Beleg dafür, dass die Magier im Turm Gefahren gezüchtet hatten, die sie jetzt einzudämmen suchten. Beruhigt vernahm sie, dass niemand die Situation für dramatisch hielt. Eine einfache Steinmauer, eine Wasserkühlung... was ließ sich damit schon wirklich aufhalten?

»Wir sollten in die Stadt heute abend, oder morgen, je nachdem, wie der Empfang aussieht im Turm«, sagte eine Frau. Sie schien eine wichtige Person zu sein, Alica hatte beobachtet, dass sie oft das Wort führte. Ein jung wirkender Mann mit albinotisch weißer Haut und rotumrandeten Augen sprach allerdings noch häufiger. »Gerüchte und die Meinung der Bürger dürften ergiebig sein.«

Bestätigendes Nicken war die Antwort der anderen.

Mit Blick auf die Bewohner Raftjas, denen sie bisher begegnet waren, fand Alica das ziemlich optimistisch. Die Straßen waren leer und erstaunlich still, Passanten sahen einander kaum an, der Reisegruppe wichen sie verschüchtert aus. Es war bedrückend.

Andererseits: Sie befand sich in der Erinnerung eines anderen Menschen. Subjektive Wahrnehmungen waren nicht unbedingt realistisch. Sie mochten geprägt sein von den Erfahrungen, die jetzt erst noch vor ihnen lagen, oder von Vorurteilen, die der Erinnernde von anderswo mitbrachte.

Trotzdem war Raftja ein erschreckender Ort.

Alica fragte sich, wessen Erinnerungen sie wohl gerade bereiste. Es musste jemand aus der Reisegruppe sein. Der junge Mann? Die Frau, die gesprochen hatte?

Mit Betreten des Turmes veränderte sich die Atmosphäre.

***

Das große Tor des Turms von Raftja wirkte abweisend in seiner Monumentalität. Ein uniformierter Torwächter öffnete einen der beiden großen Flügel und machte den Blick frei auf einen marmornen Innenhof: Wehende Fahnen, bewaffnete Gardisten, edel geschmückte Springbrunnen, prachtvolle Gebäude.

In Kontrast dazu lungerte auf dem Rand eines Brunnenbeckens eine Gruppe junger Leute in all zu lässiger Kleidung.

Hochgekrempelte Ärmel, lachende Gesichter, Stöße von Papieren um sie herum. Alica zählte sechs Personen, Männer wie Frauen, auf höchst unkonventionelle Weise in die Arbeit vertieft.

Sie warf einen Blick auf ihre Begleiter: Würdevolle Roben, goldene Wappen auf teurer Seide, Zauberstäbe, ernste Gesichter, aufrechte Haltung. Mystische Elite, Zoll um Zoll.

Sie kniff kurz die Augen zusammen ob dieses Gegensatzes.

»Roderic Meribane!« rief eine helle Frauenstimme. Die Neuankömmlinge fuhren herum, unter ihnen – unsichtbar – auch Alica. Aus dem Augenwinkel sah sie, wie sich das große Eingangstor wieder schloss.

Eine großgewachsene Frau eilte federnden Schrittes über den Hof. Sie war schlank, trug ihr flachsblondes Haar zu einem Pferdeschwanz gebunden, offene Schuhe, weite Hosen und ein Arbeiterhemd. An einer schmalen Kette um ihren Hals schimmerte ein *glanhír*.

Mit breitem Lächeln reichte sie dem blassen Magier, den Alica zuvor schon als Anführer der Gruppe identifiziert hatte, die Hand. Dieser blickte einen Moment indigniert darauf, dann ergriff er sie und ließ sie schütteln. Er selbst blieb merkwürdig unbeteiligt. Die irritierte Distanz der anderen Neuankömmlinge war deutlich spürbar.

Die Frau ließ Roderic Meribanes Hand wieder los, sah kurz in die Runde und deutete ein unverbindliches Winken an. »Eine Gesandtschaft des Hohen Konzils«, stellte sie fest. »Das ist eine große Ehre für ein unscheinbares Städtchen wie Raftja.«

Roderic neigte den Kopf. »Es kann doch nicht unerwartet kommen.«

»Unerwartet? Nein. Wir wissen doch, dass der Hohe Mentor sich für unsere Forschungen interessiert.«

Roderic nickte. Ein säuerliches Lächeln stahl sich auf seine Züge. »Ja, in der Tat. Wir hoffen, etwas Einblick in Eure...«, er machte eine kurze Pause, »... Forschungen zu bekommen.«

Zu seinen Begleitern gewandt fügte er hinzu: »Weil sie sich selbst nicht vorstellt, will ich es für sie übernehmen. Dies ist Anrika da Ailona, Meisterin der Mystischen Gilde von Rafanaí.«

Die Frau lachte ein freundliches Lachen.

»Willkommen alle zusammen. Ihr seid sicher hungrig. Unsere Köche sind wahre Zauberer – auf ihrem Gebiet, versteht sich. Ich schlage vor, wir nehmen erst einmal einen Imbiss zu uns. Dann könnt Ihr mir erzählen, was Euch am meisten interessiert.«

***

Der Imbiss wurde in einem weitläufigen Raum serviert, weit oben im Turm, mit großen Fenstern, die allerdings alle in Richtung Süden zeigten, von wo die Gesandtschaft des Hohen Konzils gekommen war.

Friedlich und sonnig lag die Landschaft unter dem Turm. Alica sah den Fluss, über dem ein Fischreiher majestätische Runden flog, und unten in Raftja die Menschen auf den Straßen, die ihren Beschäftigungen nachgingen. Die beklemmende Stimmung der Stadt brach die Harmonie des Sommertages.

Das Essen sah hervorragend aus. Bedauerlicherweise hatte sie keine Möglichkeit, selbst etwas davon zu probieren: Trotz aller scheinbaren Realität befand sie sich nach wie vor in einem Traum. Während die Gesandtschaft tafelte, erinnerte sie sich an die Traumreisen, die sie vor gar nicht all zu langer Zeit in Maiins unternommen hatte, mit Louis an ihrer Seite, dem geheimnisvollen alten Mann, Wächter einer vergangenen Zeit. Der Gedanke machte sie fröhlich und traurig zugleich, und fast hätte sie den Beginn des eigentlichen Gespräches verpasst.

»Nun, die Gilde der Rafanaí widmet sich der kreativen Mystik«, sagte Anrika da Ailona gerade. »Und das mit Hingabe.«

»Schwarzmagie«, stellte eine der Frauen der Konzilsgesandtschaft fest.

»Den Begriff habe ich schon oft gehört«, bestätigte Anrika. »Nur kann ich nicht sehen, wie eine solche Kategorisierung irgendjemandem hilft.«

»Es ist eine moralische Kategorisierung, Gildemeisterin«, entgegnete die Frau. »Philosophisch. Sie ist wichtig, um das Richtige zu tun.«

»Das Richtige«, wiederholte Anrika. »Ja, ich weiß. Das ist ein immer wiederkehrendes Thema im Hohen Konzil.«

»Ich hab Euch lange nicht mehr dort gesehen, Anrika«, warf Roderic ein.

Sie nickte. »Das ist wahr.«

»Wie kommt es?«

Sie antwortete schnell, als müsse sie gar nicht überlegen.

»Mich ermüden die endlosen moralinsauren Diskussionen. Im Konzil wird geschwafelt, während die mystische Welt draußen sich weiterbewegt. Fortschritt in der Magie erreichen wir nicht durch Geschwätz und Bedenkenträgerei.« Sie rutschte auf ihrem Stuhl ganz nach vorne. »Wir brauchen Macher. Keine Schwätzer.«

Roderics Gesicht blieb ausdruckslos. Er ließ sie bis zum Ende sprechen, wartete ein wenig, ob sie fertig war.

»Ist Euch bewusst, wieviel Verantwortung Macher tragen?« fragte er dann leise. »Angesichts Eurer Machtfülle als Gildemeisterin?«

Sie hob die Hand. »Verantwortung, in der Tat. Für die Zukunft der Menschheit. Wenn es nach den Bremsern im Hohen Konzil ginge, wäre die Welt morgen dieselbe wie gestern. Dabei haben wir es in der Hand, sie zu gestalten.« Sie legte die Unterarme auf den Tisch, auf dem noch die Reste ihrer Mahlzeit standen. »Wir können sogar den Tod besiegen!«

Es war für Alica überraschend, wie offen hier gesprochen wurde – oder war das eine Verdichtung, die durch die Erinnerung entstand? Die Konversation folgte einem Drehbuch, das ihr, viele Jahrhunderte später geboren, nur zu bekannt war: Aus den Geschichtsbüchern, die das Ende des Zeitalters der Mystik beschrieben. Der Ehrgeiz der Schwarzmagier, die *glanhíre* künstlich herstellen wollten und sich die Unsterblichkeit erobern, wozu sie sich mit undenkbaren Experimenten befassten. Die Bedenken der traditionsbewussten Magier im Hohen Konzil.

Roderic zeigte sich nicht beeindruckt von Anrikas Hybris.

»Zu welchem Preis?« fragte er.

Anrika lehnte sich abrupt zurück.

»Was ist das für eine Frage?« Doch dann besann sie sich. »Heißt das, Ihr leugnet nicht, dass der Tod als Zustand besiegbar ist?«

Die Mitglieder der Gesandtschaft wechselten rasche Blicke. Einer von ihnen hob beschwichtigend die Hand.

»Wer kann das wissen?« fragte er, doch als er weiter sprechen wollte, unterbrach ihn die Gildemeisterin.

»Wir!« Sie schlug mit der flachen Hand auf den Tisch. »Wir sind dem Geheimnis auf der Spur.«

»Das hatten wir befürchtet«, sagte eine der Besucherinnen. Leise, fast wie zu sich selbst. Sie saß mit verschränkten Armen, ihre Haltung defensiv, ihr Gesichtsausdruck ablehnend.

Anrika stieß einen Finger in Richtung der Frau. »Genau das ist es! Befürchtungen! Ihr steckt immer voll davon. Der Hohe Mentor ist ein Sorgensack erster Güte. Er sieht überall nur Risiken. Wenn es nach ihm ginge, würde sämtliche mystische Forschung im Untergrund erfolgen, weil sie offiziell nicht erlaubt wäre. Die echten Entdeckungen würden wir den Elben überlassen.«

Sie hielt inne, wohl weil sie merkte, wie unsinnig diese Behauptung war. Die Gemeinschaft der Elben war mit sich selbst beschäftigt, und das Geheimnis des ewigen Lebens hatten sie lange aufgegeben. »Oder die Zwerge. Die sind kreativ und schöpferisch!«

Schweigen war die Antwort. Alica vermutete, dass der Frontalangriff auf den Hohen Mentor ein Affront erster Güte war. Wieder fragte sie sich, ob die Erinnerung verfälscht war, oder ob Anrika da Ailona wirklich so angriffslustig gewesen war. Wie deutlich waren die Frontlinien vor dem Beginn der Dunklen Jahre verlaufen?

Roderic sprach nach wie vor langsam und betont würdevoll, als er jetzt das Wort ergriff. Sein selbstgerechter Habitus ging selbst Alica auf die Nerven, Anrika aber trieb er sichtlich zur Weißglut.

»Eure schöpferische Arbeit, Gildemeisterin Anrika, würden wir gerne kennenlernen«, sagte er. »Könnt Ihr uns ein wenig davon zeigen?«

Sie nickte. »Selbstverständlich. Wir machen eine Führung durch die

Mystische Akademie, und ich zeige Euch einige der Labors.«

Das fand Roderics Zustimmung. »Und könnten wir vorher einen Blick auf die andere Seite des Turmes werfen?«

Anrika zögerte.

»Ja«, sagte sie dann. »Natürlich.« Sie stand auf. »Kommt mit.«

***

Die Magierschule der Rafanaí-Gilde wirkte befremdlich auf Alica.

Alles war von schlichter Eleganz, sauber und aufgeräumt, die Schüler und Praktizierenden verhielten sich all zu ungezwungen.

Kumpelhaftes Schulterklopfen, lautes Gelächter in den Gängen, Gruppen von Kommilitonen in unkonventioneller Kleidung beherrschten das Bild.

Die Akademie, an der sie selbst gelernt hatte, war voller mystischer Geheimnisse gewesen, voller versteckter Zauber und überlieferter Traditionen. Eine Welt für sich, teilweise skurril, dafür um so faszinierender. Nichts davon gab es in diesen prachtvollen, aber sterilen Räumen voller junger, leistungsbereiter Leute.

Die alltäglichen Arbeiten im Turm wurden von nicht-mystischen Bediensteten verrichtet. So locker und unkompliziert der Umgang der Magier miteinander war, so ignorant verhielten sie sich gegenüber dem Personal. Wer kein magisches Talent besaß, war schlichtweg nicht vorhanden.

War das schwarzmagische Überheblichkeit oder ein ganz normaler Teil der Lebensweise im Zeitalter der Mystik? Alica hatte sich das oft gefragt: In einer Welt, die von Magie dominiert wurde... welche Rolle konnten normale Menschen darin spielen? Sie hatte die unangenehme Vermutung, dass sie Zeuge einer Klassengesellschaft war. War das besser als die Verfolgung der Mystischen durch die Kirche der Zweiten Offenbarung in der Gegenwart nach der Flut?

In einem Hörsaal führte ein Dozent telekinetische Experimente vor. Auf einem Tisch lag ein großer Stapel dunkelgrauer Steine, die er zu unheimlichem Leben erweckte: In einen blauen Schleier kraftvollen *achís* gehüllt, fanden sie sich zu Formen zusammen, bewegten sich durch den Raum, schienen zeitweise regelrecht zu verschmelzen.

Zauber dieser Art waren Alica nicht unbekannt, nur wurden sie in der Gegenwart kaum noch praktiziert. Ihr graute beim Anblick so offensichtlicher Verschwendung, denn diese Art von Magie nutzte *glanhíre* so schnell ab, dass man regelrecht zusehen konnte, wie sie an

Kraft verloren.

Während die Gesandtschaft zusah, versuchten sich nun auch die Studenten an den Steinen, versetzten sie in Bewegung.

»Schön«, sagte Roderic schließlich. »Aber das ist nicht, weswegen wir hier sind.«

Die gut sortierte Effizienz der Hörsäle und Klassenräume mit ihren gut gelaunten Studenten fand ein jähes Ende, als die Gruppe am anderen Ende des Turmes ankam. Hier schienen die weiten Gänge weniger gepflegt, die Türen seltener benutzt.

»Die Räume hier haben Fenster, die zur Ebene von Raftja zeigen«, hörte Alica jemanden sagen. Es schien, die Konzilsgesandtschaft hatte schon eine Ahnung, was sie erwartete.

Alica hingegen war überrascht, als die Gildemeisterin Anrika schließlich eine Tür auf einen weitläufigen Balkon öffnete. Der erste Eindruck war blauer Himmel, auf dieser Seite des Turmes nicht anders als zuvor. Doch unter ihm lag eine verwüstete Landschaft, im Osten des Turmes von der bewässerten Stadtmauer begrenzt.

Nur vereinzelt gab es hier noch Pflanzen, und jede davon war verkrüppelt. Sträucher und Bäume waren kaum zu erkennen. Ihre Stämme und Äste waren in widersinniger Weise gebogen und gekrümmt, die Farben der Blätter verfälscht.

Rötliche, verbrannte Erde bedeckte die Ebene, durchzogen von Rissen, in denen undefinierbare Flüssigkeit schwappte, konstant die Farbe wechselnd. Sie sammelte sich in einer Art Teich zu Fuße der Stadtmauer.

Alica blinzelte, als sie eine fingernde Hand daraus aufsteigen sah. Es war keine Täuschung. Der Teich war voller Lebewesen. Jetzt verstand sie, wozu die Bewässerung der Stadtmauer diente: Eines der Wesen verließ den Tümpel, schillernd-schleimige Haut, echsenhafte, kriechende Bewegungen. Es versuchte, an der Mauer nach oben zu klettern, berührte das daran herabfließende Wasser, zuckte zurück, schmerzhaft, verschwand zischend wieder im Tümpel.

Da war noch mehr Bewegung in der verwüsteten Ebene, schwer auszumachen, und hatte man sie entdeckt, nur schwer zu ertragen. Steine schienen zu atmen, Tiere schleppten sich mühsam dahin, Pflanzen streckten ihre Äste wie Arme zum Himmel.

Und es stank.

»Wie ich sehe, machen die Rafanaí Fortschritte bei der Verbesserung der Lebensbedingungen«, bemerkte Roderic trocken.

»Wir beschränken die Schäden auf ein notwendiges Minimum«, entgegnete Anrika unwirsch.

»Ja.« Roderic blickte vielsagend auf die Wüste zu ihren Füßen.

Eine seiner Begleiterinnen beugte sich zu ihm und flüsterte etwas in sein Ohr. Trotz der großen Entfernung, in der Alica von den beiden stand, konnte sie jedes Wort deutlich verstehen.

Roderics Erinnerungen, stellte sie fest. *Er ist der Magier, dessen Grab wir in der Dunklen Zone gefunden haben.*

»Schwarzes Licht«, waren die Worte, die ihm zugeflüstert wurden. Er nickte und wandte sich an Anrika.

»Das dort unten sind nicht nur misslungene Experimente.« Er deutete mit dem Finger auf die verkrüppelten Bäume. »Ihr habt mit schwarzem Licht experimentiert. Das wirft die Frage auf, welche Art Forschung Ihr eigentlich betreibt, Anrika.«

Die Reaktion der Gildemeisterin war erstaunlich defensiv. »Wir brauchen viel Energie.«

»Soviel, dass Ihr es riskiert, das Gewebe der Welt zu zerreissen?« Roderic hob schnell beide Hände, schnitt ihr das Wort ab. »Anrika, wenn Ihr nicht vorsichtig seid, wird Raftja zur Dunklen Zone, und Eure Untertanen reißt Ihr mit ins Verderben.«

Prophetisch, dachte Alica. *Und das erste Mal, dass hier jemandem die nicht-magische Bevölkerung eine Erwähnung wert ist.*

»Abergläubischer Unsinn!« gab die Gildemeisterin zurück. »Dunkle Zone! Mit diesem Mummenschanz machen die Bedenkenträger im Hohen Konzil Stimmung. Es ist gar nicht nachgewiesen, dass das Gewebe der Welt auf diese Weise beschädigt werden kann.«

»Ihr wisst, dass das gerade umfassend erforscht wird. Ich muss nur dort hinuntersehen und sehe einiges, das nicht viel mit dem Isrogant zu tun hat, wie wir es kennen.«

Roderic war noch immer ganz ruhig. Jetzt trat er an das Geländer des Balkons und fuhr mit der Hand darüber. Staub wirbelte auf. »Schau an. Keiner der Rafaní sieht sich das da unten gern an. Hier war seit Ewigkeiten niemand mehr.«

Anrika zuckte die Achseln.

»Seht Ihr«, Roderic lehnte sich an das Geländer und blickte die Gildemeisterin prüfend an. »Eure eigene Umgebung habt Ihr schon zerstört. Selbst wenn die Sorgen des Konzils für Euch nur Gerede sind, diese Monstrositäten dort unten sind es nicht. Die sind real.«

»Roderic, das ist doch Unsinn.« Anrika machte überdeutlich, dass sie genug hatte. »Ihr müsst uns nicht missionieren. Bei uns läuft alles unter strenger Kontrolle, aber wo gehobelt wird, fallen eben auch Späne.«

Alica fand bemerkenswert, dass die Gildemeisterin dabei jeden

Blick in die Tiefe vermied. Schon strebte sie wieder zur Tür. »Ich muss mich jetzt entschuldigen. Es wartet Arbeit auf mich.« Ungeduldig wartete sie, bis alle Mitglieder der Gesandtschaft den Balkon verlassen hatten.

Alica schlüpfte mit durch die Tür.

Die Erinnerung wurde wieder dunkel.

***

Roderic saß in einem Sessel an einem Fenster, das auf die »gute« Seite des Turmes hinausging. Gedankenverloren blickte er auf die idyllische Landschaft, in seiner Hand einen Brief. Das Papier sah aus, als trage er es schon lange mit sich herum: Abgenutzt, an den Knickkanten eingerissen, fleckig.

Trotz aller Bemühungen konnte Alica auf dem Blatt nichts erkennen, nur eine runde Frauenhandschrift, deren Ziffern nicht in *korásh* geschrieben waren, sondern in einer ihr unbekannten Sprache. Sanft glitten Roderics Finger über die Worte. Gepflegte Finger, die keine körperliche Arbeit kannten, manikürte Fingernägel, weiche Haut. Ein träumerischer Ausdruck lag auf seinem Gesicht, der auch nicht wich, als es jetzt an der Tür klopfte.

Langsam stand er auf, öffnete die Tür. An ihm vorbei erhaschte Alica einen Blick auf rote Haare, die ein etwas rundliches Gesicht umrahmten, Kulleraugen in scharfem Kontrast zu einem Mund, dessen schmale Lippen noch attraktiv wirkten, aber schon einen Ausblick auf dasselbe Gesicht in nicht allzuferner Zukunft zuließen. Schon jetzt zeigten die Mundwinkel eine Tendenz nach unten.

Als die junge Frau jetzt das Zimmer betrat, vervollständigte sich dieser Eindruck. Ihre Kleidung passte hervorragend in die so legere Umgebung der Akademie: Weites Hemd in ausgewaschenem Lila, der oberste Knopf geöffnet, was beinahe lasziv wirkte, verstärkt noch von der kurzen Hose, die den Blick auf wohlgerundete, attraktive Beine lenkte, zarte Fesseln, schlanke Füße in flachen Lederschuhen.

Sie musste eine Mystikerin sein. Die nicht-magischen Bediensteten im Turm trugen praktische, unauffällige Kleidung, nicht diese Art modischer Trickserei voller versteckter sexueller Anspielungen.

Diese Attitüde zerrte an Alicas Nerven. Die betonte Lässigkeit der Mystiker im Turm von Raftja, die betonte Jugendlichkeit, die einherging mit privilegierter Überheblichkeit. Das hier waren verwöhnte Gören, Angehörige einer kleinen Elite, die sich für etwas besseres hielt und Spielchen spielte.

Selbst die steife, würdevolle Arroganz der Abgesandten des Hohen Konzils war weniger unangenehm.

Eine kurze Weile standen die beiden sich gegenüber, die Unsicherheit zwischen ihnen beinahe greifbar. Darunter verborgen lag noch mehr: ein zarter Hauch versteckter Sehnsucht.

Schließlich streckte sie eine Hand aus, die er langsam ergriff, sie in Richtung des Fensters zog, wo er eben noch gesessen hatte. Schweigend nahm sie ihm gegenüber Platz, kerzengerade, die Hände im Schoß verschränkt.

»Wie geht es dir?« fragte er.

Sie neigte den Kopf. »Nicht schlecht.«

»Bieten die Rafanaí das, was du dir von ihnen versprochen hast?«

»Das und mehr.«

Ihre Hände verkrampften sich verräterisch. Sie hütete ein Geheimnis, wollte nicht zuviel sagen. Oder war da noch etwas anderes?

Roderic rutschte unruhig auf seinem Sessel hin und her. »Ich versuche nicht, dir Informationen zu entlocken, Sabia. Ich bin wirklich daran interessiert, wie es dir geht.«

»Deswegen bist du hier?« Ihr Blick fiel auf den Brief, den er zuvor in der Hand gehalten hatte. Er lag auf einem kleinen Beistelltisch vor dem Fenster. »Den hast du noch?«

»Natürlich.«

Sie nahm ihn auf, entfaltete ihn. »Sieht aus, als würdest du ihn oft lesen.«

»Ja. Muss mir das peinlich sein?«

Ihr Stirnrunzeln machte ihr Gesicht hübscher. »Wieso denn peinlich?«

Er hob die Schultern. »Weil du mich schon lange hinter dir gelassen hast.«

Prustend legte sie den Brief zurück auf den Tisch. »*Das* wäre peinlich für den großen Magier Roderic, nicht wahr? Einem Mäuschen nachlaufen, das gar kein Interesse an ihm hat.«

»Ich laufe dir nach?«

»Bis hierher nach Raftja. Oder bist du doch nicht wegen mir hier?«

Das machte ihn ungehalten. »Lass das. Dreh mir nicht die Worte im Mund herum.«

Alica verdrehte die Augen. Gestandene Männer, die den Röcken junger Frauen nachliefen und daran auch noch scheiterten, weil diese unerwartet einen eigenen Willen entwickelten... es war lächerlich. Sie wurde ärgerlich. Die Szene zwischen Roderic und Sabia erinnerte sie in fataler Weise an Ashs Theater mit der kleinen Wüstenadligen.

Die Erinnerung an ihre eigene erste Ehe bremste ihren Grimm. Ein alternder Edelmann, der bald nach ihrer Hochzeit gestorben war, eines natürlichen Todes, auf Grund seines Alters. Allerdings war das eine Zweckbeziehung gewesen, ein Bündnis auf Augenhöhe, das ihnen beiden Vorteile verschaffte und nichts mit romantischem Unfug zu tun gehabt hatte.

Jegliche Zweifel schob sie beiseite, gewahr werdend, dass sie den Fortgang des Gespräches verpasst hatte.

»Freiheiten müssen auch Grenzen kennen«, sagte Roderic gerade, und es klang, als sei es ein Kredo, das er schon öfter geäußert hatte. Sabias Reaktion zeigte, dess es genau so war: Sie kniff die Lippen zusammen, unwillig, genervt.

»Ich weiß, Roderic. Das ist ein wichtiges Thema für dich. Grenzen. Vorschriften. Benimm. Tradition. Das Richtige tun.«

»Ist das nicht wichtig?«

»Nein.« Ihre Stimme klang entschieden. »Das ist nicht wichtig. Du bist eingeklemmt in deinem Leben, das bestimmt wird von angestaubten Regeln. Dein Leben ist so eng, als lebtest du in einem Briefkasten.« Sie holte Luft. »Nein, ein Sarg. Du lebst in einem Sarg!«

Es war eindeutig, dass ihre Worte ihn verletzten. »Warum sagst du so etwas?«

»Weil es wahr ist!« Ihre Lippen zitterten, ihre Augen wurden größer. »Weißt du es nicht? Wenn du nicht so verdammt korrekt wärst, dann *hättest* du mich.«

Er zuckte zusammen, und sie verzog den Mund. »Deine alte Familie, Traditionen, mystischer Ehrenkodex, alles wichtiger als ich. Willst du das bestreiten?«

Roderic wich ihrem Blick aus, starrte auf den Boden. Eine Staubflocke tanzte zwischen den Tischbeinen und seinem Sessel.

»Und deswegen lässt du dich jetzt zur Schwarzmagierin ausbilden?« fragte er leise.

»Aaah!« Ihre Stimme war empört, beinahe schrill. »Darüber willst du reden? Ja, ist es das? Ich dachte, wir sprechen über dich und mich! Aber du redest über dunkle Mystik! In Ordnung, darüber können wir reden.«

Er hob abwehrend die Hände, aber sie war in Fahrt. »Dein borniertes, kleingeistiges Verständnis von Mystik ist nicht der Grund dafür, dass ich hier bin. Aber es ärgert mich. Es ist langsam und dumm, ein immerwährendes ´Geht nicht, weil...´«

»Manche Dinge gehen wirklich nicht...«, warf er schwach ein.

»Ach was!« Sie stampfte mit einem Fuß auf. Ihre Hände lagen jetzt nicht mehr in ihrem Schoß, und sie saß auch nicht mehr da wie ein braves Schulmädchen. »Das sind doch alles Ausreden. Die Welt soll so bleiben, wie sie ist. Damit ihr euch sicher fühlen könnt. Dabei ist sie voller Möglichkeiten. Ich habe hier Wunder gesehen, die unsere Zukunft verändern. Es ist uns gelungen, Seelen zu transferieren!«

Seine Augenbrauen schossen nach oben, und sie bemerkte, dass sie sich hatte hinreißen lassen.

»Im Namen der Wunder!« rief sie. »Ich muss wohl aufpassen, was ich dir sage! Ich kann dir nicht vertrauen!«

Dazu sagte er nichts, aber jetzt sah er sie an.

»Weißt du, alles ist möglich. Der menschliche Geist kann die Welt gestalten, in der er lebt. Nicht nur wie die Zwerge, die Maschinen bauen. Sondern wirklich in ihrer Essenz. Wir könnten uns einen Körper bauen, der uns gefällt, und unseren Geist damit verbinden.«

Das ist interessant, dachte Alica. Der alte Traum von der Unsterblichkeit der Seele in einem neuen Körper... für dich geht es nur darum, dem Verblühen deines Körpers zu entkommen. Sie lächelte traurig. So verschieden waren die Ansprüche ans Leben.

»Was ist der Preis dafür?« fragte er.

»Was interessiert mich der Preis?« gab sie zurück. »Es spielt doch keine Rolle, was es kostet. Ein solches Ziel rechtfertigt jeden Preis.«

»Ich habe hinter den Turm gesehen.«

»Ja, ich weiß.« Ihr Redefluss erhielt einen Dämpfer. Etwas langsamer setzte sie hinzu: »Das ist nicht das Schlimmste.«

Er nickte. »Was ist das Schlimmste?«

Sie schüttelte den Kopf.

»Nicht alle Experimente gelingen«, gab sie zu. »Und manchmal weiß man nicht, was aus ihnen wird. Wir haben Tierseelen in Steine übertragen, und sie scheinen zu leben. Aber niemand weiß, ob Steine sterben können.«

»Klingt, als hättet ihr einige Seelen zu einem ewigen Leben ohne Licht, Luft oder eine Hoffnung auf Befreiung verdammt.«

»Und sie schreien.«

»Die Steine?«

»Nein. Die nicht mehr. Aber vorher... Sie schreien schrecklich.«

»Ihr trennt, was nur durch den Tod getrennt werden soll«, sagte er. »Und der Tod ist der Übergang in ein neues Leben, ein anderes Leben. Aber ihr verwehrt es den Seelen, fesselt sie an ein Dasein, das sie überwunden haben.«

Sie starrte ihn an. »Woher weißt du das?«

»Ich weiß es nicht. Es ist alles Überlieferung.«

»Siehst du? Immer in den alten Fußstapfen laufen, tun, was die Altvorderen schon getan haben... das ist, als wäre man für die Ewigkeit in einen Stein gefesselt.«

»Bei allen Wundern! Meinst du das ernst?«

»Absolut ernst! Die mystische Welt ist doch seit Jahrhunderten in Stagnation verfallen. Wenn wir so weiter machen, werden wir eines Tages überflüssig sein und auszusterben beginnen, genau wie die Elben.«

»Und wer käme dann nach uns?«

Sie schüttelte den Kopf. »Ist das wichtig? Vielleicht ziehen dann die Orks wieder alleine über die Ebenen von Isrogant!«

Alica atmete tief durch. So interessant die Diskussion war – auf der Basis ihres eigenen Wissens über die ferne Zukunft – so sehr ärgerte sie, dass die beiden aneinander vorbei redeten, und um ihr eigentliches Thema herum. Es war kaum auszuhalten, ein Beispiel menschlicher Blödheit, das nicht dadurch besser wurde, dass auch mehr als tausend Jahre später Menschen sich noch genauso verhielten.

»Wozu braucht ihr das schwarze Licht?«

Sie blinzelte ihn misstrauisch an. Natürlich. Jetzt war er wieder der Gesandte des Konzils, hier, um Informationen zu sammeln.

»Für beinahe alles«, sagte sie schließlich. »Die meisten Experimente brauchen viel Energie, vor allem die Seelenwanderungen. Und schwarzes Licht ist fantastisch... hast du jemals daran teilgenommen, es zu erschaffen?«

Er schüttelte den Kopf. »Niemals.«

»Das solltest du.« Ihre Augen glitzerten, rund und groß vor Begeisterung. »Die Beschwörung leitet Energie direkt durch deinen Körper. Die wenigsten können es alleine tun, sondern brauchen eine Gruppe. Ein unglaubliches Erlebnis! Die Verbundenheit mit den anderen, die unheimliche Macht!«

»Macht«, wiederholte er.

»Du hörst immer nur, was du hören willst, oder?« Zorn flammte auf, rötete ihre Wangen. »Das Wort Macht war nur eines von vielen, die ich gesagt habe!«

»Stimmt.«

»Und was ist falsch daran? Macht ist etwas Gutes! Wir gestalten, wir sind aktiv, wir sind kreativ!«

»In Ordnung.« Er wollte nicht kämpfen, was Alica gut verstehen konnte. Die Positionen waren zu festgefahren, und über allem lag die sehr persönliche Geschichte zwischen den beiden. Sie gab ihnen keine Chance.

Sie begann sich zu fragen, wie lange diese Erinnerung noch fort-
dauern würde, und ob sie Zeuge noch privaterer Treffen werden
würde. Sie hatte genug. Als die Traumrose sie nach Raftja gebracht
hatte, war sie darauf vorbereitet gewesen, Zeuge dramatischer
Geschehnisse zu werden, historischer Ereignisse, vielleicht sogar des
Sturzes des Turmes, der in seiner Wirkung auf die Geschichte
Isrogants seinesgleichen suchte.

Stattdessen erlebte sie einen sehr privaten Ausschnitt vergangener
Zeiten. Wohin sollte das führen?

***

Die Antwort erhielt sie auf dem Fuße. Aus der intimen, behag-
lichen Atmosphäre des Turmzimmers, in der der Gesandte Roderic
mit einer jugendlichen Zauberin die Unmöglichkeit ihrer gegenseitigen Liebe auslotete, wurde sie in ein Inferno hektischer Betrieb-
samkeit gerissen.

Der Sprung kam so unvermittelt, dass sie taumelte.

In letztem Moment wich sie einer kleinen Gruppe junger Männer
aus, die etwas an ihr vorbei transportierten. In eiligem Schritt schoben
sie ein Gefährt eine Anhöhe hinauf – einen Karren ohne Räder, getragen von magischen Kräften, wie Alica an den glühenden *glanhíren*
erkennen konnte, die die Männer an Halsketten trugen, ganz wie sie
selbst.

Ihr graute beim Gedanken an die Verschwendung, die das Erledigen einer so alltäglichen Aufgabe mit Hilfe eines magischen Steins
bedeutete, doch dann zog der Karren selbst ihre Aufmerksamkeit auf
sich. Er strahlte in unnatürlichem Licht, gefüllt mit Hunderten von
glanhíren – zusammengestapelt wie die Ziegelsteine eines Maurers auf
dem Weg zu einer Baustelle.

Das war unglaublich. Die Magiere der Vergangenheit hatten ohne
Bedenken die Vorräte verbrannt, die ihre Nachfahren so dringend
benötigten. Ohne Bedenken – und ohne Not.

Wobei... ohne Not? Alica stand an einem Berghang. Die Anhöhe, die
sie zuvor gesehen hatte, war nur einer von vielen Gipfeln eines
beeindruckenden Gebirgsmassives, das sich in alle Richtungen erstreckte.
Zu ihren Füßen lag das schillernde Band eines Flusses in einem schmalen
Tal, das sich ein Stückchen weiter hinten weitete... und da war sie, die
Stadt, die sie in den vergangenen endlosen Stunden durchschritten hatten,
in einer Welt außerhalb dieser Erinnerung, mehr als tausend Jahr in der
Zukunft. Staunend erblickte Alica das Tempelgebäude, in dem sie den

Raum der *glanhíre* gefunden hatten.

Das Schlachtfeld vor den Toren der Stadt lag hinter Berggipfeln versteckt, aber sie glaubte, Lärm und Schlachtengetümmel hören zu können.

War das möglich?

Ein Blitz zuckte über den Himmel, gefolgt von rollendem Donner. Ein wolkenloser Himmel, ein strahlender Tag wie der, an dem die Gesandtschaft in Raftja eingetroffen war. Das war kein natürlicher Blitz gewesen.

Auf den Zinnen der Stadtmauer sah sie Bewegung. Sie verstand nicht ganz, was hier geschah. Waren die Leute hier auf den Anhöhen die Verteidiger der Stadt? Oder eine zweite Angriffswelle, die die Stadt von hinten attackierte, während vorne gekämpft wurde?

Vor ihr am Hang stand eine bekannte Gestalt: Roderic, der eine weitere Gruppe junger Männer und Frauen den Berg hinauf dirigierte. Ein gealterter Roderic, den die Jahre gebeugt hatten, mit weißen Haaren, langem Kinnbart und ohne die edle Robe, die er in Raftja so stolz getragen hatte. Heute waren seine Gewänder schlicht, bar jeglichen Wappens, dunkel gebleichtes Leinen ohne erkennbare Farbe. Sein Stab allerdings war immer noch der alte.

Alica gefiel die Veränderung. Vor ihr stand kein verweichlichter, elitärer Theoretiker mehr. Dieser Roderic war ein Mann der Tat. Trotz seines hohen Alters bewegte er sich energisch, seine Stimme klang stark und klar.

Nur was tat er hier?

Gruppen von Menschen mit Karren voller magischer Edelsteine waren an allen Hängen rundum unterwegs. Niemals, selbst in den reichen mystischen Akademien des Reichs der Elf, hatte sie jemals einen solchen Reichtum an *glanhíren* erblickt... sofort revidierte sie diesen Gedanken. *Einmal* war sie doch Zeugin solchen Überflusses geworden: In dem Tempel, den sie jetzt zu ihren Füßen liegen sah, und den sie gerade eben in einer fernen Zukunft durch die Hintertür verlassen hatte.

Die Edelsteine wurden entladen und über die Berghänge verteilt, in komplizierten Mustern. Alica kniff die Augen zusammen, erkannte Buchstaben in *korásh*, konnte ihre Bedeutung aber nicht erfassen.

Dafür gab es eine neue Überraschung. Fast hätte Alica die resolute, kleine Frau nicht erkannt, die sich zu Roderic gesellte, dabei hatte sie sich tatsächlich so entwickelt, wie Alica es vorausgesehen hatte, als sie ihrem jüngeren Ich begegnet war, im Turmzimmer von Raftja. Jahre später hatte Sabia schlaffe Wangen und heruntergezogene

Mundwinkel, die zu den hängenden Lidern der einst runden Augen passten.

Wider Erwarten stand ihr das alles andere als schlecht. Mit Kurzhaarschnitt und weitem Kapuzenpulli spiegelte ihr Erscheinungsbild die Macherin, die sie hatte sein wollen. Sie bewegte sich selbstbewusst, in aufrechter Haltung. Festen Schrittes, beinahe fröhlich, stapfte sie den Berg hinauf zu Roderic.

Die beiden tauschten ein Lächeln inniger Verbundenheit, das Alica einen kurzen Augenblick lang glühend beneidete. Was immer die beiden Magier in den letzten Jahrzehnten getan hatten – sie hatten Alica Lügen gestraft, die ihnen eine gemeinsame Zukunft abgesprochen hatte.

Lässig neben ihm stehend, legte Sabia eine Hand auf Roderics Rücken – eine Geste ruhiger Zuversicht.

»Jetzt kann nichts mehr schiefgehen«, sagte sie.

Roderic nickte. Ein Lichtstrahl brach aus seinem Stab, zuckte über den Himmel, wurde zum Blitz. Überall in den umliegenden Hängen blickten die Zauberer zu ihm auf.

Er drehte sich zu Sabia herum, gab ihr einen Kuss.

»Lass uns diese Schlacht beenden«, sagte er.

Jetzt hob er die Arme, und sie tat es ihm nach. Ihr *glanhír* sprühte Funken. Überall streckten sich nun Hände in den Himmel, immer neue *glanhíre* begannen, unheilvoll zu glühen – schließlich auch die, die an den Hängen ausgelegt worden waren.

Lichtstrahlen verbanden sich.

***

Niemals zuvor hatte Alica Schwarzes Licht tatsächlich gesehen, wofür sie immer dankbar gewesen war – und nach dem, was sie in dieser Erinnerung sah, noch dankbarer sein würde. Und doch wurde sie zunächst mitgerissen.

Vermutlich war es die wilde Begeisterung Roderics, die sich auf sie übertrug, vielleicht aber auch ihr magisches Talent. Während *achí* sich im Talkessel sammelte, von Magier zu Magier floss und langsam dunkle Gestalt annahm, bekam sie Gänsehaut, und ihre Haare stellten sich auf. Es war, als flössen die Magischen Gezeiten genau durch ihren Körper, und in gewisser Weise war es sicher auch so.

Das Bewusstsein unbeschreiblicher Macht und ein Gefühl von Gemeinsamkeit mit den anderen, die diesen Zauber wirkten, vermischten sich zu ekstatischem Verzücken, das sich unaufhaltsam steigerte. Wind erhob sich – echter Wind, heiß und trocken. Dunkles achí wurde zu einer kompakten Masse, undurchdringlich schwarz, was Alica an die grässlichen schwarzen Kugeln in den verfallenen Straßen der alten Stadt erinnerte.

Die Masse setzte sich in Bewegung, gewann Tempo, schoss durch das Tal auf die Mauer der Stadt zu. Alles ging jetzt sehr schnell.

Die schwarze Kugel durchdrang die Stadtmauer, riss einen Teil davon ein, passierte das Tempelgebäude, sprang etwas in die Höhe – und explodierte in einem schwarzen Blitz.

In diesem Moment wurden Alica die Zusammenhänge klar. Sie wusste nicht, welcher Versuchung der edle Roderic erlegen war – dem der jungen Sabia oder dem der endlosen Macht, die die Schwarze Magie für ihn bedeutete – aber er hatte die Seiten gewechselt. Und hier waren sie, Sabia und Roderic, sandten Schwarzes Licht in eine Stadt, vor deren Toren gekämpft wurde. Schufen eine Dunkle Zone.

Wer auch immer das Grab im Gang unter dem Kristallraum angelegt hatte: Es hatte Roderic für alle Zeiten an den Ort seines größten Verbrechens gebunden.

Die Erinnerung wurde dunkel.

Alica wachte auf.

Die Burg

Raikjem stand auf dem Balkon und rauchte. Über die Jahre war das zu seinem Lieblingsplatz geworden. Hier oben fühlte er sich sicher und versteckt vor der kleinen Welt, die er selbst aufgebaut hatte – und hatte dennoch einen weiten Blick über die gesamte Burg, mit ihren Vorhöfen und Plätzen, Gebäuden, dicken Mauern und Toren, bis hinunter zum Großen Tor.

Was dahinter kam, konnte er allerdings selbst von hier oben nicht sehen: Die Hauptstraße der Festung machte vor dem Großen Tor einen scharfen Knick nach links, hinunter in das geschützte Tal vor der eigentlichen Festung, wo die Felder, Weiden, Scheunen und Arbeitshallen lagen. An der großen Vorburg, die den Eingang dieses Tales sicherte, endete sie.

Die Vorburg – das große Projekt der letzten beiden Jahre.

Als sie vor mittlerweile elf Jahren hier ankamen, war die Festung seit fast einem Jahrhundert verlassen gewesen, in Folge der Großen Flut und ihrer dramatischen Folgen. Die Felder im Tal waren verwahrlost, die Gutshöfe im Tal und in der Ebene davor verfallen, die Burg selbst und ihre Mauern in grauenhaftem Zustand. Die Vorburg hatte lange Zeit den Bauern der Umgebung als Steinbruch gedient. Sie hatten nicht viel mehr als die Grundmauern übrig gelassen.

Stolz erfüllte Raikjem beim Gedanken daran, was sie seit ihrer Ankunft geschafft hatten. Die Bevölkerung der Ahretburg war stetig gewachsen – 7.800 Seelen hatten sie bei der letzten Erhebung gezählt, und sie alle lebten in der Burg selbst oder in kleinen Häusern unten im Tal.

Gerade darum war die Neuerrichtung der Vorburg so ein wichtiges

Projekt. Sie sicherte die Versorgung der Burg mit frischen Lebensmitteln und gab den Ahretburgern ein Gefühl heimeliger Sicherheit zwischen den hohen Wällen der Berge um sie herum.

Raikjem zog an seinem Zigarillo, atmete den Rauch tief ein. Er genoss das. Lange hatte er darauf verzichten müssen, weil Handel mit den umliegenden Städten sehr schwierig war für seine Leute. Jetzt aber hatten sie – vor dem Tal, also dort, wo die meisten Ahretburger sich unsicher fühlten und nur ungern arbeiteten – eigene Tabakfelder angelegt, die Hänge des Gebirges hinauf, in dessen rauhen, zerklüfteten Ausläufern sie alle jetzt zu Hause waren.

Sicherheit. Das war das große Thema für alle Bewohner seiner Welt. Sie kamen aus den verschiedensten Städten, Grafschaften und Baronaten, die über die Atreikki-Ebenen diesseits des Antheras-Gebirge verteilt lagen. Jenseits der Berge lag das Reich der Drei Mächte, ein ferner Traum von Ordnung und staatlicher Gewalt, die den Menschen in den Atreikki-Ebenen seit dem Zusammenbruch Adjagards nach der Flut völlig abhanden gekomen war.

Krieg, ethnische und religiöse Reibereien waren an der Tagesordnung in der völlig zersplitterten Region. Glücklich jene, deren Fürsten oder Stadtoberhäupter für Ruhe und Ordnung sorgten, wenn auch meist mit drastischen Methoden, auf Kosten jeglicher Freiheiten. Alsbald scheiterten die meisten von ihnen an inneren Unruhen, Kriegen mit Nachbarn oder ungezügelter Kriminalität in ihren Herrschaftsbereichen.

Auf der Flucht statt zu Hause, immer wachsam statt in Sicherheit: Das war das Lebensmodell der Menschen in den Atreikki-Ebenen. Im Ergebnis suchten Ströme von Auswanderern ihr Glück in der Ferne.

Die Ahretburg bot eine Alternative. Ein Traum, den Raikjem schon als kleiner Junge geträumt hatte, im Hinterhof der Schmiede seines Vaters. Viele Krieger waren dort ein- und ausgegangen, hatten ihre Geschichten erzählt – vor allem dann, wenn sie nicht bezahlen konnten. Das kam häufig vor, obwohl es doch die Krieger waren, die in den Städten und Burgen der Atreikki-Ebenen zu Reichtum gelangten, eher jedenfalls als ein ehrlich arbeitender Handwerker wie sein Vater.

Viele dieser Kämpfer hingen eigenen Träumen nach, die meisten folgten beeindruckenden Männern (und manchmal auch Frauen), die große Ideen hatten, viel versprachen und stets wenig hielten.

Raikjem beobachtete, dass mehr und mehr dieser Ideen mit dem Einen Gott und seiner rettenden Kraft zu tun hatten. Die Kunden der Schmiede sprachen immer öfter von den Segnungen der

Wissenschaft. Davon, dass mehr Kirchen, Klöster und auch Universitäten benötigt wurden.

Dem kleinen Raikjem dieser lang vergangenen Zeiten stach ins Auge, dass keiner der Männer (und manchmal auch Frauen), die ihre Waffen von seinem Vater richten ließen, besonders gebildet war. Die Segnungen des Einen Gottes und seiner Wissenschaft hatten sie gar nicht erreicht, obwohl sie sie in großen Worten priesen.

Auch mit den alten Sagen von Helden und Adjagaren, denen sie nachhingen, hatten diese Glücksritter nichts gemein. Schon als kleiner Junge hatte Raikjam das Gefühl, dass wohl die alten Sagen genauso verlogen waren wie die neuen Heilsversprechungen.

Zuviel Heldentum und zu große Visionen, so schien ihm, brachten vor allem Leid und Elend über die Menschen. Legenden wurden mit Blut erkauft, mit Schweiß und Tränen, und auf wundersame Weise wurde der Großteil davon nicht von den berühmten Anführern vergossen.

Sein Vater bestätigte diese Ansicht.

»Junge, die kleinen Leute sinds, die die Welt bewegen. Die großen Leute aber sinds, die sie lenken. Und sie nehmen niemals Rücksicht auf uns.«

Er hatte sich die großen Pranken an seiner Schürze abgewischt und hinzugefügt: »Auch wenn manche sagen, dass das zu Zeiten Adjagards anders war.«

Adjagard. Das untergegangene Imperium übte einen Reiz auf den kleinen Schmiedeburschen aus, und so begann er, seine mühsam erworbene Fähigkeit des Lesens zu nutzen, um nach alten Büchern aus der Zeit des Imperiums zu suchen. Das war nicht schwer, nicht einmal unter den harten Bedingungen der Ebenen. Noch immer gab es viele alte Träumertempel überall, und viele von ihnen besaßen Bibliotheken. Sie waren verfallen und hatten keine neuen Bücher zu bieten (wenn sie nicht von den Missionaren Avenicum Dalors besetzt worden waren). Aber die alten Schriften lagen noch immer in den morschen Regalen.

Raikjam stahl sich davon, wann immer das in der Schmiede möglich war, um in den heruntergekommenen Träumerplätzen zu sitzen und verwitterte Buchseiten umzublättern. Dort fand er die Ahretburg, ein altes Kastell, in dem die adjagarischen Ritter eine Garnison unterhalten hatten.

Er fragte sich, was daraus geworden war, hundert Jahre nach dem Ende der Ius Adjagard. Wer wohnte heute dort? Gab es dort noch Menschen – und Krieger – die nach den alten Regeln lebten?

Raikjam war neunzehn, als er es schließlich herausfand. Schon lange war er kein Schmiedebursche mehr, sondern ein voll ausgebildeter Meister. Gleichberechtigt stand er neben seinem alten Herrn am Amboss. Dicke Muskeln waren ihm gewachsen, seinen Körper zierten viele Narben, doch sein Atem ging noch lange nicht so schwer vom Staub und Schmutz der Schmiede wie der seines Vaters. Er fühlte sich gesund und kräftig, stark genug, um es mit der ganzen Welt aufzunehmen.

Dieses Gefühl blieb ihm erhalten bis zu jenem schicksalhaften Tag, an dem ihre Heimatstadt den Horden eines machtgierigen Fürsten zum Opfer fiel. Raikjam rettete nichts aus den Flammen der brennenden Stadt als sein nacktes Leben... und den Zorn über die Dummheit der Mächtigen. Seine nächsten Schritte wurden gelenkt von den Erinnerungen an das Kind, das er einmal gewesen war, und an die legendäre Ahretburg zu Füßen des Antheras-Gebirges.

Als er dort ankam, war er nicht mehr alleine. Auf seiner Reise hatte er andere Flüchtlinge kennengelernt, darunter seinen Freund Ashan Enthyrian. Der sorgte heute als Schatzmeister der Ahretburg dafür, dass nichts verlorenging von den vielen Gütern, die sie mittlerweile erwirtschafteten.

Sie waren stolz darauf, die Burg autark gemacht zu haben, eine friedliche Oase inmitten all der Gewalt, versteckt in den Bergen, wenn auch nicht versteckt genug, als dass nicht fortlaufend neue Flüchtlinge zu ihnen stießen.

Als Raikjem sich die Wohnung im Großen Turm ausgesucht hatte, waren er und Ashan noch alleine auf dem obersten Burghof gewesen. Die anderen bevorzugten die Häuser weiter unten am Berg, von wo sie es nicht so weit hatten zu den Arbeitsplätzen, den Feldern im Tal, den Schmieden, Zimmereien und Garküchen, mit denen alles begonnen hatte.

Versonnen zog Reikjam wieder an seinem Tabak. Es war soviel zu tun gewesen in diesen alten Tagen, die über ein Jahrzehnt hinter ihnen lagen.

Schmunzelnd erinnerte er sich an die Debatten über Zahlungsmittel. Schließlich hatten sie entschieden, bei den Goldstücken zu bleiben, die überall in den Ebenen verbreitet waren. Die Prägung dieser Münzen hatte zum ersten ernsthaften Streit auf der Burg geführt, so dass sie schließlich einen Richter suchen mussten.

Gefunden hatten sie Johannoa, die Richterin. Ohne ihren weisen Ratschluss, getragen von Lebenserfahrung und mit viel Charisma vorgetragen, hätte die Ahretburg manche schwere Auseinandersetzung nicht unbeschadet überstanden. Es war Johannoa gewesen, die die ersten Gesetze aufschrieb, und die Gründerväter der Burg zu ihren Besitzern erklärte. Raikjam und Ashan waren plötzlich Anführer auf Lebenszeit.

»Fühlt Euch nicht zu sehr geschmeichelt«, hatte die große Dame zu ihnen beiden gesagt, nachdem sie diese Entscheidung bei einer Volksversammlung vor sechs Jahren durchgedrückt hatte. »Ein Wechsel an der Spitze geht jetzt nur noch über eure Leichen, und die Nachfolge ist ungeklärt. Also bleibt ihr besser lebendig.«

Das hatte ihre Freude gedämpft, und bevor Johannoa aus der großen Aula des mittleren Hofes verschwunden war, hatte sie über die Schulter zurück noch einen Satz hinzugefügt: »Und besser, ihr zwei fangt nicht an, euch zu streiten.«

Nun, das war noch nicht passiert. Für Raikjam sah es auch nicht danach aus, als könnten sie beide ernsthaft aneinander geraten. Aber wer wusste schon, was das Leben brachte? Nach den Geschichten der alten Bücher zu urteilen, die Raikjam als Kind so begeistert verschlungen hatte, brauchte es nichts als eine Frau, um sie zu entzweien.

Eine Tür klappte in der Wohnung, und Raikjam drückte den Zigarillo aus. Er warf einen letzten Blick auf das Gewusel der Burg. Feierabendstimmung, die Ahretburger kamen nach Hause. Morgen Abend würde das Gedränge noch viel größer sein. Er fühlte sich schon müde alleine beim Gedanken daran. Die Einweihungs-feierlichkeiten der Vorburg waren ein Jahrmarkt der Eitelkeiten, an dem viele Hände geschüttelt und viele Menschen gelobt werden mussten.

Zu viel Politik bekam ihm nicht.

»Schatz, bist du zu Hause?« Marijas Stimme aus dem Wohnzimmer.

»Ja, hier«, antwortete er. Er ließ die Tür zum Balkon offen, damit Wind in die Wohnung hinein konnte. Er mochte die frische Bergluft, die in so krassem Gegensatz zu seiner Kindheit stand: Die Luft in der Schmiede war immer zum Schneiden dick und schmutzig gewesen.

Marija stand im Wohnzimmer, ihre roten Haare leuchteten, ihre Einkaufstasche stand neben ihr auf dem Boden. Mit fröhlichem Grinsen präsentierte sie ihm ein gewaltiges Huhn, bereits geköpft und gerupft.

»Na, was sagst du?« fragte sie. Ihr Stolz auf den guten Fang brachte ihn zum Lächeln.

»Wundervoll«, antwortete er. »Da können wir ja jemanden einladen zum Abendessen.«

»Untersteh dich!« Sie hob warnend den Zeigefinger. »Die nächsten beiden Tage bist du umgeben von Leuten, die alle etwas von dir wollen. Heute Abend bleiben wir alleine. Verstanden?«

»Jaja. Verstanden.«

Er ging hinüber zu seinem Schreibtisch. Mir einem Blick auf die Papierstapel beschloss er, dass das alles ein paar Tage warten konnte, bis die Feierlichkeiten vorbei waren.

»Lass uns kochen.« Entschlossenen Schrittes ging an ihr vorbei in die Küche, um den Ofen zu schüren.

»Hättest wenigstens die Einkaufstasche mitnehmen können«, meckerte sie, als sie ihm in den großen Raum folgte.

Die Fenster hier waren schmal, wie es sich für einen Burgturm gehörte, und sie gingen auf den hinteren Teil des obersten Hofes hinaus. Der Blick hinaus war beklemmend. Hier war die Burg zu Ende. Dahinter gab es nur noch steile Felsen, durch Mauern mit scharfen Spitzen abgesichert, als könne irgendjemand von dort einen Angriff führen.

Tatsächlich war dieser Hof so sicher, wie er nur sein konnte. Hier kam niemand hinein – es sei denn aus dem Tal, durch acht gut gesicherte Burgtore von Hof zu Hof. Nein, neun. Neun Burgtore, jetzt, seit die Vorburg wieder in alter Pracht erstrahlte.

Er entzündete das Ofenfeuer, sie packte die Lebensmittel aus.

»Wie war es heute bei der Bürgerversammlung? Wo war sie? In Hof vier?«

Er nickte. »Hof vier. Sechshundert Einwohner, große Diskussionen um die beiden Brunnen, die auf Privatgrundstücken liegen und natürlich von allen betreten werden. Da haben wir nicht aufgepasst damals. Die Parzellen hätten wir nicht vergeben dürfen.«

»Ach was«, sagte sie. »Ihr habt doch sicher eine Einigung gefunden.«

»Allerdings. Wenn nur nicht Emord Fjelman dazwischen gekommen wäre.« Er seufzte.

Eine steile Falte erschien auf ihrer Stirn. »Fjelman? Was hatte der da zu suchen?«

»Er wohnt auf Hof vier. Der heißt jetzt übrigens wieder Venjaget-Hof, wie zu Zeiten der alten Adjagaren-Kaiser. Einer von Fjelmans Kumpels hat die Inschrift gefunden, an einem der kleinen Nebentore, und irgendwie haben sie das durchgedrückt bei der Versammlung.«

»Ist das von Bedeutung?«

»Ich weiß nicht. Alles, was der Kerl macht, scheint von Bedeutung zu sein, nicht?«

Sie zuckte die Achseln und setzte einen Wasserkessel auf den Herd. »Er wäre besser in Gonnegut geblieben, dieser Unruhestifter. Hängt sich in alles rein, will überall mitreden, immer auf der Suche nach Einfluss.«

»Nun...« Raikjam schmunzelte. »Das ist der Grund, warum er dort fliehen musste, nicht wahr? Unter dem Strich haben wir wohl eine Menge Aufrührer hier in der Burg. Fjelman ist nur die größte Nervensäge von allen.«

Nachdenklich kratzte er sich am Kopf. »Ich bin mir nicht ganz sicher, wie wir damit umgehen. Schließlich soll die Ahretburg eine Zuflucht sein. Wenn wir solche Leute mundtot machen, wo kommen wir dann hin?«

»Mieses Dilemma. Es ist zum Heulen«, stimmte sie zu, tätschelte seine Schulter. »Und wenn dir ohnehin die Tränen schon in den Augen stehen...«, sie grinste, «... schneid´ Zwiebeln.«

***

Sie trafen die Nervensäge am folgenden Tag, als sie durch das Große Tor ins Tal hinunter wanderten. Raikjam und Marija waren nicht allein. Bei ihnen waren Ashan und Enwend, der die Verantwortung für Miliz und Militär der Burg auf seinen schon etwas hängenden Schultern trug.

Seine Berufung zum Sicherheitschef hatte für einige Unzufriedenheit gesorgt, denn seit seinem Eintreffen in der Ahretburg hatte er aus seiner Vergangenheit ein Geheimnis gemacht. Den meisten Bewohnern der Burg war sein Nachname ebenso unbekannt wie sein Alter. Seine besten Jahre hatte der grobschlächtige Mann mit den gewaltigen Muskelbergen jedenfalls schon lange hinter sich gelassen, und mit ihnen jede ungestüme Aggressivität – die ihn vermutlich in seinem früheren Leben in Schwierigkeiten gebracht hatte. Wer zu hartnäckig nach seiner Vergangenheit fragte, bekam schnell einen Eindruck davon, wie unfreundlich der junge Enwend gewesen sein mochte.

Trotzdem – oder vielleicht genau deswegen – war er der Richtige für seine Aufgabe. Er konnte gut mit Menschen umgehen, denen er knurrig, aber ehrlich und fair begegnete, er hatte einen ausgeprägten Gerechtigkeitssinn und eine zurückhaltende Bescheidenheit.

Emrod Fjelman konnte auch er nicht leiden.

Er stand vor einer der großen Waffenkammern, die in den unteren Höfen angelegt worden waren, wo auch die Kaserne der Miliz lag.

Nur wenige Angehörige der Miliz waren wirklich reine Ordnungshüter, dafür war die Bevölkerungszahl der Ahretburg zu niedrig. Jede Hand wurde für produktive Arbeit gebraucht.

Fjelman gehörte nicht dazu. Er arbeitete als Schuster und schwang in seiner freien Zeit große Reden. Jetzt begutachtete er das Arsenal an Speeren, Schwertern, Schildern und Dolchen. Die Ahretburg war noch überschaubar genug, dass jeder jeden kannte. Waffen konnten im frei zugänglichen Bereich herumliegen, solange alle miteinander darauf achteten, dass sich nicht Kinder an ihnen vergriffen. Tatsächlich lebten noch nicht so viele Familien in der Burg, dass das ein großes Problem gewesen wäre. Der Nachwuchs kam erst nach und nach.

»Ah, da kommt ja der richtige Mann!« rief Fjelman, als er ihre kleine Gruppe erblickte. Er hatte eine Menge Zuhörer, was Raikjam immer wieder erstaunte. Wieso fielen soviele Menschen auf ihn herein? Was ließ ihn glaubwürdig erscheinen, obwohl er doch so offensichtlich ein Windbeutel war?

»Der richtige Mann für was?« brummte Enwend, der sich so angesprochen fühlen konnte wie alle anderen, denn Fjelman hatte sich nicht besonders deutlich ausgedrückt.

»Für diese Waffen! Mir scheint, sie sind nicht besonders tauglich. Es scheint Nachholbedarf in Sachen Qualität zu geben!« Fjelman hob einen der Speere hoch und wog ihn prüfend in seinen Händen. »Der splittert doch beim kleinsten Konter!«

»Soll er ja auch«, beschied ihn Enwend. »Solche Speere benutzt man, um sie von der Mauer herunter in stürmende Angreifer zu stecken. Die werden nicht gekontert, die bleiben drin, und wenn der Gegner runterfällt, sind sie um so schlechter zu entfernen, um so kürzer sie brechen.«

Enwend machte zwei Schritte, bis er neben Fjelman stand, und riss ihm den Speer aus der Hand. »Demonstration gefällig?«

Fjelman fuhr zurück.

»Danke nein«, stieß er hervor. »Ungeheuerlich, das!«

Die Lust auf weiteres Gemoser schien ihm allerdings erst einmal vergangen.

Enwend nutzte den Speer als Spazierstock, während sie weitergingen.

»Ganz Unrecht hat er übrigens nicht«, sagte er leise zu Anshan und Raikjam. »Es wäre gut, wenn wir bei Gelegenheit eine Expedition auf Holzsuche schicken. Was wir hier haben, taugt als Feuerholz, aber nicht zur Herstellung stabiler Waffen.«

Raikjam erinnerte sich an die Probleme mit seinem eigenen Bücherschrank, der auch aus dem Holz gebaut war, das direkt vor der Vorburg in kleinen Wäldchen wuchs.

»Einverstanden«, sagte er. «Erinnere mich daran, ich kümmere mich Ende der Woche darum.«

Er hatte keine Ahnung, dass er dazu nicht mehr kommen würde.

***

Die Feier an der Vorburg war angemessen pompös, es gab Musik, fettes Essen und reichlich Bier und Wein. Die Leute waren glücklich, also war es auch Raikjam, der sich allerdings mit der Völlerei zurückhielt. Sein Magen vertrug das nicht.

Überhaupt war er seit seiner Zeit als Schmied abgemagert und empfindlich geworden. Zuviele Sorgen vielleicht, und zu große Ideen, die seine Energie auffraßen und ihn dazu zwangen, geistig immer in Bewegung zu bleiben.

Es waren beeindruckende Mauern, die den Eingang zum Tal versperrten. Das Holz rund um die Ahretburg mochte schwachbrüstig und instabil sein, die Steine des Antheras-Gebirges waren es nicht. Keine Ramme würde diese Mauern demolieren können, schon gar nicht, weil die Vorburg ein Stück zurückversetzt im Taleingang lag, so dass es für die Angreifer kaum Bewegungsspielraum gab, um schwere Waffen oder auch nur große Truppenteile in Stellung zu bringen.

Sicherheit, dachte Raikjam. *Das Zauberwort der Ahretburger, weit wichtiger noch als Freiheit.*

Anshan und er schlenderten über den Wehrgang auf der Spitze des Bollwerks und blickten hinunter ins Tal auf beiden Seiten: grün und fruchtbar in beiden Richtungen, nur dass es sich zur Burg hin in einer engen Schlucht zwischen den Bergen links und rechts dahinzog, während das Gebirge draußen schnell zurückwich und schließlich in die weite Landschaft überging, die der Umgebung den Namen «Ebenen« gegeben hatte. Klare Flüsse strömten dort durch sanfte Landschaften. Ein Paradies.

»Hier kommt so schnell keiner durch.« Anshan war zufrieden. Zwei Jahre zäher Arbeit, körperlich anstrengend und architektonisch anspruchsvoll – das war ins Geld gegangen und hatte Vorräte gekostet, die er nur zähneknirschend freigegeben hatte. Dennoch gefiel auch ihm die neu gewonnene Versorgungssicherheit. Im Tal wuchs genug, um die Bevölkerung der Burg weit länger am Leben zu halten als mit den gebunkerten Vorräten hinter den Mauern.

»Es greift uns aber auch keiner an«, stellte Raikjam fest.

»Wie sicher bist du dir?«

Raikjam zuckte die Achseln.

»Erst gestern habe ich die Permits für eine Familie aus Vinbjarg ausgestellt, auf der Flucht vor der Leibeigenschaft«, erzählte Anshan. »Sie konnten die Schulden bei ihrem Dorfvogt nicht bezahlen, und ein Nachbar hat ihnen empfohlen, hierher zu kommen. Wir sind soweit. Nachbarn empfehlen uns weiter. Was denkst du, was passiert, wenn das den ersten Herrschern auffällt?«

Wieder zuckte Raikjam die Achseln. Ihm schien, als wäre es den meisten dieser feinen Leute völlig egal, was mit ihrer Bevölkerung geschah. Selbst, wenn sie verschwand. Solange nur genug übrig blieb, um ihre fetten Wänste und ihre Schatzkisten zu füllen.

Anshan fuhr unbeirrt fort: »Und was ist, wenn es irgendwann zu viele werden? Im Tal sind noch einige Häuser frei, und in der Burg können wir vielleicht noch zweihundert Leute unterbringen. Aber wenn die ersten Kinder bekommen, wird es eng. Und immer neue Leute, dafür ist einfach kein Platz.«

»Dann machen wir hier draußen weiter«, sagte Raikjam bestimmt, mit der Hand auf den Platz vor dem Tal deutend.

»Eine weitere Stadt, Konkurrenz zu den anderen in den Ebenen.«

Das stimmte. Raikjam dachte darüber nach.

»Im Verteidigungsfall wollen sie alle hinter die Mauern. Die Zukunft ist nicht so rosig, wie sie uns scheinen mag.« Anshan blieb stehen, klopfte mit den Fingern gegen die Brüstung des Wehrgangs. »Ich bin froh, dass wir dieses Ding haben. Ich wünschte mir nur, wir hätten ein paar mehr echte Krieger.«

»Ach Mann!« Raikjams plötzlicher Ausbruch ließ Anshan zurückfahren.

»Was ist mit dir los?« fragte er erstaunt.

»Es regt mich auf!« Raikjam kickte gegen einen losen Stein, der von der Brüstung kullerte, auf etwas metallisches aufschlug und schließlich ein »Autsch!« am Fuß der Mauer hervorrief.

»Ui«, sagte er, peinlich berührt. »Ich hoffe, es ist nichts Schlimmes passiert.«

Er schaute über das Geländer der Brüstung. Unten stand eine Gruppe von Menschen, von denen einer sich den Kopf hielt. Verletzt war offensichtlich niemand. Erleichtert richtete er sich auf.

Anshan stand stirnrunzelnd hinter ihm. »Was war das?«

»Ich bin sauer. Merkst du nicht, wie wir uns entwickeln? Jetzt wollen wir Krieger, bald ein Heer. Wir werden enden wie alle anderen.«

»Schöner Mist, was?« Anshan lehnte sich an das Geländer und blickte ebenfalls nach unten. »Und du fängst schon an, die Bevölkerung zu terrorisieren.«

Er grinste.

»Ersauf´ in der Flut«, schimpfte Raikjam, aber auch er musste lachen. »Manchmal ärgere ich mich. Aber dann denke ich wieder: Für Anfang Dreißig habe ich schon eine Menge erreicht. Wohne da ganz oben in meiner netten Wohnung, gut beschützt und behütet, muss keinen Hunger und keinen Durst fürchten, und wir haben doch auch Sinnvolles zu tun. Besser, als an der Esse meines Vaters zu verrecken.«

»Anfang Dreißig, ja. Wir haben es weit gebracht hier, so ist es. Und noch können wir uns ohne Leibwächter in unserer eigenen Siedlung bewegen. Ist doch auch was wert.«

»Noch?«

»Ja, natürlich. Wenn es so weitergeht, wird sich auch das ändern. Je mächtiger du bist, um so weniger kannst du in der Mitte der normalen Menschen sein. Schon jetzt werfen sie uns Blicke zu – bewundernd, zumeist. Noch.«

»Noch.« Raikjam seufzte wieder. »Ich hole mir eine Wurst. Solange ich noch frei herumlaufen kann.« Auf dem Weg zur Treppe nach unten passierte er eine bewaffnete Wache, die vor ihm salutierte. Er nickte freundlich zurück.

***

Der Angriff kam wenige Tage später.

Wie an vielen Abenden stand Raikjam auf seinem Balkon. Marija bastelte im Wohnzimmer an etwas, das er von hier aus nicht sehen konnte. Ihre Flüche ließen ihn vermuten, dass sie seine Hilfe brauchen konnte, aber er fühlte sich zu wohl und entspannt, um den Zigarillo und den Ausblick auf das Tal jetzt schon aufzugeben.

Am Großen Tor, weit unten im Hof eins, schien es einen Aufruhr zu geben. Er sah ein wenig genauer hin, konnte aber nichts erkennen. Wenn es etwas wichtiges war, würde er es erfahren. Vermutlich hatte sich nur jemand betrunken – was Enwend und seine Leute üblicherweise leicht in den Griff bekamen.

Eine andere Beobachtung war wirklich etwas irritierend. Auf dem oberen Hof, noch bergaufwärts von seinem Turm, öffnete sich die Tür zu einem der großen Lagerräume. Diese uralten Stollen, die tief in den Berg hineinreichten, waren noch aus der Zeit vor dem Bau der eigentlichen Burg während des Imperiums von Adjagard übrig geblieben; zumindest war das die Vermutung der diversen Baumeister, die in der Ahretburg lebten. Die Stollen endeten allesamt blind im Berg. Heute lagerten vor allem Lebensmittel darin, vor allem verderbliche, die Kühlung brauchten.

Raikjam mochte die Stollen nicht. Sie waren in seiner Wahrnehmung Löcher in der kuscheligen, weltabgewandten Atmosphäre der oberen Höfe, und sie waren ihm wegen ihrer Länge und der kalten, feuchten Dunkelheit unheimlich.

Jetzt entließ eine der großen, stählernen Türen Menschen. Raikjam war stolz auf sein gutes Personengedächtnis, und der obere Hof war so klein, dass er die Gruppe aus nächster Nähe sah. Er kannte diese Leute ganz sicher nicht, vor alle nicht den riesigen Hünen, den er kaum vergessen hätte.

Alarmiert fuhr er hoch. Die Fremden waren schwer bewaffnet und trugen einen Verwundeten in ihrer Mitte. Dem Mann fehlte ein Bein, er war über und über mit Blut beschmiert. Auch die anderen waren komplett eingeschmutzt.

Raikjam blinzelte, rieb sich sogar die Augen. Was um alles in der Welt...?

»Marija!« rief er.

»Jetzt nicht!« kam die Antwort, etwas patzig, aber er insistierte: »Komm her, du musst das sehen, es ist wichtig!«

»Was ist denn los?« Ihre schlanke Gestalt erschien in der Tür des Balkons, und er wollte ihr eben die Eindringlinge zeigen – eine wirklich große Gruppe, er schätzte sie auf mindestens fünfzehn Personen – als ein neues Geschehnis seine Aufmerksamkeit ablenkte.

Fanfaren ertönten. Sein Kopf fuhr herum, und auch Marija starrte entgeistert hinunter in die Höfe der Burg.

»Wie....?« fragte sie. »Ist das das Signal? Was ist los?«

Er hatte keine Antwort.

»Ich weiß nicht...« sagte er verwirrt. »Aber...«

Er wollte ihr die Neuankömmlinge im oberen Hof zeigen, aber er sah sie nicht mehr, die Fanfaren schmetterten erneut, und in diesem Moment gingen auch die Alarmfeuer am Großen Tor an.

»Kann doch nicht sein«, rief Marija. »Was ist denn da los? Wir werden doch nicht angegriffen?«

Raikjam bekam das nicht übereinander. Kam der Angriff von innen? Wer waren die Bewaffneten, die aus dem Stollen gekommen waren, wohin waren sie verschwunden?

Überall in der Burg sah er jetzt Menschen zusammenlaufen. Auch auf dem oberen Hof öffneten sich die Türen. Hier wohnten neben ihnen vor allem hochrangige Vertreter der Verwaltung. Auch Enwend hatte hier seine Wohnung, doch deren Tür blieb geschlossen. Er hielt sich vermutlich weiter unten in der Burg auf.

»Solltest du nicht...?« fragte Marija.

»Ja. Jaja. Ja, ich sollte.«

»Soll ich mitkommen?«

»Ja. Nein. Natürlich.«

Er holte tief Luft, atmete lang aus, um sich zu beruhigen.

»Immer mit der Ruhe«, sagte er dann. »Es würde wohl nicht gut aussehen, wenn ich im Krisenfall mit dir gemeinsam auftauche, statt völlige Souveränität zu bekunden, denke ich.«

Sie nickte. »In Ordnung. Also gehst du alleine hinunter, und ich folge in ein paar Minuten und höre mich in den Höfen um. Wir sollten wissen, was die Leute sagen.«

»Danke.« Ihr praktisches Denken brachte ihn zurück auf den Boden, und sie hatte das politische Talent, das ihm abging.

»Kein Problem. Da unten ist Anshan.«

Der Freund stand im Hof und winkte zu ihnen herauf.

Raikjam verließ die Wohnung. Auf dem Hof sah er sich noch einmal misstrauisch um. Die seltsame Gruppe war verschwunden. Er würde später nach ihr suchen müssen.

Nicht vergessen, sagte er sich. *Nur nicht vergessen.*

Und natürlich tat er das doch.

***

»Die Burg ist bewohnt«, sagte der Dsitare. »Hervorragend in Schuss und vor allem ziemlich riesig.«

»Das ist erstaunlich.« Mandanof wechselte einen schnellen Blick mit Ash, der interessiert neben ihm stand und den Bericht des Kundschafters entgegennahm. »Wo sind wir denn hier gelandet?«

»Das konnte ich nicht herausfinden«, bekannte der Kundschafter. »Mit zu vielen Fragen hätte ich mich verdächtig gemacht, und wir sind auf dem obersten Burghof. Kaum jemand unterwegs, es scheint, dass hier das Oberkommando der Burg sitzt. Das Leben findet in den unteren Höfen statt.«

Mandanof dachte einen Moment nach.

»Im Grunde muss uns das im Moment nicht interessieren«, stellte er dann fest. »Die Frage ist: Wenn dieser Hinterausgang zu unseren *glanhíren* von der Burg besetzt ist, und der Vordereingang führt durch die absolut unberechenbare Dunkle Zone... das ist ungünstig.«

Schweigen antwortete ihm. Die wenigsten der Anwesenden hatten nach dem langen Marsch durch dunkle Stollen den Nerv, solche strategischen Fragen zu erörtern.

»Wir haben vielleicht ein noch größeres Problem«, dachte der Hauptmann laut weiter. »Die Burgbesitzer könnten die *glanhíre* für sich beanspruchen.«

Damit hat er Recht, dachte Ash.

Mandanof straffte sich. »Das alles ist jetzt nicht wichtig.«

Auch das ist richtig, stimmte Ash in Gedanken zu.

Die Gruppe wurde unruhig.

»Wir müssen hier raus«, stellte Mandanof fest. »Und das geht nicht in der Gruppe. Die Tore zwischen den Höfen sind offen?«

»Gerade eben waren sie es noch«, bestätigte der Kundschafter.

»Gut. Als Gruppe werden wir auffallen wie die Welle der Flut. Einzeln gehen wir durch wie das Rinnsal eines Baches.« Mandanof sah sich um. »Wir splitten uns auf. Treffpunkt ist Mitternacht vor dem Haupttor, so es ein solches gibt. Außerhalb der Burg. Falls das aus welchem Grund auch immer nicht geht, sehen wir uns im ersten Wäldchen in südlicher Richtung.« Er seufzte. »Diese Angaben sind nicht all zu präzise, fürchte ich. Ich hoffe, wir finden Wegpunkte wie diese, und ich hoffe auch, wir kommen raus aus der Burg.«

»Was ist, wenn nicht?« fragte einer der Dsitaren.

Mandanof hob einen Finger.

»Gibt es markante Punkte innerhalb der Festung?« fragte er den Kundschafter.

Der nickte. »Es gibt eine Vielzahl von Höfen. Die genaue Zahl war ohne eine größere Klettertour nicht zu erkennen, aber ich habe einen Wegweiser zur Aula gesehen.«

»Aula«, wiederholte Mandanof nachdenklich. »Gut, das klingt nach Versammlungssaal. Wir treffen uns an dieser Aula, und zwar in zwei Tagen, abends bei Sonnenuntergang. Hoffen wir, dass wir damit nicht auffallen wie bunte Hunde, weil es einen Appell oder eine Ausgangssperre gibt.«

Alle nickten.

Mandanof zeigte auf einen der Dsitaren. »Koska, wiederholen!«

Gehorsam antwortete der Soldat: »Mitternacht vor dem Haupttor, außerhalb der Burg, falls solches nicht existiert, erstes Wäldchen Richtung Süden. Falls wir die Burg nicht verlassen können: Treffpunkt an der Aula, in zwei Tagen bei Sonnenuntergang.«

Wieder nickten alle.

Ash wechselte einen Blick mit Groogian, dann sagte er: »Einige von uns sind immer noch voller Blut. Und den Professor müssen wir auch versorgen.«

»Verdammt richtig«, sagte Mandanof. »Das wird kompliziert. Waschen können wir uns hier nicht – macht das, falls irgend möglich, unterwegs. Die Gruppe mit dem Professor wird herausstechen. Freiwillige?«

Finger reckten sich in die Luft. Feigheit oder fehlende Bereitschaft, sich für andere einzusetzen, konnte man den Dsitaren wirklich nicht vorwerfen.

Groogian brummte.

»Ich sollte den Professor nehmen«, sagte er. »Ich falle ohnehin auf.«

»Hättest du nur einen anderen Haarschnitt genommen«, witzelte Ash. Leises Lachen, das Groogian lakonisch mit dem Satz: »Immer alle auf mich« kommentierte.

Zehn Minuten später waren sie unterwegs. Das Tor des Stollens war nicht verschlossen, was Ash erstaunlich fand, schließlich lagerten in dem langen Tunnel eine Menge wertvoller Lebensmittel und auch andere Güter. Sie hatten ein ganzes Regal mit Wein demoliert, als sie am Ende des Tunnels aus der Wand gebrochen waren.

Der Gang, der sie aus dem Tempel in der Dunklen Zone hier in die Burg gebracht hatte, war mit so täuschend echtem Gestein getarnt gewesen, dass es vermutlich auch Zauberei war. Ein Zeichen, dass der Notausgang niemals zuvor benutzt worden war – oder von Magiern, die ihn sehr sorgfältig wieder verschlossen hatten.

Sie traten als Gruppe durch das Tor. Das erschien ihnen weniger riskant als ein langsames Aussickern aus dem Stollen, der sicherlich meist verschlossen war. Dann verteilte die Gruppe sich in verschiedene Richtungen.

Ash blickte Groogian nach, der zwischen zwei Gebäuden verschwand, den noch immer bewusstlosen Professor lässig auf den Armen. Er hatte ernsthafte Zweifel, dass der Mann sich nach all diesen Strapazen jemals wieder erholen würde. Er war seit dem Unfall nicht einmal zu Bewusstsein gekommen.

Eine Hand legte sich auf seine Schulter.

»Ash«, sagte Alica.

» Alica«, antwortete er. »Sollten wir uns nicht verteilen?«

Sie schüttelte den Kopf.

»Ja, das ist ein guter Plan.« Ein erschöpftes Lächeln dämpfte die

Ironie in ihrer Stimme. »Aber weißt du was? Ich habe keine Lust, mich alleine durchzuschlagen. Und ich dachte, wenn ich mit dir Händchen halte, sehen wir beide ungefährlicher aus.«

Ash rutschte seine Tasche aus der Hand.

»Was?« fragte er verdutzt.

»Ja. Ein verliebtes Pärchen. Hand in Hand.« Sie rieb an einem Fleck auf ihrem Mantel – einem von vielen – und fügte hinzu: »Vielleicht fallen wir dann weniger auf. Trotz des ganzen Drecks, des Blutes und des Gepäcks, das wir mit uns herumschleppen.«

«Händchen halten in einer *Burg*?« fragte er.

«Schau doch«, sagte sie und deutete auf die Gebäude um sie herum. «Blumen in den Fenstern, ein kleiner Garten am Turm, ein Grill dort vorne an der Mauer, da hinten liegen Hanteln in einem Schuppen... das hier ist keine militärische Festung, soviel garantiere ich dir.«

Er musste ihr Recht geben. Dies war ein seltsamer Ort und ganz sicher nicht das Quartier von Kampftruppen.

Sie reichte ihm ihre Hand.

«Nimm schon, alter Krieger«, sagte sie. «Lass mich nicht alleine den Ausweg hier suchen. Ich fühle mich nach all diesen Strapazen ohnehin schon einsam genug.«

***

In den letzten Monaten seit Aufstellung der Bürgermiliz hatte Enwend ganz offensichtlich gute Arbeit geleistet. Die Burg war in hellem Aufruhr, die Zustände chaotisch, aber überall sah man die Männer und Frauen mit den roten Armbinden und der grünroten Kappe, wie sie ihre Alarmpositionen bezogen.

Sie waren diszipliniert, sie waren aufmerksam, und sie waren unbeeindruckt von den laufenden Menschen um sie herum und den vielen Fragen, die durch die Luft schwirrten. Die Wehrgänge auf den Mauern sämtlicher Höfe wurden immer voller, die Tore aber blieben frei.

Ein Gefühl von Dankbarkeit für den alten Haudegen, dessen Berufung zum Chef der Miliz so heiß diskutiert worden war, durchströmte den Burgherrn, als er nach unten in Richtung des Großen Tores eilte.

Lange bevor Anshan und er dort ankamen, trafen sie auf Enwend selbst. Er war in Begleitung seiner Hauptleute und eines abgekämpft wirkenden Mannes auf einem Pferd, den Raikjam noch nie gesehen hatte.

Ironischerweise fand die Begegnung ausgerechnet in Hof vier statt – und selbstverständlich zog ihr Treffen die Aufmerksamkeit aller Umstehenden auf sich. Enwend regelte das geschickt. Seine Hauptleute bildeten einen Kreis um ihre Gruppe, so dass alle anderen sehen, aber nicht hören konnten, was geschah.

»Dies ist Minkon Hejkam«, stellte der Milizchef den Neuankömmling vor. »Er gehört zu einem kleinen Treck, der sich gerade auf dem Weg zu unserer Burg befindet.«

Raikjam nickte. »Gut. Wie weit sind Eure Leute noch entfernt?«

»Eine Ewigkeit«, sagte Enwend, bevor der Mann antworten konnte. »Zwischen dem Treck und der Burg befindet sich eine veritable Streitmacht. Noch ungefähr einen Tagesmarsch entfernt, und das heißt, wir müssen hier jetzt die Schotten dicht machen. Und zwar schnell.«

»Eine Streitmacht?« Anshan hatte ein wenig zu laut gesprochen. Gesichter aus der umstehenden Menge reckten sich nach oben. Raikjam legte seine Hand auf den Arm des Freundes.

»Eine Armee, ein Heer, ein verdammter Haufen bewaffneter Mörder, die die Ahretburg in Schutt verwandeln wollen, aus welchem Grund auch immer.« Enwend sprach leiser, dafür aber um so eindringlicher. »Uns steigt die Flut bis zum Hals, und wir haben Glück, dass Minkon hier uns vorwarnt. So wissen wir Bescheid, bevor der Feind am Horizont erscheint wie Flut und Verderben.«

»Scheiße«, sagt Anshan.

Er war blass geworden, und Raikjam fühlte, wie seine eigenen Knie nachgeben wollten. Aber er hatte das Gefühl, dass sie gut vorbereitet waren. Er konnte jetzt nicht schwach werden, sondern musste auf das bauen, was sie hier geschaffen hatten.

»Gut«, sagte er. »Sind Leute von uns draußen oder unterwegs?«

Anshan nickte. »Eine Händlergruppe. Vor zwei Wochen aufgebrochen, die sind sicher erst in vier Wochen wieder da. Dann ist der Spuk vielleicht schon vorbei.«

»Optimistisch«, warf Enwend ein.

In diesem Augenblick ging er Raikjam auf die Nerven. Miesepetrigkeit konnte er jetzt nicht gebrauchen.

»Sonst noch jemand?« fragte er unwirsch.

»Eine kleine Gruppe Jäger«, sagte Anshan, aber der Milizchef schüttelte den Kopf.

»Eben wieder reingekommen«, sagte er. »Und ich habe erst mal niemanden mehr hinausgelassen. Ich will aber ein paar hundert Freiwillige, die noch einmal rausgehen.«

»Wofür?« fragte Raikjam, der den Impuls hatte, jetzt alle seine Schäfchen zusammenzuziehen und hier zu behalten.

»Ich möchte Gruben ausheben vor der Vorburg. So viele wie möglich. Ganze Gräben, damit die Feinde nicht so einfach herankommen an die Burg. Außerdem möchte ich Pech und Öl hineinschütten, die minderen Qualitäten, damit wir das anzünden können, wenn der Gegner kommt.«

»Sollten wir nicht erst einmal hören, was die wollen?«

»Wenn sie verhandeln wollten, hätten sie einen Unterhändler geschickt, und keine Armee.« Enwend wirkte nun seinerseits gereizt. »Wir reden hier nicht über eine kleine Störung. Das ist ernst. Und ich möchte, dass wir die Wiesen vor der Vorburg vergiften. Wir haben genug Zeug hier, dass wir da rauf streuen können. Im Umfeld von vielen Meilen gibt es keine Siedlung, je mehr Weidefläche wir ruinieren, um so schlechter ist die Versorgungslage der Feinde. Und das gilt auch für die beiden Wasserläufe, die von der Burg herunterkommen – und die Brunnen im Umfeld. Gift rein.«

»Gift? Wir benutzen diese Brunnen doch selber!«

»Nicht, solange der Feind drauf sitzt. Wasser haben wir in der Burg nun wirklich genug. Und das Tal hinter der Vorburg kann uns ernähren, falls wir es schaffen, dass der Feind dort nicht eindringt. Ansonsten wird es etwas ungemütlicher.«

Raikjam schüttelte zweifelnd den Kopf.

»Ich weiß nicht«, meinte er.

»Ihr solltet es schnell wissen«, stellte Enwend fest. »Wir haben so gut wie keine Zeit mehr. Es muss jetzt losgehen, und ich brauche freie Hand bei der Vorbereitung der Verteidigung. Wir müssen die Vorburg bestücken, mit Waffen, Pech, Töpfen für heißes Wasser, und außerdem die anderen Burgmauern vorbereiten, falls es zu einem Durchbruch kommt.«

»Das darf nicht passieren!« Anshan klang geschockt.

»Kann aber«, stellte Enwend fest. »Und redet doch bitte leiser, Meister Enthyrian. Wir befinden uns im Krieg, und ab jetzt haben die Wände Ohren.«

Eine laute Stimme unterbrach sie.

»Was ist hier los?« krakeelte sie. »Wir wollen wissen, was hier los ist! Leute, Mitbürger! Man enthält uns Informationen vor! Das dürfen wir uns nicht bieten lassen!«

Eine gedrungene, lausttark zeternde Gestalt drängte sich durch die Menge in ihre Richtung.

»Fjelman.« Enwend verdrehte die Augen. »Der ist Euer Problem,

Meister Raikjam. Ich kümmere mich um die Verteidigung.«

»Toll«, antwortete Raikjam. »Das hat mir noch gefehlt.«

»Habe ich die Freiwilligen und die Erlaubnis, Brunnen und Felder zu vergiften?« hakte Enwend nach.

»Ja. Jaja.«

»Warum spricht niemand zu uns?« tönte Fjelman, der es jetzt bis zu ihnen geschafft hatte. »Diese ehrenwerten Bürger unserer Gemeinde wollen wissen, was auf sie zukommt und womit sie rechnen müssen! Sie haben ein Anrecht darauf!«

»Ich werde in zehn Minuten Herolde herumschicken«, antwortete Raikjam leise. »So lange wirst du dich gedulden müssen, Emrod.«

Der kleine Mann holte Luft, um sich noch mehr aufzublasen.

»Das ist Willkür!« trompetete er. »Wir haben ein Recht darauf, ...«

Er unterbrach sich, denn Enwend hatte ihn im Vorbeigehen gerempelt.

»Hör auf zu schreien, Fjelman«, knurrte er. »Sonst schmeiße ich dich in unseren Kerker, bis die Gefahr vorbei ist.«

»Das kannst du nicht!« Fjelmans Stimme klang empört, und mit neuer Lautstärke rief er: »Ich werde hier bedroht! Was tut die Burgkommandantur dagegen? Darf ich bedroht werden?«

Das war zuviel für Enwend.

»Verhaften«, kommandierte er zwei seiner Hauptleute. Diese schauten irritiert erst auf ihn, dann zu Raikjam und Anshan, die völlig überfahren waren.

»Worauf wartet ihr, verhaften den Querulanten!« bellte der Milizchef, und jetzt kam Bewegung in die beiden Männer.

Laut schreiend und seine Rechte einfordernd, wurde Fjelman von den beiden gepackt und mitgeschleppt. Die Menschen auf dem Hof sahen der Szene ungläubig zu.

Raikjam auch. Er hatte das Gefühl, dass hier etwas gewaltig schief lief. Gewaltig.

***

Der Aufruhr in der Burg war ein Glücksfall für Ash und Alica. Im Gedränge fielen sie niemandem auf, nur an den Toren wurden sie von Zeit zu Zeit misstrauisch gemustert. Anscheinend gehörte es zu den Regeln der Burg, diese im Alarmfall frei zu halten.

Das hielt Ash für eine weise Entscheidung. Er überlegte kurz, ob das zu einem Problem werden konnte, weil ja ihre gesamte Gruppe in den nächsten Stunden versuchen würde, sämtliche Tore zu passieren.

Er verwarf den Gedanken. Das Chaos war ihnen eher dienlich.

Und sie waren in Eile. Falls der Alarm bedeutete, dass ein Gegner von außen kam, konnte ihnen nichts Schlimmeres passieren, als während einer Belagerung mit eingeschlossen zu werden.

Das würde sie zwingen, mit den Besitzern der Burg Kontakt aufzunehmen. Das wiederum hieß, sich zu offenbaren, inklusive der Tatsache, wo genau sie herkamen. Für eine Burg im Belagerungszustand war ein Hinterausgang zugleich Bedrohung und Chance. Die Burgbewohner würden mit an Sicherheit grenzender Wahrscheinlichkeit die *glanhíre* finden.

Im vierten Hof, den sie passierten, wurden sie Zeuge der Verhaftung eines Mannes. Angespannt versuchten sie zu erkennen, ob es sich um ein Mitglied des Expeditionskorps handelte, doch das war nicht der Fall. Der lautstark Beschwerde führende Verhaftete wirkte unsympathisch und hatte sich vermutlich mit der Obrigkeit angelegt.

»Was immer hier los ist, es wird Zeit, dass wir wegkommen«, flüsterte er zu Alica. Sie hielt noch immer seine Hand.

»Ist doch klar. Die Burg wird angegriffen«, sagte sie. »Die Leute sind durcheinander. Gut für uns, weil wir nicht auffallen, aber ganz übel, falls wir es doch tun. Egal wie.«

Er sah, dass ihre freie Hand nach dem *glanhír* an ihrer Brust tastete und dachte an die sechs Steine, die er in seiner Reisetasche gesammelt hatte. Sie eilten weiter, noch immer unbemerkt.

Die Umgebung faszinierte ihn. Es war eindeutig, dass dies eine alte Burg war, die Mauern sprachen eine deutliche Sprache, in ihrer Bulligkeit, der regelrechten Arroganz ihrer Architektur. Sie musste aus den Zeiten Adjagards stammen, vielleicht eine Garnison oder Grenzburg. Eine Laune der Natur hatte an diesem Berghang die perfekte Umgebung für eine solche Festung geschaffen.

Unbehelligt erreichten sie das Große Tor, das von einer beeindruckenden Schmiedearbeit gekrönt wurde, einem Symbol, das sie auf dem Weg nach unten auf vielen Flaggen und Wappen gesehen hatten. Sie zeigte eine offene Hand, in einer Haltung, als habe sie gerade etwas losgelassen. »Freiheit«, schien sie zu sagen. »Unabhängigkeit«. Sie traf Ashs Lebensgefühl so genau, dass er einen Augenblick ergriffen stehen blieben, bis Alica ihn weiterzog.

Auch dieses Tor, um das herum es von Bewaffneten nur so wimmelte, passierten sie unbehelligt.

Die Menschen hier bewegten sich zielgerichteter als in den oberen Höfen. Die Führung der Burg war gut organisiert, auch wenn es sich bei der Besatzung der Festung im wesentlichen um Zivilisten zu handeln schien. Ash hatte keine Soldaten entdeckt, keine Rüstungen, keine Uniformen. Soweit er es beurteilen konnte, war mit diesen Männern und Frauen kein Ausfall zu führen. Wenn sich wirklich Angreifer der Burg näherten, wie nicht nur Alica vermutete, würden diese Leute ihr Heil in der reinen Verteidigung suchen.

Ein weiterer Grund, den Ort so schnell wie möglich zu verlassen.

Hinter dem Tor änderte sich das Bild abrupt: Ein grünes, reich bewaldetes Tal erstreckte sich vom Tor aus nach links, zu allen Seiten umgeben von schroff aufragenden Felsrücken, von warmem Sonnenlicht in ergreifende Farben getaucht. Dazwischen lagen gut bestellte Felder, durch die ein kleiner Bachlauf aus der Burg weg ins Tal hinein plätscherte. Die Bewohner des Tals hatten den Bach in mehreren Teichen gestaut, in denen Ash großen Reichtum an Fischen vermutete. Soviel Glück für den Inhaber einer Festung war kaum zu fassen: Das Tal versorgte die Burg, und es war so gut wie unzugänglich von außerhalb.

»Wunderschöner Ort, nicht wahr?« fragte Alica.

Ash nickte.

»Aber auch eine Falle«, meinte er. »Es gibt keinen zweiten Ausgang.«

»Oh doch«, sagte sie, und ihre Stimme klang düster. »Das wissen wir beide.«

»Richtig. Das wissen wir.« Er sah sich um, ob er andere aus ihrer Gruppe entdecken konnte. »Aber ein wirklicher Ausgang ist das auch nicht, oder?«

»Nein. Und du hast Recht: Das hier ist nur ein schöner Ort, wenn man hier bleiben will. Für einen Reisenden ist es eine Sackgasse.«

Auch auf den schmalen Wegen zwischen den Feldern bewegten sich eine Menge Menschen, und hier wurde es etwas schwieriger, nicht aufzufallen. Die Wege waren schmal, bis auf eine breite Hauptstraße. Kleine Häuser standen an die Berghänge gelehnt, deren Bewohner ihnen misstrauisch hinterherblickten.

Nach einer Weile sahen sie das Ende des Tales. Eine Vorburg sperrte die gesamte Breite des Tales zwischen den Bergen. Von hier sah sie unüberwindlich aus. Ein Wall, wie geschaffen, um sich dahinter zu verschanzen. Ein Wall aber auch, der das Tal zum Gefängnis machte. Die Vorburg hatte nur ein Tor, soweit sie es erkennen konnten, und vor diesem herrschte reges Gedränge von Bewaffneten. Hinaus ging dort niemand mehr, das war eindeutig.

«Ich hab´ kein gutes Gefühl«, grummelte Alica. Sie drückte seine Hand ein wenig fester. Er war überrascht, dass sie überhaupt noch

Hand in Hand gingen. Es war ihm nicht aufgefallen. Und es war ungewöhnlich für die selbstbewusste Zauberin.

«Du auch nicht, scheint es«, fügte sie leise hinzu.

«Nein. Ich auch nicht. Wie kommst du darauf?«

«Es ist süß, wie du dich an meiner Hand festhältst«, schmunzelte sie. «Wie ein kleiner Junge. Passt gar nicht zu dem, was ich sonst von dir kenne.«

Verblüfft starrte er sie an.

Das brachte sie zum Kichern. «Du solltest dein Gesicht sehen.«

«Ich...«, fing er an, aber so richtig etwas zu sagen hatte er nicht.

«Ihr da!« rief eine Frauenstimme von hinten. Sie drehten sich um.

Eine resolute Frau kam auf sie zu, führte eine kleine Gruppe Bewaffneter an. Sie trugen die roten Armbinden der Ordnungshüter der Burg, und sie wirkten alles andere als freundlich.

»Hast du einen Zauber parat, der uns hier ohne Probleme verschwinden lässt?« flüsterte Ash.

Eine innere Stimme sagte ihm, dass er bereits begann, sich zu sehr auf Alicas kleine Wunder zu verlassen – um so schlimmer, als das einen hohen Preis für sie bedeutete, die ihren *glanhír* schon fast vollkommen abgenutzt hatte. Er wusste gar nicht genau, ob die rohen, unbehandelten Steine, die er in der großen Halle hinter der Dunklen Zone eingesammelt hatte, so ohne weiteres nutzbar waren.

Nachdem sie ganz kurz die Augen geschlossen und in sich hineingehorcht hatte, schüttelte Alica den Kopf.

»Die Magiewinde sind schwach hier, darauf können wir jetzt nicht zählen«, antwortete sie.

»Schlecht«, sagte er, den Blick auf die näherkommende Gruppe gerichtet. Die Frau, die sie angesprochen hatte, ging voran, ihre Augen verhießen nichts Gutes.

»Darf ich einmal Euren Permit sehen?« fragte sie unwirsch. »Ihr seid neu hier, oder? Wann seid ihr angekommen? Und was macht ihr hier draußen? Wir sind im Alarmzustand, wir brauchen hier niemanden, der im Weg herumsteht.«

Sie musterte seine Waffe und das Reisegepäck, das sie beide mit sich trugen. »Wollt ihr euch aus dem Staub machen?«

Ash atmete erleichtert auf. Wenn das ihr Verdacht war, würden sie sich vielleicht aus der Sache herausreden können.

Doch so einfach machte sie es ihnen nicht.

»Die Permits bitte!« forderte sie erneut.

»Was für einen Permit will sie sehen?« fragte Alica flüsternd.

»Keine Ahnung. Ein Ausweis vermutlich, ein Dokument,

irgendwas.«

Er war ratlos, dann fasste er einen Entschluss. »Alica, ich versuche, mich abzusetzen. Ich habe eine gute Chance gegen dieses Trüppchen, und es hat keinen Zweck, wenn wir beide festgesetzt werden.«

»Ich weiß nicht...« sagte sie, doch jetzt war die Gruppe heran, und die Frau wurde eindringlich.

»Ihr zeigt mir jetzt sofort Eure Permits!« kommandierte sie. »Wir sind im Alarmzustand, und bis ich genau weiß, was los ist, läuft hier kein Fremder unbeaufsichtigt rum.«

Damit hatte sie aus ihrer Sicht vollkommen Recht, fand Ash. Nur, dass sie weder der Frau noch ihren Vorgesetzten erklären konnten, was sie hier taten, ohne ihre Mission in Gefahr zu bringen oder in etwas verwickelt zu werden, was sie nichts anging.

»Alica...« sagte er, etwas hilflos, aber sie nickte.

»Geh«, meinte sie. »Die werden mir schon nichts tun, und ich verlasse mich auf dich, dass du mich irgendwie rausholst oder mir zumindest einen glanhír beschaffst, damit ich das Gefängnis öffnen kann.«

Der Frau riss jetzt der Geduldsfaden. »Worüber redet ihr? Schnauze halten! Hier spielt die Musik!« Sie hob den Stock in ihrer Hand und tippte Ash damit unsanft an. Er wandte sich ihr zu und hob die Hände in abwehrender Haltung.

»Wir haben keinen Permit«, gab er zu.

»Ihr habt keinen? Wo kommt ihr her? Seit wann seid ihr hier?«

»Das ist schwer zu beantworten. Wir möchten die Burg gerne verlassen, und wenn ich richtig sehe, ist das dort vorne das Tor, oder?«

»Die Burg verlassen? Jetzt?« Die Frau blickte zunächst erstaunt, dann wütend. »Ihr beide kommt jetzt mit, wir werden euch Enwend vorstellen, der kann entscheiden, was mit euch passiert.«

»Wer ist Enwend?« fragte Alica.

Sie schob Ash ein wenig zur Seite, übernahm das Ruder. Der Blick ihrer schwarzen Augen bohrte sich in den der Frau, und diese trat einen Schritt zurück. »Was haben wir mit Enwend zu schaffen? Wir gehören hier nicht hin, wir wollen die Burg verlassen. Wo ist das Problem?«

Der Stock der Frau sank ein wenig nach unten, als Alica ihr näher kam. Sie wirkte überfahren, als sie sagte: »Enwend. Der Chef der Miliz. Er ist verantwortlich für Sicherheitsfragen.«

»Na, dann hat er doch sicher zu tun«, stellte Alica fest. »Soweit ich das sehe, ist hier ziemlich was los... in Sicherheitsfragen.« Sie betonte das letzte Wort sarkastisch, ließ es albern und bürokratisch klingen.

Die Frau nickte, machte einen weiteren Schritt rückwärts und stieß gegen ihre Kameraden. »Ja, Enwend hat sicher nicht sofort Zeit.«

»Wir haben mit Eurem Streit hier nichts zu tun, wir wollen nur nach Hause.«

Alica drehte sich um, griff Ash am Arm und zog ihn mit sich. Er folgte ihr, fragte sich, ob diese Strategie wohl Erfolg haben konnte. Wirklich gut ausgebildet waren die Milizionäre nicht. Hinter ihnen entstand Stimmengewirr, aus dem er nur einzelne Worte verstand, unter denen der «Permit» häufiger vorkam.

Alle seine Sinne waren angespannt, und so merkte er, dass die Stimmung hinter ihnen umschlug. Er fuhr herum, bevor der erste der Milizionäre ihn packen konnte. Er zog am greifenden Arm des Mannes, brachte ihn aus dem Gleichgewicht, trat vor seine stolpernden Beine, so dass er ihn aus seinem eigenen Schwung heraus über die Schulter werfen konnte.

Unsanft krachte er einige Meter weiter vorne auf den Boden. Niemand hatte ihm beigebracht, wie er zu fallen hatte, und so landete er halb auf dem Gesicht, halb auf einem ausgestreckten Arm, was sicherlich wehtat.

Ash hatte keine Zeit, sich darum zu kümmern. Die Milizionäre hatten – möglicherweise über den Kopf ihrer Anführerin hinweg – beschlossen, sie zu verhaften. Das war schlecht.

Dem Schlag eines Knüppels – gnädigerweise ohne großes Können von oben nach unten geschwungen – wich er aus, mit dem Fuß blockte er einen zweiten Versuch, nach ihm zu greifen. Knirschendes Splittern zeigte ihm, dass er an dieser Stelle zu grob gewesen war. Er wollte so wenig Verletzungen wie möglich verursachen – Grund genug, das Schwert stecken zu lassen. Dies hier schienen gute Leute zu sein, und unerfahren waren sie noch dazu.

Seine Reisetasche war ihm im Weg. Es half nichts, er musste sie abstreifen. Nur am Rande dachte er darüber nach, ob darin etwas Wichtiges war. Erst viel später fiel ihm ein, dass dem so war. Alle wirklich relevanten Dinge – und davon gab es nur sehr wenige – trug er gewohnheitsmäßig am Körper, doch in diesem Fall verlor er mit der Tasche auch die *glanhíre*, die er so vorausschauend eingepackt hatte.

Während er Angriffe blockte, weiterleitete, abtropfen ließ – die Schwerter und Dolche waren am gefährlichsten, aber die Milizionäre setzten sie aus Angst, ihre eigenen Kameraden zu verletzen, kaum ein – spürte er die aufkommende Panik bei seinen Gegnern. Jemanden wie ihn hatten sie noch nie getroffen, und natürlich war angesichts der

Gefahren, die ihnen bevorstanden, dieser erste Kampf mit einem echten Krieger keine gute Erfahrung.

Aus dem Augenwinkel sah er, dass Alica in Bedrängnis geriet und festgehalten wurde. Er konnte ihr nicht helfen. Nicht, ohne ernsthaft Tote und Verletzte zu hinterlassen. Das war sinnlos. Es waren bei weitem zu viele Menschen im Tal und an der Vorburg, um sich den Weg nach draußen freizukämpfen.

Entschlossen setzte er sich ab. Einem der Angreifer nahm er den Stock ab, zog ihn erst einem der anderen durchs Gesicht, blockte dann zwei weitere Attacken, zog die verdutzten Angreifer erst gegeneinander und dann gegen die anderen. Allgemeines Durcheinander entstand, das viel damit zu tun hatte, dass die Milizionäre es in fast zweiminütigem Kampf nicht geschafft hatten, ihn tatsächlich zu umzingeln, und nach wie vor einer nach dem anderen angreifen mussten.

Zum Kopfschütteln über diese Dummheit blieb ihm keine Zeit. Er drückte noch einmal gegen den Stock, bemerkte voller Freude, dass sich einer der so geschubsten Angreifer tatsächlich an dem Holz festhielt – und ließ los.

Stolpernd gingen die im am nächsten stehenden Milizionäre zu Boden, und Ash setzte zum Sprint an.

Er setzte sich schnell ab, nicht aufs Tor zu, sondern zurück in Richtung Burg. Auch wenn seine Verfolger nur langsam in die Gänge kamen – das Tal war voller Menschen, die seine Flucht beobachteten.

Verdunkeln und Verschwinden. Das Unerwartete tun. Alte Riinja-Techniken, die er einst im Reich der Elf Großen Stadtstaaten gelernt hatte, nachdem er die offiziellen Wege Dan Dereds verlassen hatte... Techniken und Methoden, die er mit Shivan in langen nächtlichen Sitzungen in der She-Bashi-Hauptschule in Seda verfeinert hatte.

Ein wildes Gefühl von Freiheit ergriff ihn.

Er war in seinem Element.

***

»Einer ist entkommen?« Enwend stand auf den Zinnen der Vorburg, blickte hinunter ins Tal außerhalb der Burg, wo fleißige Hände damit beschäftigt waren, Gräben auszuheben. In weiterer Entfernung konnte er Reiter über die Wiesen galoppieren sehen, mit weiten Bewegungen Gift verstreuend. Es tat ihm in der Seele weh, den fruchtbaren und idyllischen Landstrich so zu verwüsten.

Es war noch viel zu tun, und er war schon jetzt müde. Dabei

wusste er, dass die eigentliche Arbeit erst beginnen würde, wenn der Feind vor den Mauern stand. Die Nachricht, dass sich Fremde in der Burg herumtrieben, gefiel ihm nicht.

»Achtzehn Gefangene, einer entkommen. Die anderen haben sich durchgängig nicht gewehrt, als sie erkannt haben, dass die Vorburg gesperrt ist.«

»Aber dieser eine hat gekämpft?«

»Nach den Berichten, die ich gehört habe, war er flink wie die Flut. Er hat zwei unserer Leute verletzt.«

»Schwer?«

»Knochenbrüche.«

Enwend nickte. »Wo ist er hin?«

»Die Zeugen sagen, er sei verschwunden. In Richtung Burg.«

»Also nicht nach draußen.«

»Ging ja nicht, hier ist alles dicht.«

»Seltsam trotzdem. Wo kamen die her?«

»Keine Ahnung, sie sagen nichts. Sie sind jetzt im nördlichen Gefängnis, auf Hof sechs.«

»Dann bewacht sie gut. Ich sehe sie mir nachher an. Das klingt alles sehr, sehr befremdlich. Kundschafter vielleicht.«

»Kann gut sein. Es sind Soldaten. Die meisten jedenfalls. Einer von ihnen ist sehr unheimlich.«

»Der, der verschwunden ist?«

»Nein, nein. Ein anderer, ein Riese, der einen Verletzten bei sich trug, als wir ihn erwischt haben.«

Enwend atmete tief durch. Was für eine Geschichte! Ein Verletzter in Begleitung eines Riesen, eine Gruppe Soldaten, von denen nur einer es darauf angelegt hatte, zu entkommen?

»Ach so, Meister Enwend – eine Frau ist auch dabei. Wir haben ihr etwas abgenommen, was wir für einen *glanhír* halten.«

»Mach Sachen!« Enwend sah einen anderen Milizionär näherkommen. Mehr Fragen, notwendige Hilfe bei der Organisation. So abwegig diese Geschichte war, sie gehörte nicht zu den vordringlichsten Aufgaben. Er konnte sich selbst dann noch darum kümmern, wenn sie schon eingeschlossen in der Burg festsaßen, die Belagerer vor den Toren.

»Bewacht sie gut!« schärfte er dem Boten noch einmal ein, der ihm gerade so umfangreich Bericht erstattet hatte. Dann entließ er ihn.

Der Gedanke an diesen eigenartigen Bericht saß ihm den ganzen Tag wie ein Stachel im Fleisch. Erst am Abend fand er Zeit, sich damit zu befassen.

Im Licht des Sonnenuntergangs wanderte er durch die Höfe der Burg nach oben zu seiner eigenen Wohnung im Hof eins – um die durchgeschwitzte Kleidung zu wechseln und danach bei Raikjam Padohan, dem Schmied, an die Tür zu klopfen.

Marija öffnete. Enwend lächelte freundlich und tippte sich an das Miliz-Barett, das in den letzten Monaten zu seiner gewohnten Kopfbedeckung geworden war.

Er fühlte sich zu Hause in der Ahretburg – womit er nicht mehr gerechnet hätte in seinem Leben. Und er mochte Marija. Raikjam hätte viele Frauen haben können, und viele junge Männer in seinem Alter hätten sich vielleicht für eine repräsentative, fesche Schönheit entschieden. Eine der Tänzerinnen des Minoi-Balletts vielleicht, die vor einigen Jahren aus dem Theater ihrer Heimatstadt geflohen waren, als diese niedergebrannt worden war. Angeblich von Orks, aber Enwend zweifelte sehr an dieser Darstellung.

Raikjam war stattdessen der resoluten, kleingewachsenen Marija erlegen, die mit ihrem roten Haarschopf und ihrem entschiedenen Auftreten oft genug für Wirbel sorgte. Sie war klug, und sie war loyal.

»Hallo Enwend!« begrüßte sie ihn mit freundlichem Lächeln. »Gut, dass du vorbeischaust. Raikjam wollte sich gleich ohnehin auf die Suche nach dir machen.«

»Als hätten wir uns nicht den ganzen Tag ohnehin dauernd gesehen.« Enwend humpelte über die Schwelle der Turmwohnung. Seine verschlissenen Knochen hatten über den Tag erheblich gelitten, und das Treppenhaus des Turmes hatte ihnen den Rest gegeben. Aber er wollte nicht klagen. Draußen, vor den Mauern, waren eifrige Männer und Frauen damit beschäftigt, weitere Gräben auszuschachten und mit brennbarem Material zu füllen. Ihnen würde es am kommenden Morgen noch viel schlechter gehen.

Sie fanden Raikjam auf dem Balkon, einen Zigarillo in der einen Hand, ein Glas Wein in der anderen, in den Sonnenuntergang schauend.

»Hallo, alter Freund«, begrüßte er Enwend. »Ob dies wohl der letzte friedliche Abend ist, den wir erleben?«

»Aaaach was«, antwortete der alte Krieger. »Aber es kann schon sein, dass es für eine lange Zeit unruhiger sein wird, ja. Es ist gut, dass wir gerüstet sind, und wir sind hier sicher. So schnell hungert uns keiner aus.«

»Und du meinst nicht, dass es eine Alternative gibt? Vielleicht müssen wir gar nicht Krieg führen?«

Enwend schnaubte.

»Gut, gut.« Raikjam zog an seinem Zigarillo. »Es scheint mir, die Ahretburger haben die Nachrichten viel gefasster aufgenommen, als zu erwarten war.«

»Wir haben sie ja auch seit dem Alarm auf Trab gehalten. Für manche ist es vielleicht sogar eine aufregende Abwechslung. Wir leben hier schon sehr abgeschieden, wir alle.«

»Das kann nicht sein!« wehrte Raikjam ab. Der Gedanke schien ihn zu entsetzen.

Enwend ignorierte das und kam zu dem, weswegen er eigentlich hier war.

»Es gibt noch eine Kleinigkeit, um die ich mich nicht alleine kümmern möchte«, begann er.

Raikjam zog fragend die Augenbrauen hoch und nahm einen weiteren Zug. Nachlässig schnippte er die Asche über das Balkongeländer.

»Wir haben Eindringlinge in der Burg. Über den Tag verteilt wurden achtzehn Bewaffnete festgenommen.« Enwend korrigierte sich: »Die meisten waren bewaffnet. Die anderen schienen nicht recht zur Gruppe zu passen. Einer ist entkommen.«

Zu seiner Überraschung erbleichte der Burgherr bei diesen Worten.

»Flut und Feuer!« stieß er hervor. »Ich habe sie vergessen! Das ist alles so über uns zusammengestürzt!«

»Ihr kennt die Leute, Meister Raikjam?« Enwend fühlte einen Stein von seiner Seele rollen. Hier war des Rätsels Lösung. Dem Heiligen Traum sei Dank!

Seine frohe Erwartung wurde allerdings enttäuscht. »Nein, nein, ich kenne sie nicht, aber ich habe sie gesehen. Sie kamen hier oben aus einem der Stollen.«

»Aus einem der Stollen? Das kann nicht sein. Dann müssen sie sich darin versteckt haben.«

»So sahen sie nicht aus. Eher, als seien sie auf der Flucht vor irgendetwas. Ein seltsames Bild.«

»Das ist nicht gut.« Enwends Blick wanderte hinunter zu den großen Stahltoren im Fels. »Wir müssen den Stollen untersuchen. Und wir müssen unbedingt mit diesen Leuten reden. Ich will wissen, wo sie herkommen und was sie hier wollen.«

»Allerdings.« Raikjam drückte den Zigarillo aus. »Wo sind sie?«

»Im Gefängnis auf Hof sechs. Ich habe Sonderbewachung angeordnet. Es ist eine heikle Geschichte.«

Ein huschender Schatten fing Enwends Aufmerksamkeit. Er sah genauer in den Hof hinunter, aber es war nichts zu sehen. Das war irritierend. Schlug jetzt die Paranoia schon zu?

Als wäre es nicht schlimm genug, dass Angreifer vor den Toren standen. Es war nicht notwendig, dass es auch im Inneren der Burg Gefahren gab.

Er umrundete den Balkon, blickte hinunter in den Hof. Da war nichts.

Als sie wenig später die Tür des Turmes hinter sich ins Schloss zogen und langsam die Richtung der unteren Höfe einschlugen – Enwend humpelnd, Raikjam ungeduldig um sich blickend – schlug eine der großen, stählernen Türen.

Sie beide fuhren erschrocken zusammen. Enwend fasste sein Schwert.

»War es der Stollen?« fragte er Raikjam, und dieser nickte. Enwend bewegte sich zur Tür und öffnete sie einen Spalt weit. Im diffusen Gegenlicht der fast untergangenen Sonne war nichts zu sehen. Er wollte nicht alleine und ohne Ausrüstung hineingehen.

Hinkend kehrte er zu Raikjam zurück, der sich nicht bewegt hatte. Ein großer Held war er nicht, der Gründer der Ahretburg. Seine Arme waren kräftig, seine Gestalt breit – ein Schmied, wie er im Buche stand – aber sein Herz war freundlich und zurückhaltend. Kein schlechter Zug für einen Anführer, zumindest nicht, wenn er eine solche friedliche Gemeinschaft verwaltete.

Er blickte über die Schulter noch einmal zurück zur Stollentür. Seine Augen wanderten über den gesamten Hof, die Häuser, in denen zum Teil die ersten Lichter brannten, die anderen Stollen, die in den Berg hineinführten.

»Wir brauchen Wachen«, stellte er fest. »Und das ist nicht gut.«

Doch zu allererst brauchten sie eine Idee, was hier los war. Schweigend gingen sie weiter.

***

In der Führung der Festung musste es erfahrene Krieger geben, der Organisationsgrad und die Disziplin der Burgbewohner sprachen dafür. Die Milizionäre selber andererseits waren ausgesprochen unprofessionell. Sie machten jeden Fehler, der sich denken ließ, vor allem waren sie unaufmerksam.

Gleich sechs von ihnen standen als Wachen vor dem Gefängnisgebäude, in einer Ecke des sechsten Burghofes zwischen der Burgmauer und dem Felsrücken – ebenfalls ein altes Gebäude, wie so viele, aber gut in Schuss und mit einer eigenen kleinen Mauer umgeben, die zu überwinden Ash aber nur wenig Probleme bereitete.

Gewandt kletterte er im engen Zwischenraum zwischen zwei Häusern nach oben, je ein Bein an einer der Seitenwände aufgesetzt, mit den Händen die Balance haltend. Er schwang sich aufs Dach des einen Hauses, das über komfortable zu greifende Dachrinnen verfügte; ein Geschenk für einen Einbrecher.

Als er das Dach hinaufsprinten wollte – noch immer pochte sein Herz, Energie durchströmte seinen Körper – merkte er zum ersten Mal die Erschöpfung des Tages. Er rutschte auf einem mit Moos bewachsenen Ziegel aus, musste sich in einer breiten Grätsche abfangen, und seine Hüfte meldete, dass ihr das nicht gefiel.

Er horchte, ob ihn jemand bemerkt hatte. Nein. Schnell huschte er weiter. Vom Dach des Hauses auf die Mauer des Gefängnisses, eine Punktlandung, nach der er sofort weiterfederte auf ein anderes Dach, ein flaches Gebäude, vergitterte Fenster, einer der Zellentrakte, wie er vermutete. Er landete katzenhaft, federte nach, rollte sich ab. Mit einer Hand schubste er das Schwert, das er bei dieser Eskapade auf dem Rücken trug, zurück in die richtige Position, mit der anderen fasste er sich ans linke Knie, das beim Aufkommen nachgegeben hatte und jetzt fürchterlich schmerzte. Dann glitt er weiter, jetzt noch leiser, die Ohren gespitzt, um herauszufinden, in welchen Zellen seine Expeditionskameraden untergebracht waren.

Er wurde schnell fündig. Obwohl die Bewacher wussten, dass noch ein Mitglied der Gruppe auf freiem Fuß war, hatten sie keinen Gedanken daran verschwendet, dass dieser den Versuch einer Kontaktaufnahme starten könnte. Zu Ashs Überraschung befanden sie sich alle im selben Raum. Es war leicht, einen Mauervorsprung zu benutzen, um durch ein vergittertes Fenster hinein zu schauen.

Er entdeckte Groogian in einer Ecke, neben ihm saß Alica an der Wand, die Kapuze ihres Mantels tief ins Gesicht gezogen. Die Dsitaren waren lose im Raum verteilt, Hauptmann Mandanof stand hoch aufgerichtet an einem anderen Fenster. Zwei der Professoren waren im Raum – vermutlich hatte die Burgbesatzung beschlossen, dass ihr verletzter Kollege medizinische Hilfe benötigte. Zumindest hoffte Ash das, denn die Alternative war kein schöner Gedanke.

Er pfiff ein kurzes Signal, wie sie es in seiner Zeit in Ga Ta Cien benutzt hatten. Der Schrei einer Sturmmöwe, wie sie an den Küsten des Wüstenstaates häufig vorkam, hier in den Bergen aber wohl eher nicht. Die Gardisten dieser Burg waren so wenig konzentriert, dass er das Risiko einging.

Groogian reagierte sofort. Er sprang auf und eilte zum Fenster, wo er Ashs Umriss sehen konnte.

»Beim Wasser des Geysirs!« flüsterte er. » Gut, dass du hier bist. Wie sieht es aus da draußen?«

»Wunderbar. Noch.« Ash blickte vom Fenster weg in den Hof. Niemand zu sehen. »Die Burgbesatzung ist sehr schlecht ausgebildet. Spätestens morgen Abend wird sie trotzdem im Kampf stehen. Keine rosigen Zeiten.«

»Hmmm.« Groogian brummte. »Wir sind doppelt gefangen, scheint´s.«

»Ja.«

Jetzt waren die anderen aufmerksam geworden. Mandanof kam herüber.

»Gooregan!« sagte er. »Wie habt Ihr das gemacht?«

»Große She-Bashi-Geheimnisse«, grinste Ash. »Aber eigentlich ist nur die Burgbesatzung ziemlich unfähig.«

»Wohl wahr. Raus gekommen sind wir dennoch nicht.«

»Und das wird auch weiter so bleiben.« Ash setzte den Hauptmann in Kenntnis über die Geschehnisse des Tages. »Wenn wir fliehen wollen, muss das sehr schnell geschehen.«

Groogian brummte wieder. »Gar nicht doof, dass wir hier drin sind. Die rechnen nie damit, dass wir von hier entwischen.«

»Die Vorburg wird ein Problem«, meinte Mandanof. Ash nickte. »Ich denke, wir brauchen einen guten Plan. Oder Zauberei.«

Aller Augen wandten sich zu Alica, die noch immer an der Wand lehnte und zu schlafen schien.

»Weckt sie auf!« sagte Ash durchs Gitter. Und fügte schnell hinzu: »Seid sanft zu ihr!«

***

Als Ash eine knappe Stunde später durch die Höfe nach oben eilte, war die Festung fast menschenleer. Es schien, die meisten ihrer Bewohner halfen unten im Tal und vor der Vorburg beim Schanzen – eine sinnvolle Tätigkeit, wie er fand.

Die Fremdartigkeit des Ortes schlug ihn in Bann, so friedlich und freundlich, selbst jetzt, wo sich alles in Vorbereitung auf kriegerische Auseinandersetzungen befand.

Ash war Zeuge und auch Teilnehmer vieler Schlachten, Belagerungen, auch Plünderungen gewesen – die Stimmung hier war einzigartig. Zu gerne hätte er mehr erfahren über das Schicksal, das diese Leute hier zusammengeschmiedet hatte.

Seine eigene Aufgabe war weniger erfreulich. So unglücklich Alica damit war, schon wieder zu zaubern, war sie doch mit den anderen einer Meinung gewesen, dass Magie der sinnvollste Weg war, die Burg noch vor dem Beginn der Belagerung zu verlassen. Nur standen die Magischen Gezeiten ungünstig, und die Bewacher hatten ihr den *glanhír* abgenommen.

Die Wachen hatten wohl gar nicht erkannt, wie wertvoll der Edelstein war, den sie der jungen Gefangenen abgenommen hatten. Alica allerdings war sich durchaus bewusst, dass der *glanhír* ihr wertvollster Besitz war, und wie sehr sie ihn misshandelt hatte, entgegen den Grundsätzen ihrer Ausbildung.

Seit seiner Flucht unten im Tal benutzte Ash seine eigene Art der Magie. Die Kunst des Täuschens und Versteckens war nie seine herausragendste Begabung gewesen, aber es gab einfache Regeln und Methoden, an die man sich halten konnte, wollte man nicht bemerkt werden. Dazu gehörte akrobatisches Talent. Die besten Verstecke waren die, an denen niemand einen anderen Menschen erwartete: Über dem Türrahmen, außerhalb des Fensters, an einer Mauer, im Wipfel eines Baumes.

Noch wichtiger war die Fähigkeit, sich in die Wahrnehmung anderer Menschen einzufühlen – und diese zu manipulieren. So, wie die Zauberer auf Jahrmärkten mit ihren cleveren Tricks nicht wirklich Magie wirkten.

Am oberen Hof angekommen, patzte er für einen Augenblick, tappte in die eigene Falle: Überall rechnete er mit möglichen Beobachtern, aber nicht an der Außenseite des Turms, dem Tal zugewandt. Der leise Klang einer Stimme ließ ihn aufmerksam werden, dann sah er die leuchtende Spitze eines Zigarillos.

Ein Balkon! Im roten Leuchen der untergehenen Sonne hätte er ihn beinahe übersehen.

So flink er konnte, verschwand er im Dunkeln. Die Abenddämmerung vereinfachte das, und dennoch hielt er einige Sekunden inne, um sicherzugehen, dass niemand oben auf dem Balkon ihn bemerkt hatte.

Dann huschte er weiter, zum Stahltor des Stollens, aus dem sie gekommen waren. Dort, tief im Berg, waren die *glanhíre*, die sie brauchten, um zu entkommen. Heute noch, denn morgen warteten vor dem Tor die Belagerer. Er musste sich beeilen.

***

Der Weg war schon beim ersten Mal nicht besonders angenehm gewesen. Abschüssig, rutschig, in Teilen verfallen, und dunkel.

Die Enge war Ash in besonders unangenehmer Erinnerung – der Tunnel war nicht für die Körpermaße von Menschen oder Elben gemacht, soviel stand fest. Die beiden Professoren hatten sich in Theorien ergangen, ob das ein Hinweis auf eine engere Verbindung der Zwerge mit den Elben sein konnte, da schließlich die Tempelanlagen elbischen Ursprungs gewesen waren.

Ash hatte Verständnis, dass diese Fachsimpelei die beiden Wissenschaftler von ihren Ängsten ablenkte. Ihn selbst hatte es gestört, dass er nicht hören konnte, was auf sie zukam.

Einen kurzen Moment lang war ernsthaft Panik in der Gruppe aufgekommen, als der Gang in einer Sackgasse endete. Erst als Alica den Formzauber entdeckte, der das Ende des Ganges statt mit einer Tür mit festem Gestein verschloss, beruhigte sich die Stimmung.

Es war leicht gewesen, diese Wand zu durchbrechen, und noch leichter war es jetzt, wieder zurück in den Gang zu gelangen. Ash war klug genug, eine Öllampe mitgehen zu lassen, die er jetzt mit einem Streichholz entzündete. Flackerndes Licht, eine lächerlich kleine Flamme angesichts der mindestens drei Stunden Fußmarsch, die ihm bevorstanden.

Seufzend machte er sich auf den Weg. Das Gefühl, sich beeilen zu müssen, nahm noch zu. Er hastete durch die Dunkelheit, über Geröll stolpernd, eingestürzte Teile des Tunnels mühsam überkletternd, die flackernde Lampe vor sich haltend. Im Gegensatz zum Abstieg aus dem Tempel musste er diesmal keine Tasche tragen. Dafür war er ohne Verpflegung, erschöpft und vor allen Dingen alleine.

Auch wenn er es sich selbst gegenüber nicht eingestehen wollte: Die Geister der Vergangenheit verfolgten ihn plötzlich, er hörte Stimmen, wo keine sein konnten, und sah Schatten, die nicht da waren. Je weiter er kam, die anhaltende Steigung verfluchend, desto kälter schien es zu werden, und ihm graute an Gedanken an den leeren Raum mit den Kristallwänden, in dem vor Jahrtausenden die Geheimnisse untergegangener Völker gehütet wurden.

Der Gang machte einen scharfen Knick, an den er sich nicht erinnern konnte. Er blieb stehen.

»Hier war keine Kurve«, sagte er zu sich selbst – halblaut, um die Stille zu vertreiben und sich selbst Mut zu machen.

Er wusste aus ähnlichen Situationen, dass so etwas funktionierte.

Heute allerdings nicht. Seine Stimme klang flach, versackte in der Dunkelheit des Tunnels vor und hinter ihm. Es war nicht aufmunternd, es war ernüchternd.

Mit der Öllampe suchte er die Wände ab, ging einige Meter zurück und sah sich wieder um. Ein kalter Schauer lief ihm den Rücken hinunter. Wenn auch hier alte Formzauber aktiv waren, kam er unter Umständen hinterher nicht am selben Ort heraus wie zuvor. Oder er blieb überhaupt in den Tiefen des Antheras-Gebirges stecken.

»Flut und Verderben«, grummelte er, doch wieder schien seine Stimme von den Felswänden verschluckt zu werden, und so sparte er sich alle weiteren Worte. Es blieb ihm nichts übrig, er machte sich wieder auf den Weg.

***

Fast erstaunt stolperte er blanke Ewigkeiten später erst über das uralte Grab mit den Erinnerungsrosen – jetzt von fahlem Tageslicht erhellt – und dann durch die Falltür in den Kristallraum im Tempel. Hatte er sich den neuen Knick im Tunnel hinter ihm nur eingebildet? Oder war das Gestein in Bewegung?

Obwohl sein erster Impuls war, schnell einige *glanhíre* zu greifen und wieder zu verschwinden, konnte er doch nicht widerstehen. Vorsichtig näherte er sich der noch immer offen stehenden Tür zur Dunklen Zone und spähte hinaus.

Das Lavafeld war erloschen. Der Tempel lag weiß in der nur schwach vom Mond erleuchteten Dunkelheit. Ein kühler Wind zog durch die Tür herein. Ash schauderte, und einem Impuls folgend, schloss er die Tür. Sie bewegte sich leicht und problemlos. Die letzten Zentimeter schloss sie sich wie von einem Magneten gezogen. Mit einem vernehmlichen Krachen schlug sie ins Schloss. Er fuhr erschrocken zurück, fuhr sich mit einer Hand über die schweißnasse Stirn.

Er musste hier raus.

Den Rückweg durch den langen Tunnel nahm er im Laufschritt. Eine kalte Hand griff nach seinem Rückgrat, ein Gefühl, dass er sonst kaum jemals kannte. Haltsuchend zog er das Schwert von seinem Rücken und hängte es in der Scheide an die Seite des Gürtels, von wo er es am Nachmittag auf den Rücken geschnallt hatte, um mehr Bewegungsfreiheit zu haben. Das schien unendlich lange her zu sein, zu einer Zeit, als die größte Gefahr von anderen Menschen ausging, als seine Fähigkeiten und seine Erfahrung noch ein Garant für sein Überleben waren und er genossen hatte, endlich einmal wieder ganz in seinem Element zu sein.

Dann ging seine Lampe aus.

»Was bei allen Alpträumen...«, fluchte er, aber natürlich war ihm klar, dass es seine eigene Dummheit gewesen war, die das Licht hatte verlöschen lassen.

Natürlich.

Öllampen waren für die wilde Hatz durch dunkle Nacht nicht gemacht. Sie waren ungeeignet, hin und her geschüttelt zu werden, um Ecken der Wände oder Stufen am Boden zu beleuchten. Lampen waren keine Fackel.

In völliger Dunkelheit griff er nach den Zündhölzern. Während seine Finger noch suchten, erstarrte er. Er hatte eine Stimme gehört. Eine echte Stimme, keine Einbildung. Laut und vernehmlich: »Wartet! Ich habe etwas gehört!«

Ash fuhr zurück. In Gedanken lief er den Weg zurück. Keine Mulde, keine Möglichkeit, sich zu verstecken. Unwillkürlich schloss er die Augen, um besser zu hören – als mache das irgendeinen Unterschied – und griff nach seinem Schwert. Seine andere Hand tastete nach dem Dolch am Gürtel, der ihm im engen Flur bessere Dienste leisten würde, falls es zu einem Kampf kam.

Atemzüge, einige davon keuchend. Mehrere Leute, nicht alle auf dem gleichen Stand körperlicher Leistungsfähigkeit, die sich schnell den Gang hinauf bewegten, schließlich stehenblieben.

Das nahm ihm die Möglichkeit, ihre Anzahl genauer einzuschätzen.

Egal. Hier im engen Gang konnte ohnehin nur einer nach dem anderen angreifen.

Nur die bereits gefallenen Gegner konnten zum Problem werden, weil sie die Bewegungsfreiheit weiter einschränkten.

Er lehnte sich an die Wand.

Sein Körper protestierte beim Gedanken an weitere Herausforderungen an diesem langen Tag. Die Hüfte schmerzte, sein linkes Knie meldete sich wieder. Aber es half nichts.

Ein Lichtschein. Die Neuankömmlinge bewegten sich wieder.

Er dachte angestrengt nach, welche Alternativen ihm sich boten. Er sah nur Kampf oder Kapitulation. Rückzug war nicht ernsthaft erwägenswert. Versteckmöglichkeiten gab es weder hier noch im Kristallraum.

Kurz überlegte er, ob er in das Grab hinaufklettern konnte. Vor seinem inneren Auge sah er, wie er sich an einer der Erinnerungrosen stach und im Delirium eine ferne Vergangenheit besuchte, während seine Verfolger seinen leblosen Körper untersuchten.

Er zog den Dolch.

Verhandeln konnte er noch. Aber mit welchem Ziel?

In seinem angeschlagenen Zustand gab es nur den Kampf. So lag zumindest der Überraschungsmoment auf seiner Seite.

Der Lichtschein kam näher. Er erkannte den ersten Umriss eines menschlichen Körpers. Er hörte Worte, nur zu leise, als dass er sie hätte verstehen können.

Weitere Gestalten schälten sich aus dem Dunkel. Ash blickte sich noch einmal um. Der Gang war gerade breit genug, dass ein einzelner Mensch stehen konnte. Er griff den Dolch fester. Dann nutzte er den Überraschungsmoment und stürmte vor.

Sein Dolch zuckte nach vorne, traf aber nicht. Dafür fiel eine Lampe zu Boden.

Ein überraschter Aufschrei, gefolgt von mehr Durcheinander. Helles Licht füllte den Tunnel: Die heruntergefallene Lampe war zerbrochen, das Öl lief aus und steckte Wand und Boden in Brand.

Das ließ Ash noch weniger Spielraum. Wollte er nicht hinter den Flammen gefangen werden, musste er schneller nach vorne kommen.

Er fand sicheren Halt mit einem Fuß, hob den zweiten, trat druckvoll nach vorne, um seine Gegner nach hinten zu stoßen – eine ehrgeizige Idee, die aber in dem beginnenden Chaos und angesichts des Feuers, das die ganze Gruppe nach hinten ausweichen ließ, gelingen mochte.

Nur hatte Ash sich verschätzt. Vor ihm stand eine breitschultrige, kantige Gestalt, die anders reagierte, als er erwartete – routiniert, selbstsicher. Sie gab nicht nach, sondern nahm den Tritt geschmeidig mit vorgestrecktem Arm und einer kleinen Drehung der Hüfte, lenkte ihn trotz der Enge ins Nichts.

Ashs Dolch schnellte in die Richtung, in die sein Gegner ausgewichen war, wurde von einem waghalsigen Armblock gefangen. Die Klinge fuhr in den Unterarm, dann ging sie verloren. Warmes Blut spritzte, als sein Gegner den Arm trotz Verletzung nach oben riss und in Ashs Gesicht schlug.

Dieser verlor sein Gleichgewicht.

Wie konnte das passieren, auf diesem engen Raum? Wie konnte der Andere nicht nur ausweichen, sondern auch noch mit einem Konter aktiv werden?

Rückwärtsfallend gab Ash in beiden Knien nach und rollte sich zurück in den Gang. Sein Ärmel fing Feuer. Das war schlecht, aber es gab ihm zumindest bessere Sicht.

Er kam hoch, den brennenden Arm vor sich haltend. Noch fühlte er keine Schmerzen, was hoffentlich daran lag, dass die Flammen sich noch nicht durch sein Hemd gefressen hatten.

»Meister Gooregan?« fragte eine fassungslose Stimme. »Ash Gooregan?«

Ash ließ seinen brennenden Arm fallen und starrte ins Gesicht des Mannes, der ihm gerade eben so souverän zugesetzt hatte.

»Enwend?« fragte er. »Enwend Bydhiard?«

***

Die Wunde an Ashs Arm benötigte vier Wochen, um zu verheilen. Er litt nur wenig darunter. Viel schlimmer war, dass er sich vor den Einwohnern der Ahretburg rechtfertigen musste. Die Burgherren stellten ihn tatsächlich vor Gericht.

Johannoa, die Richterin der Ahretburg, lud seine Opfer in den Zeugenstand: Enwend, der am Unterarm verletzt worden war, seine Begleiter im Tunnel, die Ash hatte töten wollen, um das Geheimnis der *glanhire* im Kristallraum zu bewahren, und auch die beiden Milizionäre, die er unten im Tal verwundet hatte.

Die Richterin hielt wenig von Argumenten, die sich um Kriegsrecht drehten, um Kämpfen im Namen höherer Ziele. Sie war nicht überzeugt, dass das Staatsgeheimnis des Fürsten von Dsita wichtig genug war, den Tod anderer in Kauf zu nehmen. Überzeugt war sie hingegen von persönlicher Verantwortung, und davon, dass Ash vor allem bei der Auseinandersetzung im Tunnel das Leben etlicher Ahretburger gefährdet hatte.

Diese Argumente trafen Ash wie die Flut die Stadt Adjagard. Ash und seine Gefährten, die im gleichen Gerichtssaal gehört wurden. Mandanof war überrascht, dass die Burgherren mitten in einer Belagerung einen so ungewöhnlichen Fall von einer Richterin verhandeln ließen – offen vor Publikum.

Ash konnte nicht umhin, die resolute Richterin zu bewundern. Sie hatte klare Standpunkte: Die Menschen der Ahretburg waren hier zusammengekommen, um der Willkür ihrer Fürsten zu entgehen, und er hatte als Söldner einer fremden Macht über Leben und Tod entschieden.

Es war ein altes Dilemma. Wie auf dem Weg hinauf in die Berge kam ihm wieder seine Zeit an den Teralion-Stränden in den Sinn, und die Jägerin Ieya, die ihn schon damals, als jungen Mann, damit konfrontiert hatte. Das war lange vor der Gründung der She-Bashi gewesen, und noch immer scheiterte er von Zeit zu Zeit daran, die richtigen Entscheidungen zu treffen.

Johannoa nicht. Ihr Richterspruch war klar und eindeutig. Ash hatte für seinen Angriff auf die Ahretburg zu bezahlen. Sie verurteilte ihn, seine Fähigkeiten als Krieger in den Dienst der Festung zu stellen, bis zum Ende der aktuellen Bedrohung. Den anderen Teilnehmern des Expeditionskorps stellte sie frei, sich ebenfalls in der Verteidigung zu engagieren, oder für Kost und Logis anderweitige Arbeiten zu verrichten. Der Belagerungsring draußen vor dem Tal war fest geschlossen. Es gab kein Durchkommen, nicht hinein, nicht hinaus.

Ob sie es bewusst so geplant hatte oder nicht: Dieses Angebot untergrub Hauptmann Mandanofs Autorität. Er bestand auf diplomatischer Neutralität seiner Untergebenen. Auf keinen Fall sollten sich Soldaten des Reichs der Drei Mächte in Streitigkeiten jenseits der Grenze verwickeln lassen.

Was die Dsitaren anfangs grummelnd akzeptierten, indem sie allgemeine Arbeitsdienste leisteten, ging nach einigen Tagen fast in eine offene Meuterei über, in deren Verlauf Mandanof sie schließlich alle beurlaubte. In Zivilkleidung, mit den Miliz-Abzeichen der Ahretburg, fand Ash sie in den folgenden Wochen auf der Mauer, wertvolle Unterstützung für die gebeutelten Kämpfer der Festung.

Auch als die Verhandlung im offiziellen Gerichtssal auf Hof drei, unter der Flagge der Offenen Hand, schon lange vorbei war, traf Ash noch oft mit der Richterin zusammen. Ihre Dienstwohnung lag ganz oben in der Burg, direkt neben dem Turm, in dem Raikjam wohnte. Sie war voller Bücher und strahlte Gemütlichkeit aus. Johannoa war eine ausgezeichnete Köchin, und so saßen die beiden bei Wein und Braten zusammen, und meistens hörte er zu. Das war nicht immer leicht: Johannoa gab selten Antworten, warf aber immer neue Fragen auf.

Sie hätte gut ins Zeitalter der Ius Adjagard gepasst – auch wenn sie keine große Kriegerin war, hätte sie als Adjagarin dem Geysirthron gute Dienste geleistet.

Die Zeit in der Ahretburg war für Ash eine bizarre Erfahrung: Die Tage vergingen ruhig, im Tal herrschte Frieden, die Bauern gingen ihrer Arbeit nach, in der Festung selbst wurde gearbeitet und gelebt wie sonst auch. Nur der Dienst an der umkämpften Vorburg zeigte eine andere, blutige Realität. Er wurde zum Alptraum der friedlichen Burgbewohner, im Hagel von Pfeilen und Katapultgeschossen, unterbrochen von wütenden Sturmangriffen, die die Ahretburger in grausamen Kontakt mit den Angreifern brachten.

Dennoch verrichteten alle täglich ihren Dienst dort.

Mit wenigen Ausnahmen, darunter Professor Hywiarn, der endlich aufgewacht war und erstaunlich guter Dinge. Seine beiden Kollegen wollten sich heraushalten. Und die Dsitaren waren zumindest zu Beginn noch durch Mandanofs kategorisches Nein auf andere Aufgaben reduziert.

Die Haltung des Hauptmanns war verständlich. Die Anwesenheit einer Kampftruppe des Reichs der Drei Mächte an einem solchen Brennpunkt schuf Erklärungsnotstand, und Mandanof war kein Diplomat, sondern Krieger. Falls die Ahretburg fiel, waren die diplomatischen Verwicklungen allerdings trotzdem vorprogrammiert.

Die Belagerungstruppen waren eine ganz besondere Melange aus eigentlich zersplitterten Adligen der Atreikki-Ebenen. So sehr sie sich üblicherweise spinnefeind waren – die freiheitsliebende kleine Gemeinde am Rand des Gebirges hatte sie in eine Allianz geschmiedet. Ihr Heer war ein heruntergekommener Haufen kleiner Söldnertruppen und gepresster Bauern. Was den einen an Kampfkraft fehlte, machten die anderen durch Grausamkeit wett – und Ash zweifelte, dass unter ihren Anführern irgendjemand war, der dem Wüten und Plündern Einhalt gebieten würde, falls die Eroberung gelang.

Auch ohne diese Erkenntnis hätte Ash für die Ahretburg gekämpft. Ihm gefiel, wofür sie stand. Richterin Johannoa besaß alle seine Sympathien, und so ging es ihm auch mit den beiden Burgherren, dem breit gebauten und doch so bescheidenen Raikjam und seinem Kameraden Anshan, der so schmal wie hübsch war, ein sensibler, verlässlicher Mann mit vielen praktischen Ideen.

Es war kaum zu glauben, dass es diesen beiden so gar nicht militärischen jungen Männern gelungen war, einen Ort wie diesen zu erschaffen, auf den Ruinen dessen, was eine alte Garnison Adjagards zurückgelassen hatte.

Der eigentliche Grund aber, dass Ash sich von der Ahretburg in ihren Bann ziehen ließ, war Enwend. Was für eine Überraschung, den alten Weggefährten ausgerechnet hier wiederzutreffen!

Ash kannte den alternden Kämpfen als einen der herausragendsten Lehrer, die die She-Bashi-Schule in Seda hervorgebracht hatte – jene Schule, die das Zentrum der She-Bashi-Bewegung werden sollte und von Shivan Germont geleitet wurde, dem offiziellen Kopf der Organisation. Enwend hatte die aufregenden und glücklichen Jahre mit ihnen geteilt, in denen Shivan seine Idee in die Tat umgesetzt hatte und Schulen überall in Isrogant aus dem Boden geschossen waren, die meisten von Lehrern geleitet, die in Seda ihre

Grundausbildung erhalten hatten.

Während Ash durch Isrogant zog und seine eigene She-Bashi-Schule am Gänsemarkt in Ciena gegründet hatte, war Enwend zu einem von Shivans wichtigsten Ausbildern geworden.

Ash wusste, dass Enwend aus den Atreikki-Ebenen stammte, aber ihm war entgangen, dass der erfahrene Krieger vor mehr als fünf Jahren dorthin zurückgekehrt war – mitsamt der Familie, die er in Seda gegründet hatte.

***

Die Belagerung der Ahretburg lag noch in der Zukunft, als Enwend und Ash am Abend ihrer Wiederbegegnung in der Wohnung des Milizchefs zusammensaßen, Räumen voller Nüchternheit, mit wenig Schmuck und kaum Komfort.

Sie waren alleine, seit sie aus der Dunkelheit des Tunnels zurückgekehrt waren. Von Erschöpfung gezeichnet, mit Tassen heißen Kaffees in den Händen, versuchten sie, einen Überblick über die Situation zu bekommen.

Die Zeit drängte.

An diesem Abend hatte Ash noch immer die Vorstellung, dass seine Gefährten und er die Burg vielleicht verlassen konnten, bevor die Belagerung begann.

Auch Enwend war in Eile: Er machte sich Sorgen um die Sicherheit der Festung und wollte genau wissen, woher die fremden Besucher gekommen waren und was sie hier zu suchen hatten.

Er hörte sich Ashs Geschichte aufmerksam an, die Beschreibung der Dunklen Zone und des Kristallraums, den er selbst nicht betreten hatte und nach eigener Aussage auch nicht betreten wollte. Als Ash endete, lehnte Enwend sich zurück, um seinen Lehrer nachdenklich zu mustern.

»Ich weiß offengestanden nicht, warum Ihr Euch diese gefährlichen Abenteuer noch immer antut, Meister.«

Ash hob die Schultern. Er konnte dem alten Kämpen kaum die Geschichte vom Horizont erzählen, an dem er den Himmel berühren konnte.

»Für mich wäre das nichts mehr«, fuhr Enwend fort, den bandagierten Arm auf sein Knie gestützt.

»Du warst lange genug auf Wanderschaft«, meinte Ash. »Ich bin noch jünger als du.«

»Vielleicht ist das der Grund«, nickte der Ältere.

»Bist du deswegen hier, in dieser abgeschiedenen Burg, mit diesen Leuten?«

»Nein.«

Ash wartete. Er wusste, dass Enwend nur das erzählen würde, was er wollte. Und in seinem eigenen Tempo.

»Weißt du, Meister, als ich Seda verlassen habe, wollte ich nach Hause zurückkehren« sagte der Milizchef schließlich. »Ich hatte meine Familie dabei. Elvira, meine Frau, und meine zwei Mädels. Ich war stolz auf das, was ich erreicht hatte, und ich wollte eine She-Bashi-Schule in Geddawar gründen, meiner Heimatstadt. Ich hatte gehört, dass in den Ebenen Unruhe herrscht, aber es hieß auch, dass Geddawar ein ruhiger Ort sei. Ich dachte, dass ich dort mit einer Schule gut ankommen würde. Gutes Geld, sicheres Auskommen, und einen hoffentlich friedlichen Lebensabend.«

Er hielt inne, zupfte an seinem Verband herum, mied Ashs Blick.

»Das war natürlich dumm. Wer zieht für seinen Lebensabend in eine Krisenregion?«

Ash kramte in seinem Gedächtnis, ob etwas mit Geddawar geschehen war, aber ihm fiel nichts ein. Die Geschehnisse der Atreiiki-Ebenen waren kaum jemals Thema in den Berichten des Edöer Tageblattes, der überregionalen Zeitung, die noch aus dem Zeitalter der Ius Adjagard stammte, und die sein Vater regelmäßig bezog.

»Was ist geschehen?« fragte er schließlich.

»Ich war dumm. Ich habe mich verwickeln lassen.«

Ash zog die Augenbrauen hoch. Grundregel jeder She-Bashi-Schule war die Nichteinmischung in politische Angelegenheiten, was oft schwer genug war, denn natürlich bildeten die meisten Schulen regionale Militärs oder Gardisten aus und übernahmen oft genug Aufträge, die politische Bedeutung hatten.

»Ja, Meister, das war nicht geschickt. Aber ich hatte keine Wahl. Meine Familie lebte in Geddawar. Als ich schließlich ausgestiegen bin, sind wir nicht schnell genug aus der Stadt verschwunden. Ich war der einzige Überlebende.«

»Flut und Feuer! Das tut mir Leid!«

»Oh, es war Lynchmord. Ich hatte mir viele Feinde gemacht.«

»Lynchmord?«

»Ja, ein aufgebrachter Mob. Viele hatten ihre Angehörige unter meinen Händen verloren. Ich war zu eng verbandelt mit dem Regime.«

Ash starrte seinen früheren Schüler mit offenem Mund an. Dann fiel ihm ein, wie er nur wenig früher am Tag, im Tunnel zum Kristallraum, beinahe selbst zum Mörder geworden war, um die Interessen eines Fürsten zu vertreten, den er nicht einmal wirklich kannte.

Enwend seufzte tief. »Ash, ich habe verdammt viele Fehler gemacht und jede Strafe verdient. Aber dass Elvira und meine beiden Mädchen dafür büßen mussten....«

Sie schwiegen eine Weile, aber der Ältere sprach nicht weiter, und so baute Ash ihm eine Brücke zu einem Ausweichthema.

»Wieso bist du nicht zurück nach Seda gegangen?«

Enwend schnaubte. »Zu Shivan? Wir hatten brieflichen Kontakt, und er war nicht sehr zufrieden mit dem, wie es in Geddawar lief.« Enwend straffte sich. »Ach, um der Wahrheit die Ehre zu geben... Meister Germont und ich hatten schon vorher unsere Konflikte. Er ist ein manischer und egozentrischer Mensch.«

Er hielt inne, als habe er zuviel gesagt. Sein Blick suchte um Vergebung bei Ash, der das bemerkenswert fand. Enwend hatte Schlimmeres zugegeben als Illoyalität gegenüber Shivan Germont, der wirklich ein sehr schwieriger Mensch sein konnte.

»Die Schule in Ciena ist gewachsen und braucht gute Leute«, sagte er sanft. »Und Ixils Yon hat eine eigene Schule in Amargant eröffnet. Es ist sehr friedlich und ruhig dort.«

Enwend schaute nachdenklich. »Ich weiß nicht«, sagte er. »Ich fühle mich ganz wohl hier. Was auch immer daraus werden wird.«

Ein Klopfen an der Tür brachte sie zurück auf den Boden der Tatsachen. Ein Bote aus der Vorburg überbrachte schlechte Nachrichten: Die feindlichen Truppen standen vor dem Tal.

***

Eine hektische Nacht folgte, angefüllt mit bedeutungsschweren Treffen, während die Angreifer wie Ameisen das Tal außerhalb der Vorburg übersäten – ohne auch nur einen Herold zu entsenden, der erklärt hätte, wieso sie vor der Ahretburg aufzogen.

Ash begleitete Enwend auf die Mauern der Vorburg, wo er die Burgherrn Raikjam und Anshan zum ersten Mal kennenlernte. Die beiden standen nebeneinander auf den Zinnen und starrten mit finsteren Mienen auf das Lager ihrer Gegner, die noch nicht in die sorgfältig vorbereiteten Fallen tappten, aber nahe genug waren, um Opfer des Giftes in Brunnen und Wiesen zu werden.

Dem Neuankömmling begegneten die beiden verschlossen und

ablehnend, was er ihnen nicht verdenken konnte.

Ihren Respekt verdiente er sich in den kommenden Wochen, indem er wie alle anderen Ahretburger seinen Dienst auf der Vorburg tat... und in der restlichen Zeit Enwend bei der Ausbildung der Burgbewohner unterstützte. An seiner Seite war dabei auch Groogian, der die Herausforderung begeistert annahm.

Die Ahretburger brauchten Zeit, sich an seine massige Gestalt und den langen Schatten zu gewöhnen, den er warf. Doch wie Ash nicht anders erwartet hatte: Groogian eroberte die Herzen der Menschen auf der Ahretburg schneller, als es ihm selbst gelang. Sein grober Charme, seine geradlinige Ehrlichkeit passten gut in diese Umgebung.

Nur Alica war noch schneller darin, neue Freunde zu finden.

»Ich habe mich selten so zu Hause gefühlt wie hier«, vertraute sie Ash eines Abends auf der Mauer von Hof fünf an, wo Anshan ihnen allen komfortable Unterkünfte gegeben hatte, zu denen sogar ein gemeinsamer Garten gehörte, mit einer eigenen Treppe auf die Zinnen der Mauer.

Er war überrascht, aber sie sprach weiter, bevor er fragen konnte.

»Mein Leben lang war ich auf der Suche und unterwegs, immer gefordert, und immer auf mich selbst angewiesen. Die Zauberei war mein Schlüssel zu einem unabhängigen Leben, frei von der Dominanz anderer. Zumindest habe ich das gedacht, als ich auf den Magierschulen und mystischen Akademien gelernt habe, meine Gabe zu beherrschen.«

Er nickte. Ihre Motivation deckte sich mit seinen eigenen Überlegungen, warum er Krieger war... und vor allem Reisender. Er wollte sie aber nicht unterbrechen.

»Aber was habe ich wirklich bekommen? Einen *glanhír*, der meine Zauberei mehr limitierte als unterstützte, weil er sich abnutzt... und eine Menge Abenteuer, die mir zeigten, dass ich außer Zauberei noch andere Fähigkeiten brauche.« Sie grinste. »Als könntest du jeden Menschen um dich herum besiegen, wärst aber die Hälfte der Zeit querschnittsgelähmt.«

Er verzog das Gesicht bei dem Gedanken. »Das klingt grauenhaft.«

Weil sie nicht weiter redete, fügte er hinzu: »Aber in meinem Fall ist es oft wichtiger, etwas zu *können*, als es zu *tun*. Das Bewusstsein, stark zu sein, gibt mir den ruhigen Kopf, alle Möglichkeiten auszuloten. Das macht es einfacher, die richtigen Entscheidungen zu treffen.«

Darüber dachte sie ein wenig nach. »Mir scheint, dass dir das nicht immer gelingt«, bemerkte sie dann. Und bevor er sich angegriffen fühlen konnte: »Vermutlich ist das die Information, die mir immer gefehlt hat über Krieger. Dass sie ihre Fähigkeiten nicht erwerben, um sie dauernd anzuwenden.«

»Vielleicht *ist* das auch nicht bei jedem Krieger so. Wir legen viel Wert darauf bei den She-Bashi.«

Sie spielte mit einem kleinen Stein, der auf der Mauer lag. »Ihr Kämpfer habt einen Vorteil. Ihr könnt ununterbrochen üben. Wir Magier stehen vor unserem kleinen Zauberstein, trauen uns nicht, ihn zu benutzen, und manchmal wissen wir gar nicht mehr so wirklich, ob wir es könnten.«

»Entsetzlich.«

»Viele von uns verbiestern, widmen sich den mystischen Wissenschaften und sind am Ende so vergeistigt, dass sie die Wirklichkeit gar nicht mehr wahrnehmen.« Ein kleines, bitteres Lachen. »Es gibt so viel Klugscheißerei unter den Mystikern, und so viel Arroganz gegenüber den sogenannten durchschnittlichen Menschen.«

Ihre Augen suchten seine. »Die Menschen auf dieser Burg sind ehrlicher. Meine letzte Begegnung mit den heimlichen Zirkeln der Mystiker hatte ich in Ga Ta Cien, und es war nicht unbedingt schön.«

Er nickte, lauschte aufmerksam, aber es schien, diese Geschichte wollte sie ihm nicht erzählen. Es hätte ihn interessiert. Wenn es im Wüstenreich geheime magische Zirkel gab, waren sie ihm entgangen.[1]

»Ah, ich bin geschwätzig wie ein Träumer«, stellte sie fest. »Aber es ist auch alles so aufregend. Seit ich hier bin – seit Enwend die Tür zu unserer Zelle geöffnet und uns als Gäste willkommen geheißen hat – bin ich nützlich. Ich wache morgens auf, ich genieße die Umgebung, ich weiß wo ich bin und wer ich bin, und ich kann zaubern, üben und probieren, wie niemals zuvor in meinem Leben. Dank dir und der Bereitschaft, *glanhíre* aus dem Kristallraum zu holen.«

Ash dachte an die gewaltige Mauer und das mächtige Tor, das die Ahretburger vor dem Stollen hochzogen, hinter dem der Gang zum Kristallraum und zur Dunklen Zone begann.

Noch hatten sie keine Ahnung, was sie mit diesem alten Vermächtnis aus grauer Vorzeit anfangen sollten, und Ash hatte einen Verdacht, als würde es deswegen noch zu machem Zerwürfnis kommen in der friedlichen Burg.

Doch das lag in ferner Zukunft.

Heute stand das enorme Sicherheitsbedürfnis der Burgbewohner im Vordergrund, ihr Wunsch, sich von der bösen Welt abzukapseln

---

[1] siehe Reisende 1: Der Krieger und die Zauberin

und sich geborgen zu fühlen. Das Tor, das im oberen Hof entstand, war fast größer als das Große Tor zum Tal unten. Sicherlich lag es daran, dass der Kristallraum und die Dunkle Zone im Gebirge eine unbekannte, unberechenbare Bedrohung waren, die noch weit mehr Angst machte als die realen Gegner vor den Toren.

»Das war kein schöner Trip«, sagte er.

»Aber das Ergebnis ist wunderbar.« Sie zwinkerte ihm zu.

Unter ihnen, im Hof sechs, wurde es plötzlich laut. Fröhliche junge Leute brachten einen Ball und begannen, Fußball in der Weite des Hofes zu spielen.

Alica deutete hinunter. »Denk nur, wenn sich von diesen Jungs einer ein Bein bricht, kann ich ihn heilen. Ist das nicht ein toller Gedanke?«

Ash schmunzelte. Es war so typisch für sie, die Gefahren bei einem Fußballspiel im Hof zu suchen, während nicht weit entfernt Soldaten mit scharfen Waffen darauf warteten, Unheil anrichten zu können.

Aber da war eine andere Frage. »Haben sie dich schon gebeten, auf der Vorburg zu zaubern?«

Ihr Gesicht verfinsterte sich. »Das ist ein Problem.«

Er hatte sich das gedacht.

Sie streckte sich ein wenig. »Du selbst hast in der Dunklen Zone gesehen, was kämpfende Magier anrichten können. Die Dunklen Jahre haben Isrogant verwüstet, und auch während der Ius Adjagard gab es keine Magierheere – selbst an Orten, wo viele *glanhíre* zur Verfügung stehen, wie im Reich der Elf.«

Er machte ein zustimmendes Geräusch.

»Weißt du, Ash... ich bin ziemlich sicher, dass Alexios von Dsita von einem militärischen Einsatz der *glanhíre* träumt, die wir gefunden haben. Aber auch er wird keine mystische Eingreiftruppe aufstellen. Dafür sind die Steine zu wertvoll, und zu schwer zu ernten in der Kristallhöhle. Spätestens Benfad von Biodrem wird dafür sorgen, dass dieser Schatz nicht unter Wert verschleudert wird. Wenn das Reich der Drei Mächte die Steine verkauft und den Erlös in ein normales Heer steckt, ist das effizienter.«

Wieder stimmte Ash zu. Er selbst hatte schon darüber nachgedacht, dass im Kristallraum nicht so viele *glanhíre* zu ernten waren, wie es auf den ersten Blick aussah – großer Reichtum für einen einzelnen Mystiker, aber für einen größeren Einsatz?

Mit mädchenhafter Anmut schwang Alica sich auf die Mauer und blieb dort sitzen, mit dem Rücken zu den Fußballspielern unter ihnen. »Wenn ich auf der Vorburg *glanhíre* verbrenne, um Menschen zu töten... was sind die Folgen? Stell Dir vor, in der Armee da draußen sind Priester der Kirche des Einen Gottes. Sie hätten Futter, um die Soldaten aufzuhetzen und aus dem Kampf einen Flammzug zu machen. Oder die Wirkung auf etwaige Gläubige in der Burg?«

Sie schnaubte. »Und die Verschwendung. Die *glanhíre* im Berg sind nicht *mein* Reichtum. Im Moment ist gar nicht klar, wem sie gehören. Ich kann sie nicht verschleudern.«

Sie seufzte. »Früh genug werde ich mich wieder disziplinieren müssen.«

Ash wartete eine Weile, aber sie hatte ihren Gedankengang zu Ende gebracht.

»Ich finde das gut«, sagte er dann.

»Was jetzt?«

»Dass du Skrupel hast, deine Fähigkeiten einzusetzen, um Leute umzubringen.« Er stützte die Ellenbogen auf die Mauer. »Es beruhigt mich. Zauberer können einem einfachen Krieger ziemlich Angst machen. Aber dir vertraue ich.«

Sie starrte ihn eine Weile an.

Da bin ich also nicht die Einzige mit Vorurteilen, dachte sie.

Faszinierend.

***

Tatsächlich kam die größte Zerreißprobe für die Ahretburg aus ihrem Inneren.

Die Geschichte begann direkt am ersten Tag der Belagerung. Der war bemerkenswert seltsam verlaufen. Die Angreifer suchten keinen Kontakt, es gab keine förmliche Kriegserklärung. Ihre Forderungen stellten sie am kommenden Tag, unhöflich und barsch.

»Flüchtlinge der Ahretburg!« brüllte ein Herold vor dem Tor der Vorburg, und fuhr direkt fort, ohne Antwort abzuwarten. »Wir sind hier, um dieses ungenehmigte Lager aufzulösen und alle Anwesenden in ihre Heimatorte zurück zu überführen. Die meisten von ihnen sind in ihrer Heimat straffällig geworden und haben sich ihrer Strafe entzogen.«

Weder Enwend noch einer der anderen Anführer war zu diesem Zeitpunkt auf der Vorburg. Es hatte deswegen auch keine Antwort auf diese Behauptung gegeben.

»Die Verhandlungen über die Auflösung des illegalen Lagers können aber erst beginnen, nachdem Emrod Fjelman ohne weitere Bedingungen ausgeliefert wird. Der bekannte Unruhestifter wird hier und sofort zur Verantwortung gezogen werden. Der Henker wartet auf ihn. Liefert ihn aus, bis die Sonne im Zenit steht, sonst werden wir das Lager stürmen und ausräumen.«

Das waren große Worte, und auch sie blieben unwidersprochen.

Der Herold kehrte zurück zum Lager der Angreifer, auf wundersame Weise die Fallen und Gräben vermeidend, die die Ahretburger so mühsam errichtet hatten. Er hinterließ Verwirrung und Streit.

Von Angst gepeinigt, machte Emrod Fjelman sich zum Volkstribun. In öffentlichen Ansprachen beschwor er seine Mitbürger, der Provokation nicht nachzugeben und keinen der ihren den Schergen ihrer alten Herren auszuliefern – verständlich, ging es doch um seine Haut.

Leider erzeugten seine von großer Theatralik getragenen Auftritte das Gefühl bei den Ahretburgern, dass ihre Führung *tatsächlich* über eine Auslieferung Fjelmans nachgedacht hatte. Diese Vermutung erzeugte einen Riss in der Gemeinschaft, der in den Folgewochen immer tiefer wurde und ironischerweise der Grund war, dass Raikjam ernsthaft daran dachte, den ewigen Querulanten über die Mauer zu werfen. Eine Aufgabe, von der Groogian betonte, dass er sie nur zu gerne erledigen würde.

Die ganzen ersten vier Wochen der Belagerung störten Fjelmans Reden den Frieden weit mehr, als die belanglosen Angriffe der völlig unzureichend ausgestatteten und unvorbereiteten Belagerer, die ganz eindeutig nicht mit Widerstand gerechnet hatten.

Ihre erste Attacke ging schmählich unter in Feuer und Rauch, die aus den mühsam angelegten Gräben vor der Vorburg schlugen, nachdem die Verteidiger Brandpfeile hineingeschossen hatten. Wer das überlebte, geriet in einen Hagel aus Steinen und Pfeilen von den Mauern.

Ash und Groogian waren Zeugen dieser ersten erfolgreichen Verteidigung, und in den Folgewochen gehörten auch sie zur Phalanx der Verteidiger. Ash mochte diese Art des Kämpfens nicht: Ein anständiger Kampf Mann gegen Mann war ihm lieber als Steine zu werfen und Pfeile zu verschießen.

Trotzdem war er froh, dass die Ahretburg ihre Bewährungsprobe auf diese Weise bestand. Er sah in die Gesichter der Menschen um ihn herum, und er sah keine Krieger. Früh genug würden sie ihren Blutzoll zahlen, wenn die Angreifer Katapulte in Stellung brachten und Brandpfeile verschossen. Es war besser, dass sie nicht Stahl gegen Stahl kämpfen mussten.

***

Wann immer er – auch nur für einen Moment – sesshaft wurde, nahm Ash schnell gemütliche Gewohnheiten an, angenehme Rituale, denen er in schöner Regelmäßigkeit frönte.

Die Abende mit Richterin Johannoa, Einladungen bei Raikjam und seiner zuckersüßen Lebensgefährtin Marija, lange Gespräche mit Enwend und die Trainingseinheiten mit den Milizionären gehörten dazu. Auch mit Alica verbrachte er viele interessante Stunden.

»Du scheinst gut klarzukommen hier«, stellte sie fest.

»Ich verstehe es selbst nicht«, gestand er. »Immer zieht es mich in die Ferne. Wo auch immer ich bin, früher oder später fühle ich mich eingesperrt. Aber hier...«

»... hier bist du gefangen, und trotzdem frei«, beendete sie seinen Satz.

»Frei, ja. Von Verpflichtungen, vom Drang, weiterzuziehen. Ich habe etwas Sinnvolles zu tun, ich bin beschäftigt, ich mag die Leute.«

»Irgendwann wird es dich erwischen«, prophezeite sie. »Dann hältst du es nicht mehr aus.«

»Kann gut sein«, meinte er. »Und du?«

»Ich...«, begann sie, doch dann dachte sie noch einmal nach, bevor sie hinzufügte: »Ich denke, ich werde bald guten Grund haben, hier verschwinden zu wollen.«

Er blickte sie fragend an, aber sie wechselte das Thema.

Er grübelte eine Weile darüber nach, was sie wohl gemeint haben mochte. Erst Wochen später verstand er es, als er sie aus Anshans Wohnung kommen sah.

***

Der dritte Monat ihrer Zeit in der Ahretburg brach an, und mit ihm kam der Herbst. Die Belagerungstruppen verstärkten ihre eigenen Befestigungen, bauten Häuser, die deutlich machten, dass sie nicht abziehen würden im kommenden Winter.

Im goldenen Sonnenschein der dritten Jahreszeit wurde Ash eines Morgens von einem Klopfen an der Zimmertür geweckt. Verschlafen öffnete er, und Enwend trat an ihm vorbei in die Wohnung.

»Sie planen eine Offensive«, verkündete er. »Keine Ahnung, was sie vorhaben, aber sie bringen die Rammen in Stellung und ziehen Soldaten zusammen. Als gingen sie davon aus, dass wir heute eine echte Schlacht haben, nicht nur ein Geplänkel von den Zinnen der Vorburg.«

Ash war sofort hellwach.

»Das ist nicht gut«, stellte er fest, und noch während Enwend den Kopf schüttelte, war er unterwegs, um Groogian zu wecken.

Das Tal vor dem Großen Tor lag noch in friedlichem Schlummer. Niemand rechnete mit Gefahr, die Wachsamkeit war eingeschlafen in den letzten Monaten. Die drei Krieger durchquerten das Tal, erklommen die Vorburg und spürten schon im Aufstieg die Nervosität der Wachen, hörten das Klirren von Waffen und Gerät auf der anderen Seite der Vorburg.

Als Ash die gewaltige Ansammlung von Truppen vor dem Tor gewahrte, sagte er zu Enwend: »Lass die Leute im Tal wecken. Schlag Alarm. Selbst wenn nichts passiert – ein bisschen Wachsamkeit kann den Ahretburgern nicht schaden.«

Und so erklangen die Fanfaren nach langer Zeit zum zweiten Mal, die Signalfeuer leuchteten auf, und die Burg machte sich bereit für den großen Ansturm.

***

Niemand rechnete mit Magie. Zauberer stürmten keine Burgen, rissen keine Mauern nieder, stellten sich nicht alleine vor Heere, um sie zu stoppen. Jedenfalls nicht mehr im Isrogant nach der Flut.

Ein einzelner Magier konnte aber ein fest verschlossenes Burgtor so schwächen, dass die Rammböcke, die in Monaten regelmäßiger Angriffe versagt hatten, sich schließlich doch ihren Weg fraßen.

Ash hatte keine Ahnung, wo die Belagerer diesen alten, abge-schlafft wirkenden Zauberer aufgetrieben hatten. Er blickte nicht hinauf zur Vorburg, als er seinen Zauber sprach. Tatsächlich wirkte er so wenig geheimnisvoll, so machtlos und schwach, dass alle damit rechneten, er sei ein weiterer Bote, als er einsam auf das Tor der Vorburg zu marschierte.

Es gab kein langes Ritual, keine Beschwörungen. Stattdessen ging eine Art Netz von den hochgeworfenen Händen des Zauberers aus, das Ash an den Zauber erinnerte, mit dem Alica vor langer Zeit versucht hatte, in der Dunklen Zone einen Dsitaren zu retten.

Das Gespinst legte sich auf das Tor, sah eine Zeitlang aus wie ein Spinnnetz, bevor es langsam im wuchtigen, mit Metall beschlagenen Holz des Tores verschwand, das die Scharten und Schrammen früherer Angriffe trug.

Noch Wochen später konnte Ash sich nicht erklären, warum niemand auf den Gedanken gekommen war, den einzelnen Mann zu stoppen – ein Pfeil, ein Stein hätte genügt. Doch niemand tat es, nicht, bevor er seinen unheilvollen Zauber wirkte, und auch nicht danach, als mit schauerlichem Heulen die Truppen der Belagerer nach vorne stürmten und die Aufmerksamkeit der Verteidiger auf sich zogen.

Ash, der selbst keine Anstalten gemacht hatte, den Magier aufzuhalten, begriff im Moment des Angriffs, dass dieser Magier auf keinen Fall mit den gegnerischen Truppen ins Tal gelangen und das Große Tor erreichen durfte.

Im Schlachtengetümmel der folgenden Stunden taten Groogian und er alles, den Magier zu finden und zu töten, während die Gegner durch das gesprengte Tor der Vorburg in das einst so friedliche Tal fluteten, die Felder verwüsteten, die Fruchtbäume anzündeten, die todesmutigen Verteidiger erschlugen. Manche der Ahretburger glaubten tatsächlich noch, sie könnten das Tal halten, das ihnen Sicherheit und Versorgung gewährte.

Eine Illusion, die ihnen Enwend nur ließ, weil er mehr Zeit brauchte. Zeit, um das Große Tor zu sichern, Zeit, um den Unteren Hof aufzurüsten, Zeit auch, um die Häuser im Tal zu evakuieren und zu guter Letzt: Zeit, um Alica zu finden und ihr zu erklären, dass sie die einzige Chance war, das Tor gegen die Macht des Zauberers zu sichern, der ihnen die Kontrolle über das Tal so rüde entrissen hatte.

***

Das Blutvergießen dauerte den ganzen Tag. Es kostete ein Viertel der Ahretburger das Leben – und verwüstete das Tal, in dem sie sich so friedvoll und sicher gefühlt hatten.

An diesem Abend wurde Emrod Fjelman gelyncht. Niemand fand jemals heraus, wer die Verantwortlichen waren, und zum ersten Mal hakte selbst die Richterin Johannoa nicht mit der ihr eigenen Wucht nach. Die schrecklichen Erlebnisse des Tages gingen an niemandem spurlos vorbei, und vielleicht fehlte ihr die Kraft.

Niemand hatte Emrod bei der Verteidigung vor dem Großen Tor gesehen, und niemand hatte ihn hinter dem Großen Tor bei der Arbeit bemerkt, wo fast alle Ahretburger an diesem Tag aktiv waren; schon, weil Untätigkeit unerträglich war. Er tauchte erst am Abend auf, auf Hof vier, als das Große Tor bereits geschlossen war und Alica auf den Zinnen stand, in banger Erwartung dessen, was kommen mochte, auf der Suche nach dem Magier der Angreifer.

Bei ihr waren Ash, Enwend und Groogian ebenso wie Raikjam und

Anshan. Sie alle hatten keine Ahnung, dass weiter über ihnen Emrod Volksreden schwang vor einer Menge von Zuhörern, die ihm nicht so wohl gesonnen waren, wie er es aus den letzten Monaten gewohnt war.

»Du bist doch Schuld daran, dass sie das Tal gestürmt haben!« brüllte schließlich jemand aus der Menge. Und ein anderer fiel ein: »Halt doch endlich die Schnauze! Wir haben Wichtigeres zu tun, als dir zuzuhören!«

Das mochte richtig sein. Nur hätten die Zuhörer gehen können, blieben aber stattdessen, um Fjelman zu beschimpfen. Dieser schimpfte zurück. Während es am Großen Tor zum Duell zweier Magier kam und die erschöpften und oft schon verwundeten Verteidiger noch einmal alle Kräfte mobilisierten, baumelte Emrod an einem Baum in Hof vier, direkt neben der Tür seiner Wohnung.

Die Stimmung verfinsterte sich in der Ahretburg.

***

Der Vormarsch der Angreifer endete am Großen Tor der Ahretburg. Die Verteidiger beobachteten, wie erneut Rammen und Katapulte in Stellung gebracht wurden. Diesmal jedoch näherte sich der Zauberer im Schutz von Schilden, die Soldaten über ihn hielten.

Ash machte Anstalten, die kleine vorrückende Truppe beschießen zu lassen, doch Alica stoppte ihn mit einer Handbewegung.

Sie griff in ihre Tasche und legte einen der unbearbeiteten *glanhíre* aus dem Kristallraum auf die Mauer des Tores.

»Ich denke, für heute wurde genug gekämpft. Gebt ihr mir eure Zustimmung für ein echtes Feuerwerk?«

Die Anführer der Ahretburg wechselten erschöpfte Blicke. Anshan hob müde eine Hand. »Bitte. Mach ihnen Angst, den Flutsäufern. Gib ihnen den Rest.«

Diese so untypische Bemerkung aus dem Mund des sanftmütigen Burgherrn führte zu Gemurmel. Tuschelnd gaben die Ahretburger seine Worte weiter.

Wortlos drehte Alica sich um, blickte hinunter auf den sich nähernden Zauberer, gebückt unter die Schilde seiner Beschützer.

Ihre Lippen bewegten sich. Flüssiges Feuer fing sich im *glanhír* unter ihren Händen, verdichtete sich, bis sie die Arme nach oben riss, Flammen darunter nach oben schossen, die sie mit einer beinahe lässigen Handbewegung auf die Gruppe vor der Burg schleuderte.

Das magische Feuer traf die Schilde, riss sie auseinander. Die

Soldaten darunter starrten fassungslos nach oben, ihr Schützling stand noch immer geduckt, brauchte länger, um zu begreifen, was eben geschehen war.

Schweigen lag über dem Tal. Die Verteidiger auf der Mauer wagten kaum zu atmen, die Angreifer im Tal standen wie gelähmt. Ihre Blutlust wich plötzlicher Ernüchterung. Zwischen den Soldaten stachen die Standarten ihrer Herrscher in den Himmel, manchmal waren auch die Anführer selbst zu sehen, doch auch sie schwiegen bewegungslos.

Alicas nächsten Trick kannte Ash schon aus Biodrem, doch er war auch diesmal beeindruckend. Alica warf Feuerbälle hinunter ins Tal. Sie trafen die nun ungeschützten Soldaten, zerplatzten auf dem Boden, setzten die einst so sorgfältig gepflegten Bäume vor dem Großen Tor in Brand. Einer von ihnen traf einen Leichnam, der von dem Energiestoß zu plötzlichem Leben erweckt wurde – ein Anblick, so schauerlich, dass Ash kurz die Augen schloss.

Den Feuerbällen folgte jetzt eine bläuliche Wand, entrollte sich wie eine Bettdecke, funkensprühend, fing einige der Soldaten, die schmerzhaft aufschrien und zu Boden gingen. Das machte alles noch schlimmer: Mit dem ganzen Körper lagen sie jetzt in dem blauen Teppich, und wo immer ihre Haut ihn berührte, schlug es Funken.

Der Magier unten im Tal begann zu rennen, abrupt, unerwartet, weg vom Tor, weg von der Zauberin auf den Zinnen, die ihm so eindringlich Paroli bot. Er sah aus wie ein geprügelter Hund, und wenn Ash ehrlich zu sich selbst war, hatte er diesen Eindruck schon bei seinem ersten Angriff auf das Tor der Vorburg gemacht.

Alica ließ betroffen die Arme hängen.

»Das habe ich nicht erwartet«, gestand sie leise. In die Stille fielen ihre Worte wie Donnerhall.

Neben Ash erdrang das Knarren eines Bogens, der gespannt wurde. Er blickte auf. Es war Groogian. Ein Pfeil lag auf der Sehne, und auch wenn der Hüne kein exzellenter Schütze war: Auf diese Distanz mochte es ihm gelingen, den Flüchtenden zu treffen.

Sirrend schoss der Pfeil davon. Alle Augen auf der Mauer verfolgten seinen Flug. Er verfehlte den Zauberer nur knapp, ließ ihn zur Seite springen. Er fuhr herum, riss die geöffneten Hände nach oben.

»Gnade!« rief er.

Bei den Angreifern gab es jetzt wieder Bewegung. Eine Gruppe von Soldaten, neue Schilde vor sich haltend, stürmte nach vorne, um den Magier zu beschützen.

Groogian spannte den Bogen erneut. Und er war nicht der Einzige. Überall auf den Zinnen wurden jetzt Pfeile auf Sehnen gelegt. Der Regen aus Holz und Eisen nagelte den Zauberer und die Soldaten, die ihn begleitet hatten, an den Boden. Ihre grauenhaft verunstalteten Körper blieben bewegungslos liegen.

***

Die Belagerer feierten ihren Erfolg nicht. Das ungleiche Duell der beiden Magier hatte ihren Sieg schal werden lassen.

Während im Tal die Lagerfeuer der Belagerungsarmee aufleuchteten und die Truppen der Atreikki-Fürsten die so liebevoll aufgebauten Wohnhäuser der Ahretburger bezogen, trafen sich die Burgherren mit ihren engsten Vertrauten und planten die Rationierung der Vorräte. Nur an Wasser herrschte kein Mangel.

Mit einem Mal war der Feind von allen Höfen aus in Sichtweite. Die Ahretburger fühlten sich nicht mehr geborgen, sondern gefangen.

Dazu kam, dass die Angriffe der Gegner in den folgenden Tagen unangenehmer wurden. Das Große Tor lag weniger geschützt als die Vorburg. Es war hier leichter, die Mauern hinauf zu klettern – und das bedeutete, dass jeden Tag auf den Zinnen selbst gefochten wurde.

Der Kampf wurde blutiger, und vor allen Dingen gefährlicher.

***

»Eine Brieftaube?« Raikjam schaute misstrauisch. In seinen Händen brannte der obligatorische Zigarillo. Seit der Erstürmung des Tales hatte Ash ihn nicht mehr ohne gesehen.

»Nicht wirklich eine Brieftaube.« Alica saß am Fenster in Raikjams Turmwohnung, gemeinsam mit der kleinen Gruppe von Verantwortlichen, die die Ahretburg seit Monaten durch diesen Sturm steuerten.

Enwend war anwesend, die Richterin Johannoa, zu Ashs Erstaunen sogar Hauptmann Mandanof. Und Anshan. Natürlich. Alica war mit ihm gemeinsam gekommen.

Er war es, der jetzt sprach. Er war eingeweiht. Was immer Alicas Idee war, sie hatte sie mit Anshan bereits besprochen, und er hatte sie für gut befunden.

»Keine Brieftaube, aber es funktioniert im Grunde genauso«, sagte er. »Alica wird einen Hilferuf senden, der über das Antheras-Gebirge hinweg seinen Empfänger erreicht.«

»Alexios von Dsita«, sagte Raikjam. Der Widerwille in seiner Stimme war überdeutlich. Ash konnte nicht sagen, ob es mehr daran lag, dass er den ehrgeizigen Herrscher eines Nachbarreiches um Hilfe bitten sollte... oder vielleicht daran, dass er sich von Anshan betrogen fühlte, der seinen alten Freund nicht vorher ins Bild gesetzt hatte.

»Es erfordert eine große Menge *achi*«, sagte Alica. »Ich werde wertvolle *glanhíre* dafür verbrauchen. Ich glaube nur, dass es uns weniger an denen mangelt, als an Hoffnung und einer echten Chance.«

Raikjam beugte sich nach vorne und fixierte sie, als habe er sie noch nie zuvor gesehen.

»Alica«, sagte er in eindringlichem Ton. »Du weißt genau, was ein solcher Hilferuf bedeutet, für uns alle. Ihr alle seid schnell weg, falls die Belagerung endet.« Es gab einen kleinen Blickwechsel zwischen Anshan und Alica, der Ash sagte, dass es genau zu diesem Thema einen schwelenden Konflikt gab, aber Raikjam ignorierte das und fuhr fort: »Wir aber sind noch hier, und bei aller Freundschaft für Hauptmann Mandanof...«, er deutete eine kleine Verbeugung in Richtung des aufgerichtet dasitzenden Dsitaren an, »... wenn Alexios von Dsita den Hilferuf erhört und uns herausschlägt – was bleibt dann von der Ahretburg übrig?«

Niemand sagte etwas, und Ash fühlte sich auch nicht dazu berufen, denn Raikjam hatte Recht. Wenn Fürst Alexios überhaupt ein militärisches Abenteuer jenseits des Antheras-Gebirges riskierte, und das auch noch vor Wintereinbruch, dann nicht aus Freundlichkeit. Das Gebirge besaß strategische Bedeutung. Und die Ahretburg war der Zugang zu einem Schatz ungeahnten Ausmaßes.

Schließlich räusperte sich der Hauptmann.

»Er wird freien Zugang zum Kristallraum wollen«, stellte er fest. »Mindestens. Und Ihr könnt es nicht vorher verhandeln. Machen wir Fürst Alexios auf diesen Ort aufmerksam, und er kommt tatsächlich, dann gibt es kein Zurück.«

Wieder Schweigen. Dann löste es sich in Stimmengewirr auf. Ash hielt sich weiterhin zurück. Die Diskussion war nicht seine Sache.

Erst als einige Zeit die Argumente fruchtlos hin- und hergegangen waren, meldete er sich zu Wort.

»Eines dürft Ihr nicht vergessen«, sagte er leise, als alle zur Ruhe gekommen waren. »Alexios kommt sowieso. Und unter diesen Umständen ist er vielleicht – nur vielleicht – kompromissbereit.«

***

Von diesem Gespräch ging Ash langsam und nachdenklich zurück zu seiner Wohnung. Die Sonne war schon untergegangen, die Ahretburg wurde von Fackeln und Lampen erhellt – und von den Feuern der Belagerer im Tal. Sie blinkten trügerisch-friedlich herauf zu den Eingeschlossenen.

Eine Welle der Melancholie überschwemmte ihn. Würde dieser wundervolle Ort zu Grunde gehen, vielleicht zu einem Vorposten des Reichs der Drei Mächte werden? Oder am Ende, trotz aller Mühen und Hoffnungen, geschleift werden?

Eine Zeit lang hatte er Hoffnung gehabt, dass die Belagerer ihre fruchtlosen Bemühungen eines Tages aufgeben würden – vielleicht, wenn der Winter den Aufenthalt vor den Toren der Burg ungemütlich machte. Nichts dergleichen war geschehen.

Da war noch etwas anderes, was ihn störte. Er wollte aber nicht darüber nachdenken.

Schnelle Schritte hinter ihm lenkten ihn ab.

»Ash, warte«, rief eine Stimme leise.

Er blieb stehen, wartete.

Alica näherte sich, schloss zu ihm auf.

Er lächelte ihr zu, wandte sich dann wieder zum Gehen. Sie leistete ihm Gesellschaft.

»Das war kein gutes Treffen«, sagte sie schließlich.

»Nicht?« fragte er. »Ich hatte den Eindruck, dass euer Vorschlag angenommen werden wird. Nicht sofort, aber wenn alle darüber geschlafen haben.«

»Ja, das kann sein.«

»Was war dann nicht in Ordnung?«

Sie holte tief Luft. »Ich denke, wir haben Raikjam vor den Kopf gestoßen. Anshan hätte vorher mit ihm sprechen sollen.«

Ash machte eine zustimmende Handbewegung.

»Es ist alles immer so kompliziert.«

»Er scheint ein sehr netter Mann zu sein«, stellte Ash fest. »Und hübsch dazu.«

Sie lachte. »Schöne Augen, ja. Und zarte Hände.«

»Zarte Hände?«

»Ja«, versetzte sie. »Das kann ganz nett sein, du Rüpel.«

Er schmunzelte. »Verzeih mir.«

»Wofür?«

»Ich wollte mich nicht lustig machen über...« Ihm fehlte das richtige Wort. Das war schrecklich.

»Lustig machen?« Sie stapfte neben ihm wie eine beleidigte

Fünfjährige.

»Also, was ist kompliziert?« fragte er, bevor er sich noch weiter um Kopf und Kragen reden konnte.

»Anshan ist sensibel. Empfindsam.« Wieder atmete sie tief durch. »Das sind alles großartige Qualitäten. Aber es macht ihn... unsicher.«

»Will er dich heiraten, oder was?« Ash biss sich auf die Zunge. Er wollte nicht harsch klingen. Aber die Worte waren schon heraus. Alica brachte ihn durcheinander.

Ihre Ellenbogen berührten sich leicht beim Gehen. Er erinnerte sich an den Tag Ihrer Ankunft, als sie Hand in Hand durch die Burg gelaufen waren.

»Ja«, sagte sie zu seiner Überraschung. »So etwas in der Art. Er leidet, weil er weiß, dass ich ihn verlassen werde.«

»Leidet er auch am Leben, weil er weiß, dass er eines Tages sterben wird?«

Sie blieb stehen. »Ash, das ist gemein.«

»Ach ja?« Sie standen in einem Durchgang, einem Seitentor zwischen zwei Höfen. An einer Seite stand ein Ziehbrunnen. Er setzte sich auf seinen Rand. »Es tut mir Leid. Männer wie Anshan sind für mich immer schwer zu händeln.«

»Was?« Sie klang irritiert. »Ash, bitte... ich wollte dir mein Herz ausschütten. Ich brauche jemanden, mit dem ich reden kann. Jemand, der neutral ist, ja?«

Er fuhr sich mit der Hand über die Augen. »Entschuldige, Alica. Dein Vertrauen ehrt mich. Danke.«

Sie setzte sich neben ihn auf die feuchten Steine.

Eine Zeitlang saßen sie nebeneinander, lauschten den Geräuschen des Lebens in der Burg und dem seltsamen Kontrapunkt des Lärms aus dem Heerlager vor ihren Toren.

»Es gibt gar nichts, was ich erzählen könnte«, sagte sie schließlich leise. »Ich mag Anshan. Aber es war falsch, etwas mit ihm anzufangen. Hier, wo man sich nicht ausweichen kann.«

»Warum haltet ihr es geheim?«

Sie erstarrte einen kleinen Moment, sah ihn dann mit großen Augen an. Dann hieb sie ihm überraschend mit einer Faust auf den Arm. Es tat wirklich weh, aber er ließ es sich nicht anmerken.

»Darüber habt ihr gestritten«, stellte er fest.

Sie stand auf, klopfte Schmutz von ihrem Hosenboden.

»Wo willst du hin?« fragte er.

»Ich gehe los und mache Schluss.« Ihre Stimme klang entschlossen.

Auch er erhob sich, etwas hilflos.

Sie machte einen kleinen Schritt auf ihn zu, lehnte sich an ihn.

Das überforderte ihn. Linkisch legte er die Arme um sie, hielt sie fest. Sein Herz klopfte.

Ein Geräusch ließ sie aufschrecken.

Sie fuhren auseinander, als hätten sie etwas Verbotenes getan.

Im Torrahmen stand eine Gestalt. Alica machte einen Schritt auf sie zu.

»Anshan!« sagte sie.

Doch er drehte sich um und verschwand.

***

Ash fragte sie nicht, was danach geschehen war oder wie sich ihre Beziehung zu Anshan weiterentwickelte. Sie sagte auch nichts mehr darüber, was ihn vermuten ließ, dass die Geschichte zu Ende war.

Ganz sicher war er sich nicht.

Sie sprachen nicht mehr über diesen Abend, ließen ihre Freundschaft ungetrübt. Aber er vergaß nicht, wie es sich angefühlt hatte, sie in den Armen zu halten.

Der Winter kam, die Besatzungstruppen igelten sich ein, und so machten es auch die Burgbewohner. Im Antheras-Gebirge schlug die Kälte unbarmherzig zu. Das Leben verlangsamte sich, die Sorgen blieben.

Auch wenn die Angriffe nachließen, die die Verteidiger auf den Mauern abzuwehren hatten: Der Blick in die Zukunft war von düsteren Wolken verhangen, und der Frühling versprach nicht nur Sonnenschein, sondern auch neues Blutvergießen.

Die Botschaft an Alexios war schließlich geschickt worden. Alica hatte viele Stunden mit Vorbereitung und Übungen verbracht, und mehrere Abende mit der Durchführung des Zaubers, der die frustrierende Begleiterscheinung hatte, dass man nichts von ihm sah.

Wie zum Trotz pflegten die Eingeschlossenen winterliche Gemütlichkeit. Mochten die Angreifer vor den Mauern frieren, in den Häusern und Wohnungen, selbst auf den Höfen brannten gemütliche Feuer. Warme Getränke wurden in Zelten ausgeschenkt. Direkt an der Außenmauer rund um das Große Tor bildeten sich kleine Treffpunkte, an denen die Ahretburger saßen und Karten- oder Brettspiele spielten, nur wenige Meter entfernt von der tödlichen Gefahr der Angreifer. An dieser Art des Nicht-Akzeptierens der Bedrohung beteiligten sich auch Ash und Alica gerne.

Zum Ritual wurden die Kaminabende bei Johannoa, die

entstanden, weil die alternde, grauhaarige Richterin nach jemandem suchte, der ihr mit Feuerholz helfen konnte.

»Wenn ich einen Tee dafür bekomme, mache ich das doch gerne«, meldete sich Alica, und als Ash sie erstaunt anschaute, fragte sie: »Darf ich das nicht?«

»Nein, nein«, sagte er in defensivem Tonfall, aber sie setzte nach: »Oder bin ich als Zauberin nicht im Stande, mit meinen Händen zu arbeiten?«

»Nein, nein, nein!« rief er. »Alles in Ordnung. Ich wollte nur auch einen Tee haben, das ist alles!«

Johannoa fand ihren Disput so lustig, dass sie sie beide einlud – und so saßen sie an jedem Dienstagabend in Johannoas Wohnzimmer, rund um die frisch gefütterte Feuerstelle, und schwätzten mit den Füßen auf dem Kamingitter, während die Belagerungstruppen in Zelten und Behelfsunterkünften froren.

✳✳✳

Wenn Ash vermutet hatte, dass Alexios vielleicht Verhandlungen suchen oder sich durch Herolde einen Überblick über die Lage verschaffen wollte, lag er falsch. Der Fürst von Dsita entsandte keine kleine Armee, er schickte auch keine Vorhut, und er überließ das Kommando keinem seiner Offiziere. Er kam selber, und mit ihm Tausende seiner Krieger, die er durch Winter und Sturm über die Passstraßen des Antheras-Gebirges gehetzt hatte. Wie er Ash später anvertraute, wollte er sehen, ob sein Heer tatsächlich einer derartigen Herausforderung gewachsen war.

Den Vorwurf, ein Schreibtischstratege zu sein, konnte man Alexios nicht machen. Er selbst zog sich heftige Erfrierungen zu beim Marsch über das Gebirge, den er komplett mitmachte, in vorderster Reihe. Beim Angriff selbst allerdings hielt er sich zurück. Er wusste gut genug, dass seine perfekt gedrillten Dsitaren alles brauchen konnten, aber keinen Auftrag zum Personenschutz ihres Anführers mitten in der Schlacht.

Den Angriff der Dsitaren-Armee erlebten die Ahretburger wie im Traum. Zunächst wussten sie die Aufregung vor dem Großen Tor nicht zu deuten – die Belagerer waren in plötzlicher Bewegung, und schon griffen die Verteidiger selbst zu den Waffen, weil sie mit einem Angriff rechneten.

Als Ash, alarmiert von den Fanfaren der Burgmiliz, auf dem Tor ankam, hörte man allerdings Kampflärm aus Richtung der Vorburg.

»Kann es sein, dass das die Entsatztruppen aus dem Reich der Drei Mächte sind?« fragte Groogian.

Ash nickte. »Das würde zu Alexios passen. Lass uns die Daumen drücken, dass wir den Ahretburgern nicht vom Regen in die Traufe geholfen haben.«

Die Schlacht währte nur kurz. Nach nicht einmal zwanzig Minuten tauchten die ersten Uniformen in den Farben Dsitas auf. In einer Zangenbewegung drangen die Dsitaren am Rande des Tals vor und trieben die Belagerer in die Mitte. Nur eine Stunde später wehte die Fahne des Reichs der Drei Mächte über dem Schlachtfeld.

Die Ahretburger empfingen Alexios von Dsita begeistert als ihren Befreier.

***

Es machte nichts, dass die Dsitaren mehr Köpfe zählten als die verbliebenen Einwohner der Burg, und es störte auch niemanden, dass die Armee für eine ganze Woche in der Festung blieb. Das dsitarische Heer hatte genügend Proviant mitgebracht, und es hatte beim schnellen Vormarsch Versorgungstruppen hinter sich zurückgelassen, die erst nach und nach die Burg erreichten.

Im Umgang mit den Ahretburgern traf Alexios den Ton perfekt. Er verbeugte sich vor Raikjam und Anshan, als sie ihm als Burgherren vorgestellt wurden, und er fand lobende Worte über das, was er als »Gesellschaftsmodell« der Ahretburg bezeichnete.

»Neue Zeiten fordern neue Initiative!« rief er den versammelten Festungsbewohnern auf dem Unteren Hof zu. »Und so, wie wir diesen Gedanken im Reich der Drei Mächte verfolgt haben, habt auch ihr euch hier ein eigenes Zuhause aufgebaut. Wir finden, das ist schützenswert. Wir bieten euch unsere Freundschaft an, und Schutz und Schirm des Reiches der Drei Mächte!«

Ash, der in der Menge stand, um zuzuhören, hatte Zweifel, dass diese Entscheidung mit den anderen beiden Mächten des neuen Reiches abgestimmt war. Er glaubte auch nicht, dass Alexios wirklich meinte, was er sagte. Wäre die Ahretburg auf der anderen Seite des Antheras-Gebirges gegründet worden, im Staatsgebiet des Reiches der Drei Mächte, hätten vermutlich seine Dsitaren als Belagerer vor den Mauern gestanden.

Aber es war anders gekommen. Und hier gab es einen Schatz für Alexios, den die Burgbewohner selbst selbst nicht wollten, aber beschützen konnten.

Die Abmachung war schnell getroffen: Eine kleine Dsitaren-Abteilung würde in der Burg verbleiben, in einem bescheidenen Kastell, das an der Tür zum Kristallraum errichtet werden sollte. Für die Ahretburg hieß das Sicherheit und Selbstständigkeit, für Alexios war es der ungehinderte Zugang zu den glanhíren, die er so dringlich wünschte.

Den Vertragsabschluss feierten Burgbewohner und Gäste inmitten wilden Schneegestöbers.

Der Winter war endgültig angekommen.

Epilog

Drei Monate später. Frühling in Dsita.

Als Ash die fröhliche Gesellschaft an diesem Abend verließ, waren die meisten Anwesenden heillos betrunken. Auch er hatte dem Wein reichlich zugesprochen.

Um seinen Kopf zu klären, verzichtete er auf eine Kutsche durch die Stadt und wanderte gemächlich durch die dunklen Straßen in Richtung Palast.

Gestört wurde er nur einmal durch eine Patrouille, die seinen Passierschein abfragte - wie viele straff geführte, autoritäre Staaten garantierte das Regime von Fürst Alexios sichere Straßen auch in der Mitte der Nacht.

Durch eine kleine Seitenpforte betrat er den Palast und ging durch die Gärten in Richtung Gästehaus. Ganz unwillkürlich wanderte sein Blick hinauf zum zweiten Stock. Unwirkliches Licht drang aus einem der Fenster nach draußen. Eine Zeit lang beobachtete er das Farbenspiel.

Es wirkte gespenstisch.

Ash wischte sich eine Haarsträhne aus dem Gesicht, die sofort wieder zurückfiel. Unwillig öffnete er den Knoten des Haarbandes und fasste seine lange Mähne neu zusammen, bevor er das Haus betrat, an stramm stehenden Wachen vorbei, eine Treppe hinauf. An Alicas Tür klopfte er leise an.

Nichts geschah. Er klopfte noch einmal, etwas lauter.

Die Tür öffnete sich wie von Geisterhand.

Er trat langsam und vorsichtig ein, schaute sich um.

Alica saß am Tisch, den Rücken zur Tür, ihre dunkle Silhouette umgeben von dem Licht, das er schon von außen gesehen hatte.

»Hallo Ash«, sagte sie.

»Hallo Alica«, antwortete er, die Tür leise hinter sich schließend. »Woher weißt du, dass ich es bin?«

»Ich habe magische Augen.«

»Und magische Hände«, meinte er. Schließlich hatte sie die Tür geöffnet, ohne sich zu bewegen. »Darf ich mich zu dir setzen?«

»Bitte, komm her. Ich freue mich.«

Es lag träumerischer Klang in ihrer Stimme.

Er durchquerte den Raum langsam.

»Du kannst deine Wachsamkeit fallen lassen«, sagte sie, noch immer mit diesem seltsamen Tonfall. »Hier ist niemand außer mir. Und ich bin nicht gefährlich.«

Nach einer kurzen Pause fügte sie hinzu: »Jedenfalls nicht für dich.«

In diesem Moment flammten die Kerzen in einem Kerzenständer neben dem Bett auf – acht Stück, alle gleichzeitig, mit einer Stichflamme, die Ash erschrocken zusammenfahren ließen.

»Entschuldige«, sagte sie. »Ich bin wohl ein wenig berauscht.«

Er zog sich einen Stuhl heran, setzte sich zu ihr an den Tisch, blickte auf den Stapel von Edelsteinen, die darauf lagen. Sie waren die Quelle des Lichtes.

»Bei allen Träumen«, flüsterte er. Alica war tatsächlich im Rausch – das Öffnen der Tür, der magische Blick durch das Schlüsselloch, das Entzünden der Kerzen. Mit einem Mal war er selber wieder völlig nüchtern.

Die *glanhíre* leuchteten weiter in unwirklichen, wechselnden Farben, und Alicas Augen lösten sich nur widerstrebend von ihnen. Ein verträumter, verwirrter Blick aus großen, dunklen Augen.

»Achtzig Stück hat er mir gegeben«, sagte sie, ihre Stimme heiser. »*Glanhíre* von reinster Kraft. Unbearbeitet. Unbenutzt. Stell dir das vor. Du hast gesehen, wie ich meinen eigenen Stein gehütet habe, wie meinen Augapfel.«

Er räusperte sich, wollte gerade feststellen, dass er eher gesehen hatte, wie sie ihren *glanhír* bedenkenlos für ihre Gefährten geopfert hatte, aber sie sprach schon weiter.

»Jahrelang gespart«, sagte sie. »Wissend, dass er vermutlich ein Leben lang würde halten müssen, falls ich nicht den Reichtum erlange, einen neuen zu erwerben...«

Ihre Hand tastete zu der goldenen Kette an ihrem Hals, mit dem schimmernden Stein, dessen Zauberkraft sie auf der gemeinsamen Reise verbraucht hatte.

Sie schüttelte langsam den Kopf.

»Und jetzt das hier... aus diesen achtzig Kristallen lassen sich wohl achthundert solcher Steine machen. Ich bin eine sehr, sehr reiche Frau.«

Sie schnippte mit den Fingern, und das Leuchten erstarb. Der Raum wurde dunkler, nur die Kerzen erhellten ihn noch. Als sie ihn jetzt wieder anschaute, waren ihre Augen klarer.

»Entschuldige, ich bin ein bisschen verwirrt heute Abend, und ich habe es nicht besser gemacht dadurch, dass ich die *glanhire* aufgeweckt habe. Wie spät ist es?«

»Fast schon Morgen«, antwortete er. »Wir haben lange gefeiert.«

»Oh«, machte sie, und sie klang so verloren, dass sie ihm einen Augenblick leid tat. Gleichzeitig aber war er erleichtert, dass sie wieder zu sich selbst fand. Sie war so weit weg gewesen, als er den Raum betrat, so ganz die unerreichbare Zauberin.

Es erinnerte ihn an die alten Geschichten, die er als Kind von den Zauberern der Vergangenheit gehört hatte. Ein Hauch der Allmächtigkeit, aber auch ein Hauch von Kälte, Unnahbarkeit und unberechenbaren Zielen wehte durch diese Sagen.

»Alles in Ordnung bei Dir, Alica?« fragte er sanft.

Sie bewegte den Kopf langsam hin und her. »Nein, ich glaube nicht. Es war alles ein bisschen viel. Als ich die *glanhire* auf den Tisch gelegt habe, war es draußen noch hell. Ich bin wohl etwas verloren gegangen in den letzten Stunden.«

Sie rieb sich die Augen. «Und ich wollte doch zu Euch kommen, um unseren Erfolg zu feiern.«

»Es sieht aus, als hättest du alleine ein bisschen gefeiert«, meinte er.

»Jaja«, sagte sie. »Aber ohne Fröhlichkeit. Ich hätte hier sitzen können bis zum Versiegen des Geysirs, wenn du nicht gekommen wärst.« Ihre Hand legte sich leicht auf seine. »Dankeschön.«

»Ich habe nichts getan«, erwiderte er. »Und der Geysir *ist* schon versiegt.«

Sie schmunzelte über diese schale Bemerkung.

Schweigend saßen beieinander, und er genoß das Gefühl ihrer Hand auf seiner. Sie fühlte sich heiß und trocken an, fiebrig, aber dennoch wunderbar.

»Du hast keine Angst vor mir«, sagte sie.

»Nein, das habe ich nicht. Ich bewundere dich.«

Sie nickte. »Aber nicht wegen der Zauberei.«

Darüber dachte er eine Zeitlang nach.

«Nein«, stellte er dann fest. «Wegen dem, was du daraus machst, vielleicht. Zum Teil.«

Ein Lächeln huschte über ihr Gesicht. «Ja, du magst keine durchschnittlichen Frauen, nicht wahr?«

»Ach was. Die mag ich auch. Aber ich verliebe mich nicht in sie.«

»Vielleicht, weil sie dich nicht verstehen. Oder zu sehr anhimmeln.«

Das brachte ihn zum Lachen. »Ich werde ganz gerne angehimmelt.«

»Oh, bestimmt. Ich mag es auch, wenn Männer mich anhimmeln. Aber ich verliebe mich nicht in sie.«

Eine Zeit lang hing Schweigen zwischen ihnen im Raum. Sie streichelte seine Hand unter ihrer. Er drehte sie herum, so dass seine Finger ihre nun umschlossen.

Sie entzog sie ihm, lehnte sich zurück und sah ihn lange an.

Er wich ihrem Blick aus und betrachtete stattdessen seine Hand, die alleine und irgendwie kalt auf dem Tisch zurückgeblieben war.

»Was hast du jetzt vor?« fragte er dann.

»Das weiß ich noch nicht so genau. Erst einmal reise ich nach Droni. Ich brauche einen sicheren Platz für diesen Reichtum, und ich denke, ich werde einige davon stiften. Ich weiß nur noch nicht wem.«

»Aber du wirst nicht dort bleiben?«

»Ach weißt du... in Droni kann ich den Himmel nicht berühren.« Sie zwinkerte ihm zu. «Und du?«

»Keine Ahnung. Ich habe zwei Einladungen an She-Bashi-Schulen, um dort zu unterrichten. Aber ich war an beiden Orten schon. Es zieht mich nicht dahin. Und natürlich ist meine Arbeit hier in Dsita eigentlich noch nicht getan.«

Er machte eine nachdenkliche Pause.

»Ich war noch nie in Droni«, sagte er dann.

»Das ist süß von dir, Ash.«

Jetzt sah er ihr wieder in die Augen.

»Was denkst du?« fragte er. »Würdest du mich mitnehmen auf die Insel?«

Sie antwortete nicht sofort, aber dann schüttelte sie den Kopf.

»Nein, ich glaube, das wäre nicht so gut.«

»In Ordnung«, sagte er, bemüht, seine Enttäuschung zu verbergen. »Es ist schön, dass du so ehrlich bist.«

Sie nickte. Er warf noch einen letzten Blick auf die *glanhire* auf dem Tisch, dann erhob er sich.

»Ich werde ins Bett gehen. Ich denke, wir sehen uns morgen,

oder?«

»Mit Sicherheit.« Auch sie stand auf und brachte ihn zur Tür. Keine Magie diesmal, sie öffnete die Tür mit den Händen wie jeder Mensch.

»Gute Nacht«, wünschte er, mit einem leicht gequälten Lächeln.

»Gute Nacht«, entgegnete sie.

Lange sah sie ihm nach, wie er über den Flur verschwand, bevor sie die Tür wieder schloss.

-ENDE-

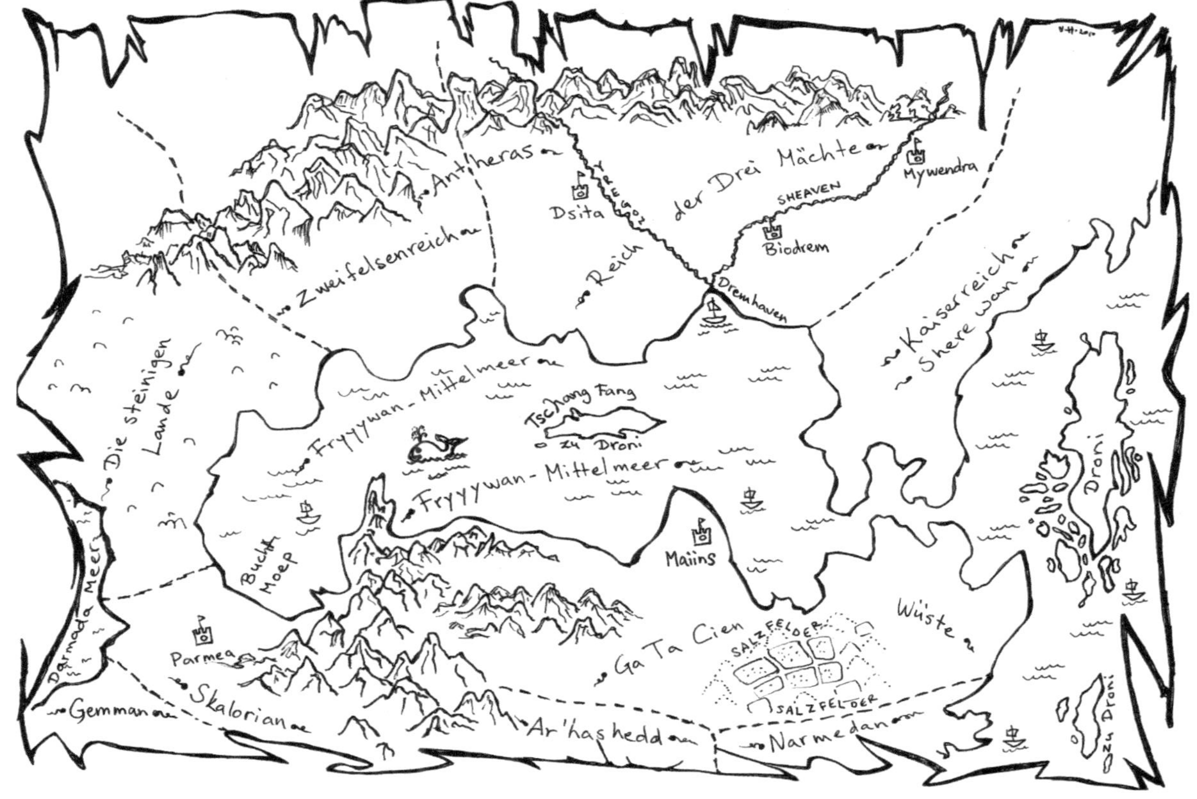

Antheras
der Drei Mächte
Mywendra
SHEAVEN
Dsita
YREGOZ
Biodrem
Zweifelsenreich
Reich
Drenhaven
Kaiserreich
Shere Uom
Die steinigen Lande
Fryyywan-Mittelmeer
Tschang Fang
zu Droni
Fryyywan-Mittelmeer
Droni
Bucht Moep
Maiins
Parmea
Ga Ta Cien
SALZFELDER
SALZFELDER
Wüste
Darmoda Meer
Gemman
Skalorian
Ar'has hedd
Narme dan
zu Droni

Danksagung

Es gibt Menschen, ohne die aus *Reisende* nichts geworden wäre als eine Idee auf einem Notizblock.

Dazu gehören natürlich all die, die vor langer, langer Zeit Isrogant ihren Stempel aufgedrückt haben, die beiden Erfinder ebenso wie die Herrscher von Droni, Doyros, Dsita, Dnipr-Daphne, Raftja, Ga Ta Cien, Skalorion, Narmedan und vielen anderen Orten.

Wir bedanken uns auch bei den Kampfkünstlern, die die Geschichten aus Isrogant inspirieren.

Den wichtigsten Einfluss aber hatten unsere geduldigen (und manchmal gnadenlosen) Probeleser, allen voran Sabrina und Alex Bentzien, Andrea Pracht, Natalia Wendkowska, Ulrike Miketta, Detlef Kröschel und Carsten Gilberg. Ein besonderer Dank geht an Gundi Hebborn für ihre Unterstützung!

Band 1:
**Der Krieger
und die Zauberin**
ISBN 978-3942357029

Band 3:
Diktatur
ab Sommer 2011

Adjagard ist untergegangen....

... die Herrschaft der Kaiser auf dem Geysirthron ist vorüber. Mit der Großen Flut begann eine neue Zeitrechnung. Auf dem Kontinent Isrogant ist nichts mehr wie zuvor. In einer Welt nach der Apokalypse schaffen die Überlebenden neue Realitäten: Grenzen verschieben sich, ganze Völker suchen eine neue Heimat, Traditionen aus tausend Jahren geraten ins Wanken.

Die Gemeinschaft der Mystiker ist zersplittert und zerfallen. Ihr Niedergang, schon vor der Großen Flut unausweichlich, wird jetzt noch beschleunigt von den Geistlichen aus dem Kloster Avenicum Dalor, die die Herrschaft in der Kirche des Einen Gottes an sich gerissen haben.

Bei anderen Überlebenden aus lang vergangenen, mythischen Zeitaltern scheint das anders zu sein: Gerüchten zufolge kehren die Drachen nach Isrogant zurück, die wasseratmenden Nainesher suchen Kontakt zu den Landbewohnern, und auch aus den Reichen der Orks hört man von neuen Aktivitäten.

Eine Welt im Umbruch... voller interessanter Lebensgeschichten und faszinierender Abenteuer. Reisen Sie mit nach Isrogant. Die Reise beginnt hier.

http://www.xin-publishing.eu

Frevel

Der erste Isrogant-Roman
aus Boasp, der Metropole
an der Mündung des Großen Flusses

ISBN 978-3942357074

In Isrogant

Die Reihe von Erzählungen entführt die Leser
in die Weiten des Kontinents Isrogant.

Jetzt im Buchhandel

Band 1 – ISBN 978-3942357012
Band 2 – ISBN 978-3942357067